김미정 판타지 장편 소설

잃어버린 세계
The Lost World

2

잃어버린 세계 2
김미정 판타지 장편 소설

초판 1쇄 찍은 날 § 2001년 12월 7일
초판 1쇄 펴낸 날 § 2001년 12월 20일

지은이 § 김미정
펴낸이 § 서경석

편집장 § 문혜영
편집책임 § 권민정
편집 § 장상수 · 박영주 · 김희정
마케팅 § 정필 · 강양원 · 김규진

펴낸곳 § 도서출판 청어람
등록번호 § 제1081-1-89호
등록일자 § 1999. 5. 31
어람번호 § 제1-0178호

주소 § 경기도 부천시 원미구 심곡1동 350-1 남성B/D 3F (우) 420-011
전화 § 032-656-4452 팩스 § 032-656-4453
http://www.chungeoram.com
e-mail § eoram99@chollian.net

ⓒ 김미정, 2001

값 7,500원

ISBN 89-5505-232-4 (SET)
ISBN 89-5505-234-0 04810

※ 파본은 본사나 구입하신 서점에서 교환하여 드립니다.
※ 저자와 협의하여 인지를 붙이지 않습니다.

김미정 판타지 장편 소설

잃어버린 세계
The Lost World

2 동료라는 것은?

도서출판 청어람

목

차

Part 5 **Wheel of Fortune 운명의 굴레** _ 7
Part 6 **숲의 수호자** _ 203

용어 해설 _ 317

Part 5

Wheel of Fortune
운명의 굴레

Wheel of Fortune 운명의 굴레 2

날씨는 제법 쌀쌀한 기운이 감돌았다. 차가운 바람이 부는 것까지는 아니었지만 공기 자체가 싸늘함을 머금고 있는 그런 느낌. 역시나 한 명의 부상자와 두 명의 다혈질은 기절을 한 시점으로 하여 그대로 잠이 든 모양이었다. 모포를 둘둘 감고 있는 현홍은 밤 기운에 추위를 느끼는지 입맛을 쩝쩝 다셔가며 뒤척거렸다. 그런 모습을 보며 진현은 한심스럽다는 듯 고개를 살짝 저었다. 그러나 그는 곧 방금 전 자신의 행동과는 다르게 조용히 양복 윗도리를 벗어다가 현홍에게 덮어주었다. 니드는 어느새 잠이 들어 있었다. 아마도 키엘을 재우던 도중 잠이 왔던 것인지 자신의 오른팔을 베고 옆으로 누워 새우잠이 든 상태였다. 쌔근거리는 숨소리도 거의 들리지 않을 정도로 조용히 자는 사람이었다.

이제 깨어 있는 사람은 두 명. 그러나 두 사람에게는 대화가 거의 없었다. 에오로는 자신이 아는 사람들에게 늘 말이 많다는 소리를 들어 왔다. 하지만 이상하게도 자신의 맞은편 나무 둥치에 앉아서 차를 마시고 있는 진현에게는 섣불리 말을 걸 용기가 나지 않았다. 어둡다거나 분위기가 무거워서가 아니었다. 차마 입으로는 설명하지 못할 이상한 느낌에 하려던 말도 머리 속에서 흩어지는 것 같았기 때문이다. 채에 걸러지지 않은 작은 녹차 잎들이 조금씩 떠다니는 컵의 수면을 한 번 바라보고 고개를 들었다.

스산하게 울려 퍼지는 산짐승의 울음소리도 다른 여행자들과는 달리 무섭게 들리지 않았다. 옆집 개가 짖는다는 식으로 생각하고 속으로 웃어넘긴 에오로는 양철 컵을 만지작거리다가 곧 조용히 입을 열었다.

"저, 아까 저희들을 습격한 무리들에게 쓴 마법이 무엇인지 가르쳐 주실 수 있을까요?"

억지로 끌어올려 말을 한 것이 티가 팍팍 나는 말을 한 에오로는 스스로도 한심해 보이는 이 상황에 고개를 푹 숙였다. 어색하기 그지없는 미소를 입가에 겨우 걸고 그나마 개인적인 문제가 아닌 두 사람이 공통으로 생각할 수 있는 문제를 꺼내놓았건만 녹차를 홀짝거리면서 마시고 있는 진현의 곁으로는 찬바람만 횅하니 지나갔다. 고개를 푹 숙이고 속으로 울고 싶은 것을 억지로 참고 있는 에오로의 귓가에 작은 목소리가 들려왔다.

"그 마법은 제가 쓴 것이 아니니 장본인… 아니, 장본검에게 물어보셔야 할 겁니다."

"아아……."

안도의 한숨이 나오는 것은 어쩔 수가 없는 것 같았다. 마른침을 꿀꺽 삼킨 후 에오로는 다시 질문을 던졌다.

"죄송합니다. 그럼, 그 마법이 무엇인지 가르쳐 주시겠어요, 마법검님?"

1초… 2초, 시간은 흘러가는데 원하는 대답은 들려오지 않았다. 에오로는 가지고 있는 주인을 닮아서 사람 무시하는 마법검인 줄 알고 한숨을 푹 내쉬었다. 하지만 고개를 갸웃거린 것은 진현 역시 마찬가지였다. 보통 때 같았으면 자신이 쓴 마법에 대해 장대하게 자랑을 늘어놓아야 정상인 운이 이번에는 아무런 말 없이 조용히 침묵만 하고 있다니……. 두 손에 쥐고 있던 양철 컵을 바닥에 내려놓은 진현은 벨트에 걸려진 검집을 뽑아서 얼굴께로 들었다. 그리고는 잠시 후 미간이 살짝 찌푸려지며 눈가가 꿈틀거리는 것을 시력 좋은 에오로는 확인할 수 있었다. 잠시 후 낮은 한숨과 함께 진현이 입을 열었다.

"자고 있군요."

"아, 예……."

마법검도 잠을 자기는 자는구나라는 생각을 하며 에오로는 고개를 끄덕거렸다. 쿨쿨거리면서 꿈을 꾸는지 잠꼬대까지 하는 운을 슬쩍 쳐다본 후 진현은 검집을 쥔 손을 들어 현홍 옆으로 던져 두었다. 운이 땅에 부딪힐 때 〈윽!〉 하는 신음 소리가 들렸지만 진현은 아무 소리도 못 들었다는 듯 시치미를 떼며 다시 컵을 들어 올렸다. 어느새 그의 컵에 담긴 녹차는 바닥을 드러냈고 그는 다시 주전자의 녹차를 컵에 부었다. 따스해 보이는 연기가 슬며시 피어 올라 허공을 장식했다. 꽤나 시간이 지나긴 한 것인지 언뜻 보기에 하늘의 끝자락이 푸르게 변하고 있었다. 새벽이 다가오는 것이다. 검푸르게 변하는 하늘을 슬쩍 올려다본 에오로가 중얼거렸다.

"오늘도 날씨가 좋을 것 같네요."

"그렇군요."

고개를 끄덕인 진현은 어슴푸레 밝아져 오는 먼 하늘을 바라보았다. 차가운 바람도 점점 태양의 공기를 머금어 따스해지는 느낌. 아직 완전히 해가 그 모습을 드러내려면 시간이 조금 걸리겠지만 또다시 하루가 시작되려 했다. 밤이 흐르고 또 하루가 온다. 바쁘게 돌아가는 시간 속에서 작은 휴식을 취한 그들은 기분 좋게 떠오르는 태양을 보았다. 저녁 해가 지는 그것과는 사뭇 다른 기분이었다. 하루의 시작과 끝을 알리는 새벽과 황혼을 보면 늘 묘한 기분이 되곤 했다. 황혼의 붉은 태양이 붉은 낙화가 생각나게 한다면 새벽의 하얀빛의 태양은 새롭게 그 꽃망울을 터뜨리는 꽃잎이 생각나게 했다.

눈이 부시도록 새하얀 빛을 내며 천천히 새로운 하루의 시작을 알리는 태양이 떠오르고 있었다. 산의 아침은 다른 곳의 아침보다 빨리 시작된다. 모닥불의 불도 서서히 작아지고 있었다. 장작으로 쓸 나뭇가지들을 몇 개 더 집어넣은 진현이 자리에서 천천히 일어났다. 헤세드의 목을 몇 번 토닥인 진현은 옆에서 나무 밑의 잡초들을 뜯고 있던 카오루의 옆에 놓인 짐들을 뒤적거렸다.

컵을 대충 모닥불 근처에 놓아두고 일어선 에오로는 활짝 기지개를 폈다. 욱신거리는 몸과는 달리 기분은 상쾌했다. 짐을 뒤적거리던 진현의 손에 들려져 나온 것은 여러 가지 냄비와 식기 도구들이었다. 이를 본 에오로가 고개를 갸웃거렸다.

"아침을 직접 해 드시게요?"

차곡차곡 냄비들을 쌓아 올린 진현은 살짝 고개를 끄덕였고 에오로는 약간 귀찮다는 표정으로 머리를 긁적였다.

"건조 식량 같은 것으로 먹으면 될 것 같은데…… 귀찮지 않으신가 봐요?"

"아침은 든든히 먹는 것이 좋습니다, 에오로 군."

"…예."

고지식한 말을 내뱉고 돌아서는 진현을 보며 에오로는 어깨를 으쓱거렸다. 알게 모르게 자유 분방한 것도 같으면서 고지식한 면도 많은 사람이라고 생각했다. 아침을 꼭 먹어야 한다는 것은 어머니의 잔소리나 마찬가지였는데. 그렇지만 확실히 먼 여행일수록 제대로 먹지 않으면 체력을 유지하기가 힘들다는 생각에 피식 실소를 내뱉었다.

"음, 벌써 아침인가?"

잠이 든 사람들 중 제일 처음 일어난 것은 니드였다. 새우잠을 자서 그런지 쿡쿡 쑤시는 허리를 대충 손으로 두드린 그는 부스스한 자기 머리카락을 만지더니 손바닥을 이용해 대충 폈다. 눈은 반쯤 감겨 있고 얼굴에는 졸음이 한가득 묻어났다. 마치 앉아서 자는 듯한 자세로 몇 번 고개를 끄덕인 니드가 팔을 길게 쭉 뻗었다. 곧 고개를 휘휘 저은 그는 멀뚱히 서서 자신을 내려다보는 에오로에게 말했다.

"내가 깜빡 잠이 든 것 같네. 누가 불침번을 선 거지?"

"저와 진현, 두 사람이서 밤샜죠."

싱글거리며 대답하는 에오로를 올려다보고 니드는 위로 뻗친 몇 가닥의 머리카락을 잡아 펴는 데 열중했다. 어느새 냄비를 챙겨 어디론가 사라졌던 진현이 일행들이 있는 곳으로 돌아왔다. 어디로 갔었는지는 보지 않아도 알 수 있는 것. 그의 손에 들린 냄비 중 가장 큰 냄비에는 하나 가득 받은 물이 찰랑거리고 있었다. 그는 조용히 물이 담긴 냄비를 모닥불 근처에 내려놓았고 곧 카오루의 짐에서 여러 가지 조미료와 음식 재료 등을 꺼내어 왔다.
 누트 에아를 떠난 지 하도 오래되어 종종 사냥으로 식량을 구하곤 했지만 키엘과 니드를 제외하고 현홍과 진현은 거의 고기류는 먹지 않는 주의였다. 물론, 현홍은 때에 따라서 그 주의가 바뀌곤 했지만 훈제 육이나 소시지 류가 아닌 이상 웬만하면 고기는 먹지 않았다.
 그리고 진현은 식물에서 섭취하는 열량으로도 충분하다는 사람이었다. 그렇지만 고기를 요리하는 법을 모르는 것은 아니고 두 명을 제외한 많은 사람들이 채소만 먹고 살 수는 없으니 고기는 식단 중에서 반드시 필요로 하는 종류였다. 진현의 손에는 바싹하게 튀긴 베이컨과 그 밖에 훈제 고기 등을 담은 주머니도 있었다. 천천히 냄비와 식기 도구를 땅 위에 펴놓고 소매를 걷고 있을 즈음에 기절한 사람 중 한 명이었던 슈린이 몸을 일으켰다.
 멍하게 앉아서는 주위를 두리번거리던 슈린은 곧 자신의 복부에 약간의 통증을 느끼며 전날 밤의 상황을 생각해 내었다. 키득거리며 웃고 있는 에오로를 슬쩍 흘겨본 슈린이 입을 달싹거렸다.
 "눈물나게 고맙도록 잠까지 푹 재워주다니……"
 하지만 정작 표정은 자신의 말과는 달리 마치 곧장 덤벼들어 잡아먹기라도 하겠다는 식이었다. 그래서 에오로는 생긋 웃으며 한 걸음 뒤로 물러났다. 머리가 아픈지 손을 들어 이마를 짚은 슈린은 주위를 둘러보더니 해가 뜨고 있다는 사실을 알아채고는 슬쩍 자리에서 몸을 일으켰다. 허리는 허리 나름대로 통증으로 쑤시고 다른 곳은 다른 곳 나름대로 제각각 욱신거렸다.
 한 손으로 어깨와 팔을 주물럭거리는 슈린의 눈에 아침을 준비하는 진현의 뒷모습이 보였다. 슈린은 얼른 모포를 털어서 곱게 접은 후 나무 기둥 근처에 놔두었다. 그리고 조심스럽게 걸어갔다. 인기척을 느낀 진현이 살며시 고개를 들어 슈린을 올려다보았고 슈린은 고개를 꾸벅 숙였다.

"어젯밤에는 심려를 많이 끼쳤습니다. 죄송합니다."

약간 멍하다고 할 수 있을 정도로 무감각하게 슈린을 올려다본 진현은 고개를 저었고 다시 자신의 손에 들린 칼을 내려다보았다. 왼손에 들린 주먹 정도 크기의 베이컨을 한입 크기로 잘게 썰었다. 원래라면 요리 같은 것은 현홍의 담당이었고 진현은 먹기만 하는 입장이었지만 오늘은 달랐다. 뭔가 아주 잘 어울려 보이면서 묘한 분위기를 풍겼다. 가만히 그 모습을 내려다보던 슈린이 슬쩍 진현의 왼쪽에 쪼그려 앉았다.

"뭔가 도와드릴 만한 일이 없겠습니까?"

"…거기 감자 좀 깎아주시겠습니까?"

"아, 예."

살며시 웃으며 고개를 끄덕인 슈린은 곧 자신의 옆에 놓인 냄비에서 알이 굵은 감자 하나를 집어 들었다. 깨끗이 씻어서 흙먼지 하나 묻어 있지 않은 감자를 자신의 품에서 꺼낸 대거Dagger로 조심스레 깎아보았다. 잔뜩 삐친 머리카락을 가라앉히려고 노력하던 니드는 어느새 시냇가에 다녀왔는지 물기 촉촉한 얼굴로 일행들에게 다가왔다. 깨끗해진 것은 좋지만 새벽 기운과 더불어 차가운 냇물 때문에 이를 딱딱 부딪히며 팔로 몸을 감싼 니드는 얼른 모포를 뒤집어썼다.

확실히 숨을 내뱉으면 공기 중에 하얗게 서리가 맺히는 것이 산의 아침은 예사로운 것이 아니었다. 뻐근한 몸을 이리저리 돌리며 아침 체조를 하던 에오로는 잘 익은 감자의 냄새에 코를 벌름거렸다. 슈린이 깎던 감자는 어느새 냄비 속에 들어가 샛노랗게 익어가고 있었던 것이다. 쿵쿵거리며 슬금슬금 다가오는 에오로를 보며 슈린이 눈을 흘겼다.

"도와주지도 않을 거면 식사 때까지 차분히 기다릴 줄 알라고."

"예, 예……. 알겠습니다요."

실실 웃으며 팔을 하늘로 쭉 뻗는 에오로를 보며 슈린은 고개를 저었다.

어느새 아침 식사 준비는 끝나가고 있었다. 기름을 두르지 않은 채 가열된 프라이팬에서 튀기던 베이컨들을 그릇에 담은 진현은 슈린에게서 건네받은 감자들을 큼직하게 썰었다. 무슨 요리를 하는 것인지 잘 알 수는 없었지만 냄새만으로는 최상급 요리임에 분명했다. 베이컨 냄새 때문일까? 잘 자고 있던 키엘이 눈을 손으로 비비면서 모포를 슬며시 걷어내고 일어났다.

옆에서 모포를 둘러쓰고 요리가 끝나기만을 기다리고 있던 니드는 생긋 웃으며 키엘의 머리를 쓰다듬어 주었다. 그리고 천천히 키엘을 보듬어 안고는 시냇가로 걸어갔다. 아직 깨지 않은 두 명을 보면서 에오로는 깨워야 할까, 말아야 할까 고민했지만 곧 언젠가는 일어나겠지 싶어 내버려 두기로 했다. 사실은 한 명이라도 없어야 음식을 더 먹을 수 있다는 치사스러운 생각도 문득 들었기 때문이다. 맛있는 요리를 기다리는 것은 즐거운 일이기는 하지만 더불어 고달픈 일이기도 했다. 슈린은 작은 냄비에 삶은 감자 몇 개를 넣고는 열심히 숟가락으로 으깨고 있었다. 다른 냄비에는 잘게 썬 당근이 익어가고 있었고 요리하는 주위에는 조미료 통들과 채소들이 굴러다녔다.

"아, 당근은 너무 많이 익지 않게 하십시오."

"지금 꺼내면 되는 건가요?"

서둘러 숟가락을 놓은 손으로 슈린은 당근을 삶고 있던 냄비에서 그것들을 꺼내어 으깬 감자가 담긴 냄비 속에 넣었다. 그리고 다시 감자와 당근들을 굳지 않게 잘 섞었고 조금의 우유와 달걀노른자, 약간의 소금을 넣어서 저어보았다. 맛있는 냄새와 함께 채소들의 상큼함까지 느낄 수 있는 으깬 감자 요리가 완성된 것이다. 곧장 침을 흘리면서 음식을 채어갈 것 같은 에오로를 피해서 양철로 된 접시들에 담았다. 진현이 하던 요리도 이제는 거의 다 완성이 된 듯했다.

코를 살살 자극하는 베이컨의 고소한 냄새와 감자가 잘 조화가 되어서 막 잠에서 깬 이들의 식욕을 자극했다. 대충 정리를 끝낸 슈린은 자신도 이제 씻어야겠다고 생각하곤 슬며시 자리에서 일어났다. 부스스하게 물기 젖은 머리카락을 한 키엘이 맛있는 냄새에 얼른 모닥불 근처로 달려왔다. 진현은 요리하고 남은 물로 손을 씻고 자리에서 일어났다. 아직까지 뒹굴거리면서 자고 있는 현홍 쪽으로 걸어간 진현을 보며 니드는 설마 하는 눈초리를 보냈다.

퍽!

니드의 그런 생각에도 불구하고 설마가 사람 잡는다는 사실은 진리임이 드러났다. 진현의 발은 어김없이 현홍의 옆구리에 자리 잡고 있었던 것이다. 니드가 창백한 표정을 짓고 있는 순간에도 에오로는 단호하게 포크를 들어 접시 위에 담긴 감자를 열심히 퍼먹고 있을 뿐이었다. 남의 불행이 어찌 되었든 간에 지금 이 순간 그에게 있어서 가장 중요한 것은 눈앞의 밥이라는 것을 여실히 보여주는 행동이었다.

"아파!"

외마디 비명을 지르며 자리에서 펄쩍 뛸 듯이 일어난 현홍은 그대로 다시 모포 위에 풀썩 쓰러졌다. 마치 축구공을 다루듯 발끝으로 슬슬 현홍을 굴리면서 진현의 입에서 무심하리만큼 간단한 말이 튀어나왔다.

"어서 일어나지 않으면 네 몫의 밥은 없다."

이렇게 말하며 자신의 자리로 돌아온 그를 보며 다른 이들은 하나같이 숟가락을 입에 물고 〈무섭다〉라는 생각을 해야만 했다. 수건으로 얼굴을 닦으며 돌아온 슈린은 갑자기 삭막한 식사 분위기에 고개를 갸웃거렸지만 무어라고 딱히 묻지는 않았다.

잠에서 덜 깬 현홍은 아픔에도 불구하고 비실거리며 다시 모포 속으로 들어가 버렸다. 그 모습에 진현은 남아 있는 인내심을 모두 던져 버리고 현홍을 모포째로 질질 끌어다가 세수까지 시키고 와버렸다. 그리고 그는 이제야 제대로 된 식사 분위기가 잡혔다고 고개를 끄덕였다.

물론 다른 이들은 그렇게 생각하지 않겠지만 말이다.

바싹하게 구워진 베이컨은 기름기없이 담백한 맛이었고 잘 익은 감자 역시 입에서 살살 녹는 맛이었다. 반쯤은 감긴 눈으로 그래도 용케 흘리지는 않으며 입으로 숟가락을 가져가는 현홍을 신기한 눈으로 보던 슈린이 눈을 깜빡거렸다. 마치 무언가 잊고 있었던 것이 생각났다는 듯이. 그는 조심스럽게 고개를 돌렸고 그의 시선이 박힌 곳은 부상당해 쓰러진 여성이 있는 곳이었다.

아직까지 일어나지 않은 여성을 보며 슈린이 자리에서 일어났다. 현홍은 잠을 깨려는 듯 고개를 몇 번 저어보았다. 하지만 쉽사리 잠 기운은 가시지 않았다. 반듯하게 누워서 눈을 감고 있는 여성을 내려다본 슈린은 어제의 상처는 거의 다 나은 것을 보았고 그로 인해 쓰게 웃을 수밖에 없었다. 살며시 손을 뻗어 여성의 어깨를 붙잡은 순간이었을까. 여성이 덮고 있던 모포가 공중에 휘날렸다. 당황할 틈도 주지 않고 갑작스레 일어난 일 때문에 일순 모두 경직되고 말았다.

그리고 정신을 차렸을 때 눈앞에 보인 상황에 아연실색하며 자리에서 벌떡 일어섰다. 다친 것이라 생각되었는데… 어느새 저만큼의 기운이 생겼던 것인지 의문스러운 정도로 대담하게 여성은 작은 나이프를 슈린의 목에 들이밀고 있었던 것이다. 윤기 흐르는 초록색 머리카락이 바람에 한번 살랑거렸고 피콕 블루의 눈동자는 희미하게 떨리고 있었다. 멍하게 앉아서 숟가락을 입에 물고 있던 에오로는 뒤늦게서야 자신의 눈에 비친 상황을 인지했다. 뭔가 소리치려 했지만 입에 숟가락이 물려 있다는 사실을 기억하곤 접시를 들지 않은 오른손으로 숟가락을 받아 들었다.

"무슨 짓이야!"

그는 간밤에 그녀에게 치료 마법을 행한 것을 내심 후회하고는 소리쳤다. 그렇지만 그 말에는 아무 신경도 쓰지 않는다는 식으로 무심한 표정을 흘린 여성은 슈린의 목에 더욱더 나이프를 들이댔다.

"너희 스승이 맡긴 그것… 내놔."

"……."

키엘이 이를 들어내며 크게 으르렁거렸지만 쉽사리 달려들지는 못했다. 당장이라도 여성의 가느다란 목을 물어뜯어 죽일 수 있었지만 그렇게 하면 분명 사람들이 좋아하지 않을 것이라는 것을 알고 있었기 때문이다. 가만히 서서 그 모습을 바라보던 진현과 살며시 고개를 돌리는 슈린의 눈동자가 마주쳤다. 진현은 살짝 고개를 끄덕였고 살며시 운의 손잡이를 잡고 있던 손에 힘을 풀었다. 이제야 잠에서 완전히 깬 듯한 현홍은 아랫입술을 질끈 깨물었다. 이렇게 되면 간밤에 자신이

했던 일에 후회감이 생기고 만다.

"그, 그만둬요! 저희는 어제 당신의 상처를 치료해 줬다구요!"

"그 상처를 낸 것도 너희들의 동료다!"

흡사 짐승이 자신의 적에게 이를 들어내듯 낮게 으르렁거리며 표독스럽게 외치는 여성의 말에 현홍은 움찔거리며 한 걸음 뒤로 물러섰다. 여성은 고개를 돌려 다시 자신의 손에 들린 나이프를 슬쩍 쳐다보곤 입을 열었다.

"너희들의 스승이 마법사 길드로 가져가라고 했던 물건만 내놓는다면 목을 자르진 않겠어. 그러니 어서 내놔!"

단호하지만 어딘지 모르게 다급해 보이는 목소리였다. 확실히 혼자인 그녀로서는 시간을 끌면 끌수록 불리해지는 것이다. 그렇지만 슈린은 서슬 퍼런 칼날에도 별 신경을 쓰지 않는다는 투로 대답했다.

"당신의 배후가 누군지 묻지 않겠습니다. 이미 알 것도 같으니."

"뭐라고!"

"당신의 행동과 그 빠른 몸놀림, 그리고 입고 있는 옷 등을 보아 대충 파악할 수 있는 데까지 한 것뿐이지요. 당신은 어쌔신 길드의 소속이 아닌가요?"

여성은 부정하지 않았다. 이럴 때에 부정 아닌 침묵을 한다는 것은 긍정의 표현일 수도 있다. 그렇지만 슈린의 목젖에 다가간 칼날은 어느새 그의 목에 길다란 상처를 내고 있었다. 한줄기 선혈이 굵은 목 선을 타고 흘러내렸다.

입 안에 아직도 무언가가 있는지 우물거리며 먹고 있는 에오로의 표정에는 진지함이 엿보였다. 물론 한 손에는 접시를 한 손에는 숟가락을 들고 열심히 으깬 감자를 먹고 있는 모습은 진지함과는 거리가 멀어 보였지만. 현홍은 두 손으로 옷자락을 움켜쥐고 걱정스러운 눈으로 슈린과 여성을 지켜보았다. 그런 그의 귀로 낮게 중얼거리는 듯한 목소리가 들렸다.

"멍청하게 보고 있지 말고 네가 뭔가 해야지."

화들짝 놀라 고개를 들어보니 어느새 현홍의 곁에는 진현이 서 있었다. 무심히 정면만을 바라보는 그의 시선과는 달리 입만을 작게 달싹여 무언가를 말하는 것 같았다. 그의 말에 대한 의미를 몰라 고개를 갸웃거리던 현홍이 낮게 말했다.

"내가? 뭘 어떻게 하란 말야?"

"네 문양의 능력.〈어둠과 바람〉이지. 아직은 그 능력을 이끌어낼 수는 없겠지만… 내가 도와줄 수는 있다."

"뭐…….""

현홍이 당황하여 뭐라고 말을 하기도 전에 대뜸 그의 손을 잡은 진현이 조용히 말했다.

"조용히… 가만히 있어."

마치 애인을 달래는 듯 부드럽고 따스하게 말을 내뱉는 그가 왠지 모르게 어색해 보였다. 그러나 현홍은 진현의 손에 잡힌 자신의 손에 따스한 기운이 흐르는 것을 느낄 수 있었다. 작은 빛의 소용돌이가 일어났다. 키엘도 니드도 아무도 알지 못하고 다만 진현과 현홍, 두 사람만이 알 수 있는 작은 빛이. 마음이 일순 편해지는 것 같은 느낌. 작은 혼란도 방황도 다 사라지고 오직 엷은 빛에 인도되어 길을 찾아가는 것처럼… 불안 따위는 없었다. 조용히 눈을 감았다. 진현의 문양이 있는 오른손과 현홍의 문양이 있는 오른손이 겹쳐졌다.

빛과 어둠의 조화. 절대로 있을 수 없다고 말하는 사람도 있을 것이다, 멍청하게도. 그렇지만 이것이 사실인 것이다. 빛이 없으면 어둠도 없을 것이다. 그리고 어둠이 없으면 빛도 마찬가지로 없을 것, 당연한 진리이다. 양면의 동전처럼 한쪽이 없으면 쓸모가 없어지는 그런 것처럼. 수많은 세월 동안 빛과 어둠은 서로 등을 맞댄 채 서로를 지켜왔고 보완해 왔다. 작은 빛이 현홍의 눈에 비쳤다. 분명 눈을 감고 있음에도 그의 두 눈에는 마치 한 가닥의 희망처럼 그렇게 검은 어둠 속에 작은 빛 한줄기가 보였다.

 이쯤이라고 생각했을 때 현홍은 눈을 떴다. 그의 시선이 가리킨 곳은 여성과 슈린의 뒤쪽에 있는 커다란 바위 덩어리였다. 주문 같은 것은 외우지 않았다. 그저 마음으로 바라는 것이다. 자신의 마음속에 있는 작은 어둠과 그 어둠을 감싸는 산들바람과도 같은 희망에게. 작은 소원과 소망을 담아 바란다. 아무도 다치지 않게 지금의 상황에서 벗어나도록!

 콰광!

 아주 큰 폭발 소리는 아니었다. 그렇지만 마치 가스버너의 작은 휴대용 가스통이 터지는 정도의 소리는 내주었다. 그와 함께 여성과 슈린의 뒤쪽에 있던 바위의 한 부분이 부서져 나갔다. 무엇 때문인지 알 수 없었다. 바람에게 바랬다. 자신의 희망이 현실이 되도록……. 그리고 그 소망에 응한 바람이 현홍의 희망을 현실로 만들어주었다. 커다란 소리와 함께 순간의 평정을 잃은 여성은 슈린의 목에 갖다 대고 있던 나이프를 흠칫거렸다. 그리고 그 틈을 슈린은 놓칠 리 없었다. 자신의 목 부근에 있는 나이프를 재빨리 수도手刀로 쳐서 떨구었다. 여성은 생각지도 못한 상황에 고개를 쳐들며 슈린을 올려다보았다. 그의 손은 어느새 여성의 손목을 잡고 비틀었다. 그렇지만 그렇게 강한 힘은 주지 않고 그저 비틀어 행동을 제지하는 정도에 그쳤다.
"크윽!"
낮은 신음 소리와 함께 여성은 등 뒤로 돌려진 팔을 빼내보려고 몸을 흔들었지만 슈린의 손에 붙잡힌 손목은 빠질 생각을 하지 않았다. 조금 더 힘을 가하자 여성은 미간을 잔뜩 찌푸리고 땅에 무릎을 꿇었다. 진현은 조심스럽게 잡고 있던 현홍의 손을 놓았다. 그러자 기다렸다는 듯이 현홍이 고개를 들었다. 묻고 싶은 것이 가득하다는 눈. 그 모습에 진현에 살짝 미소 지어주며 머리를 쓰다듬었다.
"앞으로도 그렇게 하면 되는 거야."
"네가 없어도 이렇게 할 수 있는 거야?"
이유는 잘 알 수 없었지만 현홍의 그 조심스러운 말이 진현의 가슴을 뜨끔하게 만들어주었다. 무언가 숨기는 것이 밝혀진 그런 느낌에 그는 앞으로 나아가던 발길을 멈추었다. 손끝이 차갑게 저릿해지는 것 같았다. 무얼까, 자신만의 생각으로 모든 것을 앞서 생각하고 혼자서만 결정하는 것이 사실이다. 그렇다고 하여 알릴 수는 없었다. 아파할 테니까.
나중에 이 사실을 알게 된다면 미움받을지도 모른다. 눈물 흘리고 더 아파할지도 모르는 일이다. 그렇지만 지금은… 감추고 싶었다.
"…그래, 내가 없어도."
작고 힘없이 대답했다. 그 대답이 현홍의 귀에 들렸을지는 모르는 일이지만 의무감에 대답을 해야 했다. 그것은 스스로에게 하는 대답과도 같은 의미였지만. 진현은 조용히 고개를 돌렸다. 잠시 동안 그 둘을 바라보던 니드는 짧게 한숨을 내쉬었다. 하지만 자신이 뭐라고 할 말도 없거니와 있다고 하더라도 끼어들 만한 분위기가 아니었기에 이내 고개를 저어버렸다. 그리고 조심스럽게 여성에게로 다가갔다.

"당신이 무엇을 원하는지는 잘 알고 있어요. 하지만 쉽사리 건네줄 수 없는 것을 내놓으라고 하시니 이런 방법을 써야만 했습니다. 부탁이니 포기해 주세요."

말 안 듣는 아이를 어르는 말투로 조용히 말을 건네는 니드를 보면서 여성은 세차게 고개를 저었다.

"당신 같으면, 당신 같으면 목숨을 쉬이 포기하라 한다면 그렇게 할 건가! 난 의뢰받은 것을 가져가지 않으면 죽은 목숨이다!"

"이런……."

이렇게 되면 사면초가四面楚歌였다. 완전히 앞으로 나아갈 수도 뒤로 걸음을 옮길 수도 없게 되어버리는 것이다. 여성의 목숨을 구하기 위해서 다카가 슈린과 에오로에게 맡긴 종이를 넘길 수도 없는 것이고, 그렇다고 안 주자니 이 여성이 죽는 일이고……. 난처하다는 표정은 슈린 역시 마찬가지였다. 자신의 스승이 준 물건을 함부로 남에게 줄 수는 없는 일이다. 그것은 이 두루마리의 중요성을 넘어서 그 스승 성격에 가만있지 않을 것이기 때문이다.

어쌔신 길드는 대륙 최강의 암살자들의 모임이나 마찬가지인 집단. 아주 갓난아기 때부터 피맺힌 교육을 받는다. 때로는 친구와 동료를 죽이면서까지 살아남고 의뢰받은 일들을 100% 수행해야 하는 그런 집단인 것이다. 다들 난처한 표정이었지만 진현만은 여유만만, 느긋하기에 이를 데가 없었다. 니드가 슬머시 고개를 들어 진현을 바라보았다.

"무슨 생각이라도 있는 건가요?"

"글쎄요."

팔짱을 끼고 눈을 내리깔아 여성을 보던 진현이 살머시 한쪽 무릎을 끓고 여성과 비슷한 눈 높이가 되도록 했다. 자신의 동료들을 죽이고 자신의 일을 방해한 진현을 여성은 곱게 쳐다볼 수 없었다. 원래가 조금 독한 인상을 보여주는 눈을 더 치켜뜨고 잡아먹을 것처럼 진현을 노려보았다. 천천히 충분한 시간을 두고 진현은 조심스럽게 말을 내뱉었다. 입가에는 잔잔해 보이는 미소만을 띤 채.

"당신도 죽지 않고 저희도 손해를 보지 않을 묘안이 하나 있습니다만… 들어보시겠습니까?"

여성은 고개를 갸웃거렸다. 그러나 여전히 경계심을 지우지 않은 채 이를 갈았다.

"그런 방법이 어디 있지? 둘 중의 하나뿐이다. 내가 죽든… 아니면 너희의 물건을 내가 가지든."

"저런, 그것만이 아니지요. 저 물건을 당신께 주지 않더라도 당신이 죽지 않는 방법이 하나 있습니다. 당신이 저희의 동료가 되는 것입니다."

순간의 정적. 멍하게 입을 벌린 채 진현을 바라보는 일행들이 반, 그리고 반대로 얼굴이 새파랗게 질린 상태의 사람들이 반이었다. 있어서는 안 되는 것을 말한 것도 아닌데 왜 그러냐는 표정을 지어 보이는 진현을 보면서 멍하게 입을 벌린 사람들 중의 한 명이었던 에오로가 입을 열었다.

"무, 물론 말이 안 되는 것은 아니지만요. 정말로 그래도 된다고 생각하세요?"

더듬거리면서 말을 하는 그의 표정과 어투에는 당혹스러움이 물씬 담겨져 있었다. 그렇지만 진현은 살풋 웃으며 고개를 갸웃거릴 뿐이었다. 〈뭔가 두려운 사람이다〉라는 생각이 들게 하는 그런 사람이라고 에오로는 내심 생각했다. 얼굴이 새파랗게 질린 상태의 사람들 중 한 명인 슈린은 자신의 손에 잡힌 여성을 문득 놓아주고픈 생각을 했다. 행동으로 하지는 못했지만.

"그게 말이 된다고 생각하나!"

"안 될 것은 또 뭐가 있습니까? 사실 정황으로 보건대 당신은 이대로 저희에게서 그 물건을 뺏을 수는 없습니다. 거기다가 의뢰를 성립시키지도 못한 채 동료들은 모두 죽어 넘어진 상태에서 홀로 돌아간다면 그 길드 내에서 그리 고운 시선으로 보지는 않을 것이 아닙니까. 그러니 누이 좋고 매부 좋은 방법은 단 한 가지. 당신이 우리의 동료가 된다면 저 물건을 뺏을 필요도 없으며 최소한 저희들은 당신을 혹여 처단하러 오는 그 무리들로부터 구해줄 수 있을 것입니다. 동료니까요. 이 정도면 좋은 조건이 아닙니까?"

솔직히 말해서 지금 목숨이 위협을 당할 상황인 여성에게는 좋은 조건이었다. 거기에 괜히 끼이게 될 다른 사람들에게는 다시 한 번 위협적인 상황이 닥칠 수도 있는, 그런 유쾌하지 못한 일이었지만 말이다. 진현은 고민하고 있는 여성을 보며 어깨를 한번 으쓱거리고 다시 말을 이었다.

"그리고 절 죽이고 싶다고 말씀하셨지요? 저희와 동료가 된다면 그럴 기회가 많아지지 않겠습니까? 실력이 향상되면 덤비십시오. 언제든지 상대해 드릴 테니."

"…김진현."

자기 무덤 파는 그의 말에 현홍은 한 손으로 얼굴을 가리고는 고개를 저었다. 자신감도 저 정도면 병이다, 병! 하지만 그런 공격적인 것과는 거리가 먼 니드는 거의 울상이었다. 속도감이나 파괴적인 것과는 거리가 멀다 보니 만약 저 여성이 정말로 하루에도 열두 번씩 진현의 목을 노린다면 자신의 심약한 성격으로는 견딜 수 없을 것 같았다. 그렇다고 저 여성이 죽도록 내버려 둘 수는 없는 노릇이니 그로서는 이러지도 저러지도 못하고 발만 동동 구를 뿐.

키엘은 경계심을 약간 줄였지만 그 역시 못 미더운 눈초리로 여성을 쏘아보고 있었다. 한 번 적이었던 사람은 영원히 적이라는 생각을 하는 것일까? 아니면 짐승으로서의 본능인 것일까. 으르렁거리던 낮은 소리는 줄어들었지만 눈빛은 여전히 살기등등했다. 한동안의 침묵이 이어졌다.

붙잡힌 여성도 그 여성을 잡고 있는 슈린도 다른 일행들도 아무 말이 없었다. 진현은 자기 생각이 옳다고 생각하는 것인지 계속해서 미소만을 띠고 있었다. 들리는 것이라고는 간혹 누군가의 침 삼키는 소리와 말들의 숨소리, 그리고 바람 소리만이 전부였다. 누군가는 한 걸음 뒤로 물러서야 할 일이다. 그리고 그것이 누구인지는 미래를 내다보는 능력이 없는 사람도 알 수 있는 일. 이윽고 여성이 입을 열었다.

"그… 조건을 수락하겠어."

"탁월한 결정이십니다."

마치 흥정에서 입찰한 사람처럼 손바닥을 마주 잡은 진현은 고개를 살짝 끄덕이며 미소 지었다. 그리고 여성의 말이 끝난 순간에 슈린은 자신의 손에 잡힌 그녀의 팔을 놓아주었다. 순간 몸이 앞으로 약간 쏠리기는 했지만 역시 암살자답게 균형을 잡은 그녀는 저린 손목을 주무르며 눈을 치켜떴다. 하지만 악의가 있어서 그런 것이라기보다는 그녀의 인상 자체가 조금 차갑고 독한 인상이었기 때문이다. 약간만 표정의 변화를 주어도 눈에 확연하게 표시가 났다. 눈썹을 까닥거리거나 미간을 좁힐 때에도 다른 사람들보다 조금의 변화도 크게 보였다. 차갑게 다른 곳으로 시선을 돌리고 있는 여성을 말없이 바라보던 현홍이 조심스럽게 물었다.

"아, 저기. 이왕 동료가 되었는데 성함 정도는 가르쳐 주시겠죠?"

다른 곳을 바라보던 여성은 입술을 샐쭉 움직여 보았지만 방금 전의 약속을 떠올리고 말이나마 동료끼리 이름을 모른다는 것도 말이 안되었기에 조심스레 이를 악물며 조용히 대답했다.

"…에이레이 아스베타 비 사베크."

니드의 본명보다 더 긴 이름에 현홍은 안색이 창백해졌으나 다행히 앞부분은 놓치지 않고 들을 수 있었다. 〈녹색 사막의 딸〉이라는 뜻을 가진 여성을 보던 진현은 그녀의 이름을 들은 후 뭔가 의문스럽다는 식으로 고개를 갸웃거렸다. 그리고 살며시 고개를 틀어 니드를 돌아보았다.

"〈녹색 사막〉이라는 것이 무엇입니까, 니드?"

멍하게 에이레이를 쳐다보고 있던 니드는 진현의 말에 살며시 미소 지었다.

"제국에 있는 아잘린 사막을 〈녹색 사막〉이라 부릅니다."

"왜 사막을 녹색에 비유하는 건지……."

"그 사막은 사막이되 사막이 아니기 때문이지요."

이해 못할 말을 하며 연신 웃고만 있는 니드였다. 정답을 말해 준 것은 슈린이었다. 가만히 코트의 주머니에 손을 꽂고 서 있는 슈린이 조용히 입을 열었다.

"아잘린 사막은 사막이라고 불리지만 모래가 있어서 사막이라고 불리는 것이 아닙니다. 그곳에는 꽃이 피고 샘이 있으며 나무가 우거진 곳이 있습니다. 그렇기에 사막이되 사막이 아니라고 불리는 곳이지요. 대륙에서 몇 안 되는 신비한 곳으로 꼽히는 곳이기도 합니다."

도무지 니드와 슈린의 말을 이해할 수 없던 현홍은 이제는 대놓고 모르겠다는 표정을 지어 보였다. 그는 미간을 살짝 찌푸리고 어깨를 으쓱거렸다. 그리고 다시 슈린과 니드를 번갈아 쳐다보고는 질문했다.

"사막인데 사막이 아니라니? 그리고 나무가 있는 곳이 왜 사막이냐고? 그게 정말이라면 사막이라고 부르는 사람들이 이상한 거잖아. 계속 사막, 사막 하니까 머리가 이상해지는 것 같아."

두 손을 들어 이마를 짚으며 고개를 좌우로 도리질치는 현홍의 어깨를 툭툭 토닥여 준 니드가 다시 말을 이었다.

"그 사막은 뭐라고 할까, 굉장히 신비한 곳이지. 아주 광대하고 넓어. 우리 클레인 왕국의 3분의 1 정도가 될 만큼 말이야. 또한 아주 신비한 곳이기도 하지. 자연현상이라는 것이 원래 신비하지만 그 사막에는 단 한 순간 숲이 나타났다가 사라지곤 해."

"으에?"

괴상한 신음 소리를 내며 에오로가 입에 물고 있던 숟가락을 떨어뜨렸다. 자신도 클레인 왕국 사람이지만 모르는 얘기라는 반응이었다. 키엘 역시 귀를 기울여 얘기를 듣고 있기는 하지만 이해가 가지 않는 것 같아 보였다. 연신 고개를 갸웃거리니 말이다. 한심하다라는 표정으로 짧게 숨을 내뱉은 슈린이 에오로의 머리를 쥐어박았다.

"세계의 지리학과 역사학 시간에는 무엇을 한 것이지, 에오로 미츠버? 스승님께 다 일러바칠 거다."

"그 전날에 검술 연습한다고 피곤해서 그랬다고……."

울 듯한 표정을 하며 자신에게 달라붙는 에오로를 보면서도 슈린은 단호한 어조로 말했다.

"변명은 안 받아줘. 검술 연습은 너 혼자만 했냐? 게으르기 그지없으면서 무슨 마검사는 마검사야."

허리에 손을 얹고 잔소리하듯 말하는 것이 어째 자신과 하는 짓이 비슷해 보여서 진현은 머쓱한 표정을 지어 보였다. 일행의 이야기에 관심이 없다는 식으로 고개를 돌리고 손목만 주물럭거리던 에이레이가 눈썹을 살짝 까닥거리곤 볼멘 목소리로 말했다.

"이봐! 언제까지 그렇게 잡담 논쟁만 하고 앉아 있을 거지? 어서 너희들의 목적지로 가야 하는 것 아냐?"

짜증 어린 목소리였고 어딘지 모르게 불안한 감정이 잔뜩 담겨져 있는 말에 진현은 잠시 그녀를 바라보다가 그 특유의 비웃음을 입가에 흘렸다.

"이런, 이런, 불안해하실 필요는 없습니다만? 추격자들이 벌써 걱정이 되십니까?"

"입 닥쳐!"

잔뜩 독이 오른 독사마냥 고개를 쳐들고 자신을 바라보는 에이레이를 향해 진현은 별수없다는 듯 어깨를 으쓱했다. 그리고 천천히 그녀에게 걸어갔다. 에이레이는 몸을 흠칫 떨며 한 발자국 뒤로 물러섰지만 더 이상 어떤 행동도 취하지 않았다. 차분히 걸어오는 진현의 모습은 이상스럽게 고요하면서 사람이라는 인상을 주지 않았다. 마치 존재가 없는 그림자를 대하는 것 같은 느낌에 떨려오는 몸을 주체할 수 없었다. 이상한 이유. 그리고 더 이상한 것은 그것을 알았음에도 행동을 취하지 못하는 자신의 몸이었다.

그렇지만 그녀의 그것과는 달리 진현은 생긋 웃으며 에이레이의 바로 정면 앞까지 다다랐다. 슬쩍 미소를 흘리며 고개를 숙여 보인 진현의 입이 조심스럽게 열렸다. 자신의 바로 앞에 존재해 있는 에이레이에게만 겨우 들릴 정도로 작은 목소리였다.

"분명 말씀드렸습니다. 저희의 동료가 되신 이상…… 목숨을 걸고 당신을 도와드릴 것입니다. 당신이 안심하는 그날까지."

에이레이는 순간 고개를 끄덕일 뻔했다. 안심하라는 듯 나직이 말하는 그의 말투에 그녀는 일순 동요되어 버렸던 것이다. 어제의 적이 오늘은 동료가 된 것이 믿어지지 않았다. 그녀에게 어렸을 때부터 각인되어진 암살자로서의 교육은 그저 차갑고 냉혹하기만 했을 뿐. 다정한 어투로 가르쳐 준 사람은 존재하지 않았다. 그리고 이렇게 다정한 어투로 자신에게 말해 주는 사람은 한 손가락으로 꼽을 정도로 적었다. 그것도 하루 만에 이렇게 말해 주는 사람은 없었다.

그녀의 녹색 머리카락이 작게 흔들리는 것을 진현은 볼 수 있었다. 그렇지만 아무런 내색도 하지 않고 고개를 들어 조용히 그녀를 내려다볼 뿐이었다. 사실 그녀는 처음 진현을 보았을 때도 그의 아름다운 외모에 순간 동요되었었다. 그러나 십 년이 넘는 세월 동안 그녀에게 행해진 교육들은 그 정도로 느슨한 것이 아니었기에 그녀 자신의 의지로써 가다듬을 수 있었다. 그리고 너무나도 무감각하게 그녀의 동료들을 처리하던 무표정한 그의 얼굴에서는 살의를 느꼈다.

그렇지만 지금은? 알 수 없다. 그의 표정은 동료들을 죽일 때의 그런 무표정도 아니다. 자신에게 보이던 비웃음도 사라진 투명한 미소. 위선이라고 생각한다. 그래… 위선이야. 그렇게 다짐하고 속으로 중얼거려 보았지만 눈앞에 조금씩 보이는 진현의 미소는 그런 것이 없었다. 위선의 단 한 조각도 없는 마음에서 우러나오는 그런 미소. 에이레이는 고개를 세차게 흔들었다. 그러나 곧 그 모습 또한 그의 눈에 비치고 있다는 사실을 자각하곤 아예 고개를 돌려 버렸다.
"웃기지 마. 그런 말, 믿을까 봐?"
매몰차게 말을 내뱉고 뒤로 걸어가 버렸다. 사실 그런 말을 하려던 것이 아니었지만 쉽게 마음을 열어선 안 된다. 남자라는 것은 그저 동료 아니면 적. 그렇게 배워왔다. 아니, 처음 자신의 신에게 목숨을 걸고 암살자로서의 그림자 인생을 선택했을 때부터 여성이라는 것은 버렸다. 인간일 뿐이다. 자신의 목적을 가지고 의뢰만을 충실히 이행하는 기계 같은 암살자. 왜 이렇게 되어버렸을까 하고 눈물이 날 정도로 순간 억울해졌지만 자신의 허리에 차인 작은 단도를 만지작거린 순간 그 감정은 사라졌다.
다시 차갑게 마음이 식어갔다. 그렇게 교육받아 왔으니까. 하지만 평소와는 다르게 그 감정이 잘 정리되지 않는다. 천천히 돌아서 걸어가는 에이레이를 보며 진현은 살풋 미소 지었다. 그렇지만 그것은 비웃음도, 에이레이에게 지어주었던 순수한 미소도 아니었다. 그가 타인에게 지어 보이는 미소는 두 가지였다. 경멸과 멸시가 적절히 배합된 비웃음과 그것도 아니면 정말로 즐겁거나 기분이 좋을 때 지어 보이는 그런 미소. 지금 그가 힘겹게 지어 보이는 미소는 두 가지 모두 해당되지 않는 미소였다.
어떠한 의미가 담겨져 있는지는 자기 자신도 알지 못한다. 그저 그것이 타인이 아닌 자신에게 보여주는 미소라는 것뿐이다. 이걸로 됐다고 생각한다. 이제 에이레이라고 자신을 밝힌 저 여성은 자신도, 그리고 일행도 해칠 수 없는 영역까지 들어왔다. 결과적으로는 이용한 것이다, 그녀를. 마지막에 마지막까지 이용할 것이다. 그 자신이 여성에게 페미니스트인 것은 이런 의미에서인지도 모른다.

그녀들은 바보 같을 정도로 순수하고, 그리고 열성적이며 또한 이용하기 쉽다. 가슴이 뜨끔거렸다. 그런 생각을 한 순간 가슴이 불에 데인 것처럼 뜨겁게 달아오르며 아파왔다. 그렇지만… 어쩔 수 없는 사실이다. 진현은 그 자신의 외모를 그 이상도 그 이하도 생각하지 않았다. 그것뿐이다. 남을 구슬리는 데 이용하는 미끼. 자신의 외모는… 그것뿐이다. 다시 한 번 억지로 입가를 끌어 올려 미소 지은 진현은 고개를 저었다. 이런 생각은 언젠가부터 하지 않았는데.

아직까지 아잘린 사막의 이야기로 열렬한 토론 중인 일행들을 보며 진현은 살며시 웃었다. 어쩌면 자신은 그 자신만을 위하여 여성만이 아닌 모든 살아 있는 생명들을 이용하는 것인지도 모른다는 생각에 자조하듯 그렇게 웃었다.

"어서 가도록 하죠. 여행을 재촉해야 할 것 같습니다."

그 생각 때문에 자신의 소중한 것이 아파할 것이라는 생각에 더 더욱 가슴 아파하며 웃었다.

"다행스럽게도 말에 여유가 있군요."

아시드 엘타의 목덜미를 토닥거린 니드는 누가 보기에도 안도의 감정이 흠뻑 배어져 있는 태도였다. 솔직히 진현의 헤세드 정도의 거구인 말이 아니라면 두 명씩을 태우고 제대로 달릴 수 있는 말은 드물었다. 남성과 아이라던가 남성과 여성이라면 또 모르겠지만 남성과 남성이 같은 말에 탄다면 말이 느끼는 무게는 장난이 아닐 것이다. 그렇기에 니드는 안도의 한숨을 살짝 내쉬며 흐뭇한 표정을 지었다. 그 누가 자신의 말에게 부담을 주고 싶어하겠는가.

그렇지만 에이레이의 표정은 그리 밝지 않았다. 자신들의 동료들과 함께 타고 온 말들은 이제 다른 동료들의 소유가 되었다. 어찌 기쁠까. 생사를 같이 한 동료들은 이제 죽고 그녀의 곁에 존재하지 않았다. 그것도 현재의 동료에게 목숨을 잃었다. 다시 어지러워지는 머리 속 생각에 짧은 숨을 내뱉은 에이레이는 숲 안쪽에 숨겨놓은 말들을 끌고 나왔다. 현홍은 새로운 말들을 보자 곧 반색을 표하며 말들에게 달려갔다.

"우와, 너무 예쁜 말들이야!"

진심으로 말과 같은 동물을 좋아하는 그에게는 어쩌면 이곳은 천국일지도 몰랐다. 항상 말 같은 동물과 같이 있을 수 있고 그들을 만지고 느낄 수 있는 것은 현대의 대도심에서는 불가능에 가까운 일이었으니까.

에이레이의 손에 이끌려 나온 말은 털빛이 검었는데 표면이 은색으로 반짝이는 것이 정말로 은빛 가루를 발라놓은 듯했다. 갈기는 은빛의 털이었는데 작은 바람에 살랑거리자 은빛 가루가 떨어질 것 같았.

요정 같다고나 할까? 귀여운 느낌과 동시에 우아한 자태를 뽐내는 말이었다. 네 개의 다리 끝 부분에만 흰색 반점들이 있는 것이 특징이었다. 주인을 닮아서 그런지 약간 도도하면서 새침해 보였다. 에이레이는 자신의 말이 새로 나타난 사람들에 불안해하자 조용히 다독여 주었다. 그리고 고삐를 쥔 손을 조심스럽게 틀어쥐고는 다른 사람들에게 말했다.

"말이 없는 사람들은 알아서 골라. 그리고 훈련이 잘된 말이니까 한 번 거부하면 그것으로 끝이야. 말도 싫은 것은 확실하게 표현할 줄 아니까."

약간 딱딱 끊기는 말투가 단호하게도 들렸지만 틀린 것은 없었기에 에오로는 고개를 끄덕였고 슈린 역시 조심히 수긍했다. 손에 낀 검은 가죽 장갑의 끈을 단단히 조여 멘 에오로는 마른침을 삼키고 말들을 돌아보았다. 그리고 잠시간의 시간이 흐른 후 손가락을 퉁기고는 한 마리의 말에게 향했다.

"이 말로 하겠어! 녀석, 튼튼하게 보이는 것이 잘생겼는데!"

그가 고른 말은 그가 타기에는 약간 커 보이기는 했으나 그리 무리는 없어 보였다. 진갈색에 튼튼하고 날씬한 다리를 자랑하는 말이었다. 에오로는 자신이 탈 말을 몇 번 토닥이곤 이곳저곳 살펴본 후 마음에 든다는 식으로 고개를 힘차게 끄덕였다. 말 역시 활기 차고 밝은 자신의 새 주인에게 큰 불만은 없는 것인지 가만히 그런 주인을 돌아볼 뿐이었다.

슈린은 가만히 팔짱을 끼고는 유심히 말들을 살펴보았다. 그러나 긴 시간은 필요치 않았는지 성큼성큼 걸어가서는 자신의 키에 맞게 큰 덩치의 말을 골라잡았다. 그 말은 검은색이었는데 흰색 반점들이 밤하늘의 별들처럼 아름답게 수놓아진 말이었다. 유난히 길고 탐스러운 회색빛 갈기와 꼬리가 아름다워 보였다. 말은 한번 고개를 힘차게 저은 후 슈린이 마음에 든다는 식으로 입을 그의 어깨에 묻었다. 새로운 동료들과 새로운 말들이 생겼다. 한참 동안이나 여행이 저지된 느낌에서인지 진현이나 다른 사람들은 서둘고 싶었다. 헤세드에 가볍게 오른 진현은 고삐를 쥔 손을 조용히 놓고는 지도를 살펴보았다.

"하루나 지체되고 말았군요. 새로운 동료도 좋지만 여행은 늦으면 늦을수록 좋지 않습니다. 에오로 군, 슈린 군. 그리고 에이레이 양. 당신들도 당신들의 목표가 있겠지만 저희도 저희의 목표가 있어서 하는 여행이니까요. 비록 마지막에 닿아 있는 목표는 다를지도 모릅니다.

그렇지만 우선은 가는 길이 같으니 자신의 목표에 닿기 전까지 서로를 도울 수 있는 여행이 되었으면 합니다."

진지하지만 입가의 미소 때문에 조금은 긴장을 풀 수 있었다. 확실히 어젯밤 동안에 많은 일이 있었다. 새로운 동료들도 생겼다. 하지만 많은 일들 때문에 아직은 생소한 면도, 그리고 서먹한 면도 있다. 다시 시작되는 여행에 두근거리는 마음도 잠시. 앞으로는 더 많은 일들이 순식간에 일어날지도 모른다. 그렇기에 쉽사리 마음은 놓을 수 없었다. 잠시 침묵하는 진현을 대신해 카오루의 고삐를 잡고 고개를 두리번거리던 현홍이 대신 입을 열었다.

"어서 출발해. 내일 일은 내일 걱정하자고."

"그래요! 내일 일은 내일! 그리고 지금 일은 지금 하자구요!"

마치 새로 시작되는 여행이 기대된다는 식으로 활기 차게 에오로가 소리쳤다. 그의 말도 주인에게 호응하듯 고개를 세차게 저으며 크게 콧소리를 내었다. 차분히 말의 등자 끈을 조인 슈린 역시 할 수 없다는 표정으로 쓴웃음을 짓고 있었다. 쉽지 않은 여행이 될 수도 의외로 쉬운 여행이 될 수도 있으니. 걱정되는 마음 한편으로 기대감을 감출 길이 없는 것은 당연하기도 했다. 입가에 미소를 떠올리고 있는 니드 역시 고개를 끄덕였다.

"해는 기다려 주지 않아요. 어서 출발하죠."

니드의 말이 출발점이 되었다. 작은 발 구름을 통하여 말에 오른 에이레이는 가볍게 고삐 끈을 틀었다. 말은 고개를 치켜들고 앞으로 질주했다. 그나마 평평한 산지였기에 말은 어렵지 않게 앞으로 내달릴 수 있었다. 그에 지지 않겠다는 듯 현홍과 에오로가 그녀의 뒤를 따랐다. 서로를 마주 보고 어깨를 으쓱거린 니드와 슈린이 앞으로 말을 몰

앉을 때 진현은 그 모습을 가만히 바라보기만 했다. 마치 개구쟁이 어린아이들을 보며 골치 아파하는 어른처럼 하늘을 향해 고개를 살짝 든 진현은 조용히 중얼거렸다.

"이거, 만만치 않은 여행이 되겠는걸? 그렇지 않니, 헤세드?"

조용히 묻는 주인의 물음에 대답 대신 헤세드는 높게 고개를 들고 짧게 푸륵거린 후 앞서 달려간 동료들을 따라잡기 위해 달음박질쳤다. 태양은 아직 높지 않았지만 햇살은 따스했다. 봄이 가고 어느새 여름이 그들의 곁에 가까이 다가오고 있다는 증거였다. 무더운 여름에는… 시원한 일들만이 있기를 바라며 진현은 고개를 저었다.

Wheel of fortune 운명의 굴레 3

비가 부슬거리며 내리고 있었다. 봄이 가며 여름을 재촉하는 비였다. 이 비가 내리고 나면 여름은 그들의 곁으로 성큼 다가와 서 있을 것이다. 옷이 무거워지는 느낌에 현홍은 짜증 섞인 한숨을 지었다. 다른 이들도 내리는 비가 별로 달갑지는 않았다. 맑은 날씨보다 속도를 낼 수 없어서 여행이 느려지고 있었기 때문이다. 잘못하여 흙탕물에 말이 미끄러지기라도 한다면 말도 사람도 크게 다칠 것이다. 그들은 아주 약간의 속보로 말을 몰아 천천히 대지를 달렸다. 물을 잔뜩 먹은 모포는 무거웠다. 그렇기에 말들은 평소보다 무거운 짐을 얹고 달리는 셈이었다.

빗물에 젖어 얼굴에 달라붙는 머리카락을 걷어낸 진현이 하늘을 슬쩍 쳐다보았다. 잔뜩 찌푸린 회색 빛 하늘에서는 한바탕 시원하게 내리는 것도 아니고 부슬거리는 비만이 계속해서 내릴 뿐이었다. 우산을 쓰기에도 그렇고 그렇다고 안 쓰면 다 젖어버릴 정도의 그런 비. 대지는 온통 물을 머금어 습기가 가득 차 있었다. 시원하기는 했지만 더불어 찝찝한 느낌에 좋은 기분은 아니었다. 땅을 뒤덮고 있는 물안개 덕분에 앞을 제대로 볼 수조차 없는 상황이었다. 미끌거리는 진흙탕에 말들이 휘청거리기 몇 번. 한기 어린 숨을 한 번 내쉰 진현이 고개를 돌리며 일행들에게 말했다.

"조금 속력을 줄이는 것이 좋을 것 같습니다. 위험하겠군요."

"아아……."

현홍도 그의 말에 찬성하며 어지럽다는 듯 고개를 저었다. 그리 두꺼운 옷을 마련하지 못한 그로서는 감기에 걸릴 것 같았다. 이미 걸린 것 같은 증상을 보였지만. 사실 두꺼운 옷을 입더라도 물을 잔뜩 머금으면 견디지 못할 정도로 무겁고 습한 기운 때문에 벗어버릴 것이다, 니드처럼. 니드는 지금 어깨 위에 걸치고 있던 망토를 벗어버린 후였다. 딱히 편한 잠자리도 아니었고 짧은 시간 동안에 있었던 많은 일 때문에 근육이 많이 위축된 상태였다. 조금만 손을 까딱여도 삐걱거리는 소리가 들릴 지경까지 와버렸다. 이미 이쪽의 세계로 와버린 지 한 달 가까이 되었지만 자신들의 목표에 근접은커녕 얻은 것도 없었다.

긴 여행 동안 제대로 쉬어본 적이 없었기에 현홍은 지금 극심한 피로에 시달리고 있는 중이었다. 워낙 체력만은 강한 그였지만 일 년 중 단 몇 번 정도는 몸이 좋지 않았다. 그럴 때면 남보다 세 배 이상은 더욱 아팠다. 잘 아프지는 않지만 한 번 아프면 더 아프다. 장점이자 그것이 단점이 된다. 조금씩 오르고 있는 열 때문에 눈앞이 흐릿하게 보일 지경이었다. 한 손으로 고삐를 쥐고 다른 손으로 이마를 짚어보았다. 따스한 기운이 느껴졌다. 그것은 어디까지나 자신이 만져서 그런 것이지 다른 사람이 만진다면 더 뜨거울지 모른다.

　에이레이는 물방울이 뚝뚝 떨어지는 초록빛 머리카락을 한 번 쓸어넘기고는 주위를 두리번거렸다. 그녀는 클레인 왕국의 사람이 아닌 카르틴 제국의 사람이었지만 이 나라의 도시 위치나 거리 정도는 잘 아는 사람이었다. 그렇지만 이 정도까지 도시가 드문드문 있을 줄은 지도를 보고서는 모르는 일이었기에 당황하는 기색이 역력했다. 짙은 녹색의 눈동자에 이채가 스쳐 지나갔다.

　"여기 클레인 왕국은 어떻게 된 나라인 거지? 이렇게 띄엄띄엄 도시를 세워두면 여행자들은 어쩌라고?"

　짜증과 함께 투정이 잔뜩 섞인 목소리였다. 그녀 자신이 지금 길을 헤매는 여행자이기에 그렇게 말한 것이었다. 그렇지 않다면 만난 지 사흘 만에 처음으로 저렇게 당황한 목소리로 말할 리가 없기 때문이다. 손을 휘젓는 에이레이를 보며 니드가 짧게 고개를 끄덕였다.

　"이곳 클레인 왕국은 국토 개간이 잘 되지 않아서 걱정인 나라이지요. 국민은 많지만 그에 따라 또 땅은 더 넓습니다. 제국보다는 아니지만……. 제국은 사람과 땅의 비율이 적절히 혼합되어져 있다고 한다면 이 나라는 국민에 비해 국토가 너무나도 넓습니다. 거기다가 산과 같은 사람이 살 수 없는 곳이 말입니다. 그리고 국민들 역시 편안하고 안전한 생활을 위해 수도권 지역에만 몰려서 살고 있는 실태이지요. 확실히 큰 문제인 듯합니다. 특히 여행자들에게는 위험하기도 하고……."

　"아아… 우리 나라랑 똑같구나. 땅은 좁지만."

　몸을 엄습하는 한기에 작은 말이라도 하고자 현홍은 자신이 살던 한국을 생각하며 중얼거렸다. 자신이 사는 나라 역시 수도권 지역에만 많은 사람들이 밀집하고 농촌 등지에서 상경하여 사는 사람이 많았으니까 말이다. 거기다가 편안한 생활 같은 이유에서 그런다는 것이 더욱 공감이 되는 이유였다. 특권은 서울과 같은 수도권에만 전달이 될 뿐 구석진 산골 같은 곳에는 전달되지 않는다. 하물며 제2의 도시라는 부산 역시 말로만 제2의 도시라고 칭해질 뿐 인천 등이 그 자리를 대신하고 있는 것이 사실이다.

셔츠를 두 겹이나 껴입었지만 몸에 배어져 있는 한기는 가실 생각을 하지 않고 몸은 점점 나른해져 가는 것 같았다. 쿨럭거리는 기침까지 나오는 것으로 봐서는 이제 완벽한 감기였다. 자조하는 듯한 중얼거림을 내뱉으며 힘겹게 고개를 드는 현홍의 곁에는 어느새 진현이 헤세드를 몰아와 있었다. 그는 슬쩍 곁눈질로 현홍을 바라보았다.

"괜찮은 거냐? 안 좋아 보이는데."

"음… 괜찮아, 괜찮아."

억지로 웃으며 대답해 보았지만 몸이 안 좋은 것은 사실인 것 같다. 고삐를 잡은 손에 힘이 들어갔다. 하필이면 이럴 때에 안 좋아지는 몸에 짜증이 났다. 에오로와 슈린 역시 현홍의 곁에 다가와 있었다. 빗물을 머금어 축 늘어진 암갈색 머리카락을 짜증스럽게 넘긴 에오로가 현홍의 얼굴을 걱정스레 쳐다보았다.

"안 좋아 보여. 그것도 굉장히."

"예. 쉬시는 것이 좋을 것 같습니다."

에오로의 뒤를 이어 슈린 역시 걱정된다는 식의 말투였다. 그렇지만 쉬려고 해도 쉴 만한 곳이 없었다. 지도에 표시된 도시까지 가려면 하루는 족히 걸릴 텐데 말들은 제 속력을 내지 못한다. 흙탕물로 엉망이 된 숲이나 초원에서 쉴 수는 없는 노릇이었다. 그들은 어쩔 수 없이 말을 타고 걸어야 했다. 최소한 그렇게 해야만 오늘 밤이 깊어지기 전에는 도시에 닿을 수 있을 것이다. 그리고 그 사실을 아는 현홍은 정말로 괜찮다는 표정으로 고개를 살며시 내저었다.

"정말로 괜찮아. 도시가 발견되면 그때 쉴게. 됐지?"

억지로 끌어올린 미소에 다른 사람들은 그리 미덥지는 않았지만 살짝 고개를 끄덕였다. 한심하다는 표정 뒤로 여기 있는 그 누구보다 더 현홍을 걱정하고 있는 진현은 조용히 카오루의 고삐를 잡았다. 현홍이 고개를 갸웃거리며 뭐라고 말하기도 전에 그의 입이 조심스럽게 열렸다.

"됐어. 앉아서 쉴 수 없다면 최소한 말 위에서라도 쉬어야지. 카오루는 내가 끌고 갈 테니까 너는 고삐 잡지 마. 말 모는 것도 몸 아플 때는 힘든 일이야."

단호하게 말한 진현은 그렇게 고개도 돌리지 않고 한 손에는 헤세드의 고삐를, 그리고 나머지 한 손에는 카오루의 고삐를 잡은 채 말을 몰았다. 평소에는 맺고 끊음이 확실하고 냉정하며 이익을 앞세우는 진현이었지만 힘들 때만은 저렇게 자상하게 변한다. 언제 어느 때이든 힘들다고 느낄 때면 언제나 옆에 있다. 그래서 너무나도 안심이 되었다. 기운을 내자고 마음먹고 숨을 다잡아보았다. 오늘 밤쯤에는 도시에 도착할 듯해 보였다. 정말로 쉬었으면 좋겠다고 생각했다. 니드의 옷자락을 꼭 붙잡고 말에 타고 있는 키엘은 강아지처럼 몸을 탈탈 털어내며 빗물을 떨쳤다. 그로 인해 니드는 더 흠뻑 젖게 되었지만 별말은 하지 않았다. 맑은 날씨에 여행을 하면 사람들의 마음이 조금은 편해지지만 이처럼 흐린 날씨에 여행을 하게 되면 사람들의 마음도 무겁게 되어버린다. 그래서 몸이 아픈 것보다 마음이 무거워져서 더 힘이 드는 것이다.

희뿌연 물안개에 가려진 대지는 무척이나 차분하고 또한 어두웠다. 시간으로 보면 대낮이건데 눈앞은 짙은 회색 빛으로 가득하니 어두워 보일 수밖에. 하지만 시간이 지남에 따라 빗줄기는 점점 가늘어지고 양도 적게 내렸다. 하루 온종일 비를 맞았으니 몸이 견딜 수 없는 것은 어쩌면 당연한 일이기도 했다. 저 멀리로 보이는 거대한 성벽이 작은 장난감 성처럼 보였다. 언뜻 보았다면 그냥 스쳐 지나가 버릴 정도로 안개에 둘러싸인 곳이었다.

슈린은 손을 들어 눈가에 대고는 조용히 말했다.

"약 한 시간 거리에 도시가 보입니다. 저 도시가 아마도 지도에 표시된 지아루라고 불리는 도시일 것입니다."

"지아루, 〈가랑비〉라는 뜻이라 운치있는걸."

현홍은 편히 쉴 수 있다는 생각에 절로 안도의 한숨과 함께 웃음이 나왔다. 다른 이들도 마찬가지였다. 처음 만나고 난 후로 꼬박 사흘 동안 말로 달리고 걸었으니 피곤함이 몸에 배어져 버렸다. 편안한 잠자리와 맛있는 음식들이 그리웠다. 에이레이는 찢어져서 보기 흉한 검은 슈트 대신에 현홍의 옷을 입고 있어서 불편한지 연신 옷을 가다듬었다. 처음 그의 옷을 입을 때에는 남자 옷이라는 점에서 엄청나게 안색이 틀려졌었다. 그런데 입고 보니 자신과 키도 비슷하고 체형도 비슷하여 그런대로 입어줄 만했다. 정작 기분이 나쁜 것은 현홍이었다. 자신의 옷이 여성이 입어도 무방할 정도로 어울린다는 사실에 다시 자신의 콤플렉스가 건드려진 것이다. 옷을 가다듬는 에이레이를 보자 다시 그 생각이 나는 것인지 그의 입이 다시 샐쭉거려졌다. 에오로는 고개를 축 처지게 하며 걷고 있는 리젠트의 목을 토닥여 주었다. 힘든 것은 아닌데 그의 말은 천천히 걸을 때에는 항상 목을 약간 아래로 향하게 하고 걷는 버릇이 있었다. 그냥 버릇일 뿐이었지만 보기가 좀 그래 보여서 에오로는 항상 말을 다독여 주었다.

〈미래〉라는 뜻을 가진 리젠트와 반대로 슈린의 말인 치트로스에는 고개를 꼿꼿이 세우고 도도하게 걸음을 걸었다. 〈구하다〉라는 의미를 가진 그 말은 진현의 헤세드와는 조금 다르게 당당하다기보다 일부러 당당하게 보이려고 애쓰는 모습처럼 보였다. 종종 헤세드와 일부러 걸음을 같이하려는 치트로스에를 보며 현홍은 농담 삼아 〈헤세드를 라이벌로 생각하나 봐〉라는 말을 했다. 슈린은 그저 쓰게 웃으며 그 말을 넘겼으나 그 말은 사실이었다. 누가 보기에도 자신의 말은 헤세드를 의식하고 있었다. 한 무리의 말들에게 있어서 우두머리 자리를 노리는 것은 당연했다. 그렇지만 이길 수는 없었다. 헤세드는 완전히 치트로스에의 행동을 무시하는 축에 들었으니까. 달릴 때에 단 한 번도 치트로스에는 헤세드의 앞으로 나아가지 못했다.

그런데 그 모습이 왜 자신처럼 보이는 것일까. 슈린은 고개를 저으며 쓴웃음을 지었다. 자신도 어느 순간부터 진현을 라이벌 정도로 생각하고 있는 것이 이상하게 부끄럽고 화가 났다. 그리고 왜 그런지 이유를 모르는 것에 더 화가 났다.

『나도 어서 좀 쉬었으면 좋겠다고. 덜그럭거려서 짜증나.』

"논다."

투덜거리며 말하는 운을 힐끔 쳐다본 진현은 상대할 가치도 못 느끼겠다는 식으로 짧게 답했다. 솔직히 말해서 검은 원래 검집에 차여 있어서 덜컥거리는 것이 일상생활인데 덜그럭거려서 짜증이 난다는 것이 말이 되는가. 다른 이들 역시 논쟁을 할 일말의 생각도 하지 않고 묵묵히 앞만을 바라볼 뿐이었다. 그렇지만 에이레이는 확실히 조금의 호기심이 동했는지 잠시 눈동자를 굴리다가 입을 열었다.

"그 검 좀 볼 수 있을까?"

만약 다른 이였다면 며칠 전까지만 해도 적이었던 사람에게 자신의 검을 넘겨주지는 않을 것이다. 그러나 진현은 확실히 다른 사람들과는 다른… 괴상한 성격의 사람이었다. 들고 가도 별 개의치 않는다는 식으로 벨트에서 검집을 끌러 칼날을 손으로 잡고 넘겨주었다. 에오로의 미간이 순간 꿈틀거렸다. 어떻게 적이었던, 그리고 아직까지는 확실히 믿을 수도 없는 사람에게 저 비싸고 귀한 마법검을 넘겨주느냐는 표정이었다. 혹여 들고 도망치면 어떻게 할 수 없지 않느냐라는 듯. 그렇지만 진현은 수다스러운 데다가 사랑하는 여인의 이름만 나와도 울먹거리며 성능마저 의심스러운 저 검을 누가 들고 가도 상관은 없었다.

그런데 왜 아무도 들고 가지 않느냐에 대한 의문만이 들었다. 어쨌거나 마법검은 마법검이고 값도 비싼데 말이다. 강도나 만나면 넘겨줘야지 하고 중얼거리는 진현을 아랑곳하지 않고 에이레이는 조심스럽게 고삐를 놓고 검을 만져 보았다. 고삐를 놓았음에도 불구하고 그녀의 말인 〈답〉이라는 뜻을 가진 아인은 걸음을 조심히 하며 주인을 잘 모셨다. 슬며시 검집에서 검을 뽑아보니 눈이 부시도록 새하얗고 투명한 검날이 모습을 드러냈다. 그녀답지 않게 숨 막히는 탄성을 내지르는 에이레이를 보며 진현은 살풋 웃었다.

"너무 예뻐……."

역시 여성은 여성. 아름다운 것을 보고 감탄하는 것은 모든 인간이 당연한 것이겠지만 감수성 예민한 여성답게 에이레이는 아름다운 조각품을 바라보는 시선으로 운을 훑어보았다.

『이거, 미인에게 칭찬을 받으니 몸 둘 바를 모르겠네.』
"어머, 미인?"
『저는 진실을 말하는 검이랍니다, 레이디 에이레이. 당신은 충분히 아름다워요.』

핏기 도는 두 볼이 살풋 붉어지는 에이레이를 보며 다른 사람들은 고개를 돌렸다. 역시 에이레이도 여성은 여성이었나 보다. 못 볼 것 봤다는 식으로 주변의 숲만을 뚫어져라 응시하는 에오로와 달리 현홍은 재미있다는 시선으로 에이레이와 운을 번갈아 쳐다보았다. 흥미롭다는 시선은 슈린도 마찬가지였다. 에이레이는 미인이었다. 아주 눈에 띄는 미모는 아니지만 꾸미고 나면 놀랄 만큼의 미인이 될 정도. 검이지만 보는 눈은 있다는 듯 슈린은 고개를 끄덕였다. 그렇다고 그가 여성에게 많은 관심이 있는 것은 아니었다. 아주 어렸을 때부터 부모님을 잃고 괴팍한 스승 밑에서 책만 보고 수련만을 해온 그에게 여성이라는 존재는 남자와는 다른 존재 그 이상도 그 이하도 아닌 것이었다. 물론, 아름다운 여성을 보고 감탄하지 않는 것은 아니지만.

열심히 수다를 떠는 운 덕분에 일행들의 분위기가 조금은 상승된 느낌이었다. 비도 점점 그쳐 갔고 먼 도시의 성벽이 눈에 들어올 정도가 되었을 때에는 완연히 비는 그쳐 있었다. 그리고 흐릿했던 날씨도 점점 개어져 갔다. 어두운 회색 빛 구름들이 바람에 떠밀려 대지 위에서 모습을 감출 때 그 속으로 파란 하늘이 새침하게 모습을 드러냈다. 정말로 오늘 하루 동안 가장 보고 싶었던 존재였다. 파란 하늘이 이리도 기분 좋게 보일 수가 있을까?

새하얗게 구름들이 때를 벗겨내었고 이제 비구름들은 멀리 쫓겨나 모습을 감추었다. 물방울을 가득 머금은 가로수들 사이로 도시의 입구로 통하는 대로가 보였다. 흙탕물과 구덩이들이 많아서 조금 위험해 보였지만 일행들은 조심히 말을 몰아 길로 들어섰다. 숲을 가로질러 왔기 때문에 사람들을 볼 수가 없었는데 도시에 다다르자 수도가 근접한 곳이라 그런지 들어가는 사람들이 눈에 많이 띄었다.

"우와, 예쁜 도시구나!"

감탄 어린 탄성을 질러대며 에오로가 두리번거렸다. 도시의 성벽은 확실히 회색 빛이 아닌 붉은기가 도는 벽돌로 쌓아 올려져 있었다. 적을 물리치는 외벽의 기능보다는 외관상의 미적인 면을 더 중시한 듯 보였다. 그러나 정말로 솜씨 좋은 기술자가 쌓아 올린 것처럼 성벽은 견고하고 아름다웠다. 비 때문에 잔뜩 패인 물구덩이를 메우는 경비대원들로 분주했다. 흙으로 된 길가에 물구덩이가 많으면 넘어져 다치는 사람들도 있을 것이고 마차의 바퀴가 빠질 수도 있었기에 삽으로 흙을 퍼 넣는 경비대원들의 손길은 분주했다.

갑옷 같은 것은 없었고 흙먼지 가득 묻은 셔츠의 소매를 걷고 연신 흘러내리는 땀을 훔쳐 내는 그들의 모습은 활동적이며 살아 있는 느낌이 물씬 흘러넘쳤다. 생각했던 것보다 일찍 도시를 발견할 수 있어서 시간은 늦지 않았다. 살며시 모습을 드러내는 태양을 보니 대략의 시간은 정오가 지난 지 몇 시간 정도. 해가 지려면 아직 시간은 넉넉했다. 짐을 들고 말을 타고 도시로 들어가는 사람들의 발길은 재빨리 움직였다. 장사꾼처럼 보이는 중년의 사내는 시원하게 벗겨진 이마의 땀을 슬쩍 닦아내고는 손에 든 짐을 다시 한 번 등에 얹었다. 바구니를 든 아낙들도 비가 내릴 동안 일을 하지 못하고 장도 보지 못해서 그런지 발걸음을 바삐 했다. 분주해 보이는 도시의 풍경에 일행들은 함박웃음을 지었다. 정말이지 사람들이 이렇게 보고 싶었던 적은 없었다.

여전히 운을 꼭 쥔 채 운의 살살 녹는 감언#들을 듣고 있던 에이레이가 고개를 들었다.

"분주하고 사람도 많아. 조심해야겠어."

"무엇을 말이지?"

현홍이 고개를 들어 물었다. 그러자 그녀는 고개를 저으며 목소리를 낮췄다.

"나와 너희들을 쫓는 암살자. 어디에서 우리들을 감시하고 있을지 모르잖아."

그 말에 밝았던 분위기가 다소 움츠러들었다. 그렇지만 에오로는 밝게 웃으며 손을 휘저었다.

"됐어요, 됐어. 이 마당에 그런 말 해서 기운 빼지 말자고요. 오면 오는 대로 안 오면 안 오는 대로 마음 편히 먹고 살면 어때요?"

한동안 자신들을 쫓는 사람들에게 시달렸던 탓에 이제는 달관의 경지에 이른 사람처럼 에오로는 허물없이 말했다. 그들 중 한 명이었던 에이레이는 잠시 머뭇거리다가 탐탁지 않은 표정으로 고개를 끄덕였고 다른 사람들도 피식거리며 웃었다. 확실히 앞날을 너무 걱정하지 않는 것도 탈이지만 너무 심하게 걱정하는 것도 그리 좋은 일은 아니었다. 그렇기에 그냥 다가오는 대로 받아들이기로 마음먹었다. 현홍은 아픈 몸에도 애써 미소 지으며 도시의 외관을 구경하였다. 빗물이 흘러내리는 성벽과 푸른 목초지가 인상적이었다. 마치 유목민들처럼 성문의 옆으로 몇십 미터 떨어진 곳에는 또 커다란 문이 있었고 그 문으로 소들이 꾸역꾸역 나오고 있었다.

거의 대부분이 젖소였고 고기를 위해서 키우는 소들도 많았다. 말을 탄 몇몇 장정들이 소를 몰아 커다란 우리 안으로 넣었다. 바로 목초지가 커다란 목장인 셈이었다. 확실히 도시가 큰 것인지 소들의 규모도 장난이 아니었다. 마치 몇 사람이 같이 소를 키우는 것처럼 보였다. 비가 개자 때를 기다렸다는 듯 사람들은 소들을 몰고 나와 풀을 먹였다. 목장과 커다란 도시에 감명을 받은 현홍은 입을 벌리고 도시 이곳저곳을 쳐다보았다. 물론 열과 감기 기운 때문에 흐릿해진 시선으로 보느라고 고생깨나 했지만 밝은 햇살에 마냥 기분은 좋아졌다. 반대로 몸은 점점 더 축 늘어지는 기분이었다. 어서 여관이나 가서 편한 침대 위에 몸을 누이고 싶었지만 따스한 햇살 덕분에 지금은 아무래도 상관없었다. 천천히 말을 몰아 성문에까지 다다랐다.

경비대원들의 대부분이 대로에서 일을 하는 중이라서 보초를 서고 있는 사람은 얼마 되지 않았다. 서너 명쯤 되는 대원들은 오늘 하루가 지루했던 것인지 연신 하품을 해대며 잡담을 떨고 있었다. 평화로워 보이는 모습이었지만 확실해 보이는 근무 태만이다. 타국에 와서 한심한 모습을 보는 에이레이는 어깨를 한 번 으쓱거린 후 고개를 저었다. 최소한 자기 나라인 제국에서는 저런 일은 없다는 투였다.

"한심하긴……."

짧게 중얼거리는 그녀를 보며 니드는 쓰게 웃을 뿐 별다른 말은 하지 않았다. 낡았지만 길이 잘 들어 보이는 레더 아머Leather Armor만을 걸치고 한 손에는 파이크Pike를 든 채 성벽에 기대어 꾸벅꾸벅 조는 병사도 보였다. 완전히 제멋대로같이 보이기는 했지만 아무도 신경을 쓰지 않았고 주위에서도 별말을 하지 않는 것으로 보니 늘 있는 일인 것 같았다. 너무 무겁고 커 보여서 들기조차도 못할 것 같은 타워 실드Tower Shield를 땅에 꽂고 팔을 기대어 귀찮다는 식으로 주위만을 두리번거리는 병사도 있었다. 전혀 조직 체계가 잡혀 있지 않아 보여서 정말로 경비대원들인가 의심이 갔지만 일행들은 조용히 지나치기로 마음먹었다.

"에헤…… 이것 봐라? 남자는 많은데 여자는 한 명? 다 같이 데리고 노는 건가 보지."

킬킬거리는 웃음소리와 누가 들어도 시비조의 목소리가 들려왔다. 그리고 그 순간 일순 말들이 걸음을 멈추었다. 말들의 의지였는지 아니면 그들에게 탄 주인들의 의지였는지는 아무도 모른다. 알려고조차 들지 않았다. 성벽에 기대어 옆의 동료와 잡담을 나누던 병사 한 명이 키득거리며 웃는 모습이 보였다. 며칠 동안 제대로 다듬지 않아서 삐죽하게 나 있는 턱수염과 때에 젖어 있는 셔츠를 입고 있는 중년의 남자였다. 그와 나이가 비슷해 보이는 덩치 큰 동료 역시 그의 말에 동조한다는 식으로 입가에 비웃음을 흘렸다. 현홍은 그렇지 않아도 몸도 안 좋은데 이제는 별의별 것이 시비를 거는 것이 못마땅한지 그냥 손을 휘저어 보였다. 마음대로 하라는 표현이었다.

원래 같으면 아무리 그래도 사람이니까 최소한 〈죽이지는 마〉 정도의 말이라도 했을 테지만 그 자신도 저런 류의 인간들을 제일 싫어했다. 그래서 말리지 않겠다는 투였다. 자기 무덤 자기가 알아서 파고 누워주기까지 한다는데 누가 말리겠는가. 에이레이는 이를 뿌득 갈고는 성벽에 기대어 서 있는 두 명의 남자들을 노려보았다.

"에헤헤, 노려보는 것 좀 봐. 꽤 새침한 면도 있는데 우리랑 좀 놀아보는 것이 어때?"

"비리비리하게 보이는 저 녀석들보다는 더 화끈하게 놀아줄 수 있는데 말야. 킬킬."

그렇게 말하며 두 손을 허리에 얹고 허리를 씰룩거리는 남자의 모습은 역겹기 그지없었다. 헤세드는 크게 콧소리를 내며 고개를 휘저었다. 마치 사람들의 말을 알아듣기라도 하는 듯이 말이다. 손을 뻗어 조용히 헤세드의 목을 토닥인 진현은 귀찮다는 표정으로 조용히 병사들에게 말했다. 아니, 그들을 보며 말한 것은 아니었고, 분명 시선은 정면이었으나 그의 말을 들으면 누구라도 그 말이 병사들에게 하는 말인지 알 수 있을 정도였다.

"후, 정말이지…… 이제는 별의별 것들이 다 행패를 부리는군. 귀찮게 어디서 개가 짖는 것도 아니고 사람 말이 아닌 못 알아들을 소리가 귓가에 들리는데. 뭐, 사람 말이 아니고 개가 짖는 것인데 무시를 해야겠지."

슈린은 옆에서 〈잘한다〉라는 에오로의 말을 들으며 눈가를 살짝 꿈틀거렸다. 일부러 웃음을 참으려는 행동이었다. 그리고 그 순간 성벽에 기댄 병사들의 표정은 말로 표현하지 못할 정도로 끔찍하게 일그러졌다.

"아니, 이것들이 사람 말을 듣고 개가 짖는다고! 어디서 굴러먹다 와서는 시비냐!"

"하하."

처음 에이레이를 보며 농을 던졌던 중년의 사내가 버럭 소리를 지르자 사람들은 하나같이 허탈한 웃음을 내뱉었다. 누가 먼저 시비를 걸었는데 이제 와서 저런 소리를 지껄이니 어디 안 웃게 생겼는가. 눈을 살짝 감고 짧게 한숨을 내뱉은 진현이 말에서 훌쩍 뛰어내렸다. 현홍은 카오루의 목에 두 팔을 포개어 기대고는 진현과 병사들을 번갈아 바라보았다. 차마 말리지는 못하고 니드는 안절부절못했지만 내심 속으로는 진현이 병사들을 혼내주기만을 바라고 있었다. 저런 작자들에게는 말보다는 힘이지만 괜한 폭력은 여행을 힘들게 할지도 모른다. 진현이 알아서 잘 하겠지만.

팔짱을 끼고 삐딱한 자세로 서서 병사들을 쳐다보던 진현의 입이 조용히 열렸다. 그는 극히 다정해 보이는 미소를 지었다.

"시비라고 하셨습니까? 입은 삐뚤어졌어도 말씀은 바로하시지요. 국어를 못하시는 것은 아닐 텐데 말입니다. 처음 저희 동료에게 시비조의 농담을 던지신 것은 당신들이 아니십니까? 정 억울하시다면 주위에 당신들의 말을 들었던 다른 사람들에게 물어보시겠습니까? 시비라는 것은 옳은 것을 아니다라고 말하는 겁니다만, 여기서 당신들과 우리들 중 누가 옳은지는 세 살박이 어린아이도 알 것입니다. 처음 우리가 그냥 무시하고 지나칠 때 가만히 계셨으면 될 것을 괜히 나서서 정말로 개만도 못하게 되셨으니 이 일을 어쩝니까?"

분명 경어체인 말투였지만 경어체였기 때문에 그 경멸의 뜻이 더 깊고 분명하게 전달이 되는 말이었다. 어느새 도시의 주민들이 조용히 그들의 행동을 지켜보고 있었다. 부산한 도시에 싸움이라는 것은 꽤 재미있는 사건이었고 그것도 이방인들과 경비대원들의 싸움이니 박진감 넘치는 것은 말 안 해도 되는 사실이었다. 바구니를 가슴에 품어 든 여인들은 갑자기 나타나 경비대원들과 싸움 아닌 싸움을 벌이는 잘생긴 청년에 이미 반해 버린 것인지 두 손을 꼭 모아 쥐고 진현의 모습을 감상했다.

분명 화가 나 있기는 한데 그것을 힘으로는 표현하지 않고 조용히 말로만 뭉개는 그의 모습이 참으로 멋있게 보였나 보다. 뭐, 한순간의 꿈에 불과한 일이겠지만. 흐드러지게 흘러내리는 금발 머리카락을 살며시 쓸어 넘기자 주위의 이곳저곳에서는 탄성이 터져 나왔다. 이마를 짚고 고개를 푹 숙이는 니드와는 달리 에오로는 처음 접하는 이 장면에 오히려 놀랐는지 주위를 두리번거렸다.

경비대원들은 갑자기 나타난 이방인들에게 도시의 시민들이 동조하는 모습을 보고 당황한 모습이었다. 모욕을 당한 것도 창피했고 도무지 할 말이 없는 데에서는 자신에게 화가 나기까지 했다. 손에 든 파이크를 두 손에 쥔 채 자신들의 앞에 여유만만으로 서 있는 청년에게 겨냥했다. 시퍼렇게 날이 선 두 개의 창끝이 자신에게서 얼마 떨어져 있는 않은 곳에 있음에도 진현은 슬슬 고개를 저을 뿐이었다.

"건방지게 이방인 주제에 경비대원에게 말대꾸를 하다니! 공무 집행 방해로 체포하겠다!"

"푸하하핫! 공무 집행 방해래!"

키득거리며 웃던 에오로는 그들의 말에 결국 말에서 굴러 떨어지면서까지 배를 잡고 웃었다. 다른 시민들 역시 마찬가지였다. 한 손에 고삐를 쥔 채 리젠트에 기대어 배를 잡고 끅끅거리며 웃는 에오로를 향해 사내들은 얼굴을 붉히며 창을 들이댔다. 에오로는 간신히 숨을 골라 웃음을 참으며 눈가에 고인 눈물을 닦았다.

"킥킥. 이거, 왜 이러실까? 나도 체포하려고?"

"입 닥쳐라! 머리에 피도 안 마른 녀석 주제에 어른들에게 말대꾸냐!"

주민들 사이에서 우우거리는 원성이 들려왔지만 경비대원 두 명은 요지부동이었다. 에오로는 도저히 못 참겠다는 듯 검을 뽑아 들었다. 스르릉거리는 맑은 소리를 내며 검집을 벗어나 몸을 드러내는 검에 남자들은 움찔거렸지만 기세 좋게 창을 에오로의 코끝까지 가져갔다.

"머리에 피가 안 말랐는지 어쩐지는 몰라도 최소한 옳은 말을 하라

Wheel of Fortune운명의 굴레

는 것은 배웠지! 그리고 옳은 말로 해서 안 되는 인간들에게는 매가 약이라는 것도!"

 매섭게 소리치며 두 손으로 검을 잡는 에오로를 보면서 대원들은 움찔거리며 한 발자국 뒤로 물러섰다. 그때였을까? 조용히 에오로와 경비대원들을 보고 있던 진현이 조용히 입을 열었다.

 "하아, 이 도시에서는 잘 가고 있는 여성에게 추파를 던지는 것을 방해하는 것이 공무 집행 방해가 되는군요. 그렇다면 여성에게 집적되는 것이 공무 집행이라는 말씀이십니까? 특이한 법도 다 있군요."

 주민들 사이에서는 큰 웃음소리가 흘러져 나왔다. 키득거리는 주민들 때문인지, 아니면 정말로 자신이 말을 잘못했다는 것을 인정하는 것인지 사내들의 코끝이 붉어졌다. 자칫하다가는 누군가가 피를 볼 수도 있는 이 상황에서 진현은 결국 할 수 없다는 듯이 어깨를 으쓱거렸다. 저 남자들을 정말로 죽을 때까지 패줄 수도 있는 문제였지만 너무 불가피하지도 않은 상황이었고 사람을 해치면 도시 주민들에게 인상이 안 좋게 박힐 수도 있다. 그리고 우선 싸움은 자제하고 조용히 행동해야 했다. 그는 조용히 입을 열었다.

 "에오로 군, 그만두십시오. 사람들이 모인 곳에서 싸움은 안 좋은 것입니다. 제가 여기 모인 모든 분들께 술을 대접할 테니 이만들 하시지요."

 손바닥을 마주치며 시선을 모은 진현이 남자들과 시민들에게 고개를 숙이며 말했다. 괜히 피를 보면 좋은 일도 안 좋아질 수 있다. 사람 좋게 웃으며 진현은 남자들에게 다가갔다.

 "당신들도 농담인 것은 잘 알지만 그것이 도가 지나치면 원성을 듣기 마련이겠지요. 저희도 심하게 대응한 것은 사죄드리겠습니다. 술

한잔으로 풀 수 있을런지는 몰라도 이만 하도록 하지요."
 방금 전과는 달리 굽히는 자세가 완연한 사람에게 다시 소리칠 수는 없는 것이다. 그리고 그랬다가는 눈 시퍼렇게 뜨고 자신들을 노려보는 처자들에게 밤길 등 뒤 조심할 일이 생길지도 모르는 일이고 말이다. 맨 처음 시비를 걸었던 사내가 헛기침을 몇 번 하고 말했다.
 "제기랄, 정 그렇다면 이번에는 그냥 넘어가 주지. 앞으로 조심해!"
 그렇게 말한 남자와 그의 동료는 길을 둘러싸고 있는 주민들을 피해 어딘가로 사라져 버렸다. 그리고 그 틈을 타 성벽 바로 옆에서 천막을 치고 장사를 하고 있는 덩치 좋은 아주머니가 커다란 청동 술잔을 들고 이리저리 분주히 뛰어다니기 시작했다. 진현의 말을 듣고 장삿속 좋게도 재빨리 준비하고 있던 술들을 주위 사람들에게 가져다 주는 것이다. 어느새 옆에는 니드가 와 있었다. 그의 손에는 언제 받았는지 모르게 술잔이 들려져 있었다. 아까운 돈이 나간다는 생각에 참참해진 표정의 진현을 힐끔 올려다본 니드가 피식 웃었다.
 "좋은 행동이셨습니다. 자칫하다가는 큰일 났을 거예요."
 그렇지만 곧 그의 옆에는 떨떠름한 표정의 에오로가 검을 슬며시 검집에 집어넣고 있었다. 별로 표정이 밝지 않은 것으로 봐서는 그 남자들을 혼쭐을 내지 못한 것이 섭섭한 모양이다.
 "거기서 안 말리셨으면 그냥 베어버리는 건데."
 "살벌한 말 하지 마. 살인죄는 죄가 커. 아무리 용병들끼리는 이리저리 죽이고 여행을 가다가 죽는 일이 다반사라고 하지만 도시에서는 어디까지나 살인죄는 중죄라고."
 "쳇! 결투로 하면 되잖아요."
 두 팔로 머리를 받히고 투덜거리는 에오로를 보며 니드는 설레설레 고개를 저었다. 분명 그의 말이 틀린 것은 없었다. 이 클레인 왕국이나 옆 제국인 카르틴 제국처럼 결투를 신청하여 응하였을 때에는 둘 중 누가 죽어도 죄가 되지 않는다. 두 나라 모두가 기사도를 숭배하는 나라들이었으니까 그런 것이지만. 어떤 사람이 멍청하게 척 보기에도 기사 지망생처럼 보이는 사람과 결투를 하려 하겠는가? 종종 남자의 자존심을 들먹거리며 결투에 응하는 골 빈 놈들도 있지만. 진현은 어느새 말에서 내려 주위를 두리번거리고 있는 에이레이를 보았다. 그리고 슬며시 그녀에게 다가갔다.
"섭섭하시겠습니다?"
"응?"
생각하지도 못한 말을 들은 사람처럼 흠칫 몸을 떨며 고개를 드는 그녀를 향해 진현은 조용히 미소 지어주었다.
"당신은 에오로 군이나 제가 저들을 혼내주기를 내심 바라고 계시지 않으셨습니까?"
싱긋 웃으며 말하는 그의 모습은 어딘지 모르게 놀리고 있다는 생각이 들게 했다. 아인의 고삐를 잡은 손에 살짝 힘을 준 에이레이는 눈을 살짝 치켜뜨며 진현을 올려다보았다.
"웃기지 좀 마. 너희들이 그렇게 하지 않았어도 내가 알아서 그 인간들의 목을 취할 수 있었을 거라고."
비아냥거리듯이 고개를 옆으로 삐딱하게 돌린 채 투덜거리는 그녀를 보며 진현은 생긋 웃을 뿐 더 이상 아무 말도 하지 않았다. 그리고 헤세드에게 손가락을 까닥거렸다. 가만히 주인을 바라보고 있던 헤세드는 주인이 손짓하자 곧 고개를 끄덕이며 진현의 곁으로 다가왔다. 정말이지 말이 사람 말 알아듣는 것 같은 일에 에이레이는 황당해하며 입을 벌렸지만 그냥 그러려니 하며 고개를 끄덕였다. 몸이 좋지 않은 현홍은 와글거리는 사람들의 소리에도 머리가 울린다는 식으로 이마를 짚은 채 카오루에게 기대서 있었다. 이제는 얼굴이 붉어진 정도로 열이 오르고 있었고 숨소리도 일정치 않아서 누가 보기에도 아픈 사람처럼 보였다. 그의 옆에서 걱정스러운 표정의 슈린이 조심스럽게 현홍의 어깨에 손을 올렸다.

"정말 안 좋아 보이십니다. 쉬셔야 할 것 같군요."

그의 말에 현홍은 힘없이 고개를 끄덕였다. 이제는 정말로 참을 수 없을 지경까지 되어버렸다. 도시를 발견해서 좋은 기분도 다 사라져 버렸고 웅성거리는 사람들과 자신을 바라보는 사람들의 시선이 헛구역질과 함께 머리 속에서 무언가가 뛰어다니는 느낌까지 받았으니까. 평상시에는 바보 같을 정도로 무식한 체력만 믿고 날뛰었는데 한번 아프면 이 모양이 되는 자신을 보며 현홍은 한심스럽게 여겨졌다. 하지만 그 한심스러움도 몸이 아픈 지금은 싹 사라지고 그저 쉬고 싶을 뿐이었다. 헤세드를 뒤로하고 자신의 곁으로 다가오는 진현의 모습이 보였다. 열 때문에 흐릿해지는 시야로 앞이 제대로 보이지도 않을 지경이었다. 방금 전까지의 미소는 어디로 사라졌는지 진현의 얼굴에는 근심이 가득했다. 얼굴이 창백해져 가는 현홍을 보며 진현은 손을 뻗어 현홍의 이마를 짚어보았다.

"열이 많아. 쉬어야겠다."

손끝으로 느껴지는 뜨거운 기운에 진현의 표정이 더욱더 굳어갔다. 원래 살던 세계에서라면 만사를 제쳐 놓고 현홍의 간호를 했을 그였다. 그렇지만 지금 이곳에서는 사정이 여의치만은 않았다. 누가 보기에도 그답지 않게 걱정하는 기색이 역력했다. '이런 고생시키고 싶지 않았는데' 이런 생각이 들며 진현은 죄책감과 함께 미안한 감정에 고개를 저었다. 살며시 진현의 손을 잡은 현홍은 억지로나마 미소 지었다. 그런 그의 감정을 잘 알고 있었으니까.

"괜찮아. 걱정하지 마."

발갛게 열로 인해 상기되어 있는 그의 뺨을 한번 쓰다듬어 준 진현은 현홍의 어깨를 몇 번 두드려 주었다. 그리고는 곧 술을 나르고 있는 주인 여성에게 금화 한 닢을 건네주었다. 그 여성은 조금 많다 싶은 눈치였지만 상대적으로 지금 이곳에 있는 사람들 수도 제법 많았기에 고개를 끄덕이고는 인사를 했다. 대로는 어수선했다. 비가 개고 난 후여서 짧은 시간이나마 장사를 하려는 상인들은 분주히 자신들의 자리에 천막을 치고 이런저런 물건들을 모포 위에 가지런히 진열해 두었다. 커다란 나무 궤짝 같은 것을 들고 와 물건을 정리하는 사람도 보였다.

갈색이나 금발의 머리카락을 높게 묶거나 풀어헤친 여성들이 많이 보였다. 어깨는 화려하게 드러내는 옷이었지만 실크 같은 화려한 재질은 아니었고 평민들이 입는 무명과도 같은 옷으로 평상복을 지어 입은 처녀들은 새침한 표정으로 진현을 바라보고 있었다. 몇몇 소녀들은 에오로나 슈린에게도 관심이 있는 눈빛이었다. 서로의 귓가에 속삭이며 키득거리며 낮게 웃는 소녀들을 보니 에오로는 얼굴이 붉어지며 순간 가슴이 뜨끈해졌지만 애써 시선을 피했다. 그는 자랄 나이의, 그것도 한창 성적으로 활발할 나이의 소년이었으니까. 그렇지만 그와 비슷한 나이의 슈린은 수많은 소녀들의 눈길을 받으면서도 왜 저러냐는 눈치였다. 그렇지만 그 역시 수도자 같은 입장은 아니었기에 소녀보다는 나이가 많은 한창인 처녀들의 눈길을 받으면 고개를 약간 돌리는 선에서 그쳤다.

아직 밝을 정도의 시간이었지만 해가 질 것을 아는지 이제 슬슬 제대로 영업 시간인 술집의 대문에는 몇몇 작부酌婦들이 나와서 서로들 얘기를 나누고 있었다. 역시나 큰 도시라서 그런지 그런 모습도 종종 눈에 띄었다. 아마 수도에 가까워지면 가까워질수록 저런 모습을 많이 보게 되겠지.

다른 여느 처녀들과는 다르게 짙은 화장과 사내를 유혹하려는 듯 과장된 몸놀림, 그리고 천박해 보일 정도로 천이 적게 든 옷 등이 그것을 말해 주었다. 어깨는 다 드러내고 가슴을 잔뜩 모아서 한껏 부풀려 놓았다. 제법 처녀티가 나는 여성과 원숙함이 흐르는 몇 명의 여성들은 이 도시에 흔치 않는 이방인들이 좋아 보이는 말들까지 끌고 들어오자 한껏 요염한 목소리로 소리를 질러댔다.

"어머, 거기 가는 오빠들! 술 한잔하고 가요. 잘해줄게."
"깔깔, 그런 꼬마들 데리고 다니면 불편하지 않아?"
"거기 금발 머리카락 가진 오빠, 멋진데? 오늘 밤 놀러 오면 후회하지 않게 해줄게!"

이제는 남자가 아니라 여성이 남자에게 추파를 던지니 별로 할 말이 없었다. 남자라면 아까와 같이 말로나 구워삶았을 테지만 진현은 여성에게는 〈절대 친절, 레이디 퍼스트, 무조건 하늘〉을 주장하는 사람이었으므로 이번에는 그냥 묵묵히 그 여성들에게 웃어주는 것으로 끝났다. 정말로 사람을 차별하는 것도 정도가 있는 것이지 그의 여성 편력은 조금 심한 정도였다. 여성들에게는 그것이 오히려 그를 황홀하게 보이게 할 정도의 매력에 지나지 않았지만. 에이레이는 그런 진현을 보며 피식피식 웃고는 비아냥거리듯이 말했다.

"바람둥이의 전형적인 케이스야, 당신."

유들거리는 말투로 말하며 웃는 그녀를 보며 진현은 어깨를 으쓱거렸다. 사실이기는 했지만 별로 인정하고 싶지는 않았다. 그리고 그것은 사실이면서도 사실이 아니었다. 그는 바람둥이를 증오했으니까. 어쨌거나 바람둥이라는 것은 한 여자와 사귀면서 다른 여자들에게 집적거리는 인간을 말하는데 그는 그렇지 않았다. 한 여성과 사귀는 일은 없고 그저 모든 여성들에게 친절한 것뿐이었으니까 말이다. 니드는 그런 여성들의 환호성을 들으며 몸 둘 바를 모르겠다는 식으로 얼굴을 잔뜩 붉히며 고개를 돌렸다. 그도 남자였으니 어쩔 수 없는 일이었다. 현홍은 아픈 몸이었고 그런 여성들에게 사랑받기보다는 오히려 질투를 받았으므로 통과였으며 슈린은 조용히 자중하며 무시하는 타입이었다. 가장 반응이 심한 사람이 바로 니드와 에오로. 두 사람은 어쩔 줄 모른다는 식으로 몸을 몇 번 꼬더니 그대로 고개를 숙인 채 묵묵히 앞으로 전진만을 계속했다.

　대로에는 사람들이 많았다. 십 미터는 족히 될 법한 대로를 중간으로 하여 2층 내지는 3층 정도로 된 건물들이 즐비했고 그 건물들의 외벽으로는 장사꾼들이 천막을 치고 장사를 하고 있었다. 결국 대로는 넓었지만 사람들이 지나갈 자리는 조금 좁은 편이었다. 자리는 확실히 정해진 것인지 자리 때문에 분쟁이 일지는 않아 보였다. 아마도 자신이 천막을 치는 건물의 주인에게 자리 값을 주는 것이리라. 여러 가지 과일들과 음식들의 향내가 일행들을 이끌었지만 지금은 우선 아픈 환자가 있으니 여관부터 찾고 봐야 했다. 한 천막에서는 잘 손질해 놓은 닭을 커다란 불에 굽고 있었다. 그 모습을 보는 키엘의 눈이 반짝거렸다. 입맛을 다시며 침을 삼키는 그를 보고는 니드는 피식 하고 웃었고 그의 머리를 쓰다듬어 주며 작게 속삭였다.

"나중에 쇼핑 나오면 사줄게."

그의 말에 키엘은 환하게 웃으며 고개를 끄덕였다. 일행들은 도시 이곳저곳을 둘러보면서 여관을 찾다가 곧 한 시민이 추천해 준 여관으로 발길을 옮겼다.

성문에서 그리 멀게 자리 잡지 않은 곳에 위치한 여관은 2층 건물이었고 일행들이 말을 끌고 여관에 들어가자 말구종으로 보이는 소년이 냉큼 달려나왔다. 소년은 헤세드의 커다란 덩치에 주눅이 들었는지 멍한 표정으로 말을 올려다보다가 곧 고개를 주억거리고 말들을 몰아 마구간으로 데려갔다.

여관은 그리 번잡하지 않았다. 제법 큰 도시치고는 사람들이 없는 축에 들 정도였다. 그렇지만 깨끗하게 정돈이 잘되어 있는 여관이고 조용한 것이 오히려 마음에 들었기에 일행들은 고개를 끄덕이고 주위를 두리번거렸다. 그러자 곧 앞치마에 손을 닦으며 주방인 곳에서 나오는 중년의 여성이 일행들을 맞이했다.

"아이고, 어서 와요. 여행객들인가? 총 7명? 꽤 많은 일행이로구만. 난 이 메니쉬 여관의 주인인 사비나라고 해요."

"예, 이 정도 인원이니 큰 방 두 개에 1인실로 하나 주시겠어요?"

니드는 환하게 웃으며 대답했다. 〈달콤한〉이라는 들으면 약간 묘한 뜻을 가진 여관의 주인인 사비나는 사람 좋게 웃었다. 40대 중반이나 후반쯤 되었을까? 그 나이의 여느 아주머니처럼 조금 펑퍼짐한 체격과 허름한 옷을 입고 있는 그녀는 생긋 웃고는 카운터로 보이는 곳의 문을 열고 들어갔다.

사비나는 자신의 뒤에 자리 잡아 있는 커다란 장식장의 문을 열었다. 그 안에는 여관 방의 열쇠로 보이는 수많은 열쇠가 걸려져 있었고 사비나는 그중 3개의 열쇠를 꺼내어 니드에게 건네주었다.

"저녁 식사는 오후 7시에 하니까 알아서 적당한 시간에 내려오도록 해요. 3인실 두 개에 1인실 하나. 요금은 선불로 5디르예요."

이곳의 화폐 단위에는 아직 깜깜한―그럴 수밖에 없게도 지나온 도시가 하나밖에 되지 않았고 그곳은 초토화되어 버렸으니까―진현은 고개를 갸웃거렸다. 옆에 있던 슈린이 조용히 그의 귓가에 속삭이듯 말해 주었다.

"이 클레인 왕국에서는 50디아르가 1디르가 됩니다. 화폐 단위로 그렇게 된 것이지 만들어진 재질에 따라 다르지요. 디아르는 동銅으로 만들어져 있고 디르는 은銀으로 만들어져 있습니다. 그리고 1디르가 50개가 모이면 1골드가 되는 것입니다."

"아아……."

이해했다는 식으로 진현이 고개를 끄덕였지만 그에게는 작은 단위의 화폐는 없었다. 오직 보석과 금화뿐. 그래서 양복의 안쪽 주머니를 뒤지고 있는데 그 순간 니드가 단호하게 외쳤다.

"안 됩니다! 이번에는, 절대로! 제가 지불하겠습니다!"

에이레이를 비롯하여 슈린과 에오로는 니드가 그렇게 외치며 값을 지불하는 것을 의아하게 생각했으나 아무도 정답을 말해 주는 이는 없었다. 진현은 혹여 나중에 기회가 된다면 보석을 은화 내지는 동화 정도로는 바꿔놓아야겠다고 다짐했다. 금화는 많았다. 왜냐하면 누트 에아에서 쇼핑을 크게 해서 금화로는 거슬러 받았기 때문이다. 어쨌거나 돈을 건네받은 사비나는 2층에 호실이 적힌 방이 있을 것이라고 말했고 일행들은 축축 늘어지는 발걸음으로 올라갔다.

삐걱거리는 나무 소리를 들으며 2층으로 올라간 그들은 진현과 현홍, 키엘이 한 방에, 그리고 다른 세 명이 또 한 방에 묵기로 했다. 물론 에이레이는 여성이었기 때문에 혼자 1인실을 사용했다. 비틀거리는 현홍을 부축한 진현은 조용히 그를 방 안의 안쪽에 마련되어 있는 침대에 눕혀주었다. 그의 옆에는 걱정스러운 표정의 키엘이 끄응거리는 신음 소리를 흘리고 있었다.

"이제 좀 쉴 수 있겠어……."

힘없이 웃으며 침대에 눕는 현홍의 안색은 그리 좋아 보이지 않아서 진현의 마음을 더 아프게 했다. 만약 현실의 세계였다면 그나마 집에서 편안하게 쉬었을 것이다. 이곳에서도 의원은 있지만 그렇다고 감기를 낫게 할 수 있는 약이 있을까? 현실 세계에서도 감기라는 것은 그저 편안히 쉬는 것밖에 약이 없는데. 그래도 말의 등이 아닌 침대에 눕는다는 사실 하나만으로 기쁜지 현홍은 조용히 웃었다. 진현은 안타까운 표정으로 그의 검붉은 머리카락을 쓸어 넘겨주었다.

"나중에 나가서 감기약이라도 사 와야겠어."

"으음, 괜찮아. 어차피 나, 약도 잘 안 듣는 체질이잖아. 쉬면 돼. 쉬면……."

낑낑거리며 이불 밖으로 나온 자신의 손에 뺨을 부비적거리는 키엘의 머리를 쓰다듬어 준 현홍이 조용히 눈을 감았다. 몸이 좋지 않아서 그런지 그대로 잠에 빠져든 것 같았다. 평소 때라면 밤부터 낮까지는 잠을 잘 자도 낮잠을 자는 일은 드물었는데 이렇게 눕자마자 잠을 자는 것을 보니 많이 아프기는 아픈 것 같았다. 짧게 한숨을 내쉰 진현은 조용히 이불을 끌어다 가슴까지 덮어주었다. 생각 같아서는 계속 간호해 주고 싶지만 지금 자신에게는 해야 할 일이 많았다. 그것은 현홍을 위해서도 해야 하는 일이었기에 진현은 어쩔 수 없다는 듯이 고개를 젓고는 자리에서 일어섰다.

어쨌거나 아프면 더 더욱 밥을 챙겨 먹여야겠기에 아래층에 내려가야 했다. 그리고 마음에 걸리는 일도 해결해야 했고. 진현은 키엘에게 현홍을 잘 돌보고 있으라고 말한 후 방에서 빠져나왔다. 옆방의 일행들은 쉬는 것인지 작은 잡음조차 들리지 않을 정도였다. 아마도 침대에 그대로 뻗어버렸을 테지. 그는 잠깐 미소 지은 후에 곧 그 방 정면에 위치한 1인실 방의 문을 두드렸다. 경쾌한 음의 나무 두드리는 소리가 들린 직후 아주 조심스럽게 문이 조금씩 열렸다.

암살자인 그녀였기에 충분히 살기를 감지할 수 있었지만 살기를 감출 수도 있는 암살자였기에 경계하는 태도가 역력해 보였다. 몇 센티 열리지도 않았는데 조심스럽게 머리를 들이미는 에이레이의 모습이 보였다. 어깨 밑까지 흘러내리는 초록빛 싱그러움이 묻어나는 머리카락을 위로 올려 한 가닥으로 묶어 내리고 있었다. 조용히 문을 연 그녀는 곧 자신의 방문을 두드린 사람이 진현이라는 것을 확인하고는 떨떠름한 표정을 지어 보였다.

"뭐야? 무슨 볼일이라도?"

에이레이에게도 분명 피곤한 여행이었음에 그녀는 짜증이 묻어나는 어투로 말했다. 어깨를 한 번 으쓱거린 진현은 살며시 문을 열고는 안으로 들어섰다. 갑작스러운 그의 행동에 당황한 에이레이는 뭐라고 말도 하지 못하고 가만히 서서 진현의 행동만을 바라볼 뿐이었다. 조심스럽게 그녀의 방을 둘러본 진현은 곧 이곳저곳을 살피기 시작했고 그것은 에이레이의 심경을 불편하게 만들기에 충분했다.

"이봐! 무슨 짓을 하는 거야, 남의 방에서!"

"아아, 잠시만 기다리십시오."

손을 휘저으며 에이레이의 말을 막은 진현은 방 안을 살펴보다가 창가 쪽으로 걸어갔다. 창문을 열어 밖을 바라보니 앞의 건물의 지붕과의 거리가 그리 멀지 않았다. 발코니까지 있어서 더 더욱. 한마디로 말하자면 몸이 가벼운 암살자라면 충분히 도약하여 뛰어올 수 있는 그런 거리라고나 할까. 그리고 고개를 다시 위로 들어 올렸다. 2층 지붕의 끝이 보였다. 누구라도 저곳에서 뛰어내려 이 발코니로 뛰어내릴 수 있을 것이다. 골치 아픈 듯이 머리를 긁적인 진현은 곧 운을 만지작거리며 그를 불렀다.

"방어 계열의 마법은 무엇을 쓸 수 있지?"

뜻을 알 수 없는 그의 말에 에이레이는 고개를 갸웃거렸다. 곧 투덜거림 비슷한 운의 목소리가 들려왔다.

『방어 계열이라면 나와는 좀 동떨어진 계열인걸? 어떤 종류를 원하는데?』

"글쎄다, 침입자가 못 들어오게 하는 마법 정도?"

턱을 괴고 곰곰이 생각하는 자세로 말하는 그를 보면서 에이레이는 이제야 방 안을 살펴본 그의 의도를 알 수 있었다. 어딘가에서 암살자가 나올지 모르기에 그것을 미리 방어하려고 온 것이다. 알게 모르게 사람을 참 잘 챙겨주는 성격의 남자라고 생각했다. 그리고 그런 생각을 하는 자신이 우스워 보여 실소를 머금는 그녀였다. 참으로 바보 같다고 생각하며.

『범위가 너무 커. 둘 중에 하나만 골라. 침입자가 있을 때 경고음을 내는 것과 아니면 완전히 재로 만들어 버리는 것. 난 이 두 가지 정도밖에 몰라.』

"이 무능한 녀석 같으니. 아무리 경고음이 크다고 해도 그 침입자가 행동이 빠르면 끝이고 침입자를 재로 만들면 뒤를 캘 수가 없잖아, 이 멍청아."
『내가 왜 너한테 멍청하다는 소리를 들어야 하는 거야! 이 바보 주인장아!』
갑자기 실랑이를 벌이는 두 사람… 아니, 한 명과 하나의 검을 보며 에이레이는 멍한 표정을 지었다. 정말이지 한순간이라도 진지해지면 어디가 덧나는 것도 아닐 텐데. 저 두 명은 대화만 시작하면 곧장 말싸움이었다. 이마를 짚고 고개를 젓는 에이레이를 보며 헛기침을 한 진현이 다시 입을 열었다.
"나중에 두고 보자. 하여간에… 아무래도 경고음이 큰 것이 났겠지. 너무 커서 도시 주민들이 다 달려나오는 것도 곤란하기는 하겠지만 어차피 재로 만드는 마법도 소리는 클 테니. 애초에 침입자를 사로잡는 마법 같은 것은 왜 안 배워둔 거야?"
『헹! 피차일반이다. 그렇게 말하는 너는 왜 그런 마법을 안 배워둔 거냐?!』
똑같은 주인과 검이라고 생각한 에이레이가 보다 못해 말했다.
"이봐들, 그만 하고 어서 나가주지 않겠어? 피곤하다고."
정말로 피곤함이 잔뜩 배어져 나오는 목소리로 말하자 운과 진현은 머쓱해져 버렸다. 그리고 곧 진현은 운을 뽑아 들었다. 창가로 다가가 그는 조용히 검을 들어다 발코니에 꽂았다. 챙 하는 작은 소리와 함께 밝은 햇살을 받으며 바닥에 꽂혀 있는 운의 모습은 성검聖劍, 그 자체로 보였다. 속으로 주문을 외우는 것인지 잠시 침묵한 운에게서 밝은 기운이 스며져 나왔다. 그리고 그 기운은 땅을 타고 흘러가 발코니의 창가 전체를 물들여 주었다. 1분도 채 지나지 않았을까. 작은 한숨 소리와 함께 운의 목소리가 다시금 들려왔다.

『됐어, 이걸로. 이 정도면 나 이상의 마법 실력을 가진 자가 아니라면 깨지 못할 거야. 살기를 가지거나 수상한 기척이 조금이라도 있는 자가 발코니에 들어오면 울린다. 창문이 열려도 마찬가지이고. 됐냐?』

"별로 만족스럽지는 않지만 이 정도면 되겠지."

고개를 끄덕이면 말하는 진현을 보며 운은 속으로 〈정말이지, 못해 먹을 일이라니까〉 등등의 말을 중얼거렸다. 창문을 닫고 다시 한 번 주위를 두리번거린 진현은 미간을 살짝 찌푸리고 불만스러운 표정으로 서 있는 에이레이에게 고개를 숙였다. 천천히 자신을 스쳐 지나가는 진현을 보며 에이레이는 뭔가 할 말은 있지만 차마 입이 떨어지지 않아서 못하겠다는 표정이었다. 〈고마워〉라는, 그리고 간단하고도 짧은 말 한마디가 지금은 왜 그리도 어렵게만 느껴지는 것인지. 손가락을 꼼지락거리며 입을 우물거렸지만 결국 귓가에 들려온 것은 조심스레 문이 닫히는 소리였다. 에이레이는 입술을 살며시 악물었다. 그녀는 지금까지 누군가에게 고맙다는 말을 해본 적이 손가락으로 꼽을 정도로 적었기에 그런 말을 하는 것은 분명히 어려운 일이었다. 그것도 자신의 일을 망치고 자신의 동료들을 죽인 장본인에게 그런 말이라니. 그렇지만 일부러 시간을 내어 자신의 안전을 생각하는 그였기에 미안하고 고맙다는 말이 한참이나 그녀의 입속에 맴돌았다.

그녀가 그런 생각을 하며 자신을 책망하고 있을 때 진현은 비에 젖어버린 옷을 한번 힐끔 쳐다보고는 곧장 갈아입기 위하여 다시 방으로 들어섰다. 키엘은 어느새 현홍의 머리맡에서 같이 잠이 들어 있었다. 씁쓸하게 웃은 진현은 키엘을 조심스레 안아서 현홍의 옆에 눕혀주었다. 오히려 아플 때에는 옆에 누군가가 있어주는 것이 좋은 것이고 키엘 역시 현홍과 자는 일이 많았으니까 두 사람 모두에게 좋은 일이었다. 뻐근한 목을 주물럭거린 진현이 고개를 좌우로 몇 번 저었다. 며칠 간의 여행은 피곤함 그 자체였다. 체력이 강한 현홍이 몸이 안 좋아진 것만 보아도 여실히 드러날 정도로. 헤세드에게서 들고 온 짐 속에서 젖지 않은 옷을 끄집어낸 진현은 입고 있던 회색 셔츠와 양복 윗도리를 벗어버렸다. 사실 옷의 색깔만 대충 맞추면 세미 정장인 자신의 윗도리와 잘 어울렸기에 그는 항상 양복 윗도리를 들고 다녔다. 그의 모든 돈이 그 옷에 있는 것이 가장 큰 이유였다.

"후우, 못해 먹을 짓이야."

자신에게 말하듯 중얼거린 그는 곧 새 옷을 꿰어입기 시작했다. 아마도 세탁을 위해서인지 방 한편에 마련해 놓은 대바구니에 비에 젖은 옷을 집어넣은 후 보석이 든 벨벳 주머니를 꺼내었다. 아무래도 한꺼번에 모든 보석을 넣어두기에는 조금 위험했다. 그래서 작은 가죽 주머니에 반반씩 담았다. 금화와 보석을 대충 섞어서 하나는 자신이 들고 있고 또 다른 하나는 짐 속에 고이 모셔두었다. 그리고 그 보석들에는 이미 운을 협박해서 걸어놓은 마법들이 시행되어져 있는 상태. 아마도 간 크게 진현의 보석을 훔치면 그날로 이 세상과는 하직 인사를 하게 될는지 모르는 일이었다. 그는 금전과 자신의 이익에 대해서라면 무자비할 정도로 단호하고 살벌한 인간이었으니까. 새로 입은 검은 셔츠와 바지의 부드러운 기분이 마음에 들었는지 몇 번 거울에 비춰본 뒤에 다시 방문을 빠져나왔다.

『여행 다니면서 너처럼 옷 자주 갈아입는 인간은 처음 봤다.』

그렇게 말하는 운의 목소리에 진현은 피식 하고 실소를 머금었다.

"누가 들으면 여행 참 많이 다닌 줄 알겠군. 넌 우리랑 한 여행이 처음이잖아."

『그래도 그렇지. 하루 이상을 같은 옷을 입는 꼴을 못 봤다. 너, 결벽증 있지?』

"결벽증이라는 것은 적당하면 좋은 거야. 뭐든 적당한 것은 좋은 거지. 독이든 약이든."

킥킥거리며 웃은 그는 곧 삐걱거리는 나무 계단을 조심스레 밟으며 아래층으로 내려갔다. 손님이 적어서인지, 아니면 그리 크지 않은 여관이어서 그런지 가게는 주인인 사비나 혼자서만이 보는 가게 같았다. 말구종인 소년을 제외하면. 여주인인 사비나는 올라가고 난 후에 별다른 시간이 지나지 않았는데 내려오는 진현을 보며 고개를 갸웃거렸다.

"조금 더 쉬다가 내려올 줄 알았는데, 식사하실 건가요?"

테이블을 닦고 있던 손을 멈추고 묻는 사비나를 보며 진현은 고개를 저었다.

"아니오, 식사는 나중에 동료들과 같이하도록 하겠습니다. 대신 차 종류 있습니까?"

사비나가 닦고 있던 테이블의 의자를 빼고 앉으며 진현이 말했다. 사비나는 빙글거리며 웃더니 곧 팔짱을 턱하니 끼고 대답했다.

"차야 많죠. 뭘 드실 건지? 녹차 있는데. 그리고 홍차 종류도 있지만 그것은 가격이 비싸요. 우리 클레인 왕국에서는 홍차가 자라지 않아서 전부 수입하거든요. 우리 가게에서도 원래라면 홍차를 팔지 않는데 우리 도시의 시장님께서 홍차 애호가예요. 우리 가게의 돈줄이지요."

사비나의 얼굴은 '과연 그 비싼 것을 마시겠느냐' 라고 묻는 듯한 표정이었다. 역시 그렇게 돈이 들어오는 곳이 있으니까 손님이 없는 데도 여유만만이었군. 진현은 고개를 한 번 끄덕이더니 곧 부드러운 미소를 지어 보였다.
"홍차로 주십시오. 저도 홍차를 굉장히 좋아합니다."
"정 그렇다면야."
사비나는 고개를 끄덕이곤 부엌으로 향했다. 가게 안은 조용했다. 늦은 오후의 밝은 햇살이 허름한 창가를 타고 가게 안으로 흘러내렸다. 간간이 들리는 사람들의 목소리와 아이들의 웃음소리가 아니라면 전혀 소리가 없을 정도일런지도 모를 정도로. 이상하게 침묵만이 흘렀다. 바람이 불어 창가를 두드렸다. 왜 이리도 조용한 것일까. 아무리 사람이 없는 가게 안이지만 마음이 그대로 놓여져 버릴 것만 같은 침묵에 진현은 짧게 한숨을 쉬었다. 주방 쪽에서 달그락거리는 작은 쇳소리도 들리지 않았다. 이제는 작은 소리에도 흠칫 놀라 버릴 정도였다. 그렇지만 이 짧고도 고요한 가게 안의 기운은 전혀 이질감이 없었다. 밖은 환하게 밝았지만 점점 붉은 기운이 감돌고 있었다. 해가 지려 하고 있는 것인지도 모른다. 그렇게 조용히 눈을 감고 생각에 잠겨 있던 진현의 귀로 낮은 목소리가 들려왔다.
"그간 잘 지내셨습니까?"
극히 조심스럽다고 여겨질 정도로 살며시 눈을 떴다. 역광에 가려져 잘 보이지 않았지만 그의 앞에는 언제 가게 안으로 들어왔는지 모를 정도로 인기척도 없이 다가온 인물이 서 있었다. 그는 천천히 의자를 끌어다 진현과 정면에 위치한 자리에 앉았다. 그제야 진현은 그를 알아볼 수 있었다. 환한 빛을 받아 더욱더 눈부시게 빛이 나는 붉은색의 머리카락이 눈에 들어왔다. 조각상처럼 표정이 보이지 않는 얼굴과 핏빛의 붉은 눈동자도. 지금은 이 세계의 옷으로 갈아입은 듯 말끔하게 흰색의 정장과 코트를 입고 있는 그를 보며 진현은 살풋 미소 지었다.

피처럼 붉은 그의 머리카락과 흰색이 묘한 느낌을 불러일으켰다. 오랜만에 만난 그를 보며 저절로 입가에는 미소가 머금어졌다.

"그래. 오랜만이로군. 잘 지냈나?"

남자는 고개를 끄덕였다. 그렇지만 얼굴에는 어떠한 표정도 떠오르지 않았다. 흡사 진현이 무표정일 때와 비슷해 보이는 것 같은 얼굴. 끼고 있던 팔짱을 풀어 손을 탁자에 올린 진현은 그대로 한 손으로 턱을 괴었다. 남자라고 하기에는 어딘지 모르게 묘한 느낌을 풍기며 자신의 앞에 앉아 있는 사람을 쳐다보았다. 너무나도 오랜만에 보는 얼굴이라서 그런지 낯설어 보이기도 했다.

"자네가 이번 일의 책임자이지, 하요트?"

하요트라고 불린 그는 천천히 고개를 끄덕였다. 그렇지만 당황한다거나 그런 표정은 아니었다. 그저 묵묵히 고개만을 끄덕이는 행동에 불과했다. 알 것 같다는 식으로 진현 역시 살짝 고개를 끄덕이며 의자 등받이에 몸을 기대었다. 잠시간 그는 말이 없었다. 하요트 역시 말없이 진현을 바라볼 뿐이었다. 한데 그의 얼굴에는 분명 표정은 없었지만 알 수 없는 감정이 일고 있는 것 같았다. 무언가 가슴속 깊은 곳에서부터 올라오는 그런 뜨거운 감정에 하요트는 조용히 자신의 아랫입술을 질끈 깨물었다. 묻고 싶은 것이 많았다, 이 사람에게. 한데 막상 그토록 만나고 싶던 얼굴을 보자 할 말을 잃어버렸다. 변한 것이 없었기에. 그 예전 자신과 함께 다니던 그때와 단 하나의 변한 것도 없었기에.

잃어버린 가족을 다시 찾으면 수많은 말보다 한 방울의 눈물을 흘리는 것처럼 지금 이 순간 하요트는 가만히 진현을 응시했다. 또 언제 이렇게 만날 수 있을까. 그런 걱정이 물밀듯이 밀려왔다.

"그래… 한데 왜 처음에 내가 이곳으로 왔을 때에 샤테이엘에게 그 일을 맡긴 거지? 차라리 자네였으면 내가 이해하기 쉬웠을 수도 있어."

"그때에는… 당신을 볼 준비가 되지 않았었기 때문입니다."

그답지 않게 느릿하게 한참이나 생각을 하는 듯한 자세로 말하는 하요트를 보며 진현은 고개를 들었다. 자신을 뚫어져라 응시하고 있는 그를 보며 진현은 어깨를 으쓱거렸다.

"자네답지 않군. 그간의 세월이 자네를 바꿔놓은 건가?"

작게 고개를 저으며 말하는 진현을 보며 하요트는 다시 입을 열었다.

"아니. 당신이 제 옆에 없었기에 변한 것입니다."

단호하게 내뱉듯이 말하는 그였기에 진현은 머뭇거릴 새도 없었다. 한 치의 생각도 할 필요가 없었다. 그것은 사실이었으니까. 차가운 눈동자. 그렇지만 그 안에 담긴 타오르는 불꽃 같은 그의 마음을 잘 알았기에 진현은 고개를 저었다. 죄를 지은 기분에 씁쓸한 미소만 지었다. 하요트는 빛과 불 속에서 태어났을 때부터 자신이 키운 천사였다. 어렸을 적의 다른 천사들과는 다르게 완전히 다 자라기도 전에 하요트는 지금과 같았다. 그것은 아마도 자신을 닮아버려서이리라.

그리고 자신이 스스로 자신의 직분을 버린 그 시점으로 하여 하요트는 완전히 혼자가 되었다. 그것이 자신의 앞에 현재 존재해 있는 그에게 지은 가장 큰 죄. 지키지 못할 약속은 하는 것이 아니었다. 아무 말 없이 눈을 감고 있는 진현을 보며 하요트가 말했다. 지극히 낮은 목소리로.

"당신이 스스로 천사라는 것을 던져 버리고 지금의 모습이 되어버리기까지 저는 많은 생각을 했습니다. 그렇지만 답을 얻지는 못했습니다. 오늘은 그것을 묻기 위하여 온 것입니다."

평소의 그로 돌아온 듯 다시금 자못 진지한 표정으로 말하는 하요트를 보며 진현이 조용히 웃어주었다.

"무엇이 그리 궁금해서 이곳까지 온 거지?"

"왜 그분을 따라서 가신 것입니까??"

일순 몸의 모든 기능이 멈춰 버린 것 같았다. 진현은 몸을 흠칫 떨고는 고개를 들었다. 지극히 빠르게. 그렇지만 하요트의 표정에는 진지함만이 묻어나 있을 뿐 그 이상도 그 이하도 아니었다. '왜 그런 질문을 하는 것인가' 라고 묻지조차 못했다. 들리는 것은 귓가에 울리는 심장 소리뿐. 아무 소리도 들리지 않았다.

오랜만에 접하는 당혹스러운 질문에 진현은 쓰게 미소 지었다. 그의 표정에는 당혹감과 함께 알 수 없는 묘한 감정이 일렁였고 그것은 하요트에게도 불안감을 선사했다. 조용히 깍지 낀 두 손에 저절로 힘이 들어갔다. 차분히 고개를 숙이고 입을 열었다. 그렇지만 귀에 들리는 말이 나오기까지는 한참의 시간이 더 걸렸다.

"그 질문은 금기禁忌 중 일부일 텐데, 하요트."

목소리는 낮게 떨리고 있었다. 어쩔 수 없는 것이다. 잊었던 장면이 다시 눈앞에 스쳐 지나갔으니까. 기억하고 싶지 않던 그 기억이. 악문 이 사이로 작은 신음 소리마저 흘릴 정도였다. 지금은 용케 제어하고 있지만 떨리고 있는 몸은 쉽사리 주체가 되지 않았다. 그 기억 중 단 하나의 편린片鱗이라도 떠올리는 것 그 자체가 진현, 그에게는 힘든 것이었기에. 미소를 짓고 있지만 억지에 가까운, 마치 억지로 끼워 맞춘 퍼즐처럼 어색해 보이기 그지없었다.

"금기라 하여도 알고 싶습니다. 당신이 그런 선택을 한 이유를."

"수천 년도 더 전의 일인데 왜 이제 와서 그 얘기를 다시 꺼내는 거지?!"

자신도 모르게 낮게 소리를 치고 만 진현은 그런 자신에게 흠칫 놀라며 다시 입을 다물었다. 한 손으로 입을 가리고 몸을 앞으로 숙이는 그를 보며 하요트의 눈가가 잠시 꿈틀거렸다.

"당신도 후회하시는 것입니까? 그때의 일을?"

"난……!"

"후회하십니까?"

거듭 묻는 하요트의 말에 진현은 고개를 세차게 저었다. 강한 부정이 담겨 있다는 것은 고개를 숙여 잘 보이지는 않았지만 잔뜩 찌푸린 이맛살과 굳어져 있는 그의 표정을 보지 않고도 알 수 있을 정도였다. 가게 안에는 다시 침묵만이 흘렀다. 그리고 잠시 후 고개를 숙이고 있던 진현이 얼굴을 들었다. 이상스럽게도 창백해 보였지만 그것이 그의 아름다움을 더 돋보이게 할 정도였다. 핏기없이 하얀 얼굴과 붉은 입술, 그리고 금으로 짠 듯한 가는 머리카락이 흘러내리고 있었다. 그 누가 아름답지 않다고 하겠는가? 짜 맞춰진 것처럼 완벽에 가까운 고아한 기품과 아름다움이 절묘하게 조화를 이룬다. 인간이 되었음에도 그 아름다움은 변하지 않는 시간처럼 그대로였다. 조용히 진현의 붉은 입술이 달싹여졌다. 아주 작게.

"그때 신에게도 분명히 전했지만, 나는 후회하지 않아. 자신이 원하는 대로 살아가지 않는 삶은 사는 게 아냐."

작고 낮은 톤의 목소리였지만 그의 말에 담긴 뜻은 분명했다. 잠시 고개를 떨군 그가 다시 입을 열어 말을 이었다.

"사는 게 아니지. 그래, 사는 것이 아냐. 그저 「존재할 뿐」이라는 거다, 내게 있어서는."

"그렇게도 소중하셨습니까, 그분이?"

하요트는 어느새 집착하고 있었다. 그에게서 후회한다는 말을 듣고 싶었다, 사실은. 그 말 자체가 그 사람이 진현에게서 소중하지 않다는 것과 마찬가지인 뜻이었기에. 그렇지만 진현은 요지부동搖之不動. 이제는 조금 차분해진 음성으로 대답했다.

"내가 그때 천사에게 있어서 용납이 되지 않는 행동이지만 스스로 목숨을 끊은 것은 그 세상이 더 이상 내게 의미가 없었기 때문이다."

조용히 또박또박 말을 하는 진현이었지만 하요트는 그의 말을 이해할 수 없었다. 그리고 이제는 시간이 없다. 아무리 신의 권능을 행하는 그라고 하지만 이대로 시간을 묶어두는 것은 율법에 어긋난다. 조금은 당황해하는 그를 보며 진현은 다시 본연의 그로 돌아와 있었다. 살풋 미소를 지으며 웃어주었다.

"아직은 이해 못할 수도 있겠지만, 목숨보다 소중한 사람이 없는 세상에서 혼자 사는 것은 견딜 수 없는 일이다. 하요트, 너도 언젠가는 이런 감정 느껴보았으면 하는구나."

쨍그랑.

주위가 깨어져 나가고 있었다. 시간이라는 것을 묶어두었던 구속의 사슬이 끊어지고 하요트 역시 투명한 유리 조각처럼 깨어져 나갔다. 자신을 바라보며 그 예전처럼 자애로운 미소를 지어 보이고 있는 진현을 보며 하요트는 조심스레 고개를 숙였다. 다시 만날 수 있을 것이다. 그때까지 자신이 들은 답을 이해할 수 있을런지는 의문이었지만. 이것으로 지금은 만족했다.

주위의 공간들이 무너졌지만 가게는 그대로였다. 그저 시간을 묶어두었을 뿐이니 본래의 장소와 사람들에게는 영향을 미치지 않는 것이다. 조용히 깨어져 나간 시간의 유리 조각들은 사그라져 투명한 빛의 가루로 화해 사라져 갔다. 그리고 하요트 역시 끝까지 진현을 응시하고 있을 뿐이지만 그 역시 자신이 있던 본래의 공간으로 돌아갈 수밖에 없었다.

다시금 진현의 귓가에는 아이들의 웃음소리와 시민들의 목소리가 들렸다. 작은 소리였지만 방금 전의 침묵보다 오히려 달게 느껴진다는 사실에 진현은 살짝 미소를 머금었다. 시간은 흘러가지 않았지만 오히려 평소보다 수십 배의 시간이 흘러간 것처럼 느껴진 진현은 고개를 들었다.

따스하게 내리쬐는 햇살 사이로 어느덧 붉은 황혼이 드리워지고 있었다. 잠시 그렇게 햇살을 느끼며 눈을 감고 있었을까? 어느새 새하얀 자기 찻잔을 쟁반에 받치고 사비나가 조심스럽게 걸어오고 있었다. 자기 찻잔뿐만이 아니라 포트까지 그대로 들고 왔다. 확실히 한 잔의 가격으로 비싼 것이 아니었을 것이다. 보통 4~5인분의 홍차를 끓이기에 그것을 합친 것이겠지.

작은 여관과는 조금 어울리지 않게 파란색 테가 둘러진 자기 찻잔은 꽤 고급스러워 보였다. 아마 차와 함께 같이 수입해 온 것 같았다. 탁자에 조심스레 포트와 찻잔을 놓은 사비나는 마지막으로 작은 바구니에 담긴 과자들도 내놓았다. 확실히 전체적으로 고급스러워 보였기에 어느 정도의 가격은 하겠지 하고 생각할 정도였다. 찻잔에 담긴 약간 연한 붉은 빛깔의 홍차가 묘한 향기를 일으켰다. 분명히 자주 맡았던 향기. 야생화와 같이 은은하면서도 한 번 맡으면 절대 잊혀지지 않는 강렬한 여운을 남기는 홍차는 손에 꼽을 정도다.

향기만으로도 분명하기 그지없는 다즐링Darjeeling. 홍차에 조금이라도 관심이 있다면 모르는 이가 없을 정도로 유명하고도 유명한 홍차였다. 그리고 그 유명세는 헛된 소문만은 분명 아니었고 정말로 100% 다즐링을 맛보았다면 그 맛에 푹 빠질 수밖에 없는 매력이 있다. 그 매력 중 하나가 독특한 향내. 풀잎 향이라고 해야 할지, 코를 찌를 정도로 강렬한 향은 아니다. 그렇다고 쉽게 잊혀지는 그런 향은 더 더욱 아니다. 최고급 다즐링에서만 맡을 수 있다고 하는 사향과 같은 야생화의 향기를 맡으며 진현은 저절로 입가에 미소가 머금어졌다. 이 정도라면 아무리 비싸도 할 말이 없을 것 같다. 그가 즐기던 차를 이런 곳에서도 맛보게 되었으니 말이다.

그런 생각을 하며 조용히 찻잔에 입을 맞추었다. 입가를 통해 흘러 들어오는 다즐링 특유의 진한 맛에 진현은 연신 방긋방긋 웃었다. 퍼스트 플러시First Flush이었다. 보통의 다즐링보다 약간 더 연한 찻물에 독특한 향. 그는 그 자신의 미각과 후각에 자신했고 이것은 더할 나위 없는 최고급품인 다즐링이었다.

"좋군요."

작게 한숨을 내뱉고는 웃으며 말하는 진현을 보며 사비나 역시 고개를 끄덕여 보였다.

"최고급품이죠. 제국에서도 못 구할 정도로 수확량이 적은 상품이에요."

"예, 알고 있습니다. 여기서는 이 홍차를 무엇이라 부릅니까?"

부드러운 미소를 지으며 묻는 진현을 향해 사비나는 팔짱을 끼고 대답해 주었다.

"여기서는 그 홍차를 이렇게 부른답니다. 메니쉬 틴트, 제국에서도 알아주는 홍차예요."

　사비나가 말해 주는 단어를 들으며 진현은 고개를 숙이며 웃음을 참아야 했다. 사실 다즐링은 달콤한 맛보다는 약간은 더 진하고 쓴맛이 나는 것이 사실이긴 한데, 이곳 사람들은 스트레이트보다는 밀크 티로 더 잘 끓여 마시는 것 같았다. 그리고 재미있는 것도 알았고.

　메니쉬 틴트, 〈달콤한 미소〉라. 어쩌면 어울릴지도 모른다는 생각을 하며 그는 어깨를 한 번 으쓱거린 후에 살풋 웃었다. 붉은 홍차처럼 환한 햇살도 점점 붉은빛으로 물들어갔다. 황혼을 보며 붉은 홍차 한 잔. 운치있으면서도 재미있다는 생각을 잠시간 했다.

Wheel of fortune 운명의 굴레 4

    아무리 피곤해서 손가락 하나 까닥할 수 없는 상황이라고 해도 먹고 살아야 하는 것이 인간이다. 아무리 소중한 사람이 죽어도 그 다음날에는 어김없이 밥 한 숟가락 뜨는 것과 마찬가지로.
    어느덧 창밖으로는 붉은 노을의 햇살이 내리쬐고 있었다. 초여름이라 그런지 저녁 시간이 되었음에도 쉽사리 어둠은 깔릴 생각을 하지 않았다. 투명한 유리에 비치는 불그스름한 하늘 빛에 사람들의 마음도 점점 가라앉는 듯해 보였다.
    가게의 테이블은 하나둘씩 사람들에 의하여 메워졌다. 여관으로서의 기능보다는 식당으로써 더 유명한 가게였던 모양이었다. 저녁을 먹을 시간이 되자 한산했던 가게에는 사람들이 점점 들어찼고 그리 넓지 않은 가게 안은 사람들로 가득 찼다. 두런두런 얘기를 나누며 식사를 기다리는 시민들의 모습은 평화로워 보였다. 말구종 일을 하던 소년은 갑자기 바빠지자 정신이 없다는 표정을 지으며 테이블 사이를 이리저리 뛰어다니기 시작했다. 사비나는 음식을 만드는 것인지 종종 다 만들어진 음식을 밖으로 내올 때를 제외하고는 모습을 보이지 않았다. 역시 생체적인 기능으로 인해 허기를 느끼고 잠에서 깬 것인지 부스스하게 잠이 덜 깬 눈으로 방에서 나온 에오로는 계단 위에서 주위를 둘러보았다. 그리고는 곧 사람들이 꽉 들어찬 식당 안에서 하나의 테이블을 점거한 채 조용히 차를 마시는 진현을 발견할 수 있었다.

우당탕탕탕!

비틀거리며 내려오던 중 한바탕 계단에서 구르는 사태가 발생하기는 했지만 그래도 용케 일어서서 진현의 테이블로 다가왔다.

"…괜찮으십니까, 에오로 군?"

황당한 표정으로 겸연쩍게 묻는 진현을 보며 에오로는 힘겹게 고개를 끄덕였다. 우당탕거리는 소란스러운 소리에 일순 식당 안이 조용해지기는 했지만 얼마 지나지 않아 다시 사람들의 말소리로 가게 안은 번잡해졌다. 부딪힌 머리를 한번 휘두르고 난 후 에오로는 머리가 아픈지 고개를 내저으며 의자를 끌어다 앉았다. 웅웅거리며 울리는 머리로 대답하기도 힘이 들어 보였다. 의자에 털썩 쓰러지듯이 앉은 그는 주위를 두리번거렸다.

"사람들이 갑작스레 많아지는군요."

"저녁 시간이니까요. 다른 분들은?"

진현의 물음에 에오로는 머리를 긁적거리며 답했다.

"잠에서 깨어날 줄을 모르던걸요. 니드를 깨우다가 휘두르는 주먹에 한 대 맞을 뻔했어요."

멋쩍은 미소를 짓는 그를 보며 진현은 찻잔을 입가로 가져갔다. 바쁜 나머지 아직 진현에게조차 주문을 받고 있지 않던 소년이 황급히 그들의 곁으로 달려왔다. 전광석화와 같은 움직임으로 헉헉거리는 숨을 몰아쉰 소년은 손에 들고 있는 종이에 주문을 받아 적을 준비를 하였다. 말하지 않아도 다 알겠다는 듯이 에오로는 턱을 괴고 곰곰이 생각하는 듯하다가 입을 열었다.

"우선 나는 닭고기 크림수프, 구운 감자, 티본 스테이크 2인분, 달걀 샐러드, 후식으로는 초콜릿 생크림 케이크와 아이리쉬 커피."

주문을 받아 적은 소년은 대체 이 정도의 양이 다 어디로 들어가느냐는 표정으로 에오로를 힐끔 쳐다보았다. 그것은 진현 역시 마찬가지였지만 정작 그런 시선을 받은 장본인은 연신 웃고만 있을 뿐이었다. 사실 이곳의 메뉴에 대해서는 잘 몰랐고 또 소식小食을 하는 진현이었기에 짧고도 간단하게 주문했다.

"감자 수프와 계란 스크램블, 그리고 후식으로는 이 가게에서 가장 독한 술 부탁드리겠습니다."

"예?"

소년은 고개를 갸웃거렸지만 알았다는 듯 곧 주문을 받아 적은 후 부엌으로 달려갔다. 에오로는 진현을 멀뚱히 바라보더니 입을 열었다.

"왜 갑자기 술이죠? 그것도 가장 독한 술이라니."

비어버린 찻잔을 테이블 위에 놓아둔 진현은 빙긋 웃었다. 사실 그는 엄청난 주당酒黨으로서 하루에 한 번이라도 술을 목으로 넘기지 않으면 안 될 정도인 사람이었다. 한데 이곳에 와서는 와인 종류를 제외하고는 마셔본 적도 없으니 이왕 이렇게 된 것 가장 독한 술로 마실 작정이었던 것이다. 사실 그는 술을 좋아하기도 좋아하는 사람이었지만 아무리 독한 술을 마셔도 잘 취하지 않는 사람으로도 유명했다. 오죽

했으면 그와 술을 마신 사람들은 진현을 〈밑 빠진 독〉이라고 불렀겠는가.

　가게 안은 음식들의 향기로운 냄새들로 진동을 했다. 배가 고파 미치겠다는 표정을 짓고 있던 에오로가 문득 무언가가 생각났다는 듯이 진현을 올려다보았다. 찻잔의 가장자리를 검지손가락 끝으로 매만지고 있던 진현은 시선을 느끼곤 고개를 들었다.

　"이제 어쩌실 거죠? 여기서는 얼마쯤 묵으실 건지?"

　사람들의 흥겨운 분위기에 취한 듯 연신 미소를 짓고 있던 진현이 고개를 끄덕이며 말했다.

　"그리 오래 묵을 생각은 아닙니다만… 현홍이가 다 나을 때까지는 머무를 듯합니다. 그리고 식량도 사야 하고 여러 가지 살 것도 많지요. 무엇보다 찾아볼 사람도 있고 말입니다."

　"전에 말씀하셨던 그것 말인가요?"

　손가락을 퉁기며 말한 에오로를 보며 진현은 살풋 웃어 보였다. 평소의 그와는 약간 다르게 밝은 분위기와 웃는 모습이 보기가 좋았다. 원래 조용한 것과 사색을 즐기는 그였지만 종종 이렇게 밝고 활발한 분위기도 마음에 들었다. 고민이 있어도 생각할 수조차 없게 만드는 시끄러운 소음들. 그렇지만 큰 소리는 들리지 않았으며 두런거리는 음성들과 간혹 들리는 즐거운 듯한 웃음소리들이 고작이었다. 차분히 의자의 등받이에 몸을 기대고 앉아 손가락을 깍지 낀 진현이 다시 말을 이었다.

　"그 사람들을 찾기 위해서는 저희들의 힘만으로는 안 될 것이 분명하지요. 문양이라는 것. 이것은 굉장히 강한 힘을 가지고 있으며 서로에게 끌리기도 하고 멀어지기도 합니다. 예를 들면 제가 가진 불의 속성이 현홍이의 바람의 속성에 끌리는 것처럼 말입니다. 그렇기에 이어지기도 하지만 반대로 멀어지기도 한다는 것이 문제입니다. 제 불의 속성이 가까이 간다면 아마 저도 그렇고 물의 속성을 가진 이도 왠지 모르게 거북한 느낌을 받을 것입니다. 그렇기에 어떻게 보면 그들이 알 수 없게 접근하는 방법도 꽤나 좋은 방법일 테지요. 아니면, 다른 사람으로 하여금 데려오게 한다던가."

고개를 끄덕이며 진현의 말을 듣고 있던 에오로는 손가락을 뺨에 갖다 대었다. 그는 표정과 제스처가 풍부한 소년이어서 작은 말 한마디에도 다른 표정과 행동을 보였다. 즐거운 듯 그를 지켜보는 진현에게 에오로가 조용히 말했다.

"그렇다면 방법은 역시……."

"역시 여러 길드Guild 쪽에 수소문하는 수밖에 없을 듯합니다. 이 도시는 수도 근처라서 제법 큰 편에 속하니 여러 가지 길드도 볼 수 있겠지요."

"그런데 그거 꽤 위험하다는 것은 알고 있으세요? 돈에 의한 채무 관계는 믿기 힘들어요."

걱정스러운 말투로 말하는 그를 보며 진현은 키득 하고 낮게 웃었다. 돈에 의한 채무 관계는 분명 믿기 힘들지만 돈과 힘만 있으면 충분히 가능한 일이다. 그들이 그렇게 대화를 나누고 있을 때 어느새 음식이 완성이 되었는지 소년이 아슬아슬하게 쟁반에 담긴 음식들을 테이블 위에 올려놓았다. 구수한 향기를 피우는 스테이크를 보며 에오로는 군침을 삼켰다. 그러나 역시 고기의 그 비릿한 냄새는 익숙해지지 않는 것인지 진현은 미간을 살짝 찌푸렸다. 그는 고개를 저으며 자신의 앞에 놓인 감자 수프에 후추를 살짝 뿌렸다.

"분명 그럴지도 모르는 일입니다만 그래도 완전히 배제할 수는 없습니다. 그들의 정보력과 인력을 우습게 보면 안 되니까요."

입 안에 든 스테이크를 우물거리던 에오로는 가까스로 내용물을 삼켰다. 옆에 놓인 냉수 한 컵을 단숨에 들이킨 그는 짧게 한숨을 내쉬었다.

"다른 곳에서 오셨다는 분이 잘 알고 계시네요?"

그의 말에 눈을 몇 번 깜빡인 진현은 피식 웃고는 숟가락을 들었다.

"글쎄요. 제가 살고 있는 곳에도 그런 비슷한 것들이 많기 때문일까요?"

사실은 사실이다. 정부 산하에 비밀 정보부만 해도 그러하니까. FBI, CIA, FSB, S.S(Secret Service:기밀 정보부)와 같은 수많은 비밀 정보 기관이 많은 나라에 소재해 있다. 물론 이들은 국가를 위해서만 정보를 사고판다는 것이 보통의 길드와는 다른 점이지만. 수프를 들이마시듯 먹고 스테이크 하나를 뚝딱 해치운 에오로는 계란 샐러드의 계란을 휘젓는 듯하더니 그중 하나를 포크로 찍어 입 안에 넣었다.

"음, 음. 그렇군요. 그럼 내일부터 당장 찾아 나설 생각이신가요?"

"예, 현홍의 감기는 잘 낫지 않으니까 시일은 충분할 것입니다. 그리고 어떤 길드는 밤에 찾아가야 좋은 곳도 있겠지요. 이것을 먹고 나설까 합니다."

대화는 잠시 중단이 되었다. 맹렬한 태도로 음식들을 퍼먹은 에오로는 부른 배를 두드리고는 빈 접시들을 옆으로 밀어두었다. 그리고 진현 역시 이미 식사를 마치고 빈 유리컵에 술을 따르고 있었다. 그리고 순간 에오로는 자신에게까지 밀려오는 술 냄새에 머리가 어지러운 표정을 지어 보이며 코를 막았다.

"윽! 엄청 독할 것 같아요!"

낮게 소리치며 엉망인 표정을 짓는 에오로였지만 진현은 아무렇지 않다는 태도로 술잔을 기울여 입가에 가져갔다. 냄새만 맡아도 웬만한 사람들은 취하거나 기절할 것 같을 정도의 독한 술이었다. 그렇지만 분명 독한 냄새였지만 알게 모르게 맡을 수 있는 달콤하고도 진한 향내에 진현은 고개를 끄덕였다. 물론 그는 웬만한 사람의 범주에 들어가지 않는 이였기에 그렇게 할 수 있는 것이다. 보통 사람이라면 저 정도로 냄새를 들이키면 그대로 졸도해 버릴 정도의 독주였다.

의자를 뒤로 끌어서 진현과의 거리를 넓힌 에오로는 냄새만 맡아도 토할 것 같다고 생각했다. 그런데 진현은 전혀 상관없다는 식으로 쭉 들이키는 것이 아닌가. 바로 옆의 테이블에 앉아서 술을 마시던 다른 이들도 놀랍다는 표정을 지어 보였다. 저렇게 반응을 하는 것을 보니 대단한 술이기는 대단한 술인가 보다. 진현은 빈 잔을 테이블 위에 놔두더니 곧 눈을 깜빡거렸다.

"멋진 술이로군요."

"으엑, 그게 멋지다고요?"

취한 기색 하나없이 다시 잔에 술을 따른 진현은 두 번째 잔마저 가볍게 비워 버렸다. 이제 가게 안의 사람들은 숨죽인 채 그 모습을 바라보고 있는 실정이었다. 갑자기 조용해지자 주인장인 사비나가 앞치마에 손을 닦으며 부엌에서 모습을 드러냈다. 그녀는 진현이 단숨에 술을 들이키는 모습을 보고 헛기침을 일으키며 소리쳤다.

"세상에, 작작 마셔요! 그 술이 얼마나 독한 건데!"

그렇지만 그녀의 외침에도 소용없이 진현은 마지막 술잔마저 비워 버렸다. 술병을 흔들어 술이 없는 것을 확인한 진현은 곧 멍하니 서서 자신을 바라보는 사비나에게 술병을 흔들며 말했다.
"저, 이것 한 병 더 주시겠습니까?"
볼이 발갛게 된다거나 취한 기색은 전혀 보이지 않았다. 웃으며 말하는 그를 보며 이제 가게 안의 사람들은 환호성을 올렸다. 사내들은 박수를 치며 소리쳤다.
"자네, 정말 세군! 껄껄."
"휘익! 더 마셔봐! 어디까지 가나 한번 보자고!"
가게 안의 분위기는 금세 축제 분위기처럼 되었다. 오랜만에 나타난 이벤트라 생각을 한 것일까. 남자들을 서로에게 어깨동무를 하고 술을 들이켰다. 술잔은 어디로 던져둔 것인지 술병째로 들이키는 사람들이 절반 수를 넘었다. 이리저리 흥얼거리며 노래를 부르는 사람도 생겨났다. 자신의 손에 들린 술잔을 흔들며 외치는 남자들을 향해 진현은 빙긋 웃고는 일어나 목례를 올렸다. 그리고 빈 술병을 다시금 살짝 들어 올리며 조용히 말했다.
"같이 드실 분 안 계십니까? 저한테 이기신다면 이 가게의 오늘 매상은 제가 다 내도록 하지요."
'정말이지 이해하기 힘든 특이한 사람이야' 라고 중얼거린 에오로는 그만 피식 웃고는 그대로 그 분위기를 즐기기로 했다.

어느새 붉은 황혼은 사라지고 어둠만이 대로를 물들였다. 술을 마시던 사람들은 하나둘 자리를 떴고 그것도 아닌 사람들은 아예 테이블에 엎드려 잠을 자기로 작정한 것 같았다.
탕!
진현은 자신의 손에 들린 10병째 술병을 테이블 위에 내려두었다.

조용한 술집에 울려 퍼지는 소리로는 약간 크게 나무 부딪치는 소리가 났지만 개의치 않았다. 취한 것은 아니었다. 그와 대작對酌을 하던 중년 사내는 거의 인사불성 상태가 되어서 그의 앞에 엎어져 있었다. 빈 병들과 흘려진 맥주와 그 외 술의 잔재들. 가게 안은 엉망이 되었지만 사비나는 상관없다는 식으로 청소를 했다.

이리저리 굴러다니는 병들을 치우는 그녀를 돕고 있던 에오로가 허리를 폈다. 차갑게 창 틈 사이로 흘러 들어오는 밤바람에 몸을 흠칫 떤 그는 다리를 꼬고 앉아 마치 사색을 즐기는 듯한 포즈로 술병을 만지작거리는 진현에게로 다가갔다. '취한 것일까? 그렇게 생각했지만 진현은 자신에게 다가오는 인기척에 고개를 들고는 살며시 미소 지었다.

"소란스러웠지요, 에오로 군?"

조심스럽게 묻는 그에게 에오로는 고개를 저어 보였다. 소란스러웠던 것은 사실이지만 즐거웠다. 작은 일로도 웃을 수 있는 사람들을 보니 그 역시 즐거워지는 것 같았다. 술을 마실 줄 아는 것은 아니지만 그도 사람들의 술기운에 취한 듯 연신 노래를 흥얼거리고 있었으니까. 조용한 가게 안이 순식간에 노랫소리와 사람들의 웃음소리로 아수라장이 되었지만 불만인 사람은 없을 것이다.

찰랑거리는 소리를 내며 남아 있는 술을 잔에 따라 마신 진현이 서서히 자리에서 일어났다. 이제 슬슬 나가봐야 할 시간이다. 어둠이 대지 위를 덮고 사람들이 숨을 죽이며 밤의 정취에 취할 때 비로소 행동을 하는 사람들을 만나기 위해서이다. 언제 올라갔다가 온 것일까. 에오로는 이미 밖에 나갈 차비를 다 해놓은 상태였다. 검은 가죽 재킷을 입고 자신의 검을 들고 있는 그를 보며 사실 두고 가려고도 생각했는데 이렇게 나오니 어쩔 수 없는 일이라 생각했다.

어깨를 한 번 으쓱거린 진현은 탁자 위에 금화 하나를 올려두었다. 에오로의 눈이 동그랗게 된 것은 말할 필요도 없는 것이고 그것을 본 사비나의 반응은 조금 더 심했다. 입을 벌리고 도저히 만질 수 없는 것을 만진다는 식으로 부들거리며 금화를 두 손에 올리는 것이다.

"오늘 술값들과 깨어진 잔들에 대한 보상이면 그 정도면 되겠지요?"

그렇게 말하며 살짝 목례를 한 진현은 에오로와 함께 가게 문을 열고 밖으로 나섰다. 뜨거운 열기로 가득했던 가게에서 나서니 차가운 기운이 더 차갑게 느껴졌다. 대로에 지나가는 사람들은 거의 보이지 않았다. 너무 늦은 시각은 아니었지만 그렇다고 이른 시간도 아니었다. 자정을 향해 가는 듯 달이 정중앙에 떠서 아스라한 달빛을 내려 비추고 있었다. 바람에 흩날리는 자신의 금발 머리카락을 한 번 쓸어 넘긴 진현이 에오로에게 말했다.

"어디로 가야 그런 상회나 길드를 만날 수가 있을까요?"

가게 문 앞에서 턱을 괴고 생각에 빠진 에오로는 곧 손바닥을 치며 웃었다.

"제 경험상… 이 아니고 제가 사는 도시에 있는 길드들의 위치상 보통의 확률로 어두운 곳과 사람들이 잘 찾지 않는 곳, 그리고 보통 사람들이 가면 오해받는 곳에 위치해 있더군요."

거의 확신하듯이 단언하는 에오로를 보며 진현은 고개를 끄덕였고 곧 등을 돌려 대로를 통해 걸어갔다. 그의 등 뒤로 에오로가 빠른 걸음으로, 그렇지만 극히 조심스럽게 따라붙었다. 한 손으로 팔꿈치를 잡고 나머지 한 손으로 턱을 받친 진현이 짓궂은 미소를 흘렸다.

"아아, 경험상이라. 자주 밤바람을 맞으며 담을 뛰어넘으셨던 모양이군요."

"그, 그게 아니라!"

키득거리며 말하는 진현을 보며 에오로는 황급히 두 손을 저었다. 그렇지만 진현은 이미 다 알고 이해한다는 식으로 손을 내저으며 다시 말했다.

"하긴 그 나이 때의 소년이라면 분명 성욕이 왕성하기는 하겠지만… 너무 어렸을 때 그런 경험 하면 좋지 않습니다?"

"아악! 진현!"

얼굴과 목이 완전히 붉은 홍당무처럼 변해 버린 에오로는 괴상망측한 비명을 올렸고 그것은 진현에게 상당한 즐거움을 선사했다. 순진한 사람 괴롭히는 것은 꽤나 재미있는 일이니까. 어두운 암흑만이 깔린 대로에 이상한 비명 소리가 울려 퍼지는 가운데 그들은 조심스럽게 도시의 안쪽으로 걸음을 옮겼다. 종종 들리는 사람들의 목소리를 뒤로하고 어둠은 점점 더 짙어져 갔다. 가정 집으로 보이는 건물들에서 새어 나오는 불빛을 제외하고 대로를 밝힐 수 있는 것은 거의 없을 정도였기에 그것은 더했다. 눈을 비비며 어둠에 익숙해지려 애쓰는 에오로와는 달리 진현은 조용히 걸음만을 옮길 뿐이었다. 하다못한 에오로가 고개를 들었다. 그리고는 약간 짜증스러움이 묻어난 말투로 중얼거리듯이 말했다.

"으음, 너무 어두워요. 저희 도시와는 다르군요."

"세트레세인이라고 불린 곳은 마법사들이 많다고 했으니 마법적인 것을 이용하여 도시가 꽤 밝겠군요."

"예에. 저희 도시에는 우선 도시 전체를 비출 수 있는 라이트 하우스Light house가 도시 중심에 위치해 있고 건물들의 이음새나 사람들이 다니는 길마다 빛이 흐를 수 있게 만들어놓은 라이트 가이드Light

Guide가 있으니까요. 그리고 사람들이 원하면 집 안에다가 마법 광원光源을 만들어주지요."

　독특한 것은 그것을 공짜로 만들어준다는 사실이었다. 진현은 겉으로는 고개를 끄덕였지만 그런 일을 공짜로 해준다는 사실에 약간 씁쓰름한 미소를 지었다. 그의 사전에 여성에게만을 제외하고는 공짜란 없었으니까. 그렇게 대화를 나누던 그들은 어느덧 대로에서는 완전히 벗어난 작은 골목들을 누비고 있었다. 붉은 불빛들이 하나둘 그들을 맞이했다. 붉은 불빛-홍등가紅燈街. 어둡고 사람들이 잘 찾지 않으며 보통 사람들이 가면 오해받는 곳. 그렇지만 돈 많은 남자들은 환영을 받는 곳.

　에오로는 마른침을 꿀꺽 삼켰다. 정말이지 자신과 같은 신체 건강한 청소년에게는 참을 수 없는 유혹이나 다름없었다. 진현은 여유만만하게 천천히 왼손을 들어 칼자루에 올리고는 좁은 골목을 따라 걸어갔다. 대로보다 넓지는 않았지만 제법 넓은 길을 두고 좌우로 붉은 등이 화려하게 내리비추는 가게들이 즐비했다. 일명 사창가私娼街라고도 하는 곳. 괜히 따라왔다고 속으로 생각은 했지만 지금에 와서 다시 간다고 하면 사나이 체면이 말이 아니게 되니 이렇게 하지도 저렇게 하지도 못하는 상황이 되었다.

　붉은 색지色紙를 감아 만든 등 안의 촛불 때문에 길은 온통 붉은빛이었다. 그 색만으로도 가슴이 두근거리게 만드는 곳이다. 자신들이 묵고 있는 가게와는 다른 약간은 퇴폐적인 분위기가 물씬 나는 주점들과 사창굴이 밀집한 장소였다. 이런 곳이라면 사람들이 잘 접근을 하지 못하니 밤에 일하는 길드가 있어도 이상할 것 없겠지. 가게 앞에서는 간혹 지나가는 주정뱅이들과 남자들을 유혹하는 여성들이 뇌쇄적인 몸짓을 하며 사람들을 불러 모으고 있었다. 열려진 문틈 사이로는 간혹 가다가 여성들의 웃음소리와 술에 찌든 남자들의 고함 소리가 들려왔다.

나이를 가늠할 수 없는 짙은 화장과 풍만한 몸매, 속옷 바람이라고 해도 과언이 아닐 정도의 옷만을 걸친 채 다리를 꼬고 가게 앞에 앉아 있던 여성들의 시선에 두 명의 남자가 들어왔다. 그들도 여성이다. 손님이라면 못생기고 뚱뚱한 늙은이보다는 잘생기고 파릇한 청년이 좋은 것은 당연하다고도 할 수 있는 진리. 잠시 자신들의 직업을 망각하고 눈을 동그랗게 뜨며 진현을 쳐다보던 여성들은 곧 정신을 차리고 소리쳤다.

"거기 가는 오빠, 어딜 그리 급히 가는 거지? 나랑 놀아, 응?"

콧소리를 내며 손짓하는 여성들을 보며 진현은 살며시 미소 지으며 고개를 끄덕였을 뿐이었다. 그리고 전혀 흔들림없는 그의 모습은 몸을 파는 여성들로 하여금 자존심에 불을 당기는 일. 아무리 돈이 궁하고 먹고 살 일이 막막하여 이런 일을 하는 여성들이지만 자존심도 있고 성격도 있는 것이다. 진현의 곁에 거의 달라붙듯이 하고는 울상을 지으며 걸어가던 에오로가 더듬거리며 입을 열었다.

"괜히 저런 여성들 성격 건드리지 말아요. 뒷감당 안 되니까요."
"에오로 군은 사창私娼을 하는 여성들을 어떻게 생각하십니까?"
"에?"

갑작스럽게 말하는 그의 물음에 에오로는 눈을 동그랗게 떴다. 그러나 진현은 아무런 표정의 변화 없이 그저 입가에 희미한 미소만을 지으며 조용조용히 말했다.

"저는 저들을 안타깝게 생각합니다. 사창을 하는 여성들이 정말로

저 일을 하고 싶어서 하는 것이 아니지 않습니까? 경제의 변혁기 때나 사회가 혼란스러울 때 직업을 쉽사리 구할 수 없는 여성들이 먹고 살고자 할 수 있는 일은 극히 적습니다. 어쩔 수 없이 해야 하는 일인 것입니다. 직업에는 귀천이 없다 했습니다. 하물며 가장 어려운 일이지 않습니까. 그들도 직업으로써 대우를 해줘야 마땅하거늘."

"그렇다면 진현은 저들이 하는 일이 잘하는 일을 하는 것이라는 말씀이세요?"

이해를 못하겠다는 찡그린 표정으로 되묻는 에오로를 향해 진현은 고개를 저어 보였다.

"잘하는 것이든 잘못하는 것이든 그것이 중요한 것이 아니라는 것입니다. 자신의 의지로 선택을 했다면 그것은 그것 나름대로의 의미가 있다는 말이지요. 그리고 뛰어난 사창은 쉽게 되는 것도 아닙니다. 미모도 있어야 하며 화술話術과 재치도 겸비해야 하는 어려운 일이지요. 제가 살고 있던 나라의 옛날에는 기생이라고 하는 것이 있었습니다만 그 직업에 종사하던 여성들은 가무歌舞에 능해야 하며, 시나 서화에도 뛰어난 재주를 가졌어야 했고, 여러 가지 악기도 잘 다루어야 했지요. 이 정도면 웬만한 여성들은 못하는 일이 아닙니까?"

아무리 생각해도 이해가 가지 않는 듯 고개를 갸웃거린 에오로가 다시 물었다.

"그들은 남자들에게 몸도 팔았나요? 사창처럼?"

그의 말에 진현은 살풋 웃으며 고개를 살며시 저었다.

"꼭 그렇지만은 않습니다. 유명한 기생을 만나기 위해서는 많은 돈이 필요했고 만난다 하더라도 그들은 자신의 의사에 따라 상대와 동침을 하기도 하고 하지 않기도 했으니까요. 그리고 그들은 고위 관료들과도 만났으며 그들의 뒤에서 입김을 불기도 했지요. 또 다른 나라에서는 게이샤藝者라고 불리는 여성들이 있습니다만 그 여성들은 술을 따르고 전통적인 춤이나 노래로 술자리의 흥을 돋우는 직업을 가진 여성이라고 분류가 됩니다. 직업이라고 인정을 해주지요. 또한 게이샤가 되기 위해서는 엄청난 노력과 시간이 필요합니다. 아주 어린아이였을 때부터 게이샤가 되기 위하여 배우는 여성들도 있습니다. 많은 돈을 벌고 명예도 있습니다."

"명예요? 왜……?"

"게이샤라는 것이 되었다는 것은 엄청난 재능과 인내와 미모를 겸비한 여성임에 증명이 되니까요."

어려운 얘기다라고 생각되었지만 에오로는 그저 고개를 끄덕이고만 말았다. 몇몇 노골적인 여성들은 그들의 곁으로 와서 야릇한 향수 냄새를 풍겨댔다. 나른해 보이는 눈을 하고 붉게 안료를 칠한 긴 손톱으로 머리카락을 쓸어 넘기는 그들을 보며 에오로는 자신도 모르게 고개를 푹 숙였다.

"어머, 꼬마를 데리고 다니네? 귀찮지 않아? 다른 애들에게 맡겨두고 나랑 놀지 않을래, 잘생긴 청년?"

어느 한 여성이 그들에게 다가왔다. 고혹적인 몸짓에 검은 가죽으로 몸을 휘감고 있었다. 가슴은 거의 보일 듯 말 듯 아슬아슬했으며 새의 깃털로 만든 검은 목도리를 팔에 대충 걸치고 왼손에는 금색으로 약간 고급스러워 보이는 담뱃대가 자리 잡고 있었다. 화려하게 틀어 올린 검은 머리카락에 꽂힌 장신구들이 붉은 불빛에 반짝거렸다. 왠지 다른 여성들과는 조금 다른 분위기를 자아내었다.

30대는 안 되어 보이는 듯했지만 짙은 화장 때문에 나이를 알 수 없었다. 진현은 걸음을 멈추었다. 슬쩍 자신의 옆에 엉겨드는 그 여성을 바라보던 진현이 살풋 웃었다. 여성은 그 미소가 마음에 드는지 눈을 살짝 뜨고는 손을 뻗어 진현의 뺨에 가져다 대었다. 〈흡〉 하는 짧은 신음 소리를 낸 에오로였지만 그저 눈을 크게 뜨고 등 뒤로 식은땀을 흘릴 뿐이었다. 진현의 귓불에 걸린 백금색의 귀걸이를 만지작거리며 여성이 자신의 혀로 입술을 핥았다.

"멋진데? 이런 미모는 어디에서도 찾아보기 힘들 거야. 어때? 잘해 줄 자신 있어. 나랑 같이 가볼래?"

말만 듣고도 에오로는 몸이 달아오르는 것처럼 느껴졌지만 진현은 그저 미소만 지으며 시종일관 여유로운 모습이었다. 진현의 귀를 만지던 손은 그의 유려한 턱 선을 따라 내려와서는 붉은 입술을 스쳤고 그리고는 굵지도, 그렇다고 얇지도 않은 하얀 목 선을 타고 점점 아래로 내려갔다. 도저히 참지 못하겠는지 소리를 치려 한 에오로의 입을 막은 것은 잔잔하게만 들리는 진현의 목소리였다.

"좋겠지요. 하지만 여기서는 안 되지 않겠습니까?"

에오로는 방금 자신의 귓가를 강타한 목소리가 과연 진현의 입에서 나왔는지 심히 고찰하기 시작했다. 손가락으로 천천히 진현의 검은 셔츠 단추를 풀고 있던 여성의 손이 멈칫했다. 그녀는 노곤한 미소를 흘리더니 곧 진현의 팔을 잡아끌었다.

차마 너무 황당하여 목소리도 나오지 않는 에오로를 뒤로하고 여성은 진현을 끌고 가게 안으로 모습을 감췄다. 정말 길가에 주저앉아 울고 싶다는 마음도 잠시, 그는 등 뒤로 느껴지는 따가운 시선들과 짙은 화장품 냄새에 숨이 막힐 것만 같았다. 오늘 밤은 잊지 못할 밤이 될 것만 같다는 생각을 한 에오로는 곧 고개를 푹 숙였다. 정말 붉은 등이 오늘따라 매정하게만 보였다. 좋은 일이 일어날 것만 같은 밤바람이건만 되는 일은 하나도 없는 것 같았다.

진현은 고개를 들어서 가게 이곳저곳을 둘러보았다. 화려해 보이는 장신구로 치장하고 야한 옷을 입은 여성들을 옆에 끼고는 장난을 치는 남자들의 모습이 대부분이었다. 술에 잔뜩 취한 듯 벌겋게 변해 버린 얼굴로 여성의 어깨와 허벅지를 주물럭거리는 사내들도 있었다.

쟁반에 술잔을 들고 지나가는 여성의 엉덩이를 가볍게 두드리는 것은 예삿일처럼 보였다. 그리고 그런 사내들의 중간중간에 칼을 들고 벽에 기대고 서 있는 남자들도 보였다. 혹여 행패를 부리는 남자들을 막기 위한 경비일 것이다. 이런 곳에서는 그런 일들이 흔한 일이니까. 대체로 늦은 밤 시간치고 많은 사람들이 있었다.

몇몇 여성들은 서로들 얘기를 주고받으며 술잔을 기울이고 있었다. 그리고 그중에서는 완전히 취해 버린 듯 얼굴이 새빨개진 여성들이 술병을 들고 흔들며 환호성을 질렀다.

"언니, 좋은 것 하나 물었네? 나중에 나한테 넘겨줘. 너무 힘 빠지게 하지 말고 말야. 깔깔."

"나중에 나랑 놀아줘, 오빠!"

이런저런 말들이 들리는 가운데 진현이 자신을 잡아끄는 여성과 들어간 곳은 가게의 2층이었다. 아마도 그녀의 방인 것 같았다. 분위기로 봐서는 평범한 집의 여성의 방처럼 깔끔하고 잘 정돈되어진 방과 다름없어 보이는 곳. 다만, 사생활에 관한 물품은 거의 보이지 않았다. 그의 넓지 않은 방에 커다란 침대와 화장대, 그리고 옷을 걸어두는 옷걸이들만이 존재했다. 붉다기보다 자주색에 가까운 침대보를 가진 침대에 여성은 진현을 밀치듯이 눕혔다.
　잘못하다가는 정말 갈 데까지 가겠군. 이런 생각을 하며 그는 고개를 돌렸다. 그렇지만 곧 자신의 두 뺨을 감싸는 차가운 손에 정면을 응시하게 되었다. 자신의 두 눈을 뚫어져라 쳐다보던 여성이 조용히 입을 열었다. 약간은 차갑게 보이는 진한 갈색 눈동자가 작게 흔들리는 것처럼 보였다.
　"후훗, 운이 좋은 건가? 이런 미남을 건졌으니."
　"얼굴을 보고 상대를 결정하시나 보군요?"
　생긋 웃으며 말하는 진현을 보며 여성은 고개를 살짝 옆으로 틀었다.
　"그건 아냐. 우리 같은 창녀가 무슨 남자를 고르겠어? 그냥 옆에 끼는 대로 같이 자는 거지."
　심드렁하게 말을 내뱉은 여성은 천천히 진현의 목에 입술을 묻었다. 따스하게 느껴지는 입술의 감촉이 목에 느껴지자 그는 순간 짧게 숨을 들이쉬었다. 그렇지만 아무런 제지 없이 그저 그녀의 어깨를 잡고만 있었다. 급하지 않다는 것을 아는 것인지 여성은 조심스럽게 진현의 검은 셔츠 단추를 끌렀다. 가만히 천장을 바라보며 무늬를 관찰하던 진현이 다시 입을 열었다.
　"당신 이름은?"
　진현의 목에 붉은 루즈 자국을 남기고 있던 여성이 고개를 들었다. 그녀는 진현의 몸 위에 그대로 엎어진 자세를 취하며 턱을 괴고 진현을 내려다보았다. 마치 신기한 무언가를 본다는 표정이었다. 그렇지만 손님의 질문에 답할 의무는 있는 것인지 곧 한쪽 입꼬리를 올리며 웃고는 말했다.

"글쎄, 손님이 부르는 게 우리들의 이름이겠지. 내 이름은 로제타라고 해."

"잘 어울리는군요. 장미라."

"미남에게 듣는 칭찬은 기분 좋은 일이지."

자신의 이름을 로제타라고 말한 그 여성은 한참을 깔깔거리며 웃었다. 곧 그녀는 두 팔을 포개어 진현의 가슴에 올렸고 그로 인해 그녀의 풍만한 가슴도 진현의 가슴과 맞닿았다. 로제타는 아무런 행동 없이 자신을 보고 있는 진현을 보며 재미있다는 식으로 빙긋 웃고는 귓가에 입술을 가져갔다.

"이 정도로 했는데도 흥분되지 않는 거야? 아니면 흥분이 되는데 참고 있는 건가?"

그렇게 말하며 살짝 귓불을 깨무는 그녀였다. 사실 이 정도에도 흥분되지 않는다고 하면 이상한 사람으로 오해받을 것이 분명한 사실이다. 그러나 마음만 잘 먹으면 충분히 어느 정도까지는 그냥 웃어넘길 수도 있는 문제다. 남자들의 성욕이라는 것은 여자들이 상상하기 힘들 정도로 크지만 그렇다고 하여 절대로 참지 못할 정도는 아닌 것이니까.

어느새 셔츠의 단추는 모두 풀려졌고 그 안으로 로제타의 손이 슬금거리며 들어왔다. 벌려진 옷깃 사이로 들어오는 로제타의 손을 살며시 잡은 진현이 조용히 그녀의 목을 팔로 감았다. 그리고 살며시 그녀의 쇄골 부근에 짧게 입을 맞추었다.

원래 이런 분위기라면 본격적으로 시작될 수 있는 문제지만 진현의 목적은 그런 것이 아니었다. 애초부터 그녀를 따라온 목적은 달리 있었다. 한참이나 로제타가 이리저리 진현의 귀와 목 부근, 특히 성욕을 불러일으킬 수 있는 부분에 입을 맞추고 있을 때였다. 그의 허리춤에 차여 있던 운이 웅웅거리며 몸을 떨었다.
『도저히 못 봐주겠다, 인간아! 이 호색한 같으니라고!』
"꺄악!"
 로제타는 흘러내린 옷을 가다듬으며 갑작스레 들려온 목소리에 황급히 몸을 일으켰다. 한창 잘 나가던 분위기에 찬물이 끼얹어졌지만 진현은 키득거리며 웃었다. 벌어진 옷깃 사이로 티끌 하나 없는 백옥 같은 살결이 아름답게 모습을 내비쳤다. 로제타는 어디서 들리는지 모를 목소리에 고개를 두리번거리며 장신구가 빠져 흘러내린 검은 머리카락 한 가닥을 귀 뒤로 넘겼다. 슬쩍 한 팔로 상체를 받치고 몸을 일으킨 진현이 조용히 입을 열었다.
"질투하는 거냐? 안됐구나, 몸이 없어서."
빠직!
 어딘가에서 무언가가 끊어지는 소리가 귀에 들릴 정도였다. 그리고 검에서는 일순간 정전기가 일어나듯 짜릿한 기운이 감돌았다.
『빌어먹을 녀석 같으니! 너 같은 것을 주인이라고 믿은 내가 바보다!』
 로제타는 진현이 가진 검에서 흰 기운과 함께 번쩍거리는 전기가 튀어 오르자 기겁을 하며 침대에서 멀어졌다. 한 손으로 가슴 부근의 옷자락을 붙잡고 입을 가린 그녀는 두렵다기보다는 호기심에 가득한 눈동자였다. 아무렇지 않게 그저 고급스러워 보이던 검이 말까지 하고 이런 능력까지 부리니. 진현은 아무렇지 않게 천천히 셔츠의 단추를 채웠다. 그리고 멀리서 바라보고 있는 로제타를 향해 살짝 웃어주고는 입을 열었다.
"자, 이 정도의 능력만 보여주면 되는 것이 아닙니까? 길드의 연합 장소로 데려가 주시지요."

『뭐?』

 한참이나 성질을 이기지 못하고 고래고래 소리치고 있던 운은 어리둥절한 목소리로 되물었고 로제타는 씁쓸하게 웃었다. 그녀는 한 손에 들린 담뱃대에 불을 붙이고는 작게 숨을 내뱉었다. 희뿌연 연기가 그리 밝지 않은 방의 천장을 에워쌌다. 방금 전과는 전혀 다른 표정으로 싱글거리는 미소를 짓던 로제타는 한 손을 들어 머리카락을 쓸어 넘겼다.

 "이거, 이거… 좀 괜찮은 남자를 물었나 했더니 나 말고 다른 곳에 볼일이 있었군 그래?"

 "안타깝지만 그렇지요."

 부드럽게 웃으며 작게 고개를 끄덕이는 그를 보며 로제타는 실소를 머금었다. 키득 하고 낮게 웃은 그녀는 곧 한 손을 허리에 대고는 자신이 서 있는 곳의 바닥을 구두 굽을 이용해 몇 번 두드렸다.

 "에오로 군, 좋은 시간 방해해서 죄송하지만 이제 슬슬 원래의 목적을 실행할 때가 된 것 같습니다만?"

 갑작스럽게 달려와서는 방문을 열어젖히고 피식 웃는 진현을 보며 에오로는 황급히 재킷을 입었다. 그의 뺨에는 붉은 루즈 자국들이 수도 없이 나 있었고 목과 그 외의 부근에도 마찬가지였다. 한 명도 아닌 3명이나 되는 여성들이 달라붙어 있었으니 그럴 만도 하지. 거의 벗다시피 한 여성들은 침대에 에오로를 눕혀놓고 이리저리 장난질을 치고 있었다. 그녀들은 섭섭하다는 식으로 에오로를 올려다보았다. 아무래도 젊은 소년을 가지고 장난치는 것이 재미있었던 것 같았다.

재빠른 동작으로 벗겨진 셔츠를 대충 입고 단추를 채우고는 재킷을 입었다. 그리고 그 와중에도 여성들에게 손을 흔드는 것을 잊지 않았다. 확실히 아직 스물도 되지 않기는 했지만 남자는 남자인 모양이다. 진현은 생글생글 웃으며 에오로의 머리끝부터 발끝까지 샅샅이 살펴보았다. 침대에 누워 있어서 부스스해진 머리 하며 주름 잡힌 옷과 루즈 자국 등이 있었지만 완전히 당한(?) 것은 아니었는지 멀쩡해 보였다. 귀뿌리까지 빨개진 얼굴만을 제외하면 말이다.

"기분 좋아 보이시는군요. 어른이 되신 경험은?"

"절대로 아니에요, 진현!"

음울하게 노려보며 이를 갈고 있는 에오로를 보면서 키득거리고 웃은 그는 살짝 어깨를 으쓱거리곤 발길을 돌렸다. 등 뒤에서는 뭔지 모르지만 알 수 없는 투덜거림이 들렸다. 그가 에오로를 데리고 간 곳은 로제타의 방 안이었다. 그리고 그 방 안 한구석에는 아래층으로 통하는 것처럼 보이는 작은 나무문이 열려져 있었다. 두 사람이 겨우 같이 통과할 것 같을 정도로 작은 크기였다. 가느다란 빛이 새어 나오고 있는 문을 어리둥절한 표정으로 바라보는 에오로에게 진현이 친절하게 설명해 주었다.

"저와 함께 간 그 여성이 바로 이 도시의 용병 길드 마스터였습니다."

"에엑!"

대경실색한 표정으로 얼굴이 굳어지는 에오로를 보며 진현은 부드럽게 웃었다.

"외모를 가지고 그 사람의 모든 것을 알 수는 없는 것입니다."

그렇게 말한 진현은 조심스럽게 벌려진 문을 완전히 열었고 가느다랗게 새어 나오던 빛은 어느새 약간은 어두컴컴한 방 안을 가득 메우기에 충분할 정도가 되었다. 삐걱거리는 기분 나쁜 소음을 내며 진현은 조심스럽게 나무 계단을 따라 발걸음을 옮겼다. 잠시 머뭇거린 에오로 역시 고개를 한 번 휘젓고는 진현의 뒤를 따랐다. 고개를 숙이지 않으면 그대로 머리를 박을 것 같은 좁고 긴 계단을 따라 내려갔다. 그리고 내려감에 따라 밝은 빛줄기는 성능 좋은 랜턴 몇 개를 동시에 켜놓은 것만큼 환해졌다. 약간은 을씨년스럽다고 생각한 것도 잠시. 어느덧 끝을 보이는 계단에서 고개를 쳐든 에오로는 다시 한 번 놀라고 말았다. 그의 앞에 펼쳐진 것은 좁다란 공간이 아니었다. 그가 생각하기에 기껏해야 지하실 정도만큼의 크기라고 생각했었지만 이것은 본가게보다 더 큰 느낌이었다. 그리고 그 안으로는 수많은 사람들이 모여 있었다. 소란스럽지는 않았다. 그렇지만 차라리 소란스러웠으면 좋겠다고 생각했다.

커다란 칼을 등에 메고 험악한 인상을 가진 사람이 있는가 하면 단검을 가지고 이리저리 놀고 있는 사람도 있었고 뿌연 담배 연기를 내뿜으며 무언가를 기다리는 듯해 보이는 사내도 있었다. 마치 온몸에 〈흉악범〉이라고 써놓은 것같이 생긴 사내들이 수십 명. 각각 벽 쪽에 마련된 벤치에 앉아서 새로 온 진현과 에오로를 슬쩍 바라보았다. 그렇지만 시비는 걸지 않았다. 슬쩍 쳐다본 그것으로 끝이었다. 누가 자신의 앞을 지나가든 신경 쓸 필요 없다는 식으로 무표정하게 고개만 숙이고 앉아 있었다. 이 말 한마디 없는 살벌한 장소에 오게 된 에오로는 차라리 아까 그 여성들이 더 좋았다고 생각하곤 오늘은 정말 일진이 사나운 날이라고 속으로 중얼거렸다.

이런저런 무기들이 걸려진 벽을 뒤로하고 마치 여관의 카운터처럼 생긴 곳에 한 명의 여성이 앉아 있었다. 바위들 틈 속에 피어난 꽃이라고 해도 과언이 아닐 정도로 이 분위기와는 정반대인 다소곳해 보이는 소녀였다. 연한 갈색 머리카락을 한 가닥으로 묶고는 모직으로 된 지극히 평범해 보이는 평상복을 입고 있는 소녀. 그녀는 장부를 들추는 손길을 멈추고 자신에게 다가오는 두 명의 남자들을 향해 친절해 보이는 미소를 머금었다.

"어서 오세요, 용병 길드에 오신 것을 환영합니다. 일자리를 구하러 오신 것… 같지는 않아 보이시는데. 의뢰하실 일이라도 있으신가요?"

그녀의 말에 가만히 앉아 있던 사내들의 눈빛이 조금 달라졌다. 그들은 일자리를 구하기 위해 기다리는 용병들로서 의뢰를 한다고 하면 자신들이 할 일이 생길지도 모르기 때문이었다. 용병이 아무리 힘들고 목숨의 위협을 많이 받는다고 하여도 확실히 급여는 좋은 축에 드는 직업이었으니까. 에오로는 등 뒤로 흐르는 식은땀을 느꼈다. 아직은 생초보나 다름이 없는 자신과는 달리 이곳에 있는 용병들은 하나같이 연륜과 함께 실력도 어느 정도 갖추고 있는 자들이었기 때문이다.

그는 약간은 위협감을 느꼈지만 진현은 친절한 미소에는 역시 친절한 미소로 답해야 된다고 생각했는지 부드럽게 미소를 떠올리며 고개를 끄덕였다.

"예. 의뢰할 일이 있어서 찾아왔습니다. 사람을 찾고 있습니다만……."

"그러세요? 그렇다면 여기에 찾는 사람에 대한 인상착의나 특징 등을 적어주시겠어요?"

이제 겨우 10대 후반쯤 되어 보이는 그 소녀는 하얀 종이 한 장과 함께 펜을 진현에게 건네었다. 그것을 받아든 진현은 조용히 무언가를

써 내려가기 시작했다. 사각거리는 펜이 긁히는 소리 말고는 아무것도 들리지 않았다. 용병들의 그 의뢰가 자신들이 할 수 있는 일인지에 대해서 의논하는 목소리가 조금씩 들렸지만 결코 큰 목소리는 아니었다. 그래서 내용에 대해서는 자세히 들어볼 수가 없었다. 진현은 자신이 쓴 글을 한번 훑어보았고 곧 고개를 끄덕이더니 펜과 종이를 소녀에게 건네주었다. 소녀는 다소곳이 그것을 받아 들어 종이를 펴본 뒤에 내용을 읽어 내려갔다.

"나이, 성별은 알 수 없다고 되어 있네요?"

"아, 여성일 수도 있고 남성일 수도 있습니다. 사람 수는 두 명일 것입니다."

"예."

고개를 끄덕인 소녀는 다시 내용을 읽더니 진현을 올려다보았다.

"손바닥에 특이한 문양을 가진 사람이라는 것이 전부로군요."

약간은 애매하다는 식의 곤란한 표정을 지어 보인 소녀였다. 진현은 조용히 웃으면서 자신의 오른손을 앞으로 내밀었다. 그의 손에는 이 세계로 오기 전에 새겨진 복잡한 문양이 그려져 있었다. 자세히 보기는 이번이 처음인 에오로는 눈을 깜빡이며 진현의 손바닥을 뚫어져라 쳐다보았고 소녀 역시 의자에서 일어나 그 문양을 살폈다. 알았다는 식으로 고개를 끄덕인 소녀는 종이를 둘둘 말기 시작했다. 하지만 곧 무언가 생각났다는 식으로 고개를 다시 든 소녀가 입을 열었다.

"의뢰금은 얼마입니까?"

그렇다. 그게 가장 중요한 것이다. 아무리 쉬운 일이라도 의뢰금이 형편없으면 용병들은 잘 하지 않으려 했고 반대로 아무리 어려운 일이라 하여도 의뢰금이 많으면 의욕은 높아져만 가는 것이 당연했다. 진현은 살풋 웃고는 자신의 옷 안 주머니를 뒤적거렸다. 그의 손에 들려 나온 것은 주먹보다는 약간 작은 가죽 주머니였고 에오로는 숨을 삼켰다. 저 안에 든 것이 무엇인지를 그는 잘 알았으니까. 한 손을 들어 이마를 짚은 에오로가 고개를 젓고 있을 때 진현은 그 주머니 안에 손을 넣어 내용물을 꺼내었다. 그리고 그 순간 의자에 가만히 앉아 있던 용병들 몇 명이 자리에서 일어났다. 진현은 소녀에게 자신의 손에 들린 것을 보여주며 나직이 말했다.

"저처럼 이런 문양이 있는 사람들의 소지를 알려주시는 분께는 이것 하나를 드리고, 그리고 직접 찾아오시는 분께는 하나 더 드리도록 하지요. 하지만 절대로 상처 하나 없어야 합니다."

지금 자신의 눈앞에 있는 것이 과연 무얼까 하는 식으로 눈을 비빈 소녀는 곧 진현의 종이에 무언가를 첨부해 적었고 종이를 둘둘 말아서 인장을 찍었다. 붉은 장미의 인장이었다. 진현의 검지와 엄지손가락에 들린 것은 다름 아닌 보석이었다. 그것도 귀하다고 여겨지는 블루 사파이어. 다이아몬드 역시 캐럿이 크면 클수록 그 가격은 하늘 높은 줄 모르고 치솟는데 그것은 다른 보석들 역시 마찬가지이다. 순도 높고 알이 큰 유색 보석들은 다이아몬드보다 더 비싼 가격으로 거래가 된다. 지금 진현이 들고 있는 블루 사파이어는 언뜻 보기에도 그의 엄지손톱의 2배 정도는 될 법한 크기. 즉 손가락 두어 마디는 될 정도였다.

사내들의 눈이 휘둥그레지는 것은 당연한 결과였다. 에오로는 입을 쩍 하니 벌리고 블루 사파이어의 화려한 광채를 뚫어져라 응시하고 있었다. 아름다웠다. 순간 방 안의 공기가 일순 정지하는 느낌이 들었다. 그러던 중 그런 침묵이 깨어진 것은 낮은 목소리가 들린 직후였다.

"그렇다면 그 보석은 내 것이겠군."

수많은 사람들의 시선이 한곳으로 쏠렸다. 방의 한구석 다른 사내들과는 다르게 가만히 앉아서 담배 파이프를 입에 물고 있는 청년이 있었다. 아마도 그쪽에서 들려온 것 같았다. 허름해 보이는 긴 천으로 검을 휘어 감아놓고 자신의 옆 벽에 기대어두었다. 고개를 숙이고 있어서 잘 모르겠지만 대략 20대 후반이나 30대 초반 정도로 보이는 용모. 갑옷 같은 것은 걸치고 있지 않았지만 제법 좋아 보이는 몸을 가진 청년이었다. 진현이 조용히 물었다.

"그런 사람을 본 적이 있습니까?"

대답은 들려오지 않았지만 말을 꺼냈던 사내는 천천히 자리에서 일어났다. 앉아 있을 때는 몰랐지만 제법 큰 키였다. 진현과 비슷하거나 그보다 더 클 정도. 190㎝ 정도쯤일까? 호리호리해 보이는 몸이었다. 검은 머리카락이 묘하게 그의 차가운 인상과 잘 어울리는 분위기를 자아냈다. 그는 고개를 끄덕이더니 진현에게로 서서히 다가왔다. 발소리도 거의 들리지 않았다. 슬쩍 진현을 쳐다본 그는 입에 물려진 파이프를 손으로 받고는 말했다.

"본 적이 있고 말고. 그와 대결도 해보았으니까."

진현의 눈썹이 꿈틀거렸다. 그렇지만 극히 차분하게 고개를 끄덕인 그는 다시 한 번 물었다.

"대결이라니. 남자였습니까?"

"그래."

다짜고짜 반말이라는 것에 기분이 좋지 않았지만 진현은 자신보다 확실히 나이가 많아 보이기에 그러려니 하고 넘어갔다. 짧게 대답한 남자는 진현을 찬찬히 살펴보더니 자신이 본 남자의 인상착의에 대해서 말하기 시작했다.

"키는 대략 당신보다 조금 작을 정도. 검은 머리카락에 안경을 썼어. 무뚝뚝해 보이는 인상에 옷은 우리 나라 사람이 아닌 것처럼 약간은 특이한 복색服色이었고 특이한 검과 특이한 검법을 쓰더군. 날이 하나밖에 없는 한쪽 면에만 날이 있는 검을 가지고 있었다. 그리고 크기는……."

"아니오, 잘 알겠습니다. 제가 찾던 사람이 맞습니다."

손을 설레설레 내저으며 고개를 끄덕인 진현은 자신이 한 약속이 있었으므로 순순히 보석을 그 남자에게 건네주었다. 다른 사내들은 배가 아파서 죽겠다는 표정을 지었지만 별달리 불만은 없어 보였다. 남자가 보석이 진품인지 유심히 관찰하고 있을 즈음 턱을 괴고 무언가를 생각하고 있던 진현이 말했다.

"혹 그 사람을 이곳으로 데려올 수 있으시겠습니까? 사례는 충분히 할 테니."

"그것은 불가능해."

"어째서?"

남자는 한동안 말이 없다가 보석을 자신의 주머니에 집어넣으며 대답했다.

"그 어떤 용병이라도 들어갈 수 없는 곳에 지금 그가 있으니까."

에오로가 고개를 갸웃거렸다. 사납고 용맹하며 돈을 위해서라면 수단을 가리지 않는 용병이 할 소리가 아닌데?

남자는 짧게 한숨을 내뱉으며 조용히 말을 이었다.

"그는 지금 국왕의 바로 옆. 즉, 수도 스란 비 케스트의 왕궁에 머물고 있다."

Wheel of Fortune 운명의 굴레 5

"안녕히 주무셨습니까?"

짧게 인사말을 건넨 진현은 키득 웃으며 자신의 앞에 털썩 소리를 내며 주저앉는 니드를 바라보았다. 니드는 어제부터 오늘 아침까지 내리 잠을 잤던 모양이다. 그래서 지금 그의 얼굴은 보고 있으면 웃음이 나올 정도로 엉망이 되어 있었다. 한바탕 울어 젖힌 사람처럼 퉁퉁 부은 눈과 부스스한 머리카락, 그리고 얼굴도 평소보다 더 부어 있었다. 하지만 애써 숨죽여 웃음을 참은 진현은 자신이 들고 있는 책을 조금 더 들어 올렸다.

그리고 얼굴을 가린 뒤 소리없이 웃었다. 니드 역시 자신의 상태를 잘 알고 있는지 여관의 주인인 사비나에게 차가운 냉수와 함께 냉수건을 가져다 달라고 부탁했다. 냉수를 쭉 들이킨 뒤에 차가운 수건으로 볼을 감싸고 있던 그의 옆으로 슈린 역시 약간은 초췌해진 모습으로 나타났다. 그 역시 잠을 푹 자서 평소와는 달리 조금 늘어진 모습이었다. 확실히 잠이라는 것은 적당히 자야 하는 것이다. 진현은 새벽에서야 겨우 여관에 도착했고 잠을 잔 것은 겨우 2시간 정도에 불과했다. 그렇지만 그런 생활이 몸에 배어져 있었으므로 별로 피곤한 기색은 없었다. 너무 잠을 잔 탓인지 머리를 울리는 진동에 이마를 짚은 슈린이 조용히 말했다.

"에오로는 세상 모르게 잠을 자더군요."
"많이 피곤할 것입니다, 에오로 군은."
"예?"

어젯밤 일을 상기하며 퉁명스럽게 말하는 진현을 보며 니드와 슈린은 동시에 고개를 갸웃거렸다. 사실은 사실이니까. 말없이 책을 읽고 있는 그를 보며 두 사람은 서로를 바라보며 어깨를 으쓱거렸다.

대로에는 어느새 새로운 하루를 시작하는 사람들로 분주해 보였다. 어느 도시와 다를 바가 없는 모습에 창문을 통하여 밖을 바라보던 니드는 희미한 미소를 머금었다. 사람들이 살아서 활기 차게 생활하는 모습은 보기 좋은 것이다. 누트 에아에서의 참극이 그에게는 어제 있었던 일처럼 생생히 기억되고 있었다. 그렇기에 살아 숨 쉬고 즐거워하며 웃는 사람들의 모습이 지금 그에게는 그 어떠한 것보다 값지게 보였다.

어슴푸레하던 해가 고개를 내밀던 시간은 지나가고 파란 하늘 위에는 여지없이 눈부신 태양이 떠올랐다. 어제도 오늘도, 그리고 내일도 저 태양은 뜰 것이다. 포석을 밟고 지나가는 말들의 발굽 소리가 경쾌한 아침을 시작하는 노랫소리와 같았다. 자신의 코발트 블루의 머리카락을 몇 번 쓸어 내린 니드가 입을 연 것은 그 직후였다.

"깊은 잠에서 깨어나면 언제나 반기는 것은 따사로운 햇살."

신기하게도 운율에 맞춘 노랫소리였다. 어떻게 하면 저렇게도 즉흥적인 노래를 만들어낼 수 있는 것일까 하는 의문이 들 정도로. 시적이면서도 노래의 형식을 갖추고는 있지만 그 구성은 간단하다. 진현은 갑작스럽게 들린 노랫소리에 책을 덮었다. 손가락을 이용해 테이블을 두드리며 노래하는 니드를 보며 진현은 빙긋 미소 지었다. 손가락을 깍지 끼고 그 모습을 지그시 보던 그가 조용히 눈을 감았다.

"익숙해진 거리가 눈부시게 빛나는 하루, 무언가를 기대하나요?"

니드는 얼른 고개를 돌려 진현을 보았다. 지금 자신의 귀에 들린 목소리를 의심하는 눈초리였다. 그리고 그것은 슈린 역시 마찬가지였다. 그는 손에서 미끄러지는 컵을 겨우 두 손으로 붙잡으며 진현을 응시했다. 그렇지만 분명 들린 목소리는 진현의 것이었다. 진현은 여전히 웃으면서 어깨를 한번 으쓱거렸다. 못 믿겠다는 식으로 슈린이 황망히 웃고 있을 때 다시 니드가 말했다. 그는 웃고 있었다, 즐거운 듯이.

"아무리 말해도 진심이 전해지지 않을 때는."

"가만히 웃어요. 그렇다면 전해질 테니. 밝은 햇살에 비친 거리가 눈부셔와요."

니드와 진현은 어느새 서로를 마주 보며 노래를 흥얼거리고 있었다. 즐거운 것일까? 무엇이? 알 수는 없지만 그것으로 충분해 보였다. 작은 한 가지에서 즐거움을 찾는다면 그것으로도 충분하다. 검지손가락으로 딱딱 테이블을 두드리던 니드가 자리에서 일어났다. 천천히 손을 들어 귓가에 걸려진 자수정 귀걸이를 뽑아 들었다. 그는 조용히 귀걸이에 입을 맞추며 노래했다.

"따뜻한 햇살에 기분이 좋아져 노래를 흥얼거리네."

그리고 그의 말이 떨어진 직후 귀걸이는 눈부시게 빛나며 형태를 바꿨다. 그가 예전에 말했듯 음유 시인에게 있어서 없어서는 안 되는 악기, 류트. 귀걸이는 화려하게 빛나며 원래의 형태로 돌아간 것이다. 진현과 슈린은 순간 놀라워했지만 지금의 분위기를 끊기 싫어 애써 질문을 나중으로 미루었다. 테이블에 올라 다리를 꼬고 앉은 니드는 조심스럽게 현을 당겼다. 작은 산들바람에도 날아가 버릴 것 같은 작은 음색이지만 결코 약하지 않다. 현 하나하나가 그 가녀린 몸을 떨며 주인의 손을 타고 작게 울었다. 은쟁반에 옥구슬 굴러가는 소리라고 해도 과언이 아닐 정도. 차분히 손가락을 움직이며 음을 짚어내는 니드를 보며 진현은 다시 눈을 감고 목소리를 냈다.

"달콤하고 달콤한 그 미소가 좋으니 웃어줘요. 언제까지나 나를 향해."

"나를 좋아한다면 좋을 텐데, 그럴 수는 없나요?"

"부드러운 바람이 스쳐 지나갈 때 나에게 와줘요. 언제까지나 기다릴게요."

가게 앞의 거리를 빗자루로 쓸고 있던 사비나가 청소를 마쳤는지 안으로 들어섰다. 그리고 그 직후 그녀는 전혀 그렇게 보이지 않던 청년 둘이서 노래하는 모습을 보고 굳어버렸다. 키득거리면서 웃고 있는 슈린은 어느새 말구종인 소년 역시 벽에 기대어 노래를 듣고 있는 모습을 보고 다시금 실소를 머금었다. 열려진 가게 문밖으로 새어 나가는 노랫소리에 길을 지나가던 사람 몇몇이 슬쩍 쳐다보았다. 그냥 그대로 지나가는 사람들도 있었지만 몇 명은 그대로 서서 노랫소리에 귀를 기울였다. 잔잔하게 시작되던 아침의 대로에 울려 퍼지는 작은 류트의 음색과 절묘한 노랫소리는 사람들에게 활력을 주기에 충분했다.

"사람들의 노랫소리가 듣기 좋지 않나요? 이리 와서 나와 함께해요."

"당신의 손에서 느껴지는 따스한 손길에 소중한 마음이 생겨나요."

막 잠에서 깨어났는지 촉촉해진 얼굴을 하며 계단에서 내려오던 에이레이는 가게 안을 가득 메우는 사람들을 보며 발걸음을 멈추었다. 그리고 그들의 시선이 하나같이 어느 한곳에 가 있다는 사실도 눈치챘다. 그것은 보지 않고도 알 수 있는 것. 열려진 창문 틈 사이로 가느다랗게 새어 들어오는 아침의 햇살처럼 그렇게 잔잔한 노랫소리가 가게 안을 메웠다. 작고 가녀린 바람에 그녀의 머리카락이 살짝 흩날렸지만 그녀의 눈은 그들을 바라보고 있었다.

한 손으로 턱을 괴고 두 눈을 감고 있는 진현과 류트를 연주하며 해맑게 웃고 있는 니드의 모습. 그리고 그 두 사람을 정말로 즐겁다는 식으로 웃으며 바라보는 슈린까지. 어제까지만 해도 볼 수 없었던 그들의 모습에 에이레이는 당황했다. 그렇지만 그 당황도 잠깐이었고 그녀는 곧 작게 웃으며 벽에 몸을 기대었다. '정말로 특이한 녀석들이야'라고 조용히 중얼거리며.

"당신이 있기에 행복해요. 주위를 둘러보아요. 언제까지나 당신을 곁에 있는 내가 보일 테니."

"당신이 있기에 즐거워요. 주위를 둘러보아요. 언제까지나 당신을 위해 노래하는 내가 있어요."

그들의 노래는 아침 식사 시간이 한참이나 지날 때까지 계속되었다. 사비나는 니드와 진현의 노래 덕분에 사람이 많지 않은 아침 시간에 손님들이 많이 들어왔다며 좋아라 했다. 그리고 아침 식사를 다른 손님들보다 월등히 풍성하고도 가짓수가 많게 내어주었다. 후식까지 내어준 것은 말로 할 필요도 없었고. 아침 식사를 느긋하게 먹은 에이레이는 자신의 앞에 놓여진 칵테일 잔을 들어 한 모금 마셨다. 정말 없는 것 빼고 다 만드는 곳인 것 같았다.

그 칵테일은 진현이 보기에 자신이 살고 있는 세계에서 블랙 러시안Black Russian이라고 부르는 칵테일과 모양과 맛이 비슷했다. 역시 자신이 살던 세계는 이곳에서 『잃어버린 세계』로 불리며 지금 이곳의 과거가 확실한 모양이었다. 음식의 종류나 맛 등이 그때와 별로 큰 차이를 보이지 않았다.

하지만 조금만 자세히 생각해 보면 씁쓸한 것이었다. 지금 이곳의 과거가 자신이 살던 세계라는 것은, 즉 자신이 살고 있는 세계가 사라져야만 이 세계가 있을 수 있다는 결론도 되는 것이다. 두 개의 미래라는 것이 과연 있을 수 있는 것인지 확신할 수는 없지만 분명한 것은 그리 속이 좋지만은 않다는 것이다. 쓰게 웃으며 스크류 드라이버 Screw Driver와 비슷한 향취의 술을 한 모금 마신 진현의 귓가에 에이레이의 목소리가 들려왔다.

"훗, 잘도 그런 유치한 가사의 노래를 부르더군. 그렇게 안 생겨 가지고."

이상하게 발음이 약간 꼬이는 것이 술에 취한 사람 같아 보였다. 확실히 약간 발갛게 상기된 얼굴은 영락없는 취기가 오른 그것과 같았다. 그녀는 한 손으로는 턱을 괴고 다른 한 손으로는 술잔을 잡아 이따금씩 흔들어댔다. 어느새 술은 거의 바닥이 났고 잔에 담긴 얼음만이 조금씩 출렁거렸다. 아침부터 술에 취해서 몽롱해져 있는 에이레이를 보며 니드는 어이없다는 식으로 피식 웃었다. 블랙 러시안이라고 불리는 칵테일이 비록 달콤한 맛을 낸다고는 하지만 알코올 함량은 높은 편인 칵테일이다. 그렇다고는 하지만 겨우 저것 한 잔에 저리 취할 정도라면 그녀는 정말로 술을 못 마시는 편에 속한다.

"유치한 것이 꼭 나쁜 것이 아니라고 생각합니다만. 하나를 유치하다 생각한다면 어차피 사람이 살아가는 인생사가 모두 유치한 것으로 보일 텐데요."

진현이 작은 목소리로 대답했고 슈린은 별 상관 안 하겠다는 태도로 묵묵히 홍차를 마시고 있었다. 방금 전까지 북적거렸던 사람들은 각자 자신의 일터로, 집으로 돌아갔고 지금 가게 안에는 진현, 에이레이, 니드, 슈린 이 네 명뿐이었다. 거의 테이블에 엎드린 자세를 취하며 진현의 곁으로 의자를 끌어다 앉은 에이레이가 다시 한 번 입을 열었다.

"정말이지… 너나 여기 있는 녀석들이나 하나같이 이상한 녀석들뿐이야. 맞아, 그래. 이상해… 난 네 녀석들 목숨을 노리던 인간이라고. 그런데 그렇게 쉽게 동료로 받아줘? 킥킥, 웃기지도 않아."

"취하셨습니다, 에이레이 양."

"아~아니! 아냐."

검지 손가락을 들어 좌우로 까닥거리는 그녀를 보며 진현은 미간을 살짝 찌푸렸다. 절대로 취해본 적도 술 주정을 하지도 않는 그로서는 이런 행동은 이해하기 힘든 것이었다. 겨우 보드카 정도로 취하다니. 그것도 일부러 칵테일로 만들어 보드카의 맛을 약화시킨 것인데. 이런 생각을 하며 진현은 조심스럽게 손을 뻗어 에이레이의 손에 들린 잔을 슬며시 빼내었다.

"조금 더 주무시는 편이 좋을 것 같습니다. 오후에는 쇼핑을 가야 하니까요."

"웃기지 마. 내가 왜 너희들이랑?"

"동료니까요."

부드럽게 웃으며 짧게 답하는 그를 가만히 바라보던 에이레이는 아무 말 없이 자리에서 일어났다. 몇 번 발이 꼬여서 진현이 부축을 해주었지만 그녀는 매몰차게 진현의 손을 뿌리치고 계단을 통해 올라가 버렸다. 커피를 마시면서 무언가를 보고 있던 니드는 마치 골치가 아프다는 것처럼 눈썹을 샐쭉거리곤 말했다.

"제가 보기에는 에이레이 양이 더 이해하기 힘들어 보이는군요."

"그렇게 보입니까?"

진현은 생긋 웃고 있었다. 뭐가 그리 즐거운지 오늘따라 그의 기분이 평소보다 더 좋아 보이는 것이 사실이었다. 그렇기에 니드는 입을 우물거리다가 결국 묻고 말았다.

"오늘따라 유난히도 기분이 좋아 보이시는데… 그럴 만한 일이라도 있으신가요?"

조심스럽게 묻는 니드에게 진현은 여전히 만면에 흐르는 미소로 답해 주며 입을 열었다.

"좋은 일이 있었지요. 제가 찾고 있는 사람들에 대한 정보가 들어왔으니까 말입니다."

"예?"

니드는 크게 놀라며 되물었다. 옆에서 잠자코 그들을 바라보며 홍차를 마시던 슈린 역시 조용히 찻잔을 내려놓았다. 진현의 말의 의미를 아는 것인지 짐짓 침착한 태도를 가지고 그가 고개를 돌리며 진현에게 말했다.

"전에 말씀하셨던 당신과 같은 세계에서 온 이들을 말씀하시는군요. 그런데 어떻게 하룻밤 새에······."

 왠지 어젯밤에 있었던 일들을 곧이곧대로 말하면 니드와 슈린같이 고지식한 성격으로는 이해하기 힘들어 보였다. 아마도 다시는 그런 일 하지 말라고 단단히 잔소리를 들을 것도 같았기에 진현은 그저 말없이 웃어줄 뿐이었다. 할 말이 없을 때에는 웃는 것이 최고의 방편이다라는 진리를 상기시키면서. 궁금하다는 표정을 짓고 있는 두 사람이었지만 본인이 저렇게 웃으면서 입을 다무는 것을 보니 어쩔 수 없는 노릇이었다. 결국 어떻게 하여 알게 되었는지에 대해서는 슬금슬금 구렁이 담 넘어가듯 넘어가게 되었다. 그렇지만 어떤 정보인지는 알려주어야겠기에 진현은 카운터에서 졸고 있는 사비나에게 다시 자신이 마시고 있던 칵테일을 한 잔 더 시키고는 나지막하게 말했다.

 "그리 중요한 것은 아닙니다. 오히려 제가 찾던 여로에 확신을 가져 왔으니까요. 반드시 수도로 가야 할 것 같습니다."

 "그곳에 그 사람들이 있습니까?"

 가만히 묻는 슈린에게 진현은 고개를 끄덕여 보였다. 잔 속에 든 커피가 바닥을 보이자 니드는 오른쪽으로 찻잔을 밀어놓고는 가만히 턱을 괴고 생각에 빠졌다. 사실 이 중에서 가장 목적이 없는 사람을 꼽으라면 단연 니드 혼자였다. 이번에 여행을 같이 하게 된 슈린과 에오로는 그들 스승의 명령 때문에, 그리고 에이레이는 목숨의 안전을 위해서 여행에 끼게 된 것인데 그만은 이도 저도 아니니까. 솔직히 고민스럽기는 했다. 음유 시인으로서 이렇게 많은 일행들과 같이 여행을 다니는 일도 거의 전무한 편인데 하나의 목적을 가지는 것은 더욱 어려웠다.

 아무런 이익도 없다. 하지만 이익이 무슨 소용일까? 방금 전과 같이 진현과 즐겁게 노래를 부르고 많은 사람들이 박수를 쳐주며 환호해 준다면 그것이야말로 그가 가질 수 있는 가장 큰 이익이나 다름없었다. 처음부터 진현의 부탁 같지 않은 부탁(거의 협박에 다름없는)에 동행하게 되었지만 이제는 그 자신도 목표가 생기는 것 같았다. 이 여행의 끝을 보고 싶다는 목표. 확신할 수는 없었지만 그래도 앞으로의 여행도 즐거움이 가득할 것만 같은 느낌이었다.

"우선은 현홍이 낫는 즉시 수도로 떠나야겠습니다. 그리고 슈린 군과 에오로 군과는 작별을 해야 할 것 같군요."

진현의 말에 슈린은 고개를 끄덕였다. 그리고 자신의 품속에 있는 그 종이가 있는 부근에 살며시 손을 올리고는 눈을 감았다.

"이 물건을 스승님께서 말씀하신 곳에 안전하게 전달해야 합니다. 그것이 제 여행의 마지막입니다. 그리고 다시 스승님께 돌아가야겠지요. 어디까지나 저는 그분의 제자이니까요."

"훌륭한 제자야. 스승은 못 미덥지만."

턱을 괴고 마치 옛날을 상상하는 태도로 먼 곳을 바라보는 니드였다. 슈린은 쓰게 웃음 지을 뿐 비록 자신의 스승에 대한 험담이지만 별다른 말을 하지는 않았다. 왜냐하면 전혀 틀릴 것 없는 사실이니까 말이다. 오히려 못하면 못했지 더하지는 않을 사실이었다. 그렇게 세 사람이 겉으로 보기에는 진지한 대화를 나누고 있을 즈음해서 에오로가 기지개를 펴며 식당으로 내려왔다. 벌써 정오에 가까운 시각이었기에 슈린의 미간이 꿈틀거렸다.

그는 언제나 일정한 시간에 일어나고 할 일을 하는 정돈된 생활을 좋아하는 모범생 타입이었고 반대로 에오로는 전형적인 평범한 학생의 표본이자 산실이었다. 적당한 게으름과 좋아하는 과목은 그나마 열심히 하며 종종 땡땡이도 치고 늦잠을 꿀처럼 생각하는. 사비나가 가져온 칵테일을 한 모금 들이키며 피식거리며 웃는 진현의 곁으로 머리카락이 하늘로 솟아올라 새집 비슷한 형태를 취하고 있는 에오로가 비틀거리며 다가왔다. 그의 기준에서는 얼마 잠을 자지 못한 것이었기에 반쯤은 덜 깬 얼굴이었다. 의자에 앉은 에오로가 기지개를 펴며 크게 하품을 하자 참다 못한 슈린이 낮게 끼어들었다.

"에오로, 경망스럽게."

그의 말에 에오로는 볼을 씰룩거렸지만 가만히 두 손을 내렸다. 그가 생각하기에도 자신보다 나이가 많은 사람들 앞에서는 함부로 행동하는 것은 예의가 아니라고 생각했기 때문이다. 그렇지만 정작 그 나이가 많은 두 사람은 별 신경을 쓰지 않는다는 투였다. 에오로가 사비나에게 늦은 아침 식사를 주문하고 있을 때 니드는 품속에서 낡은 지도를 꺼내어 들었다. 테이블 위에 놓여져 있던 잔들을 대충 옆으로 치우고 난 뒤에 지도를 펼친 니드가 조용조용히 말했다. 그리고 다른 이들 역시 고개를 앞으로 숙여 지도를 들여다보았다.

"우선 지금 이곳은 수도로 들어가는 관문이나 다름없는 길목에 있는 도시입니다. 그러니 예전과 같은 산을 가로지르거나 완전히 도시가 없는 곳을 여행하는 일은 없을 거예요. 몇 번 수도에 가보았습니다만 이 도시를 기점으로 하여 약간은 시간도 절약될 수 있고 편안한 여행이 될 것이라고 생각됩니다. 이 도시에서 수도로 들어가는 마지막 관문이자 수도의 위성 도시인 물의 도시 루인까지 걸리는 시간은 대략 사나흘이면 될 것이고 그 도시에서 수도까지는 이틀 정도의 거리. 한마디로 이곳에서 수도까지는 일주일 안이면 닿을 것 같습니다."

"후우, 그리 많은 시간은 걸리지 않아서 다행입니다. 현홍이가 어서 나아야 출발을 할 텐데."

 사실 진현은 시간이 촉박하다고 생각하지는 않았지만 우선은 현홍이 원래 살던 세계로 돌아가고 싶어했으며 자신도 걱정이 안 되는 것은 아니기에 근심스러운 태도였다. 니드가 생긋 웃어 보였다.

 "오늘 쇼핑하는 겸해서 의사에게 가서 감기약도 지어오도록 하지요. 현홍의 식사는?"

 "먹지 않는다고 하더군요. 키엘도 잘 떨어지지 않으려 하고. 그래서 대충 사비나 씨에게 부탁하여 음식을 올려 보내두었습니다."

 "예."

 고개를 끄덕인 니드는 다시 지도를 둘둘 말아서 품속에 집어넣었다. 사비나는 어느새 에오로가 주문한 음식들을 가져왔고 그는 환하게 웃으며 포크와 나이프를 휘둘렀다. 음식을 쑤셔 넣듯이 입 안에 집어넣는 그를 보면서 슈린은 더 이상은 못 말리겠다는 것처럼 고개를 저었다. 이제는 정오를 넘어서 오후가 되어가고 있었기에 어서 준비를 하는 편이 여정에도 도움이 될 것이다. 식량과 기름 등도 사야 하고 말들의 편자도 다시 봐줘야 하고 이래저래 할 일은 많고 시간은 별로 없었다. 의자에서 천천히 일어난 진현이 엄청난 시간 내에 음식을 먹어치우는 에오로를 내려다보았다.

 "천천히 드십시오. 놔두고 가진 않을 테니."

 짓궂은 미소를 흘리며 그가 말했지만 에오로는 설레설레 고개를 저을 뿐 계속 그 속도로 식사를 해 나갔다. 결국 목이 막혀서 가슴을 치는 상황에까지 이르게 되었고 당황해하며 물을 찾던 니드는 진현이 마시다가 남은 음료를 에오로에게 건네주었다.

 "아, 잠깐만! 그것은……."

순간적으로 진현이 손을 뻗으며 말리려고 했지만 에오로는 그대로 그것을 원샷으로 받아 마셔 버렸고 진현의 얼굴에는 당황하는 기색이 역력해졌다. 음료를 마시고 잠시 동안 입맛을 다시던 에오로가 진현을 바라보았다.

"이거 맛이 꽤 괜찮은데요? 오렌지 맛이 나네요?"

맛있다는 듯이 혀로 입술을 살짝 핥으며 빙긋 웃는 그를 보며 진현은 조용히 고개를 숙였다. 그의 속눈썹이 약하게 떨렸다.

"…그 술은 첫맛은 약간 쌉쌀한 오렌지 맛이 나지만 역시나 독한 보드카가 들어가 있어서 은근히 취기가 오르는 술로 유명합니다. 특히 멋모르고 달콤한 첫맛에 반한 여성들을 마지막에는 취하게 만들어 레이디 킬러라고도 불리는……."

"아아, 그래요? 그래서 지금 이렇게 역겨운… 우욱!"

에오로는 그렇게 말하며 두 손으로 입을 틀어막고는 화장실로 달려가 버렸다.

"자는 거냐?"

진현은 침대에서 자고 있는 키엘을 의식하여 애써 낮은 목소리로 말했다. 조심스럽게 뻗은 그의 하얀 손에 붉은 기가 도는 머리카락이 엉켰다. 가느다란 명주실과 같은 머리카락의 부드러움을 느끼며 그는 침대의 모서리에 걸터앉았다. 방 안은 고즈넉하다고 느낄 정도로 어두웠고 또한 따스했다. 창문이 있다고는 하지만 겹겹이 친 커텐 사이로 희미한 빛들만이 새어져 들어올 뿐 촛불도 무엇도 켜놓지 않아서 잠을 자거나 휴식을 취하기에는 더없이 좋을 정도였다.

가만히 자신의 머리를 어루만지는 부드러운 손길을 느꼈던 것인지 현홍은 감았던 눈동자를 천천히 떴다. 정말로 예전과는 다르게 생기가 없어 보이는 모습. 추위를 느끼는 것인지 미묘하게 떨리는 그의 얼굴을 보며 진현은 다른 침대의 이불이 남은 침대의 이불을 가져다가 그의 위에 다시 덮어주었다.

작은 숨소리밖에 들리지 않았다. 그림자에 가려진 현홍의 모습이 약간은 청초하기도 해 보였고 반대로 초췌해 보이기도 했다. 결론적으로 말하자면 남자 같아 보이지는 않았다는 것이지만.

"밑이 소란스러워서······."

힘겹게 말하는 그를 내려다보면서 진현은 살짝 고개를 끄덕였다. 그리고는 곧 머리카락을 쓸어주는 손길을 멈추고 현홍의 뺨에 손을 가져갔다. 평상시보다 분명 뜨거운 기운에 진현의 안쓰러웠던 표정에 더 그림자가 짙게 깔렸다.

"어서 나아야지. 으음··· 집이 아닌 타지에서 아프면 더 서럽다는데 그게 이거구나."

살며시 억지에 가까운 미소를 짓는 현홍을 보며 진현은 이제 정말로 미안해서 어쩔 도리가 없다는 표정이 되어버렸다. 이 모든 일이 자신과 관련이 있다는 사실을 현홍에게 말하면 어떻게 될까? 지금보다 더 아플지도 모른다, 몸이 아닌 마음이. 그리고 화를 낼지도. 침대 보를 움켜쥔 손에 조금씩 힘이 들어갔다. 그는 애써 웃으며 다정한 말투로 입을 열었다.

"지금 나가서 여행에 필요한 물건들을 살 거야. 필요한 것이 있으면 말해, 다 사다 줄 테니까."

"넌 사람이 아프면 다정해져. 쿡."

실소를 머금으며 웃는 현홍의 모습에 진현은 가슴 한구석이 아려왔다. 아냐, 아플 때만 다정하지 않아. 이런 말을 하고 싶었지만 그저 고개를 살풋 저으며 입 안으로 간신히 말을 삼켰다.

"그냥 식량이나 제대로 준비해 줘. 그리고 옷가지도 좀… 그 밖에는 없는 것 같아."

들릴 듯 말 듯 말한 현홍은 곧 말하기조차 힘이 드는 것인지 조용히 숨을 골랐다. 진현은 고개를 끄덕였고 곧 허리를 숙여 나직이 말하며 현홍의 하얀 이마에 입 맞춰주었다.

"곧 돌아올게. 조금 더 쉬어."

그렇게 말하곤 그의 머리카락을 쓸어 넘겨준 진현은 조심스럽게 방에서 빠져나왔다. 몸이 아픈 것보다 타지에서 아프다는 외로움이 더 큰 것 같아 보였다. 지금 이곳은 자신이 사는 곳이 아니니까. 아프면 늘 찾아와 주던 이모님도 여동생도 친구도 없으니까. 외롭겠지, 당연한 거다. 방문에 기대어서서 손을 들어 얼굴을 가렸다. 찌푸려진 미간의 골이 더 깊게 파여져 갔다. 왜 이렇게 가슴이 아플까. 자신이 한 선택에 절대로 후회를 남기지 말자고, 그리고 언제나 최선을 다하자고 다짐을 해보지만 쉽사리 그것이 이루어질 리는 없는 것이다.

하지만 그렇기에 자신의 선택이 잘못된 것이 아니라는 것을 알았을 때의 성취감도 더욱 큰 것이다. 지금은… 아직 시작도 하지 않은 단계의 일이지만 벌써부터 고개를 드는 후회에 감당이 되지 않았다. 어서 일을 빨리 끝내야겠다는 생각을 했다. 그것이 자신에게도, 그리고 현홍에게도 좋은 일이다. 또한 그 자신들 주변에 도는 바람에 휘말린 이들에게도. 더 이상 같이 있어서 좋을 것은 아무것도 없으니까. 다시 한 번 누트 에아에서와 같은 일이 생긴다면 뒷감당은 힘들다. 차분히 손을 내려 바지 주머니 안에 꽂고는 천장을 올려다보았다. 비록 자신이 애초부터 이 사건의 시말에 관련된 인물이라고는 하지만 앞의 일들을 내다볼 수는 없었다. 그 능력을 가진 인물은 따로 있겠지만 지금 현재에는 옆에 없었고, 앙숙이지만 그가 없으면 자신도 어쩔 수 없다는 생각에 진현은 입가에 차가운 미소를 떠올렸다. 그런 생각을 한다는 것도 우스웠기에. 잠시 고개를 저은 진현이 조용히 발걸음을 옮겼다.

"갑자기 보고 싶어지는군, 주월 녀석."

"뭘 그리 중얼거리십니까?"

작지는 않지만 아무도 없다고 생각한 곳에 또 다른 목소리가 들리자 진현은 흠칫 몸을 떨고는 고개를 돌렸다. 그곳에는 그 역시도 방금 방에서 나온 것같이 코트를 걸쳐 입은 슈린이 서 있었다. 새하얀 코트가 이상하게 잘 어울려 보였다. 아무런 감정의 잔재도 끼이지 않은 무심한 눈으로 자신을 바라보고 있는 슈린을 보며 진현은 쓰게 웃었다.

"에오로 군은 괜찮으십니까?"

슈린은 작게 고개를 끄덕였다. 그리고는 조심스럽게 말했다.

"괜찮은 것 같지만 정신은 못 차리더군요. 지금은 아래층에 내려가 있습니다. 그 녀석 맥주만 마셔도 취하는 녀석이라서요."

"그렇습니까?"

생긋 웃은 진현은 다시 등을 돌려 계단 아래로 내려갔다. 슈린은 그런 그의 뒷모습을 보며 무엇인가 말해야겠다는 듯이 입을 우물거렸지만 결국에는 진현이 계단으로 내려가 완전히 모습을 감출 때까지 아무런 말도 하지 못했다. 그리고 스스로에게 실망한 듯 그렇게 고개를 저을 뿐이었다. 아래층으로 내려가 보니 테이블 위에는 마치 돌에 얻어맞아 기절한 개구리마냥 대자로 엎어진 에오로가 있었다. 그의 옆 의자에 앉은 니드는 검지손가락으로 그런 에오로를 쿡쿡 찌르며 그가 살아 있는가를 확인했다. 몸을 움찔거리는 것으로 보아 죽은 것은 아닌 모양이다. 그렇게 에오로를 괴롭히며 즐거워하고 있던 니드는 진현과 슈린이 내려오자 의자에서 일어나며 웃었다.

"자, 어서 출발하도록 하지요. 쇼핑은 즐거운 것 아닙니까?"

그의 말에 진현 역시 밝게 미소 지으며 고개를 끄덕였고 슈린은 엎어져서 일어날 줄 모르는 에오로를 일으켜 세웠다. 겨우 칵테일 한 잔에 비몽사몽하고 있는 그를 보면서 진현은 별수없다는 표정을 지었고 에오로는 머리가 울린다는 얼굴이었다. 진현은 식당 안을 둘러보더니 니드에게 말했다.

"그런데 에이레이 양은 내려오시지 않은 것입니까? 같이 가기로 했는데."

"그녀 역시 지금의 에오로와 마찬가지인 상태입니다. 제가 여쭈어보았는데 머리가 울려서 못 가겠다고 하시더군요."

"아……."

일행 중에서 술을 잘 마시는 사람이 없다는 사실에 진현은 섭섭해했다. 대작을 하며 술에 대한 논의를 할 수 없다는 것은 그에게는 커다란 실망과도 같은 감정이 될 정도로 그는 술을 좋아했다. 니드도 아주 약간의 맥주 정도는 마실 수 있지만 강한 것은 아니었고 슈린 역시 별다를 바 없는 주량이었다. 무엇보다 현홍은 에오로 못지 않게 술에 약했다. 맥주 한 잔에 나가떨어질 정도로. 거기다가 술 버릇도 고약해서 술을 마신다고 하면 아예 진현이 도시락 싸 들고 다니면서 말릴 정도였다.

정말로 자신의 술친구나 다름없는 주월이 다시 한 번 보고 싶어지는 순간이었다. 주월 역시 술을 좋아하고 잘 마시는 사람이었으니까. 진현은 작게 한숨을 내뱉었고 그 한숨은 니드의 고개를 갸웃하게 만들었다. 그들은 쉬라는 말도 듣지 않고 비틀거리면서 걸어가는 에오로를 부축하면서 시장으로 향했다. 수많은 사람들의 시선을 받으며 일행들은 여행에 필요한 많은 것을 사 모았다. 밤에 필요할 것 같은 랜턴 몇 개와 기름, 그리고 식량 등도. 건조 식량과 함께 감자와 같은 채소, 조미료와 숙성되어 오랫동안 먹을 수 있게 만들어놓은 고기도 샀다. 술집에 가서 술도 받아두는 것 또한 진현은 잊지 않았다. 밧줄과 새로운 배낭과 혹시 필요할지 모르는 가죽 주머니, 수통도 샀으며 그 돈은 모두 진현이 계산을 했다.

그래서 슈린과 에오로는 미안해서 어쩔 줄 모르는 표정이 되었지만 진현은 그저 웃어줄 뿐이었다. 시장 안은 번잡했지만 사람들의 냄새와 사람 사는 모습을 볼 수가 있어서 즐거웠다. 비단인 것인지 고급스러워 보이는 천을 흔들며 여성들의 시선을 모으는 장사꾼에서부터 맛있는 음식으로 아이를 유혹하는 아주머니에 이르기까지 없는 물건도 없었고 없는 사람들도 없었다. 건물의 벽에 붙어서 장사를 하는 사람들이 많았지만 사람들이 지나다니는 대로 역시 그리 좁지만은 않아서 사람들과 많이 부딪히지 않고 걸어다닐 수 있었다. 발길이 닿는 대로 걸어다니다 보니 일행들은 책을 파는 가게에도 들를 수가 있게 되었다.

에오로는 그리 큰 관심이 없어 보였지만 슈린과 니드는 입가에 미소를 띠며 가게 앞 좌판에 널려진 책들을 하나둘씩 주워 보기 시작했다. 진현 역시 조용히 책을 골랐고 이윽고 그들은 각자 몇 권에 달하는 책을 살 수가 있게 되었다.

"아아, 역시 수도 근처의 도시니까 이런 책도 살 수가 있구나. 「음유시인이 사는 법」이라는 책은 예전에 재고까지 떨어져서 못 구했던 것인데."

니드는 자신이 들고 있는 진한 갈색 표지의 책을 뺨에 비비면서 행복한 듯이 말했다. 대체 음유 시인은 어떻게 사는 것이 음유 시인답게 사는 거지? 에오로는 속으로 이런 생각을 하며 책의 내용을 추론해 보았지만 별 성과는 없었다. 슈린 역시 자신이 산 두꺼운 가죽 표지의 책을 펄럭거리면서 만족스러운 미소를 흘렸다. 슬쩍 다가가서 책의 내용을 힐끔거리며 살펴본 에오로는 역시나 고개를 휘저었다. 슈린이 고른 책의 제목은 「격투술. 상대방에게 줄 수 있는 최대한의 타격치(자세한 해설과 그림 첨부)」라는 묘한 제목이었기 때문이다. 정말이지 생긴 것과는 다르게 논다니까. 그렇게 중얼거린 에오로가 마지막으로 본 것은 진현이 고른 책이었다. 그는 다른 사람들과는 다르게 많은 양의 책을 샀는데 하나같이 에오로가 이해하기 힘들어 보이는 책이 전부였다.

「국가 간의 상호 의존과 교역에 따른 이득」, 「법이란 무엇인가? 그리고 그에 따른 필요성의 유무와 논쟁의 현실」, 「세상을 보는 지혜에 관해서」, 「대륙에 전해져 내려오는 신화와 전설, 그리고 수많은 동물들에 관한 바람 같은 이야기」, 「돈을 벌기 위하여 가장 중요한 것은?」 에오로는 마지막 책 제목에서 등 뒤로 느껴지는 싸늘한 기운에 치를 떨었다. 그나마 자신이 볼 만한 것은 신화와 전설에 관한 이야기책 정도일 것 같았다. 그리고 진현이 이런 책을 읽는다는 것에 대해 의외라고 생각하며 에오로가 물었다.

"이런 책을 볼 필요가 있나요?"

진현은 서점의 주인에게 책값을 치르고는 에오로가 손가락으로 가리킨 책을 보며 살짝 웃었다. 그리고 슬며시 책을 들어 안의 내용을 보면서 조용히 답했다.

"저는 이곳 사람이 아니니까 이곳에 대한 지식이라면 조금이라도 더 알고 싶은 것이 사실입니다. 그리고 지금까지 여행을 하면서 보았던 수많은 몬스터들에 관한 것도 저는 잘 모른답니다. 적을 알고 나를 알면 백전백승이라고 하지 않았습니까? 그런 요지이지요."

"헤에… 저도 좀 읽어봐도 되나요?"

"물론입니다, 에오로 군."

진현은 살짝 고개를 끄덕이며 책을 건네어주었다. 생글거리는 웃음을 지으며 책을 받은 에오로는 기분 좋은 듯 책장을 펄럭거렸다. 어느새 해는 서쪽으로 슬그머니 넘어가고 있었고 그래서 하늘은 오렌지 빛으로 선명히 물들어가고 있었다. 날씨가 맑아서 그런지 역시 황혼 또한 더 아름답게 내리비치는 것 같았다. 일행은 잔뜩 쇼핑을 해서 가득 가득한 짐들을 두 손에 들고서 여관으로 향했다. 해가 지고 있는데도 좌판의 가게라던가 천막을 치고 일을 하고 있던 사람들은 별로 괘념치 않은 모양이었다. 오히려 랜턴이나 횃불 등을 준비하는 모습이 늦은 저녁 시간까지 장사를 할 모양이었다. 끙끙거리며 짐을 품 안에 안아 들고 있던 니드가 조용히 입을 열었다.

"슈린, 오늘 날짜가 며칠이지?"

황혼을 감상하기 위해서인지 하늘을 향해 고개를 들고 있던 슈린이 잠시 생각을 하는 듯하다가 대답했다.

"확실하지는 않은 것 같지만… 오늘은 아마도 6월 6일인 것 같습니다."

"아아, 네그라스 신에 대한 경배를 바치는 날이로군!"

니드는 이제야 알았다는 것처럼 놀란 얼굴이 되었고 고개를 끄덕였다. 진현이 의아한 표정을 감추지 못하며 물었다.

"네그라스 신에 대해서 설명을 해주시겠습니까? 그리고 오늘은 무슨 축제라도 되는지요?"

고개를 끄덕인 것은 니드였지만 대답을 한 것은 그때까지도 걸어가면서 책을 읽고 있던 에오로였다. 방금 전까지만 해도 술 때문에 정신이 없어 보였는데 벌써 기운을 차린 것이 현홍 못지 않은 체력의 소유자인 듯싶었다.

그는 한 손에 들린 책의 책장을 탁 하고 덮더니 하늘을 바라보았다. 평상시의 그답지 않게 짐짓 진지해 보이기도 했고 밝은 햇살에 비치는 그의 모습이 낯설어 보이기도 했다.

"네그라스 신은 부귀와 행운의 신이에요. 그러니 당연히 경배하는 이들도 많지요. 그를 뜻하는 숫자는 6입니다. 그리고 오늘과 같이 6이 세 번 겹치는… 아니, 조금 있으면 겹칠 6월 6일 6시에는 그에게 경배를 바치는 축제가 있습니다. 이 도시에서 이렇게 준비를 하는 것을 보니 아마 이 도시 사람들이 가장 많이 믿는 신이 네그라스 신이던가 도시의 수호신이 그일 거예요. 진귀한 것을 보게 될 거예요."

상념에 사로잡힌 듯 멍한 눈으로 하늘을 응시하는 에오로를 보며 진현은 고개를 갸웃거렸다. 에오로의 뒤를 이어 계속해서 설명한 것은 슈린이었다. 그 역시 마치 두근거리는 마음을 감추지 못하는 사람처럼 입가에 미소를 살짝 띠며 하늘을 바라보았다.

"붉은 달이 뜰 겁니다. 조금 후에. 그리고「그들」도 나타나겠지요."

"그들?"

진현이 반문하고 나서자 곧 운의 목소리가 들렸다.

『네그라스 신의 짐승들. 붉은 그리핀Griffin과 흰 그리핀. 붉은 달이 뜨면 그들이 나타날 거야.』

아직은 이 세계에 익숙하지 않아서인지 진현은 도무지 알 수가 없었다. 그런 그를 보며 니드가 다시 친절하게 요약 설명을 해주었다.

"6월 6일 6시는 네그라스 신이 주관하는 행운의 날이자 시간입니다. 그래서 신전으로는 사람들이 찾아가고 길에서도 사람들은 하늘을 보면서 붉은 달이 뜨는 모습을 보지요. 그리고 그 붉은 달이 뜬 하늘에서는 두 마리의 짐승이 날아갈 겁니다. 매년 그렇게 새로운 그리핀들이 그들 신의 곁으로 날아가는 모습은 사람들에게 인상 깊게 남겠지요. 그 모습을 지켜본 사람에게는 행운이 따른다고 하는군요. 아마도 오늘 이 도시는 많은 사람들로 북적거릴 것입니다."

그의 말에 대충 이해한 진현은 고개를 끄덕였다. 참으로 이상한 축제도 다 있다고 속으로 중얼거리면서. 확실히 흰색의 그리핀은 신성하다는 말을 듣기는 했지만 붉은 그리핀이 있다는 말은 또 처음 듣고 지금과 같은 초여름날 6시에 달이 뜬다는 것도 말이 되지 않는 것이다. 물론, 말이 안 되니까 사람들이 신기해하는 것이겠지만 말이다. 니드의 말대로 시장이나 길에는 수많은 사람들이 마치 소풍을 가는 것처럼 화려한 옷차림으로 나왔고 차마 그렇게 하지 못하는 사람들은 창문 틈 사이로 머리를 내밀고는 하늘을 바라보고 있었다.

머리가 굵은 아이들은 1층으로 된 집의 지붕으로 올라가 걸터앉았다. 갑작스럽게 시끄러워지는 도시의 분위기가 좋아 보이기도 했다. 하나의 주제를 가지고 함께 즐거워지는 것은 좋은 일이니까. 진현은 자신이 살고 있는 세계의 축제들을 생각해 보면서 빙긋 미소 지었다. 이곳처럼 하나의 도시 축제라기보다는 대국민(?) 축제라서 규모는 다르지만 하여간 즐거워지는 것은 같다. 학생은 학생 나름대로 휴일이니까 즐거워지고 멀리 떨어진 자식들을 보는 노부모들도 그들 나름대로 조금쯤은 즐거워지고. 다만, 허리 휘어지게 음식 해서 나르는 여성들만 죽도록 고생하는 날이라는 단점이 있는 것만 빼면 괜찮은 날인 듯싶다.

갑자기 씁쓸하면서도 발끈하는 생각이 들어 그는 고개를 휘저었다. 축제 같은 날에 안 좋은 생각이라는 것은 어울리지 않는 것이다.

여관에 도착해 보니 축제를 위하여 그 시간까지 술을 마시는 사내들로 넘쳐 나고 있었다. 그중에는 전날 밤 진현과 함께 술을 마신 사내들이 짐을 가득 들고 들어오는 진현을 보고 잔을 들어 올렸다. 그 모습에 진현은 쓰게 웃으며 고개를 끄덕여 보였지만 니드와 슈린은 이곳에 진현을 아는 사람이 있나? 하는 표정이 되었다. 물론 에오로는 짓궂은 미소를 흘리며 전날 밤을 회상했다. 진현은 2층으로 올라간 후에 곧 자신의 방의 문을 열다가 무언가 생각났다는 것처럼 등을 돌려 에이레이가 머물고 있는 방문을 두드렸다. 잠시 후 약간은 피곤해 보이는 그녀의 얼굴이 모습을 보았다. 그녀는 아무렇게나 풀고 있는 머리카락을 몇 번 쓸어 올리고는 머리가 아픈지 이마를 짚으며 진현을 올려다보았다.

"이번에는 또 뭐지?"

약간은 쉬어 있는 그녀의 목소리에 진현은 빙긋 웃고는 커다란 짐 하나를 그녀에게 내밀었다.

"오늘 쇼핑을 같이 나가지 않아서 옷을 고르기가 힘들었습니다. 대충 당신의 사이즈로 맞추었으니 맞는지 확인해 보십시오."

"…네가 어떻게 내 옷 사이즈를 안다는 거지?"

의아스러운 표정으로 쳐다보는 에이레이를 보며 진현은 여전히 웃는 얼굴로 자신있게 그녀에게 말했다.

"아아, 이래 보여도 여성의 신체 사이즈는 잘 맞춘다는 소리를 듣는

답니다. 아마도 확실할 것……."
 쾅!
 진현의 말이 끝마쳐지기도 전에 에이레이는 힘껏 방문을 닫아버렸다. 입으로 무엇인가 중얼거린 후 대충 짐 속에서 옷을 꺼내어 자신의 몸에 맞춰본 그녀는 순간 헛기침을 일으켰다. 정말이지 잘 맞는 옷들로만 골라온 것이다. 그것도 여행하기에 편하면서 미관상 보기 좋아 보이는 옷들로만. 사람이야, 기계야. 이런 생각을 한 그녀가 쓰게 웃고 있을 때 옷들 속에서 작은 종이에 싸인 무엇이 바닥에 떨어졌다. 조심스럽게 그것을 주워 펴본 에이레이는 다시 한 번 쓰게 웃을 수밖에 없었다. 그 안에는 접은 종이 한 장과 약초 향이 나는 것이 들어 있었다. 종이에는 간단한 글귀가 적혀져 있었다.

 〈숙취에 좋은 약입니다. 식사하시고 나서 드시길.〉

 에이레이는 못 말리겠다는 식으로 피식 웃고는 이마를 짚었다.

 방문이 닫힌 것을 보고 쓰게 웃으며 뒤로 돌아서 자신의 방으로 들어서는 그의 귓가에 운의 목소리가 들렸다.
 『여성을 잘 구슬리는군. 존경하고 싶을 정도로, 잘.』
 말은 그렇게 했지만 한심하다는 감정이 분명히 배어져 나오고 있었다. 어깨를 한번 으쓱거린 진현이 낮게 대답했다.
 "글쎄? 웬만하면 자신을 위해 여성들에게 친절을 베푸는 사람이라는 말이 듣고 싶은걸?"
 『그래, 그래. 결국에는 널 위해서이지.』

"사람은 언제나 자신을 위해서 사는 거야."

생긋 웃으며 방문을 열자 창가에 가만히 서 있는 현홍의 모습이 눈에 들어왔다. 얼른 짐을 던지듯이 바닥에 두고 현홍의 곁으로 다가간 진현이 다급하게 말했다.

"너, 일어서도 괜찮은 거냐? 더 쉬어야 하지 않아?"

자신의 몸보다 사이즈가 커서 편해 보이는 아이보리 색 셔츠에 진갈색 바지로 갈아입은 현홍이 미소 지었다. 여전히 힘없는 미소이지만 그래도 전보다는 많이 나아 보였다. 방금 전에 씻은 것인지 아직 물기가 촉촉하게 배어져 나오는 머리카락에서는 작은 물방울이 떨어져 내렸다. 물기 가득한 뺨에 진현이 손을 올리자 차가운 기운이 손가락을 타고 몸으로 흘러드는 것 같았다. 열은 많이 내린 듯 발갛게 상기된 얼굴도 많이 가라앉아 있었다. 붉은 황혼의 노을이 창문의 유리를 뚫고 지나와 현홍의 하얗고 창백한 뺨을 물들였다. 지금 이 순간에는 그의 모습이 진현의 그것보다 더 아름다워 보였다. 뭐랄까? 보호 본능을 자극하는 그런 외모라고 할까. 그래서 그런지 몰라도 그의 아픈 모습은 사람들을 안타깝게 만들 정도였으니.

진현은 속으로 그런 생각을 했지만 결코 입 밖으로 내지는 않았다. 그는 살며시 웃으며 짐 속에서 약을 꺼내어 들고 왔다. 현홍의 미간이 살짝 찌푸려졌다. 아무리 아프더라도 약이나 주사 등은 정말로 싫어하는 그였다. 오죽하면 병원 근처만 지나가도 얼굴이 창백해지겠는가. 그렇지만 진현은 아랑곳없이 약을 펼쳤고 침대 머리맡 탁자 위에 놓여져 있는 주전자를 들어 컵에 물을 따랐다.

"이 약을 다 먹기 전까지는 나았다고 생각하지 않을 거다. 어서 먹어."

강압적인 말투로 한 치의 흔들림 없이 약을 쥐어주는 진현을 보며 현홍은 울 것처럼 눈을 반짝거렸다. 그러나 진현은 시선을 돌리며 현홍을 무시했다. 〈끄응〉거리는 신음 소리와 함께 키엘이 부스스하게 잠에서 깨어났다. 그는 곧 진현이 서 있는 것을 보고 주인을 맞는 강아지처럼 달려와 품에 안겼다. 꼬리라도 달려 있으면 맹렬히 흔들 것처럼 보였다. 팔에 뺨을 비비면서 애교를 떠는 키엘의 머리를 쓰다듬어 주며 진현이 다시 입을 열었다.

"어서 먹어."

"히이잉!"

앙탈을 부려보았지만 소용이 없었다. 결국에 현홍은 쓰디쓴 약을 목으로 넘겼고 켁켁거렸다. 얼른 물을 목구멍으로 넘긴 현홍은 정말 쓴 약이었는지 얼굴이 찌푸려졌고 그 모습은 평상시의 그가 생각나게 했기에 진현은 고개를 끄덕였다. 잘했다는 것처럼 머리를 토닥여 준 진현은 옷 가게에서 사온 옷들을 현홍에게 주었다. 콜록거리며 몸을 추스른 그는 옷을 잘 개어서 자신의 짐들 속에 넣었다. 진현은 앞으로의 계획을 말해 줄 요량으로 의자에 앉았다.

"여기에서 수도까지는 일주일 정도가 걸린다고 하더군. 그리고 현자의 탑을 가기 위해서가 아닌 반드시 수도에 가야 할 이유가 생겼다."

짐을 챙기고 있던 현홍의 손이 멈칫거렸다. 그리고 천천히 고개를 돌리며 물었다.

"무슨 소리야? 반드시 수도로 가야 하는 이유라는 게 대체 뭔데?"

"글쎄, 학창 시절 시험에서 잘 찍었다면 그 정도는 맞출 수 있을 거라고 생각하는데?"

진현은 짓궂은 미소를 지었고 현홍은 잠시 곰곰이 생각하는 듯하다가 검지손가락 하나를 들어 올리며 약간은 불안하다는 태도로 더듬거리며 말했다.

"혹, 그 수도에 우리가 아는 사람이 있는 것은 아니겠지? 에에~ 말도 안 돼."

현홍은 자신이 말했음에도 불구하고 말도 안 된다는 식으로 손을 휘저었다. 그렇지만 진현은 생긋 웃으며 살며시 박수를 쳐주었다. 그의 그런 태도에 현홍의 안색이 크게 바뀌었다. 어딘지 모르게 기쁘기도 하고 당황하는 기색도 느껴졌다.

"마, 말도 안 돼! 우리가 아는 사람이라면 저쪽 세계의 사람들이라는 말이잖아! 그것도 우리와 연관이 있는 사람들이라고?"

"말이 안 될 것은 뭐가 있냐? 너도 왔고 그 다음에 나도 왔으니 충분히 가능성은 있는 말이지. 우리가 아는 사람이라는 것이 조금 그렇기는 하지만."

"대체 누군데?"

궁금하다는 표정으로 당장이라도 달려들 것 같은 현홍을 보았지만 진현은 아무렇지 않게 한번 어깨를 으쓱거린 후에 한 손을 펴 들었다. 그리고는 하나씩 접어 나갔다.

"하나, 남자야. 둘, 운동을 잘하지. 셋, 자주 가는 식당의 아들이고. 넷, 똑똑하기도 똑똑해. 다섯, 우리가 아는 사람들 중에서 가장 검을 잘 다루지."

입을 벌리고 진현의 말을 생각하던 현홍이 곧 머리를 긁적거리며 자신의 다섯 손가락을 펴서 접어보고는 천장의 무늬에 대한 생각까지 마친 직후. 그는 곧 안색이 파리하게 질리면서 소리쳤다.

"그럼, 단 한 명밖에 없잖아! 걔가 와 있는 거야? 여기에?! 홀어머니

모시고 공부 중이라며!"

 아픈 사람 맞는지 의심스러울 정도의 목소리로 외친 그였지만 곧 콜록거리면서 침대에 주저앉았다. 진현의 무릎 위에 앉아 있던 키엘은 현홍이 갑작스럽게 소리를 치자 움찔거리며 귀를 쫑긋 세웠다. 그런 그의 귀를 살살 만져 주면서 진현이 나직이 말했다.

 "그렇다고 할 수 있겠지. 어쩐 일인지 그는 지금 수도의 왕궁에 있다고 하더군."

 거친 숨을 고르던 현홍이 그의 말에 의아스러운 빛을 띠었다. 창백한 얼굴은 변함이 없었지만 역시 기초 체력이 풍부한 덕분인지 조금씩 나아가고 있는 모습이 눈에 보일 정도였다. 현홍은 한동안 말이 없었다. 그리고 그것은 진현도 마찬가지였다. 그는 현홍이 무슨 말을 하고 싶다는 것을 알고 있었지만 재촉하거나 하지는 않았다. 그저 가만히 두 눈을 감고 키엘을 어루만져 주고 있었다. 창밖으로는 축제를 준비하는 많은 사람들이 있었다. 수많은 사람들의 웃음소리와 발걸음 소리가 아련하게 들려왔다. 방으로 쏟아져 내리던 희뿌연 연기와도 같은 햇살은 점점 나약해져 갔고 그렇게 함으로써 방 안은 점차 어두워져 갔다. 몇 분의 시간이 지난 것일까. 침대를 짚고 있던 자신의 손을 보면서 현홍이 조용히 입을 달싹거렸다.

 "그렇다면 너와 그 녀석 말고도 날 알고 내가 아는 사람들이 이곳에 와 있을 수도 있다는 거구나."

 "그래."

 진현은 짧게 답했다. 그것이다. 다른 차원의 세계를 간다고 해도 지금까지 그가 살았던 인생과는 완전한 인연을 끊을 수 없는 것이다. 길게 늘어진 그림자마냥 언제나 그를 쫓아다닐 것이고 그는 종종 그 그림자를 뒤돌아보겠지. 도망칠 수 있는 것이 아니다. 현홍은 멍한 눈으로 자신의 손을 내려다보고만 있었다. 자신이 아는 사람이 또 이곳에 와 있다는 것은 그에게 어떤 의미일까? 즐거울 수도 있고 어쩌면 실망할 수도 있을 것이다. 현홍은 마지못해 웃는다는 느낌을 지우지 못한 그런 미소를 지으며 고개를 들었다. 속으로는 사실 실망했다. 이상하게 그런 마음이었다. 이왕 이런 곳까지 왔으면 자신을 아는 사람이 없기를 바랬다. 변화하고 싶었다. 나약한 근성도 모두. 한편으로는 안도감도 들었다. 혼자가 아니라는 느낌에. 알 수 없는 묘한 감정들이 뒤섞여서 기분이 이상해져 버렸다. 어쨌거나 이 세계에 와서 가장 처음으로 성과가 있는 이야기였으니 마냥 웃기로 했다, 지금은. 그는 슬며시 일어나 창가로 다가갔다. 그리고 밖을 슬쩍 내려다보더니 진현에게 물었다.

"그런데 왜 저렇게 밖이 소란스럽지? 무슨 일이라도……."

키엘을 쓰다듬던 손을 멈춘 진현은 자신의 머리카락을 한번 쓸어 올리고는 입을 열었다.

"오늘은 축제 날이라고 하더군. 자세한 것은 설명해도 모를 거야."

왠지 뒤의 말이 귀에 거슬렸지만 축제라는 말에 혹한 현홍이 눈을 반짝였다. 그는 축제나 사람들이 많이 모이는 모임 같은 것을 좋아했다. 자신이 직접 나서지는 않았지만 보는 것만으로도 즐기는 사람이었다. 진현은 몸을 움찔거리며 현홍을 올려다보았고 그는 생글생글 웃으며 진현 쪽으로 걸어왔.

"진현아, 진현아. 나 축제에 놀러 가고 싶어."

"절대로 안 돼."

고찰해 볼 만한 가치도 느끼지 못한다는 식으로 단호하게 대답하는 진현을 보면서 현홍의 얼굴은 엉망으로 찌푸려졌다. 그는 입을 샐쭉거리다가 손가락을 몇 번 꼼지락거린 다음 다시 낮게 소리치듯 말했다.
"왜 안 된다는 거야! 가고 싶어, 응? 나 다 나았어! 정말야!"
진현은 키엘을 슬쩍 들어서 옆에 내려놓은 후에 자리에서 일어났다. 그는 슬그머니 현홍에게 다가왔고 그의 표정은 무표정했다. 현홍은 움찔거리면서 뒤로 몇 걸음 물러섰다. 가만히 그에게 다가간 진현은 손을 뻗어 현홍의 이마를 짚어보았다. 확실히 열은 많이 내린 듯 평상시와 같았지만 감기라는 것이 원래 쉽게 낫는 병이 아니지 않은가. 낫는다고 하지만 언제 다시 걸릴지도 모르는 일. 그렇지만 정말로 가고 싶다는 것처럼 두 손을 모으고 자신을 바라보는 현홍을 보고 있자니 허락하지 않을 수도 없고 해서 그는 심각하게 고민하기에 이르렀다. 그때였을까. 방문을 똑똑 두드리는 노크 소리가 난 후에 문이 열렸고 그 사이로 니드의 얼굴이 보였다. 그는 진현과 현홍이 모두 일어서서 자신을 바라보고 있자 흠칫 놀라더니 곧 실실 웃으면서 자신의 뒷머리를 긁적거렸다.
"아아, 계셨군요. 현홍이도 깼네. 저, 저는 지금 에오로 군과 네그라스 신의 신전에 놀러 가볼 생각인데 같이 가실 생각이 있으시면……."
그의 말이 채 끝나기도 전에 현홍은 환호성을 올리며 자신의 짐 속에서 재킷을 꺼내어 입고는 밖으로 뛰쳐나갔다. 니드는 자신을 스쳐 나간 현홍과 진현을 번갈아 보더니 어깨를 으쓱거렸다. 진현은 한심스럽다는 듯이 고개를 저은 후 키엘을 데리고 방을 나섰다.

밖은 정말이지 추석이나 설날을 연상하게 할 정도로 많은 사람들이 있었다. 가족들끼리 나들이를 하는 것처럼 나온 사람들도 있었고 술에 찌들어 보이는 사내들도, 연인들끼리 팔짱을 끼고 지나가는 사람들이 대부분이었다. 사람들에게 치이기 싫어하는 진현과는 달리 현홍은 연신 뭐가 그리 즐거운지 사람들을 보고 시장 안의 상인들과 물건들을 돌아보았다. 시끌벅적한 사람들 틈에서 자신들이 원하는 곳으로 가기조차 힘들어 보였다. 에오로는 언제 사 물었는지 모르게 한 손에는 커다란 구운 옥수수를 들고 또 한 손에는 커다란 프랑크 소시지를 가지고 먹으면서 길을 걸었다. 에이레이는 많은 사람들이 있는 곳에는 암살자가 있을지도 모른다고 하고는 여전히 방 안에서 무엇을 하는지 알 수 없었고 슈린 역시 오늘 사온 책을 읽느라 정신이 없다고 말하곤 남아 있겠다고 했다. 그 역시 사람들이 번잡한 것은 좋아하지 않는 체질이었다.

　니드는 많은 사람들 틈에서 오들오들 떨고 있는 키엘의 손을 꼭 붙잡고 마치 아버지와 아들처럼 다정한 모양새로 주위를 둘러보았다. 그리고 커다란 좌판에서 팔고 있는 닭 꼬치를 사다가 키엘에게 넘겨주었다. 태양은 어느새 대지 위로 몸을 뉘었고 천천히 달의 시간이 다가왔다. 서쪽 하늘로 붉은 노을을 따라 시퍼런 기운이 몰려왔다. 밤이 시작되려 했다. 그와 동시에 사람들의 목소리도 더욱 상기되는 분위기였다. 에오로는 입에 소시지를 물고 있어서 그런지 말을 하지는 못했고 손가락을 들어 도시의 옆 편 산의 아래쪽에 지어져 있는 커다란 건물을 가리켰다.

　상당히 먼 거리였음에도 불구하고 저 정도의 크기라면은 정말 엄청난 크기이다. 가까이 다가가면 거의 국회 의사당 정도쯤은 보일 정도의 건물 같았다. 그리고 지금 그곳으로 많은 사람들이 개미 떼처럼 꾸역꾸역 올라가고 있었다. 붉은 석양 빛이 반사된 건물은 운치있으면서도 뭔가 한 부분이 빠진 것처럼 우울해 보이기도 했다. 멍한 눈으로 건물을 바라보던 현홍이 감탄사를 내질렀다.

"우와! 장난 아니게 크고 예쁜 건물이네?"

사람들에 치여서 짜증이 나 있는 진현은 그 말을 못 들은 척해 버렸지만 니드는 빙긋 웃으면서 말했다.

"이곳이나 다른 웬만한 도시에는 모두 신전이 하나씩 지어져 있다고 해도 과언이 아니지. 규모 면에서는 조금씩 다르지만 말야. 만약 자신이 살고 있는 도시에 자신이 믿는 신의 신전이 없다면 그 신전이 있는 곳으로 이사까지 가버리는 사람이 있을 정도로 클레인 왕국 사람들의 신앙심은 크고 깊거든. 그래서 우리 나라 사람들이 가장 많이 믿는 신인 정의와 율법의 아비게일 여신의 신전이 있는 수도에 가장 많은 사람들이 있는지도 몰라."

그렇게 말하면서 니드는 웃고 있었지만 진현은 속으로 한심스럽다고 생각했다. 신은 그저 믿는 것으로 족할 뿐이지 그 신을 모시는 신전 근처에 산다고 해서 그 신의 축복이 커지는 것은 아닐 테니까. 만약 자신의 신전 근처에 산다고 하여 그 사람에게 더 큰 축복을 내린다면 그 신은 바보다. 그렇게 중얼거리고 있는 사이에 일행은 어느새 신전의 바로 앞까지 다가왔다. 얼마나 큰 것인지 가늠을 하지 못할 정도로 신전은 거대했고 높이만 따져도 10층 건물의 높이보다 더 높아 보였다. 그리고 사람들이 거의 대부분 모여 있는 신전 앞 대광장은 희고 간결해 보이는 포석이 깔려 있었고 웬만한 축구장과도 같은 규모의 크기였다.

신전은 하얀 대리석으로 지어져 있었고 장정들 몇이서 팔을 둘러도 모자를 것 같은 굵직한 기둥에는 그리핀으로 보이는 동물이 조각되어 있었다. 언뜻 보기에는 프랑스에 있는 쾰른 대성당이나 루앙 대성당처럼 프랑스 고딕 양식의 건물처럼 보이기도 했으나 그 정교함이나 섬세함에서는 다소 수준이 떨어져 단순하게 보였다. 우선은 성당처럼 첨탑도 없었으며 부드러운 곡선미를 강조한 듯해 보였으니까. 전체적으로 보면 오히려 대영 박물관처럼 그리스의 이오니아 양식을 더 닮아 보였다. 말 그대로 열주列柱 형식. 기둥들이 가지런히 하나의 선에 늘어져 있는 모습이었다.

산이라고는 하지만 거의 높낮이가 없는 언덕에 불과할 정도로 낮았기에 사람들은 거의 힘들이지 않고 이곳까지 올라올 수 있었다. 그리고 많은 사람들은 달이 뜨는 방향으로 모두 시선을 돌리고는 두 손을 마주 잡았다. 일 년에 한 번 볼 수 있는 장관과 신의 짐승들을 보기 위하여 모인 사람들은 두근거리는 마음을 애써 진정시키며 하늘을 응시했다. 진현은 붉은 달이 뜬다는 것에 신기해했을 뿐 신의 축복에는 별 관심이 없었다. 키엘은 사람들 냄새에 정신이 없는지 연신 코를 벌름거리고만 있었다. 몇 번 이 신전의 축제를 보아온 니드였지만 그래도 신기하다는 눈빛으로 하늘과 신전을 둘러보았다. 현홍은 물론 눈을 반짝거리며 어서 붉은 달과 그 두 마리의 그리핀들을 보았으면 하는 표정이었다.

서서히 하늘의 끝자락부터 어두워지고 있었다. 그리고 그 틈 사이로 마치 검은 장막을 걷어내고 모습을 드러내는 듯이 조심스럽게 달의 모습이 드러났다. 부귀와 행운의 신에게 축복받은 피처럼 붉은 달이었다.

Wheel of fortune 운명의 굴레 6

"세상에, 정말로 붉은색 달이잖아!"

현홍은 연신 감탄 어린 탄성을 내뱉었고 진현도 고개를 끄덕였다. 자신이 사는 원래의 세계에서도 붉은빛이 도는 달이 뜨기는 한다. 하지만 이것은 어디까지나 개기 월식이 일어나는 순간의 일일 뿐이다. 이러한 현상이 일어나는 이유는 개기 일식과는 반대로 개기 월식에서의 달은 미약하게나마 태양 빛을 받기 때문이다. 말 그대로 붉은색이 포함된 태양 빛이 달 표면에 떨어짐으로 하여 개기 월식 때에는 달이 붉은빛으로 물드는 것뿐이다. 어찌 보면 착시 현상이라고도 할 수 있는 것. 하지만 지금 자신의 눈앞에 뜨는 달은 마치 붉은 물감을 칠해놓은 것마냥 선명한 핏빛이었다.

이것도 자연 현상 중의 하나이겠지만 그것을 모르는 사람들에게는 그것이 마냥 신의 축복처럼 보이는 모양이다. 하긴, 저 정도의 낭만도 없다면 세상을 살아가는 것이 삭막하지 않겠는가. 진현은 피식 웃으며 고개를 들어 떠오르는 달을 지켜보았다. 만월의 붉은 달이라. 이런 세계에서 그 세계를 구성하는 요소로 따진다면 최고의 요소임에 분명할 정도로 신비해 보였다.

에오로는 머리를 긁적거리며 그 붉은빛의 달이 하늘 위로 떠오르는 것을 응시하고 있었다. 그의 에메랄드 빛 눈동자에 비친 검푸른 하늘과 붉은 달이 을씨년스럽게 보였다.

니드의 손을 꼭 부여잡고 있는 키엘의 손에 점점 더 힘이 들어갔다. 나머지 손을 들어 입을 가리고 뭔가 불안하다는 태도로 주위를 두리번거렸다. 엄지손가락의 손톱은 어느새 물어뜯어 너덜너덜해져 있었고 황금빛 두 눈에는 불안함만이 묻어져 나왔다. 하얀 얼굴은 창백하게 바뀌어갔다. 무엇이 불안한 것일까? 사람들이 많은 이곳이 아직 어린 그에게는 익숙하지 않아서일 것이라고도 생각할 수 있지만 그렇다고 말하기에는 반응이 조금 더 심각해 보였다. 마치 동물적인 본능을 가진 그로서 자신보다 강대한 무언가가 자신을 바라보는 듯한 느낌. 키엘은 오들오들 떨면서 잡고 있던 니드의 손을 놓았다. 그제야 니드는 키엘이 고개를 두리번거리며 안절부절못한다는 것을 알게 되었다. 조심스럽게 주위의 다른 사람들에게 피해를 주지 않을 정도로 그렇게 허리를 숙인 니드가 걱정스러운 말투로 키엘에게 물었다. 어차피 대답은 듣지 못하겠지만.

"키엘? 여기가 무섭니?"

역시나 키엘은 아무 말도 하지 못한 채 그저 불안한 눈을 들어 니드를 바라볼 뿐이었다. 그리고 연신 고개를 좌우로 흔들었다. 먼 하늘을 보면서 눈가에 손을 가져다 대고 있던 에오로도 눈길을 돌려 키엘을 보았다. 그리고 손을 뻗어 키엘의 머리를 쓱쓱 쓰다듬어 주었다.
"뭔가 불안해 보이는데요? 여기가 처음 오는 곳이고 사람이 많아서 가 아닐까요?"
"음… 그런가?"
니드는 고개를 갸웃거렸다. 그렇지만 몇 초가 흐르고 몇 분이 흘러도 키엘은 진정될 기미를 보이지 않았고 오히려 더욱더 불안해 보이는 모습이 역력해졌다. 현홍과 진현이 어리둥절한 표정으로 키엘을 바라볼 즈음 어느새 달은 중천으로 떠오르고 있었다. 그리고 그 달을 한 번 흘끔 쳐다본 키엘은 마치 차가운 물이 몸에 끼얹어진 사람마냥 부들거리며 떨고는 사람들을 비집고 달아나 버렸다. 순간적으로 키엘의 머리에 손을 얹고 있던 에오로는 흠칫하면서 한 걸음 물러났고 그것은 다른 일행들도 마찬가지였다. 가만히 있던 아이가 갑자기 달아나 버리니 놀라지 않을 사람이 어디 있겠는가? 멍한 표정으로 키엘을 보고 있던 현홍이 소리쳤다.
"뭐 해! 애를 잡아야… 아니지, 찾아야 할 것 아냐!"
다급히 외치는 현홍의 목소리에 번득 정신을 차린 일행들은 사람들의 틈을 비집고 키엘이 달려간 신전 쪽으로 내달렸다. 중간중간에 니드는 클레인 왕국의 시민답게 같은 시민들에게 연신 미안하다는 말을 남기며 뛰었다. 그렇지만 같은 클레인 왕국의 시민인 에오로는 자신의 일이 다른 시민들의 안위보다 더 중요하다는 것을 몸으로 말하듯이 사람들을 밀치고 뛰었다. 그리고 진현은 자신과 부딪힌 여성들에게만 진지한 사과의 말을 남겼다. 물론, 그 여성들이 황홀한 눈으로 고개를 끄덕인 것은 말 안 해도 알 사실이다. 현홍은 축제의 하이라이트를 못 보게 되었다는 짜증도 잠시, 혹시나 키엘에게 무슨 일이라도 생길까 봐 걱정하는 말투로 다른 사람들에게 소리쳤다.

"둘로 나눠서 찾아! 니드, 나와 같이 가!"

니드는 고개를 힘차게 끄덕이곤 현홍과 함께 신전의 뒤편으로 돌아서 달려갔다. 그리고 진현은 에오로와 함께 신전의 정문을 통해 안으로 들어갔다. 붉은 달은 서서히 그 빛을 더했고 사람들의 시선은 온통 그 빛 속에 빠져 있었다. 마치 신이 강림하는 모습을 보는 사람들처럼 혼을 모두 빼앗긴 듯이.

신전의 뒤편은 의외로 그리 넓지 않았다. 그저 커다란 정원과 분수가 만들어져 있었고 잘 조성이 된 잔디만이 있을 뿐 사람들의 모습은 보이지 않았다. 지금 이곳에서는 거대한 신전에 가려져 달이 보이지가 않았다. 사람들은 온통 어디에서든 달이 잘 보이는 위치에 가 있을 것이고 두말할 것도 없이 신전의 대광장이 아닌 이곳에 있을 리 만무한 것이다. 정원에는 물 흐르는 소리와 간혹 미풍에 흔들리는 나뭇잎들이 흩날리는 소리 말고는 이상할 정도로 조용했다. 마치 일부러 사람들을 쫓아내고 침묵을 만들어낸 것만 같았다. 몇백 미터를 뛰어와서 그런지 니드는 헉헉거리는 숨을 몰아쉬고는 턱으로 흘러내리는 땀을 닦았다. 정말이지 체력이 약한 사람이다. 망토는 벗어놓고 와서 편해 보이는 회색의 셔츠에 검은 재킷만을 걸치고 있었지만 긴 머리카락이 거추장스러운지 흘러내리는 머리카락을 우악스럽게 어깨 뒤로 넘겼다.

"가만히 있다가 왜 갑자기……."

니드는 알 수 없다는 것처럼 말했고 현홍 역시 주위를 두리번거리다가 니드에게 말했다.

"글쎄, 불안해 보이지 않았어? 마치, 마치 자신보다 강한 야수를 보는 동물처럼."

그의 말에도 일리가 있었지만 지금 이곳에는 오히려 그 키엘보다 약한 인간들만이 있을 뿐 그보다 강한 짐승은 눈을 씻고 찾아봐도 없었다. 니드는 어깨를 한번 으쓱거렸고 곧 고민스러운 표정이 되었다. 그리고 한 손을 들어 턱을 만지작거리면서 중얼거렸다.

"그 아이가 인간의 행동 패턴을 답습했다면 좋겠지만… 그럴 리는 없을 것이고 동물의 본능 그대로 찾아야 하나?"

"네가 동물이 되겠다고?"

니드는 한심스럽다는 표정으로 현홍을 바라보았고 현홍은 멋쩍게 웃으며 머리를 긁적거렸다. 니드가 손짓을 하면서 신전의 뒷문으로 들어갔다. 현홍은 고개를 갸우뚱거렸지만 별말없이 그의 뒤를 따라갔다. 거대한 신전에 비해서 후문이라고도 할 수 있는 문은 초라할 정도로 작았다. 그저 보통 평범한 가정 집의 판자 대문 정도의 크기였다. 그렇지만 견고해 보이는 철로 된 문이어서 방어에는 좋을 것 같아 보였다. 신전을 공격한다거나 도둑질할 정도의 큰 간을 가진 인간이 없다는 것이 문제지만. 그래서일까? 문은 반쯤 열려져 있었고 니드와 현홍은 마치 무언가를 훔치는 도둑마냥 발끝으로 살금살금 걸어갔다.

오히려 그것이 더 수상해 보인다는 것을 아는지 모르는지.

신전 안은 모두가 다 대리석으로 만들어져 있었고 마치 이름이 높고 큰 성당처럼 여러 가지 벽화와 고급스러워 보이는 물건들이 여러 곳에 놓여져 있었다. 통통거리는 발소리에도 모든 것이 벽에 부딪혀 울려버릴 정도로 거대했다. 웅장한 느낌도 들었지만 신전의 크기와 외양의 화려함에 비해서 다소곳한 면이 없지 않아 많았다. 신을 찬미하는 의미로 돔의 천장 부분에는 사람들이 많은 시간 동안 노력했을 법한 벽화가 새겨져 있었다. 이 신전이 얼마나 오래된 것인지는 모르겠지만 그 벽화는 마치 지금 바로 그려져 있는 것처럼 깔끔했고 시간의 흐름 속에 무뎌진 것도 없었다.

현홍은 신전 안의 모습에 입을 쩍 하니 벌리고 이곳저곳을 둘러보았다. 역시 대리석으로 만들어진 바닥은 하루 온종일 청소를 했다고 해도 믿어지지 않을 정도로 반질반질하게 윤이 났다. 잘못 발을 디디면 미끄러지겠는걸? 그런 생각이 들 정도였다. 엄청난 모양새의 기둥이 있었지만 그 기둥들이 수십 개가 있어도 떠받치고 있는 것이 신기해 보이는 천장이었다. 대체 무엇으로 만들면 저 정도로 만들 수가 있을까? 지금의 이 시대에. 잠시 생각해 보니 그런 생각은 우스운 것 같았다. 자신이 사는 세계에서도 석굴암이나 다른 나라의 수많은 문화 유적들처럼 그 시대의 기술이라고는 믿을 수 없을 정도의 건고한 것들이 많다. 그것도 다시는 재현하지 못할 정도로 신기한 모양이. 사람들의 힘이라는 것은 그 예전 신의 권능에 도전했던, 아니, 조금이라도 다가가고 싶었던 사람들이 쌓아 올렸던 바빌론의 탑처럼 못 만드는 것이 없는 모양이다.

모든 것이 새하얗다. 간혹 붉은색이나 금색이 섞여 들어가기는 했지만 천장의 벽화나 벽에 걸린 그림들을 제외하면 신전 자체는 거의 하얀색으로 만들어져 있었다. 니드는 신전 내부를 둘러보더니 고개를 끄덕였다.

"네그라스 신이 가장 총애하는 색이 하얀색이지. 다른 신들을 믿는 신전들도 거의 대부분 이런 형식이야. 그 신이 가장 총애하는 부분을 넣고 그 색을 쓰지. 조금이라도 신의 마음에 들고 싶어해서."

니드의 목소리는 조금만 주의를 기울이지 않아도 듣지 못할 만큼 작았다. 그렇지만 지금 이곳에는 현홍과 니드, 두 사람밖에 없었고 신전의 외벽에 부딪혀 울리는 소리 때문에 잘 들릴 수 있었다. 발걸음 소리조차 조심스럽게 줄인 채 신전의 이곳저곳을 살피던 니드가 어느 한 복도에 멈추어 섰다.

"키엘이 갈 만한 곳. 신전의 구석이겠지. 도망을 간다면 말야."

"아마도 그렇겠지. 그런데 네가 어떻게 신전의 구석진 곳을 아는데?"

"지형이나 건축에 대해서 조금 배웠지. 벽을 따라 걸어가면 돼."

니드는 그렇게 말하며 씨익 웃었다. 현홍은 미간을 살짝 찌푸리더니 곧 겸연쩍은 표정으로 말했다.

"그런데 그 방법은 미로에서 길 찾을 때 쓰는 방법 아냐?"

어차피 길은 하나다. 만약 그 미로에 함정 같은 것이 설치되어 있지 않다면 고려해 볼 만한 방법 중 하나가 바로 벽에 손을 짚고 걸어가는 것이다. 조금 시간이 걸릴지는 모르지만 벽이라는 것은 어디든지 끝이 있기 마련이기에 그렇게 해서 미로를 빠져나올 수도 있다. 모든 건물이라는 것이 시작이 있고 끝이 있으니 처음 입구에서부터 천천히 벽을 따라가다 보면 언젠가는 입구가 나온다. 분명 어딘지 모르게 한심해 보이기는 한 방법이지만. 현홍은 뺨을 긁적거렸고 니드는 다시 한 번 말했다.

"그것보다는 더 복잡할 수도 있어. 건물이라는 것이 어디든지 끝이 있기 마련이니까. 여러 곳이 있을 수도 있고 말야. 사방에 하나씩이면 모든 방향으로 나갈 수가 있잖아? 이렇게 큰 건물보다는 오히려 작은 건물들이 더 어려워. 사람들이 소수이고 작은 통로를 이리저리 돌아다니니까. 그렇지만 이렇게 커다란 신전은 의외로 구조가 간단한 것이 대부분이야. 신전이나 성 같은 경우에는 커다란 접견실이나 예배당 같은 곳을 제외하면 구석진 곳과 작은 방은 거의 드물다고 봐도 될 정도거든."

"으으, 그래서?"

무엇이든 골치 아픈 것은 싫어하는 현홍이 점점 인상을 쓸 즈음 니드는 자신이 서 있는 복도의 벽에 등을 갖다 대고는 손가락으로 조심스럽게 복도의 끝을 가리켰다.

"결론은 하나야. 이런 신전에 이렇게 작은 복도라는 것이 있다는 것이 신기하지. 한데 바로 여기가 그 작은 복도이고 내가 키엘이라면 이리로 갔을 거야. 사방이 막혀 있다는 느낌을 주니까."

그의 말대로 그가 가리킨 곳의 복도는 어른 한 명이 겨우 지나갈 정도로 좁았고 또한 길었다. 그리고 불빛조차 없어서 끝을 확인할 수는 없지만 누가 보아도 동물이라면 안심할 법한 음침한 곳. 현홍은 알게 모르게 니드에게 존경스럽다는 시선을 보내며 복도로 발을 들이밀었다.

신전의 정문으로 들어간 진현 역시 그 웅장한 신전의 위용에 넋을 잃을 정도였다. 사업상 여러 나라를 돌아다니며 그 나라마다의 유명하다는 건물은 모두 다 보았다고 할 수 있는 그였다. 그렇지만 지금 자신이 서 있는 신전은 그런 건물들에게 절대로 뒤지지 않는 아름다움과 섬세함, 또한 신을 받드는 신전 특유의 웅대함까지 모두 다 갖추고 있었다. 저절로 탄성이 나오는 것은 어쩔 수 없는 일이지만 진현은 그럴 시간이 없다는 것을 잘 알았다. 키엘은 인간이 아니다. 비록 인간의 말을 이해하기는 하지만 분명 인간과는 다른 수인족.

혹시나 노예를 잡아서 파는 사람이 그를 본다면 잡아서 팔 수도 있을 것이다. 키엘의 그 예리하고 날카로운 이빨과 힘을 이겨낼 수만 있다면. 그리고 신전의 사제가 본다면 불경스럽다고 잡아 가둘지도 모르는 일이다. 신을 믿는 사람들은 어쩌면 보통 인간들이 할 수 없는 일을 신을 위해서 행할 수 있을 정도니까. 이 신전의 사제들이 그들이 믿는 네그라스 신처럼 여유롭고 작은 행운을 믿는 사람들이었으면 좋겠군. 그의 미간이 단아한 곡선을 그리며 찌푸려졌다. 짜증을 내고 있음에도 그의 그런 모습까지도 색다른 아름다움이 될 정도였다. 진현은 속으로 키엘에게 무슨 일이 있다면 네그라스 신을 향해 당당히 저주를 올릴 용의가 있음을 속으로 중얼거리고 에오로에게 말했다.

"저는 이곳의 지리를 잘 모릅니다, 에오로 군. 당신이 생각하기에는 어느 쪽으로 갔을까요?"

에오로는 자신의 검 손잡이를 담담하게 쥔 채로 신전 안을 살폈다. 조용했다. 너무나도 조용했다. 오히려 고요라는 것이 이 신전이 받드는 것처럼 여겨질 정도로 침묵만이 느껴졌다. 그것은 아마도 진현 역시 느꼈으리라. 자신들이 믿는 신의 축제가 지금 한창 벌어질 때임에도 불구하고 사제들도, 신전의 예배당으로 향하는 사람들도 없었다. 왜 이리도 고요한 것일까?

스르릉.

그런 침묵을 가른 것은 진현이 운을 뽑아 드는 소리였다. 얼음처럼 차가운 칼날이 검집을 타고 흘러내리듯 그렇게 미끄러지면서 모습을 드러냈다. 신전 안 이곳저곳에 사제들이 켜놓은 수백 개의 촛불들과 마법적인 광원들이 빛나며 운의 투명한 검날에 내리비쳤다. 에오로는 이렇게 보니 더 더욱 눈이 부시다는 듯 운을 제대로 쳐다보지도 못했고 그 역시 조심스럽게 자신의 검을 뽑아 들었다. 만약 사제들이 본다면 신전 안에서 무슨 불경한 짓이냐고 잔소리를 들어도 단단히 들을 것이다. 그런데 그런 사제들이 없으니 마음대로 해도 되지 않느냐라는 태도로 에오로는 검을 부여잡았다.

마치 시간과 침묵만이 이곳에 흐르고 있는 것 같았다. 운처럼 투명하지는 않지만 그 나이 때의 소년이 가지기에는 충분히 화려하고 값비싸 보이는 롱 소드Long Sword를 한번 허공에 휘둘러 보았다.

부우웅.

바람을 가르는 소리가 나면서 신전 안을 울렸다. 벽을 타고 소리가 흘러 바닥을 메우고 다시 천장을 돌아서 완전히 사라질 때까지 그 소리를 듣고 튀어나오는 사람도 없었다. 이상하다는 듯 고개를 갸웃거린 에오로가 아예 대놓고 큰 소리를 질렀다.

"이봐요! 아무도 없어요?"

"에오로 군!"

진현은 대경실색하며 주위를 둘러보았지만 그런 소리가 들렸음에도 사제들은 나오지 않았다. 저 멀리로 보이는 신전 밖의 사람들만이 전부였다. 신전에 사제가 없다니 이게 웬 말인가? 황당한 것도 잠시 진현이 움찔거렸다. 정확히 말하자면 그가 들고 있는 운이 웅웅거리며 자신의 몸을 울렸다.

"왜?"

퉁명스럽게 묻는 진현의 목소리를 뒤로 운이라고는 생각할 수도 없을 정도로 차분하고도 작은 목소리가 들려왔다.

『소리가 들린다. 작은… 작은 칼 소리.』

"신전 안에서 칼 소리라니요?"

되물은 것은 에오로였다. 그의 목소리는 크지 않았지만 당황한 심정을 충분히 반영할 정도로 놀라움이 담긴 목소리였다. 잠시 동안 운은 웅웅거리는 떨림도 없었고 말도 하지 않았다. 그리고 얼마 후 다시 한 번 운이 말했다.

『작은, 나 정도의 크기가 아닌 지극히 작고 다만 예리한… 대거Dagger와도 같은 소리로군. 숫자가 많다.』

"확실히 검이니까 검 소리를 들을 줄 아는군. 어느 방향이지?"

『저쪽. 커다란 액자가 걸린 벽 바로 옆의 복도.』

운은 침착하게 말했다. 진현은 살짝 고개를 끄덕였다. 그리고 살며시 운을 한 손에 거머쥐고 운이 말한 그 복도 쪽으로 걸어갔다. 에오로 역시 두리번거리며 주위를 경계했다. 신전 안에 칼 소리라니 당치도 않다. 신전에서는 엄격하게 싸움과 검을 금지하고 있다. 신전 안에서는 검을 뽑는 일조차도 허용하지 않는 곳이 많았다. 정확히 말하자면 달과 순수, 순결함의 여신인 라 세르나 여신의 신전과 지략적인 전쟁과 의술, 여행자들의 신인 이그나톤 신의 신전, 그리고 전쟁과 검의 신인 그라시안의 신전을 제외하면 말이다. 이 세 신전에서는 한정적이나마 검을 이용한 검술의 습득을 사제들에게 의무화한다고 한다.

검과는 무관한 부귀와 행운의 신의 신전에서 칼 소리라니. 이런 얘기는 듣지도 못했던 일이다. 에오로는 애서 두근거리는 심장을 한 손으로 짓누르면서 진현의 뒤를 따랐다. 운의 말대로 거대한 벽면 한쪽을 장식하고 있는 벽화의 바로 옆으로는 작은 복도가 나 있었다. 이 신전과는 어울리지 않게 불빛도 없이 어두웠고 끝을 알 수가 없었다. 진현은 안경이 없을 때 이런 곳에 들어간다는 것이 마땅찮은지 눈살을 찌푸렸다. 그러자 에오로가 조심스럽게 진현의 앞으로 나섰다. 그는 검을 옆구리에 끼더니 두 손을 잡아 모았다.

"하나의 바램으로 하나의 소망으로 눈앞에 보이는 어둠을 사라지게 할 작은 빛이 되기를. 코프스 캔들Corpse Candle."

그렇게 말하며 모았던 두 손을 펼치자 그의 손에서는 작은 빛의 아지랑이들이 피어 올랐다. 그리고 곧 그것은 한데 뭉쳐져 주먹보다 약간 큰 공 정도 만한 크기의 빛의 원이 생겨났다. 아주 밝은 광원은 아니었고 오히려 푸르스름한 것이 을씨년스러운 빛을 더했다. 그 모습을 보던 진현이 의아한 표정으로 에오로를 보았다.

"코프스 캔들은 원래 뜻으로 보면 도깨비불이라고 알고 있는데 말입니다."

에오로는 빙긋이 웃었다.

"예, 그렇지요. 마나Mana를 집중해서 만드는 것입니다. 코프스 캔들이 마법사들에게 이용되는 마법이라고 한다면 정령술사들이나 엘프Alf들은 이 비슷한 것으로 윌 오 더 위스프will-o-the-wisp라는 빛의 정령을 이용하겠지요. 아니, 정확히 말하자면 그들의 도움을 구하겠지요."

진현은 이해했다는 듯이 고개를 살짝 끄덕이고는 천천히 복도의 벽을 따라 안으로 들어갔다. 신전의 구석에 이런 곳이 있을 줄 몰랐다는 표정으로 에오로는 복도 이곳저곳을 둘러보았다. 실상 지금 그들이 있는 복도는 밖의 화려한 신전과는 대조적으로 음침했고 한 명이 겨우 들어갈 정도로 좁았다. 벽면에는 아무런 장식도 없었고 슬쩍 지나친다면 모를 정도였다. 뒤를 돌아보니 복도의 입구에서 작은 빛이 스며져 들어왔다. 의외로 길다고 생각할 때였을까. 진현이 멈추어 섰다. 그리고 에오로도 기겁을 하며 벽에 등을 붙였다. 그들이 멈추어 선 곳은 작은 문이 있었지만 그 문은 잠겨져 있었다. 철문이 아닌 나무문이었으나 반대 편에 무엇이 있을지 모르는 관계로 부수지 못했다. 그렇지만 그 나무문 옆으로 작은 창문이 하나 있었다. 그냥 유리로 만들어져 있는 구멍 같은 것이었지만 안을 들여다볼 수는 있을 것 같았다. 창으로는 작은 빛이 스며져 나오고 있었다. 그리고 뭔가 찝찝한 냄새도 흘러져 나와서 진현은 코끝에 손가락을 가져다 대고는 미간을 찌푸렸다.

에오로는 허공에 떠 있는 코프스 캔들을 조금 아래쪽으로 내려 구멍 가까이 진현과 함께 얼굴을 들이밀었다.

"헉!"

에오로는 순간 숨이 멎는 듯한 탄성을 내질렀고 곧 그 자신에게 놀란 듯 검을 잡지 않은 손으로 입을 가렸다. 진현 역시 눈을 몇 번 깜빡이더니 안을 유심히 들여다보았다. 그 좁은 복도와는 어울리지 않게 커다란 방이 있었다. 그리고 그곳에는 언뜻 보기에는 사제처럼 보이는 몇 사람들이 무언가를 준비하는 모습이 보였다. 뭘까? 이런 생각은 떠오르지 않았다. 그저 그들 주위로 굴러다니는 이상한 시체와 그 시체에서 흘러나오는 핏물에만 눈이 갔다. 인간의 시체는 아니다. 하지만 그 시체를 알아본 순간 진현과 에오로는 서로를 보면서 의문스러운 눈빛을 흘려야만 했다.

신전의 외양처럼 하얀색의 방 안에는 많은 것들이 있지는 않았다. 거대한 화로와 그 위에서 무언가 연기를 내면서 피어 오르는 쇠로 만든 냄비, 그리고 사람들과 시체. 이것이 전부였다. 사람들은 하얀색의 능직 로브를 입고 있었고 그 옷의 끝자락에는 그리핀으로 보이는 동물이 수놓아져 있었다. 이 신전의 사제처럼 보였다. 그러나 그들이 하고 있는 짓은 사제라면 해서는 안 될 행동이었다. 그들의 발치에 굴러다니는 것은 바로 그들의 신이 총애한다는 그리핀의 시체였기 때문이다. 붉은색과 흰색의 깃털들이 피에 젖어서 바닥에 끈적하게 달라붙어 있었다. 황소만한 크기의 그리핀이 바닥에 쓰러져서 혀를 빼물고 있었다. 갈라진 뱃속에서 흘러나온 내장들이 방 안을 어지럽혔다. 너무 황당해서 말도 안 나온다는 표정이 된 에오로와는 달리 진현은 침착하게 그들의 행동을 주시했다. 방 안에는 총 다섯 명의 사내들이 있었다. 나이는 전부 제각각처럼 보였지만 대부분이 마흔은 넘어 보임직한 얼굴이었다. 그들의 손에는 하나같이 화려한 무늬를 자랑하는 단검이 들려져 있었다. 운이 들은 소리가 정확했던 것이다. 손잡이는 금으로 장식되어 있었고 루비나 사파이어와 같은 보석들로 치장이 되어 있는 검. 상서로워 보이지 않았다. 입을 가리고 토하고 싶은 것을 억지로 참고 있던 에오로가 그 검을 흘끔 보더니 믿을 수 없다는 투로 말했다.

"에… 저것은 주로 제사나 신에게 공양을 바칠 때 쓰는 검이로군요."

"그렇다면 저 그리핀은 이번 축제에 쓰일……."

"아니, 그것은 아닙니다!"

에오로는 낮게 소리쳤고 진현은 입가에 검지손가락을 세워 보였다. 흠칫한 에오로는 잠시 고개를 끄덕이다가 다시 입을 열었다.

"분명히 공양에서 살아 있는 동물을 바치는 신전도 있어요. 하지만 단 두 곳뿐입니다. 역병과 모든 질병, 짐승들의 여신인 메피스와 절망과 공포, 어둠의 신인 메피스토. 이 두 신을 받는 곳 말고는 저런… 저런 모양새의 공양은 하지 않습니다. 그것도 자신들이 믿는 신이 총애하는 동물을 저렇게 죽이다니. 말도 안 돼요."

"그 말도 안 되는 현실이 지금 눈앞에 펼쳐지고 있군요."

진현은 다시 방 안을 들여다보았다. 붉은색의 깃털. 아마도 붉은 그리핀이겠지. 혀를 빼물고 죽어 있는 폼이 어딘지 모르게 측은해 보이기도 했다. 고개를 들어보니 그 방의 천장은 작은 원형으로 뚫려져 있었다. 냄비에서 피어 오른 연기가 그곳을 통해 검은 밤하늘로 올라가는 모습이 어렴풋이 보였다. 사제들 중 가장 화려해 보이고 나이가 들어 보이는 한 늙은이가 자신이 들고 있는 검을 휘두르며 무어라고 소리치는 모습이 보였다. 두 팔을 허공에 휘두르는 꼴이 마법사를 연상케 했다. 그렇지만 이 창문으로 소리는 들리지 않는 것인지 목소리는 확인할 수 없었다.

조금 멀리 떨어져 있어서 냄비 속을 들여다볼 수는 없었지만 핏빛인 것은 확실했다. 아마도 그리핀의 피이거나 심장이나 내장 같은 것을 넣었겠지. 진현은 이렇게 중얼거리며 사내들을 꼼꼼히 살펴보았다. 사악해 보이지는 않았다. 전형적인 중년 남성의 용모 그대로일 뿐. 켈트족의 드루이드Druides들처럼 사람을 신에게 제물로 바치거나 하는 악인들처럼 보이지는 않았지만 외모로 사람을 판단하는 것은 어리석은 일이다. 그렇지만 동물을 잡아먹는 것이 인간인데 그리핀을 죽인다고 뭐라고 할 수야 없지 않은가? 지금은 잡아먹는 것이 아니라 그저 제물로 바쳐서 무언가를 하려는 것 같지만. 에오로는 아직도 못 볼 것을 본다는 시선으로 방 안을 바라보았다.

"대체… 네그라스 신의 신전에서 그 신이 총애하는 짐승을 죽이다니 말도 안 되는군요. 신전에서 이런 피를… 으음."

그가 낮은 신음 소리를 흘렸다. 마치 주문을 외우듯 두 손을 휘젓고 있던 사내의 옆으로 누군가가 다가왔다. 그의 손에는 금으로 만들어진 쟁반 같은 것이 들려져 있었고 그 위에는 뜯어낸 지 얼마 되지 않는지 아직도 꿈틀거리는 심장이 놓여져 있었다. 쟁반의 모서리를 따라 붉은 피가 방바닥으로 뚝뚝 떨어져 내렸다. 사제들도 그 모습에는 역겨웠는지 한 사내는 등을 돌리고 벽을 짚었다. 에오로도 그 남자의 기분을 십분 이해한다는 표정으로 등을 돌리고 싶었지만 무슨 짓을 할 것인지 궁금해서 그대로 지켜보았다. 고위 사제로 보이는 사내는 한 손을 들어 그 심장을 움켜쥔 뒤에 그것을 냄비 안으로 집어던졌다. 핏방울이 튀어 오르면서 사내는 두 손을 모으고 냄비의 앞쪽 계단에 무릎 꿇었다.

잠시 동안 그렇게 있던 사내의 두 손에서 밝은 빛이 스며져 나왔다. 그는 계속해서 주문 같은 것을 외우는지 기도를 하는지 무어라 중얼거렸고 그의 목소리에 따라 냄비에서 피어 오르던 연기가 꿈틀거렸다. 그리고 그것도 잠깐. 그 붉은 연기는 점점 모여져 모양새를 갖추었다. 에오로는 이제는 아예 대놓고 얼굴에 놀라움을 표시했다. 그 붉은 연기의 모양은 그리핀이었다. 그리고 연기의 색깔 때문인지 붉은 깃털을 가진 그리핀으로 착각하기 쉬울 정도였다. 허공에서 비틀거리던 연기는 곧 천장의 구멍으로 날아 올라갔다. 진현과 에오로는 물론이고 사제들의 눈도 동시에 하늘을 바라보았다. 그때였을까.

"우와아!"

신전의 밖으로 아련히 사람들의 함성 소리가 들려왔다. 신전의 구석진 이곳에서도 이 정도의 크기로 들린다면 아마도 밖은 더 엄청나리라. 에오로는 사람들이 왜 저렇게 하는 것인지 알 수 없다는 표정이었고 진현은 그제야 손가락을 퉁기며 알았다는 식으로 나직이 말했다.

"이제야 알겠군."

"예? 알아요? 축하드려요! …그런데 뭘 알아내셨는데요?"

에오로는 어안이 벙벙한 표정을 지었고 진현은 빙긋이 웃으면서 방 안의 사제들을 지켜보았다. 그런 그의 웃음은 마치 비웃는 것처럼 보였고 경멸조도 담겨 있었다. 그는 운을 검집에 집어넣고는 팔짱을 끼었다. 느긋한 동작으로 등을 돌려 벽에 기댄 그가 조용히 입을 달싹거렸다. 푸르스름한 불빛에 반사된 그의 하얀 얼굴이 묘하게 반짝거렸다.

"지금까지의 이 도시에서 일어났던 저 붉은 달과 짐승들은 이 신전의 고위 사제들이 꾸민 연극이었습니다. 사기였다고도 할 수 있겠지요."

"사기라고요?"

"그렇습니다. 붉은 달까지는 정말일지는 몰라도 그것만으로는 사람들의 이목을 집중시킬 수 없었겠지요. 그래서 그 달로 향해 날아가는 짐승들을 만들어내고 그것을 대륙 곳곳에 소문을 내는 것입니다. 네그라스 신의 축복이라는 대목을 붙여서 말입니다. 고위 사제 정도나 마법사 정도라면 능하게 할 수 있는 환각 마법이나 착시 현상을 사용할 수 있겠지요. 방금 전에 연기가 그리핀의 모습으로 만들어진 것을 보았죠? 바로 그것입니다. 솔직히 말씀드려서 어떤 골빈 그리핀이 이 수많은 사람들 앞에서 달로 날아가겠습니까? 그것도 달이 어디 있는 줄 알고."

진현은 속으로 피식 웃었다. 아무리 지상 최강의 날짐승과 길짐승이 합쳐진 그리핀이라고 해도 갈 수 있는 곳이 있고 없는 곳이 있다. 우습지 않은가? 달이라는 것은 지구의 대기권 저편에 있는 것인데 말이다. 진현의 말에 안색이 파리하게 질린 에오로가 더듬거리며 물었다.

"그럼, 저들은 지금까지 수십 년 동안이나 명성을 얻기 위하여 저 짓을 했단 말씀이세요?"

"바로 그렇습니다. 신의 축복을 받는 도시라는 명성과 함께 번영하게 되었지요, 이 도시는. 수많은 사람들이 몰려오고 신전에 기부를 하면서 실상 작은 도시와는 걸맞지 않게 이렇듯 번드르르한 신전도 차릴 수 있었고 사제로서의 권위도 얻을 수 있었을 것입니다. 인간이라는 존재는……."

진현은 그 뒤의 말은 하지 않았다. 인간이라는 존재는 이런 것이다. 자신을 위하여 신을 만들어낼 수 있고 그 신을 파멸시킬 수 있으며 그 신에 대한 이야기를 만들어낼 수 있는 존재. 어쩌면 신보다 더 신다운 것이 인간이라는 생물이 아니겠는가. 실소를 머금으며 진현은 어깨를 으쓱거렸다.

"정말이지 우습지 않습니까? 많은 사람들을 속여가며, 자신들이 믿는 신까지 속여가면서 권력과 부귀를 얻으려고 하는 저자들이 사제라는 자들이라니. 하하, 우습지도 않군요."

믿을 수 없다는 얼굴이었지만 에오로는 믿을 수밖에 없었다. 방 안에서의 사제들은 이제 두 번째 날려 보낼 흰 그리핀을 준비 중이었다. 몇몇 사제들이 반대 편에 있는 작은 문을 통하여 나가는 모습이 보였다. 네그라스 신의 축복이라고 알려진 지금까지의 이야기와는 달리 그것이 희대稀代의 사기극에 불과했다니. 허탈한 웃음을 짓는 에오로의 어깨를 살며시 두드려 준 진현이 다시 복도로 걸어나가며 말했다.

"소문을 낼 필요는 없겠지요. 선의의 거짓말이라고 칭하고 싶지는 않지만 저 밖의 사람들에게는 이런 사기극도 일상의 작은 행복이 될 수도 있으니까요. 그리고 많은 사람들이 오늘의 이런 모습을 보면서 이렇게 말하겠지요. 〈저 모습을 봤으니 일년 동안은 행운이 따라다닐 거야)라고 말입니다."

"…어쨌든 거짓말이잖아요?"

약간 입술을 내밀며 투덜거리듯 말하는 에오로를 보면서 진현은 다시금 웃어주었다.

"인간이라는 생물에게 있어서 마음가짐이라는 것은 중요한 것입니다, 에오로 군. 작은 한 가지의 일도 생각하기 나름이지요. 비록 저 사제들은 자신들의 권력을 부강하기 위해서 저런 짓을 한다고는 하지만 결과적으로 이 도시의 상인들과 시민들이 생활하기 편하게 해준 것은 사실이지 않습니까? 도시가 커짐에 따라 이곳에 오는 사람들도 많아질 것이고 그렇게 함으로써 상인들은 많은 물건들을 팔 수 있게 되었지요. 그러니 네그라스 신도 어느 정도 묵과하고 있는 것이고. 안 그러면 벌써 벼락을 맞아도 맞았을 것입니다. 처음의 시작이야 어떻든 지금 현재 저 밖의 사람들은 즐거워 보이는군요."

그렇게 말하면서 살풋이 웃는 진현이었다. 에오로는 약간은 이해가 가면서도 알 수 없다는 표정을 지으며 그의 뒤를 따라나섰다.

현홍과 니드는 조심스러운 발걸음으로 마치 대저택에 숨어든 도둑마냥 살금거리며 어두운 복도 안으로 들어갔다. 대체 얼마쯤을 걸어왔는지 기억도 나지 않았다. 두 사람 모두에게 마법적 재주는 없었고 결국 그들은 장님이 지팡이로 바닥을 두드려 가듯이 발을 뻗어 몇 번 두드린 후에 다시 걷고 다시 발을 뻗어 두드리고 하는 식으로 복도를 걸어갔다. 한마디로 볼품없는 모양새였다. 그리고 어느 순간 그들의 귓가에 작은 신음 소리가 들렸다. 그와 동시에 먼저 앞장서 가던 니드가 갑자기 멈추어 섰고 그의 모습을 볼 수 없었던 현홍은 그의 등에 부딪히며 나뒹굴었다.
"쫴액!"
쿠당탕탕!
현홍과 니드는 그렇게 서로 엉킨 채 한참을 뒹굴어갔다.
"제발, 좀! 눈 좀 똑바로 떠, 니드!"
"떠 있다고! 너라면 이 상황에서 앞이 보이겠어? 으악! 그거 내 손이야!"
"머리카락 좀 치워! 얼굴에 달라붙었어!"
"으윽! 내 머리카락 다 빠진다! 잡아당기지 마!"
 몇 분 간이나 자신들이 숨어서 들어왔다는 사실을 자각하지 못한 채 좁은 복도에서 소란을 피우던 그들은 잠시 후 겨우 복도의 벽에 등을 붙이고 앉을 수 있게 되었다. 이마에 흐르는 땀을 소매 춤으로 닦아낸 니드가 조용히 말했다.
"방금 전 소리 들었지?"
"응."
 숨을 몰아쉬고 있던 현홍 역시 보이지 않을 정도로 작게 고개를 끄덕였다. 사방이 어두컴컴해서 니드의 눈에는 그 모습조차 잘 보이지 않았지만. 니드는 이제 걷는 것은 지쳤는지 천천히 손을 내밀어 앞으로 기어가기 시작했고 현홍 역시 그의 뒤에서 조심스럽게 바닥을 짚었다. 차가운 대리석 기운이 손바닥을 타고 올라와 몸 전체를 순환하는 기분이었다. 찬 기운에 몸을 한번 떤 후에 현홍이 다시 입을 열었다.
"어디쯤일까? 그리 멀지 않은 곳에서 들렸어."
 니드는 한 손으로는 벽을 짚고 있었다. 문이라던가 다른 곳으로 통하는 곳을 찾기 위해서였다. 한참을 그렇게 기어가던 중에 그는 손끝에 걸리는 딱딱한 느낌에 멈추었다. 이번에는 손을 먼저 짚고 있어서 뒤따라오던 현홍 역시 제때에 멈추었고 허리를 펴서 몸을 일으켰다. 그는 두 손으로 니드가 짚은 벽을 천천히 매만졌다. 그리고 그의 손에는 차가운 쇠가 만져졌다. 느낌이나 모양으로 보건대 아마도 확실하게 문고리가 틀림없었다. 물론 그에게 장담하느냐고 묻는다면 아무 말도 하지 못하겠지만 말이다.

"여기야."

속삭이는 듯한 현홍의 목소리에 니드가 몸을 일으켰다. 손을 뻗은 그의 손에도 문처럼 느껴지는 무언가가 닿았고 그리고 그 문 안쪽에서는 방금 들었던 신음 소리가 들려왔다. 들어보았음직한 목소리. 키엘이었다. 현홍은 천천히 문고리를 잡아당겼다. 뼈가 긁히는 기분 나쁜 소리와 함께 천천히 문이 열리기 시작했다. 만약 안에 사람이 있으면 어쩌지 하는 걱정도 잠시였다. 희미하게 새어져 나오는 불빛에 니드와 현홍은 문 안으로 눈만을 조심스럽게 내밀었다. 어두운 곳에 있다가 갑자기 빛이 비춰서 눈이 쉽사리 익숙해지지는 않았지만 곧 그들은 문 안쪽의 방을 들여다볼 수 있게 되었다. 그리고는 그대로 굳어버렸다.

현홍은 말이 나오지 않는다는 식으로 입을 벙긋거렸고 니드는 안색이 파리하게 질려 버렸다. 손 한뼘 정도로 두꺼운 나무문 안쪽으로 있던 것은 이 신전과는 너무나도 안 어울리는 풍경이었다. 니드는 입을 가렸고 현홍은 얼른 방 안으로 뛰어 들어갔다. 좁다란 방에는 반대 편으로 문이 하나 더 있었고 벽으로는 작은 철창들이 죽 늘어져 있었다. 그리고 그곳에 키엘이 있었다. 갇혀져 있던 것은 아니었다. 키엘은 사람이 들어오자 귀를 뒤로 젖히고 으르렁거렸으나 곧 그것이 현홍과 니드임을 알아보고는 반색을 했다.

거의 울 듯한 표정으로 끙끙거리는 키엘의 머리를 쓰다듬어 주기는 했지만 지금 현홍의 표정은 반가움보다 놀라움이 더 크게 묻어났다. 마치 개 장수들이 개들을 가둬놓는 쇠 철창과도 같은 크기의 크고 작은 철창들이 방바닥에서부터 그리 높지는 않았지만 천장까지 쌓아 올려져 있었고 그 안에는 이상한 동물들이 십여 마리 이상 가두어져 있었던 것이다. 이게 대체 뭐지? 그 안에는 정체를 알 수 없는 동물들도 많았지만 자신의 세계에서 그림으로만 보아온 동물들도 많았다. 그것도 아직 다 크지 않은 새끼들로만. 끙끙거리거나 사람이 들어오자 경계하는 그 동물들을 보고 있자니 눈물이 날 정도였다. 이게 지금 뭐 하는 짓이야!

입을 가리고 한 손으로 벽을 짚고 있는 니드는 하나의 철창을 보더니 아예 고개를 돌려 버렸다. 그 철창 속에는 작은 몬스터 한 마리가 입에서 피를 흘리면서 죽어 있었다. 철창 안에는 몇 가닥의 지푸라기들이 다였다. 밥도 제대로 주지 않는 것인지 거의 대부분이 말라 있었고 구석으로 가서 부들거리며 몸을 떨고 있었다.

왜 이런 짓을 하는 것인가. 신전이라고 불리는 이곳에서 이런 짓을 하는 사람들에게 벌을 내리지는 못할망정 신전의 안쪽에서 이리도 잔인한 짓을……!

키엘은 끙끙거리면서 고개를 들어 현홍을 올려다보았다. 자신의 허리를 껴안고 있는 키엘의 손에 힘이 들어간다고 느낀 현홍이 흠칫거리며 고개를 내렸다. 자신의 옛날이 생각나는 것일까? 비록 말은 못하지만 그 눈에는 많은 의미가 담겨져 있었다. 같이 아프고 슬프다고, 그렇게 말하는 듯한 키엘의 눈에서는 결국 한줄기의 눈물이 흘러져 나왔.

알 수가 없었다. 이유는 모른다. 아니, 알 필요도 없다. 무슨 이유에서든! 이런 짓은 용서가 되지 않는 것이다. 인간이라고 해서, 생각하고 말하고 힘을 가진 인간이라고 해서 아무 죄도 없고 연약한 동물들을 죽이는 그런 짓은……! 현홍은 더 이상 생각하지 않았다. 고개를 세차게 저었다. 자신이 인간이라는 것이 이토록 저주스러울 데가 없었다. 같은 인간이라는 종족으로서 한심하고 화가 났다. 그는 자신에게 안겨서 울고 있는 키엘을 살며시 옆으로 세운 뒤에 철창 쪽으로 걸어갔다.

니드는 코끝에서 느껴지는 동물들의 냄새와 비릿한 피 냄새에 입을 막고 있었다. 그리고 그의 귓가에 들리는 고통에 겨운… 자유를 갈망하는 동물들의 소리에 스스로가 가책을 하는 듯한 표정이었다.

그는 철창으로 걸어가서 무릎을 꿇는 현홍을 보면서 다급하게 외쳤다.

"뭐… 뭘 하려고?"

"풀어줄 거야."

"뭐?"

니드는 마치 머리를 망치로 맞은 사람과도 같은 표정이 되었다. 그렇지만 현실로 돌아오는 데는 그리 많은 시간이 걸리지 않았다. 그는 현홍의 곁으로 다가가서 그의 어깨를 붙잡았다.

"잠깐만! 이것은 신전의 소유……!"

"「이것」이라고 하지 마!"

현홍은 으르렁거린다고 해도 믿을 정도로 사납게 소리쳤다. 그리고 철창문을 열고 있던 손을 멈추고 니드를 쏘아보았다. 마치 불꽃이라도 튀어나올 것처럼 사나운 눈길에 니드는 흠칫거리며 뒤로 한 발자국 물러났다. 지금껏 현홍의 이런 모습을, 그리고 눈빛을 본 적이 없었기에 그는 몹시도 당황하고 있었다. 철창의 자물쇠를 잡고 있는 현홍의 손이 부들거리며 떨고 있었다. 오직 분노-그 하나의 감정에 그는 지금 스스로를 제어하지 못했다.

현홍은 니드를 노려보며 싸늘하게 내뱉었다. 평소의 그를 아는 사람이 듣는다면 현홍이 아니라고 할 정도로 그의 말에는 높낮이도 없고 감정도 배어져 있지 않은 그저 소리에 불과할 정도로 담담하게 들렸다.

"이 아이들도 살아 숨 쉬는 생물들이야. 자신의 의지를 가지고 어디에도 종속되지 않는 생물들이라고. 어쩌면 돈이나 권력 따위에 종속되어 더럽게 살아가는 인간들보다 더 가치있고 소중한 생명들이야. 인간과는 다른 말이지만 자신들끼리의 언어도 있고 생각할 줄 알고 표현도 할 줄 아는, 생명이 있는 인간과 같이 공기를 들이마시고 사는 생명. 그렇게 함부로 말하지 마."

그렇게 말하며 고개를 돌린 현홍은 자물쇠를 열기 시작했다. 니드는 말없이 그런 그의 등을 내려다보았고 곧 작은 한숨을 내뱉으며 현홍의 곁으로 다가갔다. 현홍은 슬쩍 니드를 돌아보았다. 겸연쩍은 표정을 하며 고개를 숙인 니드의 입에서 작은 목소리가 새어져 나왔다.

"미안. 은연중에 그런 말을 했어. 나도 모르게 당연히 내 자신이 이 아이들보다 더 뛰어난 생명체라고 생각했나 봐. 미안해. 도와줄게."

정말로 스스로가 한심스럽게 여겨지는 것인지 니드는 숙인 고개를 들 줄 몰랐고 그 모습을 보며 현홍도 작게 한숨을 쉬었다. 너무 흥분한 것 같아. 그런 생각을 하며 현홍이 중얼거렸다.

"나도 미안해… 소리쳐서."

"아니, 아니. 됐어. 어서 이 애들이나 풀어주자. 신전의 사람이라도 왔다가는 큰일이야."

쓰게 웃으며 손을 저은 니드는 곧 자물쇠를 만지작거렸다. 그렇지만 작은 철창에 비해서 자물쇠는 큰 편에 속했고 복잡해서 쉽사리 열 수가 없었다. 달각거리며 이리저리 쳐보기도 했지만 자물쇠는 열릴 생각을 하지 않았고 현홍은 짜증이 묻어나는 목소리로 니드에게 말했다.

"이거, 잘 안 되네. 혹시 핀 같은 것 있어? 작은 거라도 되고. 하지만 너무 굵으면 안 되는데."

"핀?"

그는 의아스러운 표정이 되었지만 곧 자신의 주머니와 품속을 뒤지기 시작했고 그의 손에는 손가락 하나 정도의 길다란 금색의 바늘 같은 것이 들려져 나왔다. 그것을 받아 든 현홍은 익숙한 솜씨로 열쇠를 따기 시작했다. 마치 디프Thief와도 같이 세심하게 손을 놀리는 그를 보면서 니드는 놀란 듯 입을 벌렸다.

달각!

경쾌한 쇳소리를 내며 자물쇠가 열렸고 니드는 황당하다는 표정으로 입을 열었다.

"너 전직이 혹시 이런 일이었니?"

"아냐! 자주 열쇠를 잃어버려서 조금 배워둔 거라고."

투덜거리며 대답한 현홍은 철창문을 열고는 구석진 곳에서 부들거리며 떨고 있는 생물에게 손을 내밀었다.

"자, 아가야. 두려워하지 마. 난 너희를 해칠 생각이 없단다."

그렇지만 강아지와도 비슷하고 고양이와도 비슷하게 생긴 그 하얀색 동물은 쉽사리 움직일 생각을 하지 않았다. 결국 현홍은 허리를 있는 대로 숙여서 어렵사리 그 동물을 꺼내었다. 버둥거리며 그의 손에서 벗어나려고 하는 동물의 머리를 몇 번 쓰다듬은 후 품에 안아 든 현홍이 나직하게 속삭이듯 말했다.

"괜찮아, 이제. 네가 살던 곳으로 돌려보내 줄게."

동물은 낑낑거렸지만 움직임이 많이 줄어들었고 현홍은 그 동물을 놔두고 계속해서 철창문을 열어갔다. 하나같이 새끼들이었다. 부모의 곁에서 떨어져서 얼마나 외로웠을까… 이런 생각을 하니 가슴이 메어져 왔다. 그것은 자신도 잘 아는 감정이었다. 한창 사춘기 시절 부모님이 돌아가셨기 때문에 그는 언제나 부모의 정을 그리워했다. 동물들은 날개가 달린 녀석, 다람쥐처럼 생긴 동물, 이마에 보석이 박혀 있는 귀여운 동물도 있었다. 그리고 한참을 철창들과 씨름을 한 끝에 마지막에 연 다른 철창들보다 조금 더 큰 철창 안에 있는 동물을 본 순간 니드가 작게 소리쳤다.

"흰색의 성스러운 그리핀이잖아! 네그라스 신이 총애하는 동물이 왜 이런 곳에!"

현홍은 고개를 갸웃거리면서 자신의 두 손에 들린 그 동물을 쳐다보았다. 정말로 신화나 그림에서 본 것처럼 독수리와 사자를 합쳐 놓은 것 같은 모양새였다. 흰색의 그리핀이라서 그런지 날개는 새하얀 백색이었고 머리와 상반신, 즉 앞발까지는 독수리였는데 그 밑으로는 사자였다. 꼬리도 사자의 그것처럼 가늘면서 길었고 끝에는 부드러운 털이 살랑거렸다. 다 큰 고양이만한 크기의 그 그리핀은 커다란 황금색 눈을 동그랗게 뜨고는 현홍을 뚫어지게 바라보았다. 정말로 황금을 그대로 박아놓은 것처럼 아름다운 눈동자에 넋이 나가 있던 현홍의 어깨를 니드가 두드렸다.

"그렇게 넋 놓고 있을 시간 없어. 어서 나가지 않으면 신전 사람이 올지도 몰라. 이 아이들도 데리고 나가려면 힘들어!"

다급하게 말하는 니드를 보면서 현홍은 고개를 짧게 끄덕였다. 키엘은 이미 몇 마리의 동물들을 안고 있었고 니드도 얼른 자신의 재킷을 벗어 그 안에 동물을 넣어 감싸 안았다. 현홍은 허둥거리며 그리핀과 다른 동물 두세 마리를 더 안아 든 다음 등을 돌렸다. 다행히도 그리핀을 제외한 다른 새끼 몬스터들은 작고 가벼워서 안심이었다.

"너희들은 웬 놈들이냐!"

니드와 현홍이 들어왔던 문 반대 편으로 나 있던 또 다른 문이 열리면서 새하얀 옷을 입은 중년의 사내 한 명이 방 안으로 들어왔다. 그는 예상치도 못한 상황에 의아한 표정이 되었다가 화난 목소리로 외쳤다. 그렇지만 그 사람보다 더 놀란 것은 오히려 니드와 현홍 쪽이었다. 니드는 너무 놀라서 딸꾹질이 나오는 것을 겨우 참았다. 두 사람은 서로를 바라보면서 안색이 파리하게 질렸고 그런 순간도 잠시 부리나케 들어왔던 문으로 뛰쳐나갔다. 본능적인 것이다. 입고 있는 옷을 보니 사제가 분명하다. 니드는 아랫입술을 사려 물었다. 사내는 고개를 두리번거리며 어쩔 줄 몰라 하다가 자신이 들어 온 방의 입구에서 크게 소리를 질렀다.

"침입자다! 신전에 침입자가 나타났다!"

그 목소리는 어두컴컴한 복도를 아무런 빛도 없이 내달리고 있는 니드와 현홍의 귀에도 잘 들릴 정도로 커다란 목소리였다. 그리고 그것은 그들의 발을 더 재촉하는 채찍 역할을 했다. 니드는 고개를 살짝 돌리며 뒤를 쳐다보았다. 그들이 빠져나온 방에서 횃불들과 사람들의 고함 소리가 들리는 것을 보고 숨을 크게 들이쉬었다. 그의 안색은 차마 말로 표현하지 못할 정도로 파리하게 질려 있었고 이마에서 맺힌 땀방울들이 뺨을 타고 흘러내렸다. 그는 안간힘을 다해 품 안에 든 동물들을 떨어뜨리지 않기 위하여 이를 악물었다.

그것은 현홍 역시 마찬가지였다. 키엘은 이미 복도의 끝까지 나가서 두 사람을 애타는 시선으로 보고 있었다. 두 팔에 든 그리핀이 이리도 무겁게 느껴질 줄은 몰랐다(그 녀석이 제일 무거웠으니까). 그들의 등 뒤로는 신전의 사람들이 횃불을 들고 따라왔으나 복도가 좁아서 쉽사리 몸을 움직이지 못하는 것처럼 보였다. 사내들은 벽에 긁히지 않으려고 노력하면서 달려가는 두 사람을 향해 소리쳤다.

"거기 서라! 이 도둑놈들!"

욕지거리를 내뱉으며 달려오는 사내들에게 현홍 역시 한바탕 욕을 하고 싶었지만 알고 있는 것이 없다는 사실에 속으로 이를 갈았다.

"당신들 같으면 서겠어?!"

"감히 신전에 침입하여 약탈을 하다니! 이 천벌을 받을 놈들!"

천벌이라니? 현홍은 그 자리에서 우뚝 서고 싶은 기분이 치밀어 올랐지만 애써 억눌러야만 했다. 누가 천벌을 받아야 하지? 죄없는 동물들을 잡다가 가둬두는 사람들이 천벌을 받아야 해? 아니면 그 동물들을 풀어준 사람들이 천벌을 받아야 해? 신이 돌아버린 것이 아니라면 이것에 대한 정답은 이미 정해져 있는 것이다.

니드는 그가 태어나서 지금보다 더 빨리 달린 적은 없다 싶을 정도로 죽을힘을 다해 뛰었다. 심장이 터져 나갈 것처럼 두근거렸다. 정말로 그랬다. 니드는 복도를 나서자마자 곧장 직각 90도로 몸을 돌려서 신전의 밖으로 내달렸다. 현홍은 그 모습을 보며 탄성을 질렀고 자신의 뒤로 육박해 오는 사내들을 보고 대경실색하며 니드의 뒤를 따랐다.

정원으로 나오자 시원한 밤바람이 그들을 맞이했지만 지금은 밤바람이고 뭐고 잡히지 않는 것이 더 중요하다. 저들의 손에 잡히지 않고 다시 밤바람을 맞이할 수만 있다면 좋을 것 같았다. 하늘에 떠 있던 붉은 달은 이제 서서히 기울어가기 시작했다. 대광장에 서 있던 사람들은 고개를 갸웃거렸다. 붉은 그리핀이 나타나고 그 뒤를 이어야 할 흰 그리핀이 나타나지 않았기 때문이다. 그리고 그것은 제물로 쓰일 흰 그리핀을 안고 현홍이 먼 곳으로 달려가고 있었기 때문에 당연한 결과였다.

키엘과 니드, 그리고 현홍은 언덕을 달려 내려가 여관으로 힘차게 달려갔다. 신전의 사제들은 수많은 사람들 덕분에 앞으로 나아가기가 불편했는지 속도가 나지 않고 있었다.

신전의 아래로 펄쩍펄쩍 뛰어가는 세 사람의 모습은 몹시도 경쾌하게 보였으나 그들의 마음은 그렇지 못했다. 차가운 바람이 그들을 감싸고 도시에 불었다. 붉은 달이 일그러져 갔다.

Wheel of Fortune 운명의 굴레 7

에오로는 창밖을 내다보다가 고개를 갸웃거렸다. 그들은 결국 키엘을 찾는 것을 포기하고는 여관으로 돌아와 있었다. 여관 안은 한산했다. 사비나 역시 신전으로 붉은 달을 보러 간 후였기 때문에 잡일을 하는 소년이 혼자서 카운터에 앉아 꾸벅꾸벅 졸고 있을 뿐이었다. 심심했던지 여관의 창가로 걸어가 자리를 잡은 에오로는 눈살을 찌푸렸다. 대로가 이상하게 어수선했다. 사람들은 서두르는 기색이 눈에 띄게 집 안으로 들어갔고 도시의 경비대원으로 보이는 갑옷을 입은 자들이 어딘가로 달려갔다. 방향을 보아 하니 신전이 있는 언덕 쪽이었다.

무슨 일이라도 난 것일까? 그는 고개를 다시 한 번 갸웃거린 후에 마시고 있던 커피잔을 내려놓았다. 진현은 느긋하게 화롯가 근처의 자리에서 책을 읽고 있었다. 밤이 깊어가고 있었기에 안경이 없는 그가 책을 읽는다는 것은 고역에 가까웠다. 그래서 일하는 소년에게 부탁하여 가져온 촛불을 테이블 위에 몇 개나 올려둔 상태였다. 그 역시 웅성거리는 사람들의 목소리를 들은 것인지 살며시 책에서 시선을 떼고 고개를 들었다. 창가로 많은 사람들의 그림자가 스쳐 지나갔다. 그의 갈색 눈동자가 촛불의 붉은빛을 받아 묘하게 일렁거렸다.

"에오로 군, 밖에 무슨 일이라도 있습니까? 소란스럽군요."

"글쎄요, 저도 잘……."

머리를 긁적거리며 다시 고개를 돌려 밖을 바라보던 에오로가 다시 입을 열었다.

"그런데 현홍과 니드는 왜 아직까지 오지 않는 걸까요? 키엘을 못 찾았나?"

짧게 한숨을 내뱉은 진현은 보고 있던 책을 완전히 덮어버리고는 자리에서 일어났다.

끼이익.

나무 긁는 소리가 나면서 의자가 조금씩 뒤로 밀려났다. 초여름이라서 그런지 아직은 완전히 더운 것도 그렇다고 추운 것도 아니었다. 그러나 창 틈으로 새어 들어오는 바람은 팔을 감싸게 하기에 충분할 정도로 서늘한 느낌을 가지고 있었다. 팔짱을 끼고 테이블에 기대어선 진현은 셔츠 안 주머니를 뒤적거려 담배를 찾아 입에 물었다. 라이터가 달칵거리는 소리가 들리고 나서 잠시 후 그의 입에 물려 있는 담배의 끝에서부터 회색 빛 연기가 피어 올랐다. 잠깐 동안 그렇게 서 있던 진현이 손가락으로 담배를 받아 들었다.

"잘은 모르지만 신전에 무슨 일이 있는 것 같군요. 불길한 느낌이 듭니다."

에오로 역시 그의 말에 동조하듯 고개를 끄덕였다. 그리고 그렇게 그들이 다시 의자에 앉는 순간 문이 부서져라 열어젖혀졌다.
"쾅당!"
그리고 그 틈으로 세 개의 인영人影이 뛰어 들어왔다. 에오로는 벌떡 일어나서 검을 반쯤 뽑았지만 그 그림자들이 니드와 현홍, 그리고 키엘이라는 것을 알고 작게 고개를 저으며 검을 도로 집어넣었다. 진현은 고운 미간을 살짝 찡그렸고 담뱃불을 테이블 위에 있던 나무 재떨이에 비벼서 껐다. 키엘이 있으니 제대로 찾은 것이기는 한데 그들의 몰골이 말이 아니었다.
"뭐야? 어디서 싸움질하고 도망친 거냐?"
퉁명스럽게 말을 내뱉는 진현을 돌아볼 틈도 없이 니드와 현홍은 허둥거리면서 서로에게 소리쳤다.
"짐! 짐! 짐을 먼저 싸야 해!"
"아니, 말! 말이 있어야 도망을 가지! 말부터 꺼내 와! 어서!"
"어서 이곳을 떠나야 한다고!"
우왕좌왕 뛰어다니는 두 사람을 번갈아가며 바라보던 에오로는 한심스럽다는 듯이 현홍의 어깨를 돌리면서 말했다.
"정신 좀 차리고 차근차근히 말해! 무슨 일인데?"
현홍의 검붉은 머리카락은 바람으로 인해 사방으로 흩어져 있었고 이마와 뺨은 땀으로 흠뻑 젖어 있었다. 헉헉거리는 숨을 들어보니 상당한 거리를 뛰어온 듯싶었다. 현홍은 숨을 몰아쉬고는 크게 소리쳤다. 그것 때문에 꾸벅거리며 졸고 있던 불쌍한 소년은 의자에서 굴러 떨어지고 말았다.
"어서 이 도시에서 떠나야 해!"
"무슨 소리야?"

에오로는 어리둥절한 표정을 지었고 현홍은 어깨를 짚고 있는 그의 손을 뿌리치고 나서 니드에게 외쳤다.

"니드! 어서 말들을 꺼내 와! 난 짐을 챙길 테니까!"

니드는 고개를 끄덕이며 앞뒤 모두 열 수 있는 스윙 도어 형식의 문을 들어올 때처럼 다리로 걷어찬 후 밖으로 달려나갔다. 진현은 쿵쿵거리는 목소리에 편두통이 도지는지 한 손으로 이마를 짚고는 눈을 감았다. 그렇지만 현홍은 진현에게 다가가 그의 손목을 붙잡아 내렸다.

"진현아! 내 부탁 좀 들어줘!"

이럴 줄 알았다는 식으로 체념한 듯 고개를 끄덕인 진현은 현홍을 굽어보면서 작게 말했다.

"이번에는 또 무슨 일을 저지른……."

"이 아이들 좀 맡아줘!"

현홍은 자신이 들고 있던 것을 진현의 품에 던지듯이 안겨주고는 2층으로 쿵쾅거리며 올라갔다. 아마도 사비나가 저 모습을 보았다면 계단 무너진다고 난리를 쳤을 것이다. 진현은 고개를 한 번 들어 그를 바라보고는 자신의 손에 들린 그 깃털과 털이 적절히 조화가 되어 있는 예쁘장한 애완 동물을 바라보았다. 물론, 키우기에는 무리가 있어 보이는 그런 종류였지만. 이럴 줄 알았어. 이럴 줄 알았다고. 그의 입에서는 지금 현재 의미를 알 수 없는 그런 종류의 말이 새어져 나오고 있었고 에오로는 그와 반대로 키엘이 안아 들고 있는 동물들을 보면서 바닥에 털썩 주저앉았다. 그런 그의 옆으로는 니드가 바닥에 놓아둔 재킷 속에 들어 있던 동물들이 스멀스멀 기어나왔다. 그는 이제 기절을 해야 좋을 지경까지 가버렸다. 다행이게도 하인 소년은 이미 기절한 직후였다.

키엘은 애처로운 눈동자로 에오로를 보면서 자신의 품에 안겨진 동물들을 내밀었다. 이 상황에서 어찌 안 받아 들 수가 있겠는가! 그렇지만 에오로는 거의 눈물을 쏟을 지경이 되어 있었고 다리와 팔은 감당하지 못할 정도로 떨리고 있었다.

"아… 아, 그것은 라미아Lamia의 새끼잖아! 로크Loc까지! 마, 말도 안 돼! 얘들이 왜 여기에 있는 거야! 그건 히포그리프hippogriff! 오, 세상에! 히드라야… 히드라hydra! 난 뱀 종류 몬스터는 질색이야! 제발, 키엘! 나한테 가져오지 마, 좀!"

그는 거의 정신 착란 증세라고 불러도 될 만큼 혼란스러워하고 있었고 진현은 짧게 한숨을 내쉬었다. 왠지 이럴 것 같았다. 신전에서 붉은 그리핀을 제물로 써서 죽일 때부터 안 좋은 느낌에 등 뒤에서 올라오는 찜찜한 기분이 들어서 불길했었다.

진현은 그의 품에 안겨 있는 그리핀을 한번 훑어보았다. 다른 녀석들보다는 조금 멀쩡해 보이기는 했지만 그래도 많이 말라 있었고 힘이 없어 보였다. 현홍이 이런 것을 봤다면 그냥 넘어가지 않는 것이 당연한 것인지도 모른다. 거기다가 여기 있는 것은 다 하나같이 어린 녀석들뿐이다. 히드라의 새끼가 꿈틀거리는 것은 조금 보기 그렇기는 했지만 어떤 것이든 새끼는 귀여웠다. 진현은 그리핀의 목을 슬슬 쓰다듬고는 바닥을 뒹굴면서 손으로 귀를 막고 있는 에오로의 등을 툭툭 두드렸다.

"에오로 군, 이 아이들을 잘 보십시오. 당신이 그렇게 행동하니까 떨고 있지 않습니까?"

에오로는 부들거리면서 천천히 고개를 들었다. 아무래도 정말로 뱀 종류의 몬스터를 두려워하는 것인지 싫어하는 것인지 그의 얼굴은 하얗게 질려 있었다. 진현은 짧게 한숨을 내쉬었다.

"지금은 이럴 시간이 없습니다. 자세한 설명은 나중에 현홍에게 듣도록 하고 어서 이곳을 떠날 준비를 해야겠습니다. 어렵게 되었군요."

그렇게 말한 그는 곧 침울해 있는 키엘에게 다가갔다. 천천히 자신의 품에 안긴 그리핀을 테이블 위에 올려둔 그는 키엘의 머리를 쓰다듬었다. 그리고는 낮지만 지극히 자상하게, 마치 아버지가 아들에게 그 친밀한 애정을 드러내는 듯한 목소리로 말했다.

"키엘, 이들 중에서는 네가 가장 큰형이다. 그러니 이들을 지켜야 해. 알겠지?"

동그랗게 뜬 두 눈으로 키엘은 진현을 올려다보았다. 그의 눈에는 많은 감정이 들어 있었지만 그것을 무언가로 표현하기는 힘들 듯해 보였다. 키엘은 입술을 세차게 악물고 자신있게 고개를 끄덕였다. 어느 정도는 정신을 차린 에오로는 몸을 추스르더니 머리를 휘휘 내저었다.

진현은 그를 한 번 보고서는 2층으로 올라갔다. 세 개의 방문이 열려 있었다. 일행들의 방이었다. 현홍은 거의 무턱대고 짐을 가방 안에 집어 넣고 있었다. 옷이 구겨지는 것도 개의치 않았다. 그리고 그때 에이레이가 머리를 휘두르며 방에서 빠져나왔다. 역시 직업이 직업답게 그녀는 빠르게 행동하고 있었다. 배낭을 어깨에 걸치고 재킷도 걸치지 않은 채 진현이 사다 준 타이트한 상의에 망토만을 걸친 그녀는 진현을 보더니 소리치듯 말했다.

"대체 무슨 일이야? 현홍이 갑작스럽게 달려오더니 곧장 도시에서 빠져나가야 한다고……."

"지금은 설명할 시간이 없을 것 같습니다. 어서 짐을 가지고 마구간으로 가십시오. 니드가 말을 끌고 나올 것입니다."

궁금한 것이 많다는 표정이었지만 에이레이는 별말없이 살짝 고개를 끄덕였다. 그리고는 계단으로 내려가기 불편하다고 생각했는지 완전히 그 용도를 무시하고는 난간을 한 손으로 짚고 아래로 뛰어내렸다.

"터덩!"

2층에서 뛰어내렸지만 그리 큰 충격이 없었던 것인지 그녀는 몸을 최대한 굽히며 무릎을 세우고 바닥에 내려앉았다. 그리고 그대로 밖으로 달려나가려다 식당 안에 있는 동물들을 보고 멈추어 섰다. 머리가 어지러운 표정이었다.

진현이 황급히 다른 방으로 달려가 보니 슈린이 세 개의 짐을 든 채 낑낑거리며 걸어나오고 있었다. 확실히 한 명이 들기에는 많은 양의 짐이었으니까. 그는 방금 전에 샤워를 한 것인지, 샤워를 하고 있다가 현홍의 목소리를 들었던 것인지 머리카락에서는 물이 뚝뚝 떨어지고 있었고 하얀색의 코트는 제대로 입지도 못한 채 어깨에 대충 걸치고 있었다. 진현은 그중 하나의 짐을 받아 들었고 슈린은 미간을 찌푸렸다.

"갑자기 무슨 일입니까?"

진현은 자신도 잘 모르겠다는 듯 고개를 가로저었다. 그리고 현홍이 있는 방으로 가서 다 챙겨진 짐과 식량들을 들고 현홍에게 말했다.

"빨리 해. 다른 사람들은 준비 다 끝났어."

배낭 가방도 제대로 다 닫지 못하고 현홍은 세 개의 배낭을 들고 낑낑거리며 계단으로 달려 내려갔다. 넘어질 듯하면서도 넘어지지 않는 것이 신기해 보였다. 홀로 내려간 슈린 역시 에이레이와 비슷한 표정을 지어 보이며 〈헉!〉 하는 짧은 신음 소리도 뱉어냈다. 그는 어깨에 걸친 배낭 하나를 바닥에 툭 떨어뜨릴 정도였고 그것을 에오로가 집어 들었다. 그는 몇 마리의 몬스터들을 안아 들고 있었다(물론, 히드라는 제외된다). 가게의 밖으로 나와보니 니드가 말을 끌어내고 있었고 대로를 지나가는 주민들은 어리둥절한 표정으로 그들을 보면서 자신이 갈 길을 갔다.

에이레이는 짐을 아인의 등 안장에 실은 후에 다른 사람들 쪽으로 걸어왔다. 진현의 손에 들린 식량 배낭을 받은 에이레이의 표정에는 당혹감과 궁금함이 복합적으로 섞여져 묘한 표정을 불러일으키고 있었다. 진현은 어깨를 한번 으쓱거리고 짐들을 각자의 말 등에 실어 올렸다. 그리고 곧장 안으로 들어가 몬스터 새끼들을 몇 마리씩 가지고 나왔다. 몹시 조심스럽게 사람들의 눈에는 띄지 않게 하며 니드에게 받아 든 망토로 감쌌다. 말들은 알 수 없는 짐승의 냄새가 나자 고개를 저으며 몇 발자국 움직였지만 주인들이 고삐를 움켜쥐고 있어서 달아나지는 못했다. 현홍 역시 빠른 손놀림으로 짐들을 실었고 어느새 키엘은 아시드 엘타의 안장 위에 올라타 있었다. 그의 두 팔에 안긴 작은 몬스터들은 부들거리면서 몸을 떨었다. 그때였을까.

"저놈들이다! 저놈들이 신전에 침입하여 신전의 물건을 훔쳤다!"

현홍이 황급히 카오루에 올라타면서 뒤를 돌아보았다. 저 멀리서 어두운 밤을 가르고 달려오는 횃불들이 수십 개가 보였다. 대로라서 말을 타고 오지는 않는 것인지, 아니면 말이 없는 것인지 신전의 사제들과 도시의 경비대로 보이는 갑옷을 걸친 사람들이 일행들 쪽으로 달려왔다. 꽤나 많은 인원인지 대로의 포석들이 드드드 하는 소리를 내며 울릴 정도였다. 그 모습을 보던 에오로는 몇 번이나 말의 등자에서 미끄러졌고 슈린이 헛기침을 몇 번 하고 나서 겨우 리젠트에 올라탈 수 있었다. 에이레이는 급히 고삐 끈을 잡아당기며 말의 방향을 성문 쪽으로 옮겼다.

"대체 무슨 짓을 했기에 신전 사람들이 쫓는 거야!"

불만스러운 목소리였다. 그렇지만 그녀는 이미 말을 몰아 질풍처럼 성문을 향해 달려나가고 있는 중이었고 그것을 시작으로 다른 일행들도 모두 말의 배를 걷어찼다. 뒤에서 달음박질쳐 오던 사람들은 자신들이 쫓던 대상들이 달아나는 모습을 보았고 곧 고함을 치며 길길이 날뛰었다.

"이런, 천벌을 받을 녀석들! 거기 서라!"

"성문을 닫아라! 성문을 닫아!"

절그럭거리는 갑옷들 때문에 속도를 내지 못하고 있는 경비대원들은 들고 있던 횃불을 휘두르면서 소리를 쳤다. 그러자 성문에서 망을 보던 경비대원들이 눈을 동그랗게 떴다. 대로에 있던 사람들은 달려오는 여섯 마리의 말들을 보며 기겁하고는 옆으로 몸을 틀었다. 안아 들고 있는 몬스터를 조심하면서 말을 몰기란 어지간히 힘든 일이 아닐 수 없었다. 그런데 갑자기 성문이 거대한 소리를 내면서 닫히기 시작한 것이었다.

"아, 안 돼!"

니드의 질려 버린 음성이었다. 그는 고삐를 힘있게 움켜쥐면서 말의 배를 걷어찼지만 그렇지 않아도 실력없는 승마 솜씨에다가 흙 땅이 아닌 미끌거리는 대로의 포석들 때문에 속력을 더 내는 것은 무리가 있어 보였다.

맨 처음 달려나간 에이레이의 말을 따라잡고 선두에 선 헤세드는 주인의 명령에 따라 더욱 속력을 높였지만 그 속도를 다른 말들이 따라 잡기는 무리가 있었다. 에이레이는 이를 악물었다. 에오로와 슈린 역시 마찬가지였다. 에오로는 마법을 쓰려고 하는지 눈을 감았지만 달리는 말 위에서 마법을 쓰는 것이 쉬울 리 만무했다. 그는 짧은 욕지거리를 내뱉고는 서서히 닫히고 있는 성문을 올려다보았다. 이제 성문은 마차가 겨우 지나갈 정도로 좁아지고 있었다. 이럴 때 할 수 있는 일이란? 그저 마음속으로 행운을 바라는 수밖에 없을 것 같았다. 니드는 눈을 꼭 감으면서 작게 소리쳤다.

"네그라스여!"

부귀와 행운의 신, 네그라스의 이름이 그의 입에서 흘러나왔다. 그리고 그 순간 우연찮은 일들이 일어났다. 일행들을 쫓아서 달려오던 신전의 사제들과 경비대원들 중 맨 앞의 몇 명이 갑자기 포석의 일부를 밟고 넘어졌다.

"으아악!"

사람들은 갑작스레 벌어진 일에 속력을 줄이지 못하고 그대로 엉켜서 뒹굴었다. 그런 후에 점점 닫히던 성문이 턱 하는 소리와 함께 무언가에 걸린 것인지 더 이상 닫히지 않았다. 성문을 닫고 있던 경비대원들조차도 놀란 눈이었다. 그들은 황급히 성문을 닫으려고 밧줄을 자르기 시작했다. 그렇지만 어른 팔뚝보다 더 두꺼운 밧줄은 끄덕도 하지 않았고 대신에 갑자기 불어온 돌풍에 성문 근처에 피워두었던 횃불들의 불이 모두 꺼져 버렸다. 성문 근처는 일순간에 어둠에 사로잡혔다. 당황함에 혼란스러워하는 사람들의 목소리가 들렸다.

붉은 달은 이미 지고 사라졌다. 대로에는 건물들 사이에서만 희미하게 새어 나오는 불빛들만 있을 뿐 다른 빛이라고는 보이지 않았다. 진현은 이 천우신조天佑神助의 순간을 놓치지 않고 헤세드의 속력을 높였다. 현홍은 환호성을 올리며 카오루를 몰고 그대로 좁은 성문 사이로 달려나갔다. 여섯 마리의 말들이 모두 성문을 빠져나간 후에야 잘

려지지 않던 성문의 밧줄은 잘라졌고 경비대원들이 황급히 밧줄을 잡았음에도 불구하고 거대한 성문은 그대로 닫혀져 버렸다.

*　　　*　　　*

"멍청한 녀석들, 놓쳤단 말이더냐?"
"죄, 죄송합니다, 하이 프리스트."
 네그라스 신의 신전. 지금 그들은 신전이 새워진 이래에 가장 큰 위협을 받고 있는 것과 마찬가지인 상황이 되었다. 붉은 그리핀과 함께 나타났어야 할 흰색의 그리핀이 이방인들에게 도둑맞은 것이다. 물론 일반인들에게는 그렇게 되어 있지만 정확히 말하자면 제물로 쓸 그리핀이 도둑맞았다고 해야 옳을 것이다. 무엇보다 가장 중요한 것은 수십 년 간 지켜져 왔던 이 신전만의 비밀이 탄로가 나느냐 마느냐였다. 탄로가 난다면 엄청난 비난을 들을 것은 불 보듯 뻔한 일. 지아루에 위치한 네그라스 신의 신전은 비록 가장 높은 중앙 신궁의 위치에는 못 미치지만 나름대로 위세가 있다고 할 수 있는 곳이었다. 그것도 전부 네그라스 신의 은총이라고 불리는 붉은 달과 두 마리의 그리핀 때문이었는데 그동안 숨겨왔던 사실이 탄로가 나면 큰일이었다.
 촛불의 빛을 받아 벽에 비친 몇 개의 그림자가 일그러졌다. 그중 한 그림자가 순간 움찔거렸지만 곧 원상태로 돌아왔다. 하얀색의 로브. 그렇지만 다른 사제들의 그것과는 다른 상당히 고급스러워 보이면서도 화려해 보이는 그런 로브를 입고 있는 늙은이의 이마에는 한층 더 주름이 깊어져 갔다. 약간은 까맣게 그을린 얼굴에 머리카락은 하얗게 센 백발이었다. 날카로운 눈매에 사제라고 말하기에는 조금 껄끄러운 느낌이 드는 인상을 가진 그는 창백하게 질린 아랫입술을 다시 한 번 깨물고는 짓눌린 목소리로 말했다.

"멍청한 것들! 그런 일 하나 제대로 못한단 말이냐? 쓸모없는 것들 같으니라고."

사제의 입에서 나올 법한 말로는 들리지 않는 그의 험악한 말에 바닥에 한쪽 무릎을 꿇고 앉아 있는 남자들의 안색이 대번에 바뀌었다. 그 늙은 하이 프리스트의 옆으로 약간 떨어진 곳에서는 빙글빙글 웃고 있는 검은 로브의 사내가 서 있었다. 로브라고 부르기에는 약간 변칙적으로 바뀐 활동성을 더 높인 옷 같아 보였지만 그리 화려해 보이지는 않는 옷이었다. 다만 허리를 질끈 묶은 끈은 길게 늘어뜨려 놓았고 그 끝에는 이상한 문양이 새겨진 쇠붙이가 걸려져 있었다. 보라색 기가 도는 검은 머리카락은 아무렇게나 잘라놓은 것 같았다. 방 안 여러 곳에 걸려진 등불에 비쳐진 얼굴은 제법 젊게 보였다. 아마도 이 방 안에 있는 사내들 중에서는 가장 어려 보이는 얼굴이었지만 그래도 30세는 넘어 보임직한 얼굴.

그는 팔짱을 낀 채 빙글거리며 웃고 있었다. 그저 그것뿐이었다. 그 이상의 행동은 취하지 않고 다만 무릎 꿇고 있는 남자들을 슬쩍 바라볼 뿐이었다. 하이 프리스트라 불린 남자는 약간 벗겨진 자신의 이마에 손을 짚으며 혼잣말처럼 중얼거렸다.

"그 녀석들이 우리 신전의 비밀이라도 탄로해 낼 작정이라면 큰일이다. 아니, 혹시 모르지. 다른 신전이 우리 신전에 보낸 첩자일런지도. 그렇게는 안 돼! 내가 이 신전을 번영하게 만들기 위해 얼마나 갖은 노력을 다했는데. 아무렴, 안 되고 말고. 이제 와서 허물어질 수는 없는 노릇이지."

하이 프리스트는 그렇게 말하며 이마에서 흘러내리는 땀을 닦았다. 손은 부들거리며 떨리고 있었고 입가에는 억지스러운 미소가 걸려 있었다. 하얗게 질린 얼굴이 붉은 촛불에 비쳐 공포스러운 빛을 발했다. 갈색의 양탄자가 깔려진 바닥에 무릎을 꿇고 머리를 조아리는 사내들의 안색도 그리 좋아 보이지는 않았다. 이마를 땅에 박을 것처럼 하는 그들을 보며 하이 프리스트는 이를 갈았다. 그리고 나직하면서도 위압적인 목소리로 말했다.

"시간이 없다. 그 녀석들을 잡아. 무슨 일이 있어도 잡아라. 필요하다면 죽여도 좋아! 다만, 쥐도 새도 모르게 해야 한다. 이제 와서 이 영광을 모두 뺏겨 버릴 셈이냐? 이 신전이 무너지면 그 피해가 너희들에게는 가지 않을 줄 아느냐?"

그의 말에 남자들은 이제 몸을 벌벌 떨기까지 했다. 그들이 두려워하는 것은 그런 것이 아니다. 사내들이 두려워하는 것은 하이 프리스트의 뒤를 받쳐 주고 있는 검은 로브의 마법사. 그가 얼마나 두려운 자인지를 잘 알기에 남자들 중 한 명이 얼른 입을 열었다. 그는 이마를 거의 땅에 박고 있었다.

"사, 살려주십시오. 이번에는 그 녀석들이 요행히 빠져나갔지만 다음에는… 다음에는 반드시 그들의 목을 하이 프리스트께 바치겠습니다. 죄, 죄송합니다. 한 번만 더 기회를 주십시오."

연신 고개를 굽실거리며 말하는 사내를 보면서 하이 프리스트는 탐탁지 않은 표정을 지었지만 그 대신 그의 뒤에 서 있던 검은 로브의 사내가 먼저 입을 열었다.

"하하, 이번에는 봐드리겠습니다. 그렇지만 다음은 없습니다. 아시겠습니까?"

그의 표정은 분명 웃고 있었지만 그의 붉은 눈동자에는 살기가 가득했다. 잠시 고개를 들어 그 눈을 바라본 사내는 다시 얼른 고개를 조아렸고 부들거리며 몸을 떨었다. 그리고 마찬가지로 하이 프리스트 역시 눈살을 찌푸리며 얼른 고개를 돌렸다. 그 자신도 두려워하고 있었다. 비록 실력이 좋아서 많은 돈과 그가 바라는 무언가를 주면서 데리고 있는다고 하지만 속을 알 수 없는 사내였기에 언제나 경계를 했다. 하이 프리스트가 로브 자락을 펄럭이며 물러가라는 손짓을 하자 사내들은 벌떡 일어나 뒷걸음질치며 황급히 방을 빠져나갔다. 탁자를 주먹으로 쥐어박는 행동을 하고 있던 신전의 하이 프리스트는 곧 이를 악물며 검은 로브의 사내에게 고개를 돌렸다.

"그 방에는 마법이라도 걸어놓지 그랬소! 그 따위 잡스러운 것들이 발을 들여놓게 하다니!"

"저도 그럴 줄은 몰랐습니다. 안타깝군요. 그 아이들은 잘 구할 수도 없는 실험 재료들인데 말이죠. 에고고."

익살스럽게 말하며 어깨를 으쓱거리는 그를 보며 하이 프리스트는 입을 다물어 버렸다. 그는 곧 굳게 쥔 주먹을 부들부들 떨며 다시 말했다.

"어떻게 방도가 없겠소? 내가 지금까지 당신의 힘을 빌어 사술邪術로써 전설을 꾸며낸 것을 사람들이나 다른 신전들이 안다고 하면……. 끔찍스럽군."

그는 파리하게 질린 얼굴로 그렇게 말했고 곧 힘이 풀린 듯 소파에 등을 기대며 털썩 주저앉았다. 그의 모습을 본 사내는 빙긋 웃고는 자신의 허리에 걸린 끈을 손으로 빙빙 돌렸다. 그의 표정은 마치 즐거운 장난감을 얻은 어린아이와 같은 표정이었고 그 표정을 본 하이 프리스트를 질리게 만들었다. 그렇지만 그런 그의 마음을 아는지 모르는지 검은 로브의 사내는 소파의 가장자리에 기대어앉고는 조용히 촛불을 바라보았다. 붉은 촛불이 흔들리면서 그것을 바라보는 남자의 얼굴 그림자를 흔들리게 만들었다. 눈이 아픈 기색도 없이 잠시 동안 그것을 뚫어지게 응시하고 있던 사내가 나직이 말했다.

"재미있게 되었습니다. 그간 심심했는데 잘되었지요."

"대체 뭐가……!"

하이 프리스트는 곧장 고함을 지르려 했지만 헉 하는 짧은 신음 소리와 함께 몸을 움츠렸다. 촛불을 바라보고 있던 사내가 천천히 손을 들어 올려 촛불의 불꽃에 자신의 손을 올리고 있었다. 살갗이 타 들어가는 연기가 방 안의 공기에 스며들었지만 정작 본인은 별 상관이 없는 표정이었다. 그는 마치 홀린 듯 불꽃을 따라 손을 이리저리 옮기며 낮은 목소리로 중얼거렸다.

"…인간임을 버리고 어둠에 물든 뒤로 늘 심심했으니 이제는 조금 놀아도 되겠지, 인간들아."

낮게 웃음 짓는 그의 목소리가 어두운 방 안을 가득 메웠다. 결코 크지 않지만 그렇다고 작지도 않은 음울한 뜻을 담은 목소리였다.

*   *   *

도시를 빠져나온 그들은 거의 초죽음 상태가 되어버렸다. 그냥 달려도 힘든 것이 승마인데 도시의 대로에서 땅이 아닌 돌을 밟으며 전 속력으로 달렸으니 그럴 만도 했다. 그들은 도시에서 한참을 달려왔고 순식간에 수십 킬로는 멀어져 버렸다. 말들은 거품 같은 땀을 흘리면서 숨을 몰아쉬고 있었다. 그리고 일행들 역시 땅에 아무렇게 몸을 던진 채 시체 놀이를 하고 있었다. 몬스터들의 새끼 역시 키엘과 현홍의 옆에서 몸을 부들거리면서 떨고 있었다. 어디가 어딘지 분간도 제대로 되지 않았다. 그저 자신들이 있는 곳이 작은 언덕 밑이라는 것과 사방이 컴컴했고 숲이라는 것 정도밖에는. 길게 뻗은 나무 둥치 아래의 바위에 걸터앉아 작게 숨을 몰아쉰 진현이 땀에 젖은 머리카락을 쓸어넘겼다. 니드는 대자로 땅에 엎어져서 숨을 쉬는 것인지도 알 수가 없었다.

에이레이 역시 힘들기는 다른 사람들과 같았던 것인지 자신의 배낭을 베개 삼아서 누워 있었다. 잠이 든 것은 아닌 것 같았지만 눈을 꼭 감은 채 미간을 좁히고 있었다. 슈린은 그저 어깨를 토닥이는 것으로 끝냈다. 에오로는 처음에 말에서 내릴 때부터도 떨어지듯이 내렸고 지금까지 그 자세 그대로였다. 이제는 붉은 달이 아닌 평상시의 샛노란 색의 달이 그들의 머리 위로 희미한 달빛을 내리비추고 있었다. 차갑다고 느낄 수도 있겠지만 그것보다는 은은함의 가까운 그런 빛이었다. 어느 정도의 휴식을 취한 뒤에 진현이 조용히 입을 열었다.

"대체 무슨 일이지? 혹시 저 몬스터들이 신전에 있던 거냐?"

배낭을 베고 누워 있던 에이레이도 아까부터 궁금했었지만 차마 묻지 못했던 것이었다. 그래서 그녀는 일행들 쪽으로 몸을 돌려 누웠다. 흰색 그리핀의 털을 쓰다듬는 손길을 멈추고 현홍이 조심스럽게 말했다. 혼이 날까 봐 무서워하는 아이처럼.

"그래. 이 아이들은 신전의 구석진 곳에서 철창 안에 갇혀 있었어. 몇 마리는 죽어 있었고. 밥도 제대로 주지 않았는지 다들 몰골이 형편없어서 너무 가여워서 데리고 나오다가 들킨 거야. 무슨 이유인지는 몰라. 아니, 알 필요도 없지만 이런 짓을 하는 것 자체를 용서할 수가 없어."

처음에는 슬픔이라는 감정에 흐느끼는 듯한 말이 이어져 갔지만 뒤로 가면 갈수록 분노라는 감정으로 변해가는 말투였다. 에이레이는 아무 말 하지 않았다. 진현은 그저 두 손을 무릎 위에 올리고 현홍을 바라볼 뿐이었다. 다른 일행들도 아무런 말도 하지 않고 그저 가만히 현홍의 말에 귀를 기울이고 있었다.

사락거리는 소리와 함께 미풍에 휩쓸린 나뭇잎들이 밤하늘을 수놓았다. 밝게 내리비치는 달빛과 그녀를 수호하듯, 아니면 그녀와 얘기를 나누듯 달을 중심으로 아름다운 궤적을 그리는 수많은 별들이 그들을 비추고 있었다. 그들 역시 땅 위의 인간들의 이야기에 귀를 기울이듯 그렇게. 몇 번 손가락을 꼼지락거린 현홍이 다시 말을 이었다.

"이 아이들이 인간과 그저 모습이 다르고 약하다고 하여 마음대로 다룬다는 것. 절대로 용서하지 못해. 내 자신이 인간이지만 이해할 수도 이해하고 싶지도 않아. 같은 세계에서 같은 공기를 마시고 같은 하늘을 바라보며 살아가는 생물들이야. 모습이 다르다고 얘기가 통하지 않는다고 죽여도 된다면 인간들 역시 다른 생물들에게 죽어도 상관없잖아. 그렇지만 인간들은 아니지! 자신들에게 해를 끼치는 것은 무조건 불태워 버려. 그 빌어먹을 자만심과 인간이라는 것에 대한 말도 안 되는 자부심 때문에. 살인이라고? 웃기는 소리. 살생이라는 단어도 있잖아. 그런데 왜 살인은 죄가 되고 살생은 죄가 되지 않지?"

니드는 가만히 그를 바라보며 고개를 저었다.

"웃기지도 않아, 웃기지도. 단지 모습이 다르다고 인간과 다른 생물이 다르다고? 하하, 인간 중에서는 완전히 똑같이 생긴 사람들이 있던

가? 말을 하지 못한다고 인간과 다른 생물이 다르다고? 그건 다른 생물들도 마찬가지야. 다른 생물들에게 인간들의 목소리는 개만도 못한 소리로 들리니까. 자신들과 다른 종류의 언어를 쓴다고 하여 말을 하지 못한다고 단정 짓는 것은 인간뿐일걸! 인간과 다른 생물들도 생각을 하고 사랑을 하고 가족을 아낄 줄 알아. 다만, 그들과 인간들이 다른 점은 그들은 조금 더 욕구와 본능에 힘입어 산다는 것이고 인간들 중에서는 그런 욕구 대신 이성을 선택하여 사는 사람이 있다는 것이겠지. 그렇지만 이 인간들 중에서는 자신의 욕구와 발맞춰 마구 사는 것들도 많아. 그렇다면 그들도 인간이 다른 동물들을 죽이는 것처럼 죽여도 된다는 거야? 정말 싫어."

울 듯한 표정이 되어 고개를 숙이는 현홍을 보면서 에오로는 씁쓸하게 아랫입술을 깨물었다. 더 이상 현홍이 말할 것 같지 않자 진현은 그제야 피곤한 음성으로 말했다.

"네 말은 잘 알겠어. 됐어, 무슨 일인지. 그만 해라."

인간임에 인간을 비하하는 것은 본능에 위배되는 것일까? 모든 동물이 그렇듯 자신의 삶에 대해 자부심을 가지고 살아야 한다. 진현은 고개를 저었고 천천히 자리에서 일어나 자신의 무릎에 얼굴을 묻고 있는 현홍 쪽으로 걸어갔다. 그리고 한쪽 무릎을 꿇고 현홍을 바라보았다. 그리고 말했다.

"넌 인간이다. 저 작은 생명체들의 아픔에 슬픔을 느끼는 것은 당연해. 인간의 마음 한편에는 생물에 대한 무한한 애정이 숨겨져 있으니까. 반대의 감정 역시 있지. 네 자신을 비하하지 마라. 넌 인간이야. 모든 것을 불태우고 스스로를 불태우고, 그리고는 사그라져 사라지는 인간. 그것이 인간이라는 생명체이지. 저 아이들을 괴롭힌 것도 인간이다. 그렇지만……."

 그는 살며시 손을 뻗어 현홍의 옆에서 자신을 올려다보는 그리핀의 부리를 만져 주었다. 그리핀은 기분 좋은 듯 눈을 감았다. 진현은 부드러운 미소를 입가에 떠올렸다.

 "이 아이들을 구한 것도 역시 인간인 너이지. 그렇지 않나?"

 진현의 목소리는 낮고 작았지만 그 말속에 담긴 뜻은 분명하게 들렸다. 모순적이게도 인간에게 밀렵을 당하여 상처 입은 동물을 다시 구하고 보살펴 주는 것 역시 인간이다. 이 얼마나 웃기는 일인가? 인간들의 악행에 가슴 아파하는 것도 역시 인간이고 그들에게 벌을 내리는 것도 역시 인간이며 그들을 욕하는 것도 역시 인간이다.

 인간이라는 것은 그런 것이다. 자신이 인간이라는 사실에 대해 당당함을 가질 수도 있으면 반대로 자학할 수도 있는 그런 것. 그 어떤 생물도 가지지 못한 것을 가지고 있는, 두 가지의 양면을 가진 동전과 같은 생물 인간. 그렇기에 신은 인간을 사랑하는 것이다.

 자신이 만든 피조물이 자신보다 더 아름답고 사랑스럽기에. 정말이지, 가증스러울 정도로.

 현홍은 눈가에 눈물이 가득 맺힌 채로 고개를 들었고 진현은 조심스럽게 그 눈물을 닦아내 주었다. 피식 웃은 그는 곧 허리를 펴서 새끼 몬스터들을 일일이 살펴보며 재미있다는 식으로 말했다.

 "하하, 참. 이렇게 한꺼번에 많은 종류의 몬스터를 보다니 신기한 일이로군. 드래곤의 해츨링Hatchling만 있다면 그런대로 구색이 맞춰질 것 같은데."

 그 말에 일행의 안색은 달빛에 하얗게 질려 버렸다. 아무리 뛰어난 마법사라도 저런 말은 하지 않을 것이다. 해츨링은 드래곤의 새끼를 일컫는 말이다. 드래곤은 몇몇 종류를 제외하면 자신의 새끼에게는 무한한 애정을 베풀며 그 해츨링을 건드리는 자에게는 지옥과도 같은 두려움과 함께 죽음을 선물한다. 아무리 신을 모시는 대신전의 고위 사제라고 해도 해츨링을 건드리면 그날로 끝나는 것이다. 드래곤은 자기 자식을 건드린 자에게는 무참할 정도로 잔인해져 버린다. 어떤 부모가 그렇지 않겠냐만은 드래곤의 새끼 사랑은 유별날 정도로 심각한 축에 든다.

"어라, 왜들 그런 표정이십니까?"

진현은 생긋 웃으며 으스름한 달빛에 여러 가지 색으로 변해 있는 일행들의 얼굴을 보았다. 그렇지만 그들은 아무런 말 없이 그저 고개를 돌리며 저 먼 하늘에 반짝이는 달과 별들을 보았을 뿐이다. 현홍은 조심스럽게 웃었지만 곧 자신이 안고 있던 몬스터들을 내려다보면서 중얼거리듯 말했다.

"그런데 이 아이들을 데리고 여행을 할 수는 없잖아. 어떻게 하지?"

"아아."

니드 역시 동의한다는 투로 고개를 끄덕였다.

뒤도 생각하지 않고 생각나는 대로 행동하다니. 마음에는 들지만 이성적이지는 못한 행동에 진현은 눈살을 찌푸렸다. 그는 아무 말도 하지 않았다. 차가운 밤바람만이 그들 사이를 스쳐 지나갈 뿐 그 순간에는 아무런 소리도 들리지 않았다. 스스로를 부딪혀 내는 나뭇잎 소리가 을씨년스럽게만 들려왔다. 별들 역시 아무 말 없이 빛을 바라는 자에게 빛을 내려줄 뿐이다.

역시 몬스터들이어서일까. 작은 소리를 내며 뒤척일 뿐 그들은 잠에 들지 않았다. 밤에 활동하는 녀석들이 대부분일 것이다. 진현은 자신의 모포 속에서 뒤척거리는 그들을 보면서 조용히 미소 지었다. 그렇지만 이들을 데리고 여행을 할 수는 없다. 이들은 키엘처럼 인간의 모습을 갖추지도 그렇다고 사람의 말을 완전히 이해할 수 있는 녀석들도 아니었으니까. 그는 쓰게 웃으며 몸을 일으켰다. 피곤했던 것인지 오늘 밤의 보초였던 니드는 나무에 기대어 잠을 자고 있었다. 아직은 살아 있는 모닥불이 탁탁거리는 나무 갈라지는 소리를 내며 타올랐다. 모포를 뒤집어쓰고 자고 있는 일행들의 모습을 보면서 진현은 니드 쪽으로 걸어갔다. 조심스럽게 다른 일행들이 깨지 않게 발소리를 죽이면서.

그는 조용히 손을 내밀어 니드의 어깨를 툭툭 쳤다. 그러자 선잠을 자고 있던 니드는 화들짝 놀라며 고개를 들었다. 진현은 빙긋 웃고는 남아 있던 모포를 니드에게 건네주었다.

"누워서 주무십시오. 이제는 제가 보초를 서겠습니다."

"아, 아니, 하지만……."

"괜찮습니다. 니드도 많이 피곤하지 않으십니까? 저도 졸리면 다시 깨우겠습니다."

물론 그럴 일은 없겠지만. 진현은 한 번 깨면 다시 밤이 되어서 잠을 잘 시간이 되지 않으면 조는 일은 거의 없었다. 그가 20년 넘게 살아오면서 몸에 배인 그의 생활 패턴이었으니까. 니드는 잠시 머뭇거리다가 곧 잠의 유혹을 떨치기 힘들었던지 진현이 내민 모포를 받아서 일행들 쪽으로 걸어갔다. 진현은 생긋 웃고는 나무에 기대어 운을 꺼내어 들었다. 주위는 고요했다. 낑낑거리는 몬스터들의 새끼와 숲의 우석거림, 그리고 바람 소리가 다였다. 진현은 옆에 있던 나뭇가지들을 집어다 모닥불 안에 집어던졌다. 작게 타오르던 모닥불이 조금 더 힘을 더해 활활 타올랐다. 밤의 축복을 받아 숙면의 세계로 빠져든 사람들은 약간 뒤척거리기만 할 뿐 곤히 잠들어 있었다.

이곳은 6월 달이다. 이 세계에 온 지 벌써 한 달 남짓이 되었다. 그 세계에서는 한창 더울 8월의 막바지였다. 진현은 작게 한숨을 쉬고는 손목에 걸린 시계를 보았다. 변해 있었다. 시간이 가고 있는 것이다. 그렇지만 아주 미약하다. 말 그대로 이곳에서의 시간은 원래 세계의 시간보다 더 빠르게 간다는 것을 알 수 있었다. 예를 들자면 여기서의 하루가 저쪽 세계에서는 1분도 되지 않을지도 모른다. 그렇지만 시간이 흐른다는 것은 변함이 없다. 진현은 손을 들어 이마 한쪽을 짚고 문질렀다. 어서 돌아가지 않으면 그 세계의 다른 사람들이 걱정할 것이다. 이제부터는 주저함도 그 어떤 것도 있어서는 안 된다. 그렇지만 이상한 느낌이 든다.

발목을 잡아끈다. 눈에 보이지 않는 무언가가 이상하게 많은 일들을 만들어내고 있다는 느낌이다. 수레바퀴는 굴러간다. 운명의 수레바퀴는 멈춤도 없고 주저함은 더욱이 없다. 우연이나마 많은 일이 일어나고 있다. 지금 만난 일행들도 그런 이유에서일지도 모른다. 무엇일까? 무엇이 점점 일을 만드는 것일까? 마치 현홍과 자신, 그리고『잃어버린 세계』에서 온 인물들을 이 세계에 매어두려고 하는 짓 같은 기분이 문득 들었다. 이 세계에 와서 무엇을 해야 하는가? 원래의 세계를『잃어버린 세계』로 만들지 않기 위하여 왔다고 할 수도 있지만 어딘지 석연치 않다.

과연 세피로트의 뜻은 어떤 것일까? 그분은 어떻게 이 일을 생각하고 계실까? 많은 생각이 한꺼번에 떠올라 머리 속을 어지럽게 했다. 눈을 감고 생각을 하던 그의 옆으로 무언가 풀숲을 스치는 소리가 들렸다. 살며시 눈을 뜨고 고개를 들어보니 익숙한 그림자가 그의 눈에 들어왔다.

"잘 계신 것 같군요. 그간 편안하셨습니까?"

선하게 웃는 미소가 눈을 어지럽혔다. 마치 밤의 한 조각이라도 되는 것 같은 검은 정장의 끝자락이 바람에 펄럭거렸다. 진현은 미간을 살짝 좁혔고 베르는 슬며시 그의 옆에 앉았다.

"많은 동료들을 얻으셨군요. 좋으시겠습니다. 당신은 언제나 그랬지요. 인기인이었어요."

"무슨 말을 전하러 온 것이 아닌가?"

"아, 맞아요."

퉁명스럽게 말하는 진현의 말에 베르는 손바닥을 마주치더니 진현 쪽으로 고개를 돌렸다.

"마황자께서 말씀하시더군요. 자신을 만나고 싶다면 카르틴 제국에 위치한 엘리슈윈 쉬트까지 오시라고 말입니다."

천진하게 말하는 그를 향해 살짝 고개를 돌린 진현이 낮게 대답했다.

"난 그를 만나고 싶은 생각도 없고 쓸데없는 일에 개입하고 싶은 생각도 없다."

"어, 당신도 그분을 만나서 청산하실 일이 있으시지 않아요? 너무 그렇게 차갑게 말씀하지 마시고 조금 봐주세요."

진현은 어쩔 수 없다는 듯 고개를 저었다. 그 모습을 보며 다시 한 번 생긋 웃은 베르가 자리에서 일어났다. 그답지 않게 다른 말들은 하지 않고 정확히 자신의 일만 보고 일어서자 진현은 의아스러운 얼굴이 되었다. 그를 향해 베르가 작게 웃어주었다. 달빛에 비친 그의 모습이 인상적일 정도로 아름답게 보였다. 하얀 얼굴에 비친 달빛이 차갑게 부서져 나갔다.

"많은 일들이 있을 것이라고 말씀하셨습니다, 마황자께서는. 그렇지만 그분을 의심하지는 마세요. 이번 일에 그분은 아무런 개입도 하지 않으셨습니다. 단, 다른 조직이 개입한 듯싶습니다."

"누가 마황자도 개입하지 않은 일에?"

진현이 자신을 따라 옷을 털며 일어서자 베르는 기쁜 듯 웃었다. 그리고 천천히 고개를 들어 하얗게 세상을 향해 내리비치는 달을 올려다보았다. 서서히 밤이 깊어가고 있었다. 낮과는 또 다른 의미에서 더욱 아름다운 시간이다. 어둠은 조심스럽게 살아 있는 생물들을 안식의 시간으로 인도하는 존재이다. 그리고 길을 잃은 자에게 작은 빛이라도 주기 위하여 자신의 자식인 달과 별들을 자신의 품에 안아서 세상에 빛을 준다. 그윽하고도 깊은 빛을. 이렇듯 어둠의 시간이라고 하여도 빛은 있다. 그리고 빛의 시간인 낮이라고 해도 역시 어둠은 있다. 어디에서든 완전한 암흑도 완전한 광명도 없는 법이다. 베르는 쓰게 웃었다. 평소의 그답지 않게 많은 생각을 하는 표정이었다.

그는 마족이다. 어둠이라는 것을 사랑하지만 그렇기에 빛 역시 사랑해야 하는 가련한 존재. 반대로 천사들이나 신족은 그렇지 못하다. 그들은 빛만이 있는 세상을 원한다. 그들은 어둠 속에서 더 밝게 빛나는 빛을 사랑할 줄 모른다. 그것이 그 자신의 편견일런지는 몰라도 지금까지 보아왔던 대부분의 신족이 그런 모양새였다. 그러나 현재 지금 자신의 옆에 서 있는 자는 달랐다. 처음 신족에 대해 다시 생각하게 했던 사람. 베르는 진현을 보면서 조용히 웃었다. 그리고 눈을 감으며 작게 말했다.
"당신이라는 존재가 저에게 어둠 속에 있는 빛이 더 아름답다는 것을 알게 해주셨습니다."

진현은 미간을 찌푸리고 그의 말을 곰곰이 생각하다가 곧 그가 뜻하는 것이 무엇인지 알 수 있었다. 그는 쓴 미소를 입가에 걸치며 말했다.

"내가 그런 존재라고 할 수 있었으니까."
"그렇기에 아름다운 분이시죠."

왠지 낯간지러운 말이었지만 베르는 자신의 진심을 담아 그렇게 말하곤 고개를 숙였다. 진현은 손을 휘저었고 베르는 유쾌하게 웃었다. 누가 마족과 이리도 즐겁게 담화를 나눌 생각을 하겠는가? 한참을 즐겁게 웃던 베르가 곧 입가에서 살며시 미소를 지워 보였다.

"우선은 당신께 드릴 말씀이 있습니다. 자신의 주위를 둘러보십시오. 그리고 함부로 사람을 믿지 마십시오. 어디선가 당신을 주시하는 사람이 있을 수도 있습니다."

누군가 들을세라 작은 목소리로 말하는 그를 보며 진현의 얼굴이 굳어져 갔다. 그는 천천히 팔짱을 끼고 삐딱하게 선 채 베르를 응시했다. 믿지 않는 것은 아니다. 오히려 믿어야 하는 자의 말이기에 그를 더욱 혼란스럽게 했다.

"우선 마황자께서도 개입하지 않는 이 일에 주동자가 되는 조직은 데저티드 드래곤Deserted Dragon 족입니다."

"…일반 드래곤들에게 버림받은 그들이 왜 이 일에?"

"그것은 저도 알지 못합니다. 이 일은 마족 중에서도 수뇌부에 해당하는 분들만이 아시는 일이라 들었습니다. 마황자께서도 더 이상의 언급은 하지 않으셨습니다. 아마도 최고급 기밀에 붙여진 일인 것 같습니다. 드물기는 하지만. 자칫하면 당신이 사는 세계와 함께 이 세계도 위험하고 다른 종족도 위험에 처하는 일입니다. 저희 마족들이나 신족들은 개입하지 못합니다. 저희들처럼 강한 힘을 가진 이들이 이 세계에서 힘을 발휘한다면 이 세계의 균형에 위배되는 일이니까요. 그것은 세계를 받치는 기둥께서 허락치 않는 일입니다."

세계를 받치는 기둥, 그것은 생명의 나무인 세피로트. 이 세계 모든 생명을 주관하시고 그것을 만들어내신 혼돈의 어머니의 첫 번째 산물. 그 뜻에 반하는 일을 생명을 가진 이들이 행할 순 없다. 진현은 손을 들어 입을 막았다. 자신의 입에서 무슨 말이 나올지 몰라서였다. 생명의 나무가 바라는 것은 무엇일까? 그리고 그녀와 마찬가지로 세계를 굽어보는 또 하나의 존재는 생명의 나무의 뜻에 응하는 것일까? 아니면… 이것은 어쩌면 종족 간의 작은 전쟁이 아니라 커다란 두 존재에 의한 싸움이 되어버릴지도 모르는 일이었다. 그럴 때 자신은 과연 어느 쪽의 『정의』에 따를 수 있을까? 가만히 서서 턱을 괴고 있는 진현을 보며 베르는 다시 고개를 숙여 보였다.

"옥체 편안히 하시길 바랍니다. 그리고 마지막으로 한 가지 더……."

고개를 들며 다시 한 번 입을 여는 베르를 보며 진현은 고개를 갸웃거렸다. 베르의 얼굴은 그리 밝지 않아 보였다. 평상시의 천진한 미소는 마치 처음부터 없었던 것마냥 그의 얼굴에 존재하지 않았다.

"마신魔神께서는 아직 당신을 포기하지 않으시고 계십니다."

"…그 늙은이가 아직도 정신을 못 차렸군."

미간을 좁히며 짜증난 어투로 말하는 진현이었다. 그리고 그런 그를 보며 베르는 생긋 웃었다. 안도의 한숨마저 섞여져 나왔다.
"당신의 뜻은 확고해 보이시는군요."
"지금에 와서 그 편에 설 생각은 없다. 그렇게 된다면 분명 마계는 양극으로 나눠져 전면적인 전쟁이 일어날 테니까. 귀찮은 일이야."
"감사합니다."
진현은 멋쩍게 고개를 돌리며 다시 바위에 걸터앉았다.
"너에게 감사한다는 말을 들을 이유는 없다고 생각하는데? 그저 내가 귀찮아서일 뿐이다. 그 늙은이가 무슨 생각을 하는지는 모르겠지만 정신 좀 차렸으면 좋겠군. 언제까지 그런 이상한 생각만 할 것인지 모르겠어."

그렇게 말하며 혀를 차는 그에게 베르는 살며시 고개를 숙였다. 그런 그의 등 뒤로 다시 한 번 검은 구멍이 생겨났다. 어두운 밤, 그것도 숲의 일부처럼 보이기는 했지만 그 안에서 희미하게 울리는 기분 나쁜 공기의 울림에 진현은 그쪽으로 고개를 돌리지도 않았다. 이윽고 베르가 한 발자국 뒤로 물러난 후에 그와 그를 삼킨 구멍은 완전히 사라졌다. 다시 침묵의 시간이 시작되었다. 달빛은 고즈넉했고 바람 소리도 들리지 않았다. 그저 발갛게 타오르고 있는 모닥불의 작은 소음 소리만이 전부였다. 그리고 간혹 들려오는 산새들의 소리와 숲의 잡음들 뿐.

달빛은 하얗게 빛나며 숲으로 내리비쳤다. 한 폭의 풍경화라고 해도 믿을 만큼 아름답고 몽환적인 분위기. 싸하게 느껴지는 밤바람이 차갑게 팔의 한 부분을 어루만지고 스쳐 지나갔다. 재킷을 입지 않아서인지 검은색의 셔츠만이 미풍에 펄럭였고 진현은 팔을 한 번 쓰다듬은 후 고개를 들었다. 차가운 달빛이 아름다워 보였지만 언젠가는 저것을 볼 수 없는 날도 다가올지 모른다. 당연하겠지. 생명의 끈을 붙잡고 내일만을 바라보며 앞으로 한 걸음씩 내디디며 살아가는 인간들에게는 당연한 것이다. 그렇지만 두려워하는 것이다. 인간들이라는 것은 끝을 향해 마지막을 보며 내달릴 뿐이지만 그 끝에 무엇이 있을지 미리 걱정하면서 달려드는 존재이다. 마치 불 속에 그 몸을 태우는 불나방처럼.

드래곤들과 같이 영원이라고 불릴 정도의 긴 시간 동안 수많은 일을 보고 죽음이라는 것과는 거리를 두고 사는 존재들과는 다르다. 그들은 죽음을 걱정하지 않는다. 내일도 걱정하지 않으며 그들은 그저 막연히 하늘만을 바라보고 그들 자신을 바라본다. 엘프는? 그들 역시 마찬가지이다. 자연과 더불어 살아가는 그들은 언제나 조화롭게 살아가려 노력하는 존재. 그들에게도 죽음은 있지만 내일은 아니다. 그리고 비록 내일 죽을 것을 안다고 하더라도 그들은 자연의 순리 그대로 죽을 것이다. 하나의 꽃잎이 되고 하나의 나뭇잎이 되어. 그러므로 걱정하지 않는다. 천사와 악마 역시 마찬가지이다. 그들은 그들 자신의 본능과 순리대로 살아가며 강하고 아름답기에 죽음을 걱정하지 않는다. 본능에 힘입어 사는 것이다.

인간은?

인간만은 다르다. 수많은 종족과 생명체들 중에서 어쩌면 인간만이 이리도 다를 수 있는 것일까? 인간은 언제나 걱정하며 죽음과 불행을 두려워하고 아파한다. 언제나 내일을 향해 달려가지만 그 내일에 무엇이 있을지 알 수 없기에 걱정한다. 그러면서도 달린다. 막연히 두렵지만 뒤로 돌아갈 수는 없기에 앞으로 달리는 존재. 그리고 막상 자신의 목표에 당도해서도 여전히 그것에 만족하지 못하고 또다시 달리는 존재. 찰나에 가까운 시간을 살아가는 인간이기에 가능한 것이 아닐까? 영원이라고 말해도 어색하지 않을 만큼의 시간을 사는 다른 종족들은 얻지 못하는 무언가가 인간에게는 있다. 그래서 신은 인간을 사랑하는 것이다. 증오에 가까울 정도로. 자신을 망치고 그것을 후회하며 그 짧은 시간 동안 버둥거리면서 살아가는 미약한 그들을.

아마 인간을 완전히 이해하는 종족들은 없을 것이다. 드래곤도, 엘프도, 천사도, 악마도, 드워프Dwarf도, 하물며 신마저도. 이해하지 못할 그 모습과 마음. 사랑, 아픔, 절망, 슬픔, 좌절, 미움, 행복, 기쁨, 열정, 우정 등의 마음. 그 어떤 종족이 이리도 많은 감정을 가지고 있겠는가? 그리고 그 감정에 솔직할 수 있겠는가? 인간이기에 그럴 수가 있는 것이다. 동전의 양면과 같은 그들. 언제쯤이면 이해할 수 있게 될 것인지…….

서늘하게 불어오는 바람에 몸의 온도가 차가워지는 것 같은 기분도 들었다. 무엇이 이리도 가슴을 벅차게 하는 것일까. 진현은 짧게 한숨을 내뱉으면서 고개를 내렸다. 하늘에 떠 있는 무수히 많은 별들이 그와 함께 고민을 하는 듯 작게 반짝이고 다시 사라졌다.

"아침이야."
"응, 아침인데……."
"…그런데 없군요."

시간은 어느새 어스름하게 동이 터오는 새벽이 되었다. 차가운 산의 공기는 그대로 들이마시면 폐까지 얼어붙어 버릴 것처럼 서늘하게만 느껴졌다. 검은 어둠이 스쳐 지나간 자리에서부터 푸르게 물드는 동쪽의 하늘이 서늘한 감각과 함께 하루의 시작을 알려주었다. 아직 완전히 해가 뜨지도 않았고 덥지도 않은 초여름의 새벽이라 공기는 차갑기 그지없었다. 한데 니드와 현홍, 그리고 슈린은 일어나자마자 주위를 두리번거리고는 저렇게 중얼거리는 것이다. 차갑게 식은 손을 비비면서 숲 안쪽의 개울가로 갔다 왔던 에오로가 이빨을 덜덜 떨면서 일어난 사람들을 보았다.

"모두 일어났군. 어서 준비하고 출발하자고. 신전의 사제들이 언제 쫓아올지 모르니까."

물기 어린 수건을 허공에 몇 번 털어낸 에오로는 활기 차게 짐을 꾸리기 시작했고 그와 마찬가지로 일찍 일어난 에이레이 역시 말의 등에서 아침 식사 준비를 위해 여러 가지 음식들을 꺼내어 왔다. 그렇지만 방금 일어난 세 명은 어안이 벙벙한 그 상태로 모포를 다 걷지도 못한 상태였다. 아직 잠이 덜 깨었는지 눈을 몇 번 비비면서 현홍이 말했다.

"애들이 없어. 진현아?"

그의 말대로 어제 그들이 죽어라 하고 도시에서 도망쳐 나왔던 이유인 몬스터들의 새끼들이 한 마리도 남아 있지 않았다. 현홍은 눈을 들어 약간 떨어진 모닥불 옆에서 아침 식사 준비를 하고 있는 진현을 보았다. 그는 요즘 들어 계속해서 요리를 하고 있는 것이 자신임에 한탄하는 중얼거림을 내뱉고 있었다. 그러던 중 현홍이 얼빠진 목소리로 자신을 부르자 그는 불만스러운 표정으로 고개를 들었다. 오른손에 들린 나이프를 빙빙 돌리면서 차가운 눈초리로 바라보는 진현을 보면서 현홍을 몸을 한번 움찔거렸다.

"애들이……."

결국 끝말은 잊지 못하고 눈만 동그랗게 뜨는 그에게 진현은 퉁명스럽게 대답했다.

"돌려보냈어. 그 애들의 원래 고향으로."

짧게 말을 마친 그는 다시 바위에 걸터앉아 감자를 깎았다. 현홍은 미간을 찌푸렸지만 설마 잡아먹기라도 했을까 하는 생각을 하며 머리를 휘휘 저었다. 어쨌거나 이걸로 된 거다. 구해주었고 살던 곳으로 돌려보내 주었으니까 그곳에서 살아남는 것은 그 애들의 몫인 것이다. 야생에서 자라는 맹수들처럼 성수가 될 확률은 지극히 낮아도 그것이 자연의 법칙이며 거기까지 끼어들 수는 없는 것. 현홍은 뺨을 긁적거리면서 개울가로 향했다. 니드와 슈린도 멍하게 앉아서 주위를 바라보다가 곧 정신을 차리고는 어깨에 수건을 얹고 현홍의 뒤를 따라나섰다.

에오로는 깔끔하게 씻고 와서는 진현과 에이레이를 돕는 대신 키엘과 놀아주기로 했다. 사실 그는 요리를 하지 못했다. 그래서 괜히 도와준다고 나섰다가 일만 더 커지게 할까 봐 스스로 고개를 끄덕이곤 자고 있는 키엘을 흔들어 깨웠다. 키엘은 얼굴을 잔뜩 찌푸리고는 잠투정을 부렸다. 하지만 에오로는 그를 어깨에 짐 포대처럼 들어 메고는 개울가로 총총히 걸어가 버렸다. 에이레이는 이제 진현의 옆에 있어도 별 상관이 없는 것인지, 아니면 애써 자중하는 것인지 무표정한 얼굴로 프라이팬에 계란을 볶고 있었다. 나무로 만들어진 조미료 통에 담긴 소금을 몇 번 뿌린 뒤에 철제 쟁반에 올려두었다. 그리고는 기름기를 먹는 종이로 한번 슥 닦아낸 후에 다시 잘려진 고기를 구웠다.

진현은 고기를 먹지 않으니 그 냄새에 미간을 찌푸렸다. 에이레이는 고기를 굽다가 곧 진현의 표정이 이상한 것을 보고 고개를 갸웃거렸다.

"왜 그러지?"

"아아, 저는 고기를 먹지 않아서요. 그 냄새가 조금 비릿하게 여겨질 뿐입니다."

쓰게 웃으며 말하는 그를 보며 에이레이는 잠시 멈칫하다가 고개를 저은 후 바삭하게 구워진 고기에 소금으로 간을 맞췄다. 시원하게 씻고 온 나머지 일행들이 온 것은 식사 준비가 모두 끝난 후였다. 키엘은 고기를 보고 발작할 듯이 달려들었고 에오로도 별 차이는 없는 태도로 단호하게 음식을 먹어치웠다. 그 두 사람에게 음식을 뺏기지 않으려는 현홍의 노력은 가히 상상을 초월했다. 이리저리 말을 시켜가며 자신은 계속하여 입 안으로 음식을 집어넣었다. 세 명의 식도락가를 빙자한 난폭자들 덕분에 식사는 아주 빠른 속도로 끝을 맺게 되었다. 에이레이는 다행히 접시에 자신이 먹을 것은 덜어놓고 먹고 있었기에 세 명에게 빼앗기지 않았다. 그리고 살짝 그들과는 반대 방향으로 등을 돌리고 앉는 치밀함까지 보였다.

그렇지만 커다란 접시에서 음식을 나눠 먹고 있던 다른 일행, 즉 니드와 슈린은 자신의 몫을 반 이상이나 뺏겨야 하는 아픔을 겪었다. 아쉬운 듯 숟가락을 물고 있는 현홍에게서 진저리를 치며 그것을 빼앗아 설거지까지 마친 진현이 이마를 한 손으로 짚으며 고개를 들었다. 푸르스름한 기운은 아직까지 남아 있지만 해는 어느새 얼굴을 내민 채 산맥과 숲의 하늘을 환하게 밝히고 있었다. 하루가 가는 것이 왜 이리도 빠른지. 진현은 짧게 한숨을 내뱉고는 식기를 모아서 짐을 꾸리고 곧장 헤세드에게로 걸어갔다. 식사를 마친 일행들 역시 이리저리 몸을 만지작거리며 자신들의 말에게로 향했다. 짧게 헤세드의 귓가에 뭐라고 속삭이며 인사를 마친 진현은 콧잔등을 쓰다듬어 준 후에 가볍게 말에 올랐다.

어젯밤 베르에게서 대충 이야기를 들었으니 더 이상 지체를 해서는 안 된다. 데저티드 드래곤. 버림받았지만 그 어떤 드래곤 족보다 강한 힘을 가진 그들이 개입했다면 일은 커질지 모른다. 그들 역시 완전히 이 세상에서 힘을 개방하기는 힘들겠지만 뒤에서 손쓸 방법은 많고도 많다. 이럴 때는 정말 생명의 나무에게 감사하고 싶어진다. 그녀는 세상의 불균형을 싫어한다. 정확하게 말해서는 자신의 자식들이 모두 공평하게 살기를 바라는 마음도 있으며 자신이 만든 세계가 혼란에 빠지는 것을 싫어한다는 말도 된다. 그렇기에 그녀 스스로가 이 세계에 어느 정도의 제재를 걸어둔 것이다.

  일정 한도 이상의 힘을 써서는 안 된다는 제재. 그리고 그 일정의 한도를 지나치면 균형은 깨어진다. 마치 얼음 조각이 부서지듯 사그라지고 그것은 그 한도를 깬 이에게도 좋지 않은 영향을 주기 때문에 마족이나 신족들이 이 세계에서 힘을 제대로 쓰지 못하는 것이다. 그것은 자신이 사는 원래의 세계에서도 마찬가지이다. 데져티드 드래곤들 역시 그렇기에 그들 스스로의 힘을 개방하지 못한 채 어떠한 일을 행하고 있을 것이고 그렇기에 시간은 늦어질 수 있다. 고마운 일이지. 진현은 속으로 그런 생각을 한 후에 작게 고개를 숙였다. 그것이 누구를 향한 경의의 표시인지는 그만이 아는 사실이었다. 현홍은 카오루의 목을 몇 번 토닥여 준 후에 고삐를 살며시 잡아당겼다. 푸륵거리는 말의 콧김 소리를 들으며 현홍이 활기 차게 말했다.

  "자, 자! 이제 수도를 향해 달려가 보실까?"

  "그전에 신전 사람들에게 잡히지나 않으면 다행일 거야."

  "…에오로, 찬물 좀 끼얹지 마."

  "그럼, 기름을 끼얹어줄까?"

  현홍과 에오로가 말도 되지 않는 말을 주고받고 있을 때 니드가 조용히 말했다.

"오늘부터 달려서 물의 도시 루인까지 걸리는 시간은 사나흘. 그것은 보통 사람들의 통계일 테니 말로 달리면 더 빨리 도착할지도 모르겠습니다. 열심히 달려야겠군요."

"아아, 정말 편안하게 여행하고 싶어. 나는 시간이 넉넉해도 상관없는데."

그렇게 말한 것은 팔을 뒤로 젖혀서 머리를 베고 말 등에 앉아 있는 에오로였다. 그리고 그 직후 슈린이 잡아먹을 것 같은 시선으로 에오로를 노려본 것은 당연하다고도 할 수 있었다. 자신들의 임무는 어쨌거나 스승의 일을 시행하는 것이었고 그들은 어서 스승의 곁으로 돌아가야 한다. 그런데 저런 한심스러운 말을 내뱉으니 어찌 열이 받지 않겠는가. 진현은 에오로에게 빙긋이 웃어주고는 헤세드의 고삐를 끌어당겼다.

"아니오. 여행은 원래 이런 묘미가 있어야지요. 저희들의 일은 시일을 다투는 것입니다. 어서 원래 세계로 돌아가서 맡은 바 일을 충실히 해야 하니까요."

다른 일행 모두가 고개를 끄덕였고 에오로도 머리를 긁적거리면서 미안하다는 시선을 보내었다. 그리고 진현의 말이 끝난 직후 헤세드를 선두로 하여 말들의 질주는 다시금 시작되었다. 물의 도시 루인으로.

아침 해가 떠올라 앞만 보고 달려가는 그들의 뒷모습을 바라보았다.

Part 6

숲의 수호자

숲의 수호자 1

"니드! 니드, 키엘의 뒤로 가 있어!"

현홍은 에이레이에게 건네받은 대거 두 자루를 양손에 하나씩 쥐고 자신을 향해 날아 들어오는 검을 막았다.

챙!

쇠가 부딪치는 소리가 나면서 손끝이 저릿해져 오는 감각에 눈살을 찌푸렸다. 자신을 향해 검을 들이댔던 복면 사내의 눈썹이 꿈틀거렸다. 아마도 웃는 것이리라. 현홍은 이를 악물며 몸을 지탱하고 있는 다리를 제외한 왼쪽 다리를 들어 그대로 사내의 복부를 걷어찼다. 남자는 그대로 뒤로 비틀거렸지만 그의 뒤로 다시 다른 남자가 뛰어 들어왔다. 대체 몇 명인 거야!

현홍은 그대로 무릎을 구부리고 앉은 채로 오른쪽 다리를 반원형으로 휘둘러 사내의 무릎을 걷어찼고 남자는 비틀거리며 자신의 무릎을 잡고 쓰러졌다. 그의 옆쪽으로는 슈린이 자신의 코트를 벗어 던지고는 한 손은 사내의 어깨를 잡고 또 다른 한 손은 팔목을 잡은 채 팔을 돌려 버렸다. 뼈가 부러지고 엇갈리는 듣기 싫은 소음을 내며 남자는 비명을 올렸고 슈린은 무릎을 구부리고 그대로 사내의 면상을 자신의 무릎에 내리찍었다. 묵묵한 얼굴로 그렇게 하고 있으니 정말로 차가워 보였다. 지금은 남의 목숨을 가지고 소중하다 어쩌다 하는 말 같은 것은 나오지 않았다. 그저 자신의 목숨 하나만 부지하면 다행인 듯해 보였다. 하지만 물의 도시 루인에 도착하기 직전 야영을 하던 도중 일행은 웬 복면의 일당에게 습격을 받았다. 뻔하게도 신전에서 보내온 사람이라는 것은 듣지 않고도 알 수 있는 것.

　진현은 마치 하나의 바람이라도 되는 것처럼 때로는 부드럽게, 때로는 맹렬하게 움직이면서 사내들을 베어갔다. 진현의 검이 길게 은빛 호선을 그으며 아래로 휘둘러지자 그 검의 칼날 아래 서 있던 남자는 막으려는 듯 검을 들어 올렸다. 원래라면 당연히 막아졌어야 할 터. 그렇지만 그대로 검은 두 동강이 났고 어깨에서 배까지 사선으로 갈라지고는 입에서 피를 뿜으며 쓰러졌다. 그대로 검을 뽑은 그는 시체를 뛰어넘고 다음 남자에게 달려갔다. 오지 않으면 자신이 가겠다는 태도.

　언제 다가왔는지도 모르게 진현의 등 뒤에서 달려오던 남자가 칼을 휘둘렀다. 하지만 진현은 그것을 가볍게 피해내고 검의 손잡이로 명치를 찍어낸 후에 어깨를 베어버렸다.

　끔찍스러울 정도로 많은 피가 튀며 팔이 떨어져 나갔다. 진현을 둘러싸고 있던 사내들은 몸을 움찔거렸지만 다시 손에 검을 부여잡고 진현 쪽으로 달려갔다. 그는 피식거리는 극히 경멸적인 미소를 담은 채 사내들 쪽으로 고개를 돌렸다. 한 사내의 손이 전광석화처럼 움직이더니 몇 개의 대거가 진현의 목을 노리고 날아들었다.

 진현은 그대로 고개를 약간 숙인 후에 자신의 검을 휘둘렀다. 눈 깜짝할 시간도 지나지 않아 진현은 앞으로 내달렸다. 그의 검에 부딪힌 대거들이 땅에 뒹굴었다. 사내들은 날아간 것을 쳐냈다는 데에 믿지 못하겠다는 눈치였다. 하지만 사실이고 눈앞에서 일어났다. 마치 표범과도 같은 빠르기로 발을 놀려 사내의 코앞까지 치고 들어간 진현의 검이 은빛 검광을 번득이고 남자를 스쳐 지나자 그는 그대로 앞으로 허물어졌다. 죽이는 것이다, 완전히. 그나마 슈린과 현홍이 상대의 약점을 골라가며 싸우지 못하게 하고 있다고 한다면 나머지 칼을 쓰는 세 명은 사람을 죽이는 목적으로 칼을 휘둘렀다. 에오로는 아직 검술은 부족한 점이 많은지 대충 급소를 피해서 찌르고 했지만 에이레이와 진현은 달랐다. 현홍이 뭐라고 하려 했지만 아마 통하지 않을 것 같았다. 아니, 않을 것이다.

 지금은 싸움을 하는 상황이다, 서로의 목숨을 요구하면서. 이 상태에서 상대방을 죽이지 않고 봐주면서 싸우는 것은 힘들다. 더군다나 지금의 사내들처럼 목숨을 걸고 달려드는 경우는 더 더욱. 그렇지만 현홍은 최대한 사내들을 싸움하지 못할 정도로만 만들면서 싸워갔다. 자신의 등 뒤에서 달려오는 사내의 턱에 뒤돌려 차기를 먹여준 다음 그대로 달려가 무릎으로 면상을 올려 찍고 땅에 내려 섰다. 잠시 쉴 틈도 없이 그대로 그의 옆으로 한 사내가 검을 쥐어 들고 달려왔.

 그렇지만 그 남자는 현홍에게 닿지도 못하고 팔에 나이프 여러 개가 꽂힌 채 땅에 뒹굴었다. 슬쩍 고개를 돌려보니 나이프를 던진 것은 에이레이였다. 그녀는 아무 말도 하지 않은 채 그녀 특유의 재빠른 움직임을 살려 남자들을 베어가고 있었다. 나이프를 던지느라 생긴 빈틈으로 한 남자의 검이 찔러 들어왔지만 그녀는 그대로 공중에서 한 바퀴 몸을 비튼 뒤에 다시 나이프를 집어 던졌다. 그것들은 남자의 가슴에 꽂혔고 사내는 가슴을 움켜쥔 채 땅에 쓰러졌다.

"키엘! 물어뜯지 말고 너는 니드와 같이 있어!"

키엘은 자신에게 오는 사내와 현홍의 외침 사이에서 갈등하는 눈치였다. 그렇지만 자신의 바로 앞까지 달려온 사내에게 달려들며 말 그대로 〈물어뜯지는 않고〉 손톱을 세워 사내의 가슴을 그어 내렸다. 길게 피가 튀면서 남자는 땅에 쓰러졌다. 현홍은 멍한 표정으로 키엘을 바라보았지만 곧 들린 진현의 외침에 정신을 차렸다.

"여기서 정신 놓지 마! 목이 달아나고 싶냐!"

그렇게 외친 진현은 곧 자신을 둘러싸는 두 명의 남자를 향해 소리 없이 달려갔다. 어떻게 달려가는 것인지 발끝에서는 발자국 소리조차 나지 않았다.

차마 마법을 쓸 시간적 여유가 되지 않는 이 상황에서 에오로는 이를 악물며 검을 바로잡고는 옆의 남자의 허리를 베었다.

콰드득!

갑옷에 걸려 검이 멈추었지만 그것으로 되었다. 남자는 헉 하는 신음 소리를 흘리고 그대로 옆구리를 싸쥐며 무릎을 꿇었고, 그 틈을 탄 에오로는 칼자루로 남자의 어깨를 후려쳤다. 남자는 신음 소리도 흘리지 못한 채 앞으로 꼬꾸라졌다. 싸움을 전혀 하지 못하는 니드는 일행들에게 아무런 도움도 되지 못했고, 그래서 그는 검과 검 사이를 요리조리 피해서 나무들에 메어둔 말들 쪽으로 엉금엉금 기어갔다. 한 사내는 말들이 없으면 일행들이 도망가지 못한다는 생각을 했는지 두 손에 검을 들고 말들의 목을 베려 했다.

니드는 기겁을 하며 어떻게 해서든지 말리려고 달려들었다. 그렇지만 그보다 먼저 사내를 제지한 것은 주인을 닮아 점점 성격이 사람같이 변해가는 진현의 말 헤세드였다. 헤세드는 콧김을 푸륵거리며 고개를 거세게 흔들어 나무에 묶여진 고삐를 풀어버렸다. 그리고 그대로 땅을 박차고 앞발을 치켜들었다. 다른 말보다 훨씬 더 큰 거구의 헤세드가 두 발을 들어 올리니 사람의 신장보다 2배는 더해 보였고 남자는 갑작스러운 일에 당황했지만 곧 자신을 향해 내리꽂히는 두 다리를 보고 뒤로 돌아 달려갔다. 하지만 안타깝게도 그는 달리기 실력이 모자란 것인지 그대로 헤세드의 두 발에 깔리고 말았다.

 퍼억!

 둔탁한 소리와 함께 어딘가 부러졌는지 으드득하는 뼈가 으깨지는 소리도 들렸다.

 흙먼지가 자욱하게 피어올랐고 헤세드는 자신의 두 발 아래에 깔린 사내를 보면서 사나운 눈길로 고개를 들었다. 니드는 결국 땅에 주저앉아 버렸고 진현은 헤세드를 보면서 상냥하게 웃어주었다. 말한테 지어줄 수 있는 표정으로는 아마 최상급의 표정일 것 같아 보였다. 진현의 그 마음을 아는 것인지 헤세드 역시 고개를 끄덕이며 맹렬히 앞발로 땅을 긁었다. 그리고 자신을 보는 사내들을 향해 사나운 시선을 되돌려 주었고 남자들은 다시 등을 돌려 사람들 쪽을 달려갔다. 이제 죽어 넘어진 사람도, 어딘가 부러져서 싸움을 할 수 없게 된 사람도 많았지만 그보다 남은 숫자의 사내들이 더 많았다.

 "젠장! 이 숲 전체에 잠복해 있었나!"

 에이레이는 혀를 차면서 얼굴 앞으로 서늘한 기운을 뿜으며 다가드는 검을 보았다. 현홍의 다급한 목소리가 들렸다.

"에이레이!"

그러나 그녀는 그대로 발을 굴러 2m는 더 위에 있을 법한 나무의 굵은 가지를 두 팔로 붙잡았다. 사내는 헛손질을 하며 비틀거렸고 에이레이는 나뭇가지를 잡은 손에 힘을 넣은 후 두 다리를 쭉 편 채 사내의 뒤통수를 걷어차며 땅에 내려왔다. 대체 얼마나 몸이 가벼운 것인지. 입을 뻐끔거리는 현홍을 보며 그녀는 피식 웃어주었다. 전직이 암살자답게 확실히 재빠르면서도 정확히 급소만을 노리는 공격이 주가 되었다. 에오로는 잠시 적들과 간격이 벌어졌을 때 눈을 찌르는 머리카락을 걷어내고 소리쳤다.

"이 자식들, 대체 언제까지 덤빌 셈이야!"

"아마 우리들을 전부 죽일 때까지는 멈추지 않을걸."

차갑게 말을 내뱉은 슈린은 그대로 오른손의 검은 장갑을 고쳐 쥐고 다시 앞으로 돌진했다. 빠른 움직임. 진현과 마찬가지로 큰 키에 어울리지 않게 빠른 움직임이었다. 하나의 바람이 스쳐 지나가는 느낌마저 줄 정도로 싸늘하게 식은 표정이나 굳게 다문 입술에서는 피곤함이라는 것을 찾아볼 수 없었다. 그는 자신의 허리에 매인 끈을 풀고는 달려오는 적의 목에 휘감았다. 그리고는 그것을 한 번 돌린 다음 그대로 메다꽂기.

쾅당!

흙먼지가 팍 하고 튀어 오른 후 남자는 일어날 생각을 하지 않았다. 머리를 땅에 제대로 부딪혔으니 뇌진탕일 것 같았다. 그러나 슈린은 그대로 흐르듯 옆으로 몸을 틀었다. 자신이 있던 자리에는 이미 몇 개의 검들이 꽂혀졌다. 사내들은 이를 갈았고 슈린은 코웃음을 쳤다. 두 손으로 땅을 짚고 물구나무를 선 후 두 다리를 한 남자의 어깨에 걸쳤다. 사내는 흠칫했지만 피할 방도를 궁리할 시간 따위는 없다. 슈린은 몸을 옆으로 비틀었고 남자는 땅에 면상부터 갈렸다.

숨을 돌릴 시간도 없이 다시 적이 달려든다. 이런 식이었다. 한 명을 해치우면 다시 나타나고 쓰러뜨려도 죽을 정도만 아니면 무기가 없어도 달려들었다. 그냥 도장에서 했던 대련이 아니다. 정말로 죽이려고 작정한 눈으로 달려드는 남자들을 보면서 현홍은 치를 떨었다. 죽이려고 작정을 한 것인지, 아니면 죽으려고 작정을 한 것인지 사내들은 거의 실성한 사람처럼 보였다. 마구잡이로 검을 휘두르는 이도 있었다. 진현은 그런 그들을 보면서도 한 치의 흔들림도 없이 검을 베어 들어갔고 그럴 때마다 두세 명의 남자들이 땅에 뒹굴었다.

결국 잠깐의 틈을 타 에오로는 일행들의 후미로 빠졌다. 그는 검을 땅에 꽂은 후 두 손을 모으고 자신이 암기Memory Work했던 몇 안 되는 마법 중 하나를 떠올려야 했다. 마법사의 몸 안에서 마나Mana라는 것은 넘쳐 나는 것이 아니다. 그러므로 이제야 겨우 초보라고 할 수 있는 에오로가 쓸 수 있는 마나의 양은 정해져 있는 것이고, 또한 쓸 수 있는 마법 역시 한정되어져 있다. 상대적인 것이다. 마나와 마법은 서로 저울대의 끝에 올려져 있는 것이라고 생각하면 된다. 그러므로 한쪽에 너무 치우치면 안 되는 것이라는 말이다. 자신에게 정해져 있는 마나 이상의 마법을 쓰면 그대로 지쳐 버리거나 탈진해서 쓰러져 버릴 수도 있다. 에오로는 자신이 알고 있는 마법 중 공격 마법이고 또한 너무 피해 범위가 크지 않은 것을 떠올리려 애썼지만 그것은 그리 쉬운 것이 아니었다. 결국 그는 이를 악물고는 오른팔을 들어 어느 한 지점을 가리키며 입을 열었다.

"에어 버스트Air Burst!"

급하기는 급했던 것인지 평소에 마법을 쓰기 직전에 늘어놓던 말들은 싹 빼먹고 외쳤다. 그리고 그의 검지손가락이 가리킨 지점의 나무는 퍽 하는 소리를 내며 옆으로 쓰러졌다.

쿠구궁.

거대한 울림을 울리며 나무가 두 동강이 나자 그동안에 남아 있던 사내들은 질겁을 하고 뒤로 달려 도망갔다. 지금까지 남아 있었던 것만 보아도 알 수 있듯이 그들은 그저 뒤에서 움찔거렸을 뿐 제대로 된 공격은 하지 않고 눈치만 살핀 사람들이었다. 에오로는 숨을 몰아쉬고 그대로 엉덩방아를 찧으며 뒤로 벌렁 주저앉았다. 진현은 낮게 한숨을 쉬고 검에 묻은 피를 땅에 흩뿌렸다. 한번 그렇게 땅에 휘두르고 나자 곧 검에는 붉은 기조차 묻어 있지 않았고, 마치 지금 닦아낸 것처럼 투명하게 빛났다. 확실히 성격은 이상해도 마법검은 마법검이었다.

뻐근해진 어깨를 주무르며 현홍 역시 바닥에 주저앉았다. 주위에는 온통 시체들과 움직일 수 없게 된 사람들, 그리고 그들이 흘린 피들로 엉망이 되어 있었다. 그의 표정은 비통함에 일그러졌다. 같은 인간으로서 같은 생명을 가진 것으로서 이렇게 서로를 죽여야 된다는 사실에 가슴 아팠다. 니드는 그런 현홍의 표정을 보고는 살며시 옆으로 다가가 무릎을 구부리고 그의 옆에 쪼그려 앉았다.

"너무 그런 표정 하지 마. 어쩔 수 없는 거야. 그들이 살았다면 네가 죽었을 테니까. 슬프지만 그들과 우리의 목표가 서로 반대가 되는 것이었어."

그렇게 말하며 니드는 쓰게 웃었다. 슈린은 땅에 떨어져 있는 자신의 코트를 주워 들고서 옷에 묻은 먼지들을 털어내었다. 그는 무심한 손놀림으로 옷을 털어내다가 에오로에게 고개를 돌리며 퉁명스럽게 말했다.
"급하긴 급했나 보구나. 전음소音도 빼먹고 마법을 시전하다니."
"응?"
현홍이 궁금하다는 얼굴로 슈린을 올려다보았고 그는 에오로에게 다가가며 말을 이었다.
"전음이라는 것은 마법을 완전하게 하기 위한 일종의 마법 언어라고 생각하시면 됩니다. 그것을 말함으로 하여 마법이 더 곧고 온전하게 시행이 되지요. 지금을 보면 아시겠지만 에오로는 그것을 빼먹고 마법을 시전하여 지금처럼 극심한 피로에 시달리고 있습니다. 마나가 완전히 몸을 돌지 않았는데도 마법을 썼기 때문이지요. 맨 처음 마법사가 되기 위하여 배우는 것 중의 하나가 바로 이것입니다. 잘못하면 얼마간은 마법을 쓸 수 없는 상황에까지 이르게 되니까요. 물론, 방금 전 에오로처럼 그대로 말을 해도 되기는 하지만 그것은 상당히 숙련이 된 고급의 마법사가 아니면 웬만하면 해서는 안 되는 것입니다. 그렇게 되면 작은 종류의 마법을 쓰고서도 에오로처럼 뻗어버릴 수도 있지요."
슈린은 간단하게 말했고 현홍은 고개를 끄덕였다(사실은 슈린의 말 중에 몇 글자만 이해했을 뿐이다). 그리고 다시 걱정스러운 눈으로 아직까지 숨을 몰아쉬며 헉헉대고 있는 에오로를 보았다.
"괜찮은 거야? 그럼, 그렇게 되면 어떻게 되는데? 마법을 못 쓰는 거야?"
"아니, 그것은 아냐. 다만 오늘 하루는 쉬어야 할걸. 에오로는 아직 초보이니까."
대답을 한 것은 니드였다. 그는 마법을 쓰는 사람은 아니었지만 대

마법사라고 불리는 이를 친구로 알고 있었기에 웬만한 지식은 전문 마법사보다 더 잘 알고 있었다. 그렇지만 마법사라는 것이 노력도 필요로 하지만 재능도 필요로 한 것이었고, 니드는 자신이 재능이 없어서 마법사가 되지 못했다고 말했다. 진현은 운을 몇 번 허공에서 돌린 뒤에 검집에 꽂았고 일행들 쪽으로 다가왔다. 에이레이 역시 입에 물고 있던 대거를 한 손에 받아 들고 허벅지에 매어두고 있던 검집에 꽂아 넣었다. 그녀는 주위를 경계하는 표정으로 숲 안쪽을 두리번거리고는 곧장 일행들에게 말했다.

"언제 다시 올지 모르니까 우선은 야영지를 바꾸는 것이 좋겠어. 피곤하겠지만 어쩔 수 없지."

에이레이의 말에 다른 사람들은 전부 깊은 한숨을 지었지만 그녀의 말이 백 번 옳기에 바닥에 드러눕듯이 한 에오로를 부축하여 말에 올랐다. 그리고 현홍은 아직까지 피 냄새에 흥분해 있는 키엘을 다독거려 말에 태웠다. 진현은 그때까지도 한 남자를 발에 깔고 서 있던 헤세드의 목을 자상하게 토닥여 주었다. 그들은 주위를 경계하며 숲의 바깥쪽으로 말들을 몰았고 슈린은 지친 에오로와 함께 자신의 말을 타고 다른 한 손으로는 리젠트의 고삐를 끌었다. 그렇지만 이번에는 일행들을 습격할 생각이 없는 것인지 아니면 죽어 넘어진 자들의 숫자가 많아서 정비를 하는 것인지 그날 밤이 다 가도록 적들은 나타나지 않았다.

*   *   *

검은 로브의 마법사는 여전히 그 빙글거리는 웃음을 지으며 자신의 앞에 무릎 꿇고 있는 남자를 내려다보았다. 방 안은 예전의 하이 프리스트라는 남자의 방과는 사뭇 분위기가 달랐다. 마치 지하실이라도 되는 것처럼 퀴퀴한 냄새가 코를 찔렀고 벽면을 가득 메운 장식장에는 엄청난 양의 책들이 꽂혀 있었다. 천장에 있는 나무 샹들리에의 불꽃들이 작은 소리를 내며 양초를 갉아먹었다. 벽의 한편에 걸려져 있는 붉은 천에는 역으로 된 오망성五芒星이 금색의 실로 새겨져 있었다. 커다란 책상 위에는 성인의 주먹보다 두 배는 커 보이는 크리스탈 볼이 보라색 벨벳 위에 가지런히 놓여져 있었다. 그리고 붉은 물이 팔팔 끓고 있는 유리 그릇이나 냄비 등도 보였다. 화려해 보이는 금색의 촛대에 꽂힌 양초들은 밝은 빛을 내며 타 내려갔다.

온통 황금색 아니면 붉은색과 검정색 일색이었다. 안은 수많은 물건들이 즐비하게 늘어져 있었지만 더럽다거나 혼란스러운 분위기는 아니었다. 오히려 이 수많은 물건들을 어쩌면 이렇게 정리 정돈을 잘했는지 의문일 정도로 깔끔하게 보였다. 햇빛은 들지 않았지만 벽 한 면에 작게 나 있는 창으로는 달빛이 스며들고 있었으므로 반지하라는 것을 알게 해주었다. 붉은 카펫이 깔린 바닥에는 한 명의 남자가 머리를 땅에 박고 부들거리며 떨고 있었고 마법사는 그 모습을 재미있다는 듯이 지켜보았다. 그는 화려하게 금과 보석 등으로 장식된 대거를 이리저리 돌리면서 혼잣말을 하듯 말했다.

"실패하였다? 미안하지만 제가 알고 있는 단어에는 실패라는 단어는 없는데 말입니다."

"죄송합니다! 죄송합니다! 그, 그 녀석들은 생각 외로 프로였습니다! 그래서……!"

"변명은 필요없습니다."

숲의 수호자

단호하게 말하는 그의 말에 무릎 꿇고 있는 남자의 얼굴은 사색이 되었다. 그는 얼굴에서 비가 오듯 땀을 쏟아내었다. 그는 얼른 다시 고개를 조아리며 소리치듯 말했다. 그렇지만 목소리는 그렇게 높지는 않았다.

"제발, 제발, 다시 한 번만 기회를 주십시오! 이번에는 반드시 그들의 목을 가져오겠습니다!"

흐응 하는 작은 소리를 내며 마법사는 한쪽 눈을 샐쭉거렸다. 그는 한 손에 든 대거를 얼굴까지 들어 올리며 낮게 말했다.

"한 번 실패한 사람이 두 번 실패를 안 한다는 보장은 없지 않나요? 뭐, 이제 당신에게는 볼일이 없으니 그만 돌아가서 쉬시길 바랍니다."

다정하게 말하는 그를 보며 남자는 얼른 고개를 다시 들어 올렸고 입가에 미소를 띠올렸다.

"감사합니다! 감사합니다! 어둠의 사자님!"

그는 마법사의 변덕으로 다시 말을 번복할 것이 두려운 것인지 그 자리에서 벌떡 몸을 일으켜 뒷걸음질치며 문이 있는 계단까지 걸어갔다. 그때까지도 어둠의 사자라고 불린 마법사는 그저 손에 든 대거를 만지작거릴 뿐 아무런 행동도 취하지 않았다. 바로 몇 계단만 올라가면 마법사가 있는 방을 벗어난다는 생각에 안도의 한숨을 내쉰 남자가 몸을 돌렸다. 그의 오른발은 이미 성급하게 계단 하나를 밟고 올라서 있었다.

푹!

살이 꿰어지는 나직한 소리가 들리며 그의 몸은 계단을 벗어나 방바닥을 뒹굴었다. 머리에는 마법사가 만지고 있던 대거가 꽂혀져 있었다. 그것은 머리를 뚫고 나가 이마를 관통했다. 눈은 자신이 당한 일을 믿을 수 없다는 듯 커다랗게 떠져 있었고 입속에서는 한줄기 피가 흘러나왔다.

그 모습을 보며 책상의 한 모퉁이에 앉아 있던 마법사는 빙긋 웃었다.

"제가 돌아가라고 한 곳은 지옥입니다. 편히 쉬시길."

끼익.

그의 말이 끝난 직후 마법사의 방으로 들어오는 굵은 나무문이 조심스럽게 열렸다. 역광에 의해 모습이 잘 보이지는 않았지만 몇 걸음 계단을 내려온 그는 곧 움찔하며 멈추어 섰다. 약간 그을린 피부와 하얗고 화려해 보이는 로브. 무엇보다 약간은 고약해 보이는 눈매를 가진 그는 지아루에 위치한 네그라스 신전의 하이 프리스트였다. 마법사는 그를 보면서 웃어 보이며 몸을 일으켰다.

"어어, 이 시간에 웬일이신가요, 하이 프리스트 아리오?"

〈하이 프리스트〉라고 말하는 그의 어투에는 충분히 조소적인 느낌에 배어져 나왔고 그것은 아리오라고 불린 그의 눈가를 꿈틀거리게 만들기에 충분했다. 그렇지만 그는 애써 얼굴에 불쾌한 감정을 지우며 계단을 통해 방으로 들어섰다. 그는 계단 근처에서 뒹구는 남자의 시체를 보았고 미간을 찌푸리며 마법사에게 말했다.

"일은 실패했나 보군."

"뭐, 그렇게 된 것 같군요."

어깨를 으쓱거린 후 그는 천천히 달빛이 방 안으로 스며져 들어오는 창가 근처로 걸어갔다. 살랑거리는 바람이 한순간 방 안에 불었을까? 잠시 달빛이 가려지나 싶더니 작은 그림자 하나가 창을 통해 방 안으로 날아 들어왔다. 아리오는 몸을 꿈틀거리며 한 발자국 뒤로 물러섰지만 마법사는 그대로 가만히 서서 입가에 미소를 퍼뜨렸다. 그는 누가 보기에도 호의적인 태도로 약간 팔을 벌린 상태였다. 그리고 그의 품으로 날아든 무언가는 검은 까마귀였다. 탐스러운 검은 날개를 가진 그것은 곧장 마법사에게 날아와 그의 팔에 앉았다. 그것을 본 아리오는 다시 얼굴을 잔뜩 찌푸렸고, 조용히 물었다.

"그… 그 까마귀는?"

마법사는 조용히 고개를 돌리며 대답했다. 까마귀는 마법사가 움직이자 잠깐 비틀거렸지만 곧 날개를 펼치고 날아올라 그의 어깨에 앉았다.

"이 아이는 제가 패밀리어Familiar로 쓰는 아이입니다. 굉장히 똑똑한 녀석이지요."

마치 부모가 자식의 자랑을 하는 듯한 말투였지만 아리오는 탐탁지 않은 표정으로 의자 하나를 끌어다 앉았다. 마법사는 손가락을 들어다 까마귀의 부리를 만져 주었고 까마귀는 기분이 좋은 듯 연신 깍깍거리며 울어댔다. 그러고는 곧 부리를 마법사의 귓가에 가져다 대고는 낮게 울었다. 마법사는 마치 인간의 말을 듣는 것처럼 유심히 그 까마귀의 울음소리에 정신을 집중하는 듯했고 빙긋 웃으며 까마귀의 머리를 만져 주었다.

"이 신전의 비밀을 알고 있는 인간들은 지금 물의 도시 루인으로 향하고 있다고 하는군요. 아마도 내일이나 모레쯤이면 그 도시에 다다를 것 같다고 합니다. 오늘 당신 부하들 덕분에 일행들의 발이 묶여서 속도가 감속되었다고 하네요."

"감시 역할이 되는 패밀리어인가 보군."

"물론이지요. 패밀리어라는 것은 원래 하인을 뜻하는 것이니까요."

그렇게 말한 그는 곧 까마귀에게로 고개를 돌렸다.
"나중에 다시 부를 테니 너는 계속해서 그들의 동향을 살펴다오."
까마귀는 짧게 울더니 다시 날개를 펼치고 날아 창밖으로 사라졌다. 그는 손가락을 꼼지락거리며 천천히 걸음을 옮겨 아리오 쪽으로 걸어갔다. 그의 행동에 아리오는 몸을 꿈틀거리기는 했지만 의자에 가만히 앉은 채 눈동자만 돌려댔다. 마법사는 천천히 그에게 다가오더니 허리를 굽히며 아리오의 얼굴을 응시했다.
"이제 제가 물을 차례인 듯하군요. 보수는 준비해 두셨는지요? 신성한 동물들의 자식들 말입니다."
친절히 묻는 그를 보며 아리오는 눈썹을 움찔하고 고개를 끄덕였다. 마법사는 생긋 웃으며 허리를 폈다.
"만약 당신이 정말로 위대한 프리스트나 마법사라고 하면 어쩌면 저는 당신의 밑에서 당신을 존경하며 일할 수도 있겠지요. 주종主從 관계로 말입니다. 그렇지만 당신은 그런 사람이 아니지 않습니까? 그러니 정당히 저는 당신이 저를 불러낸 보수를 받고 일할 뿐입니다. 명심하십시오. 저와 당신은 노사勞使 관계입니다. 만약 보수가 없을 시에 저는 마계로 돌아가거나……."
그는 말을 길게 늘이며 등을 돌렸다. 아리오는 식은땀이 흐르는 것을 아는 것인지 부들거리는 소매를 들어 땀을 닦아냈다. 그의 표정은 파리하게 질려진 채였고 마법사는 빙글 고개를 돌렸다. 그의 검은 머리카락이 촛불을 받아 붉게 물들어 있었고 그의 두 눈동자 역시 마찬가지였다. 사락거리는 옷자락 스치는 소리가 방 안을 잠시 가득 메우다 사라졌다. 마법사는 몸을 돌리고 다시 아리오를 보며 말을 이었다.
"아니면 당신의 영혼을 보수로 받아내겠습니다. 그렇지 않으면 이곳까지 온 이유가 없으니 말입니다. 보수가 마음에 들어서 왔으니 제대로 받아내야겠지요. 아니면 제 이름… 사르가타나스의 이름에 먹칠을 하게 되는 일이니까."

　　　　　　＊　　　　＊　　　　＊

　싸움이 일어난 곳에서 몇 시간쯤 거리를 두는 곳에 다시 묵기로 한 일행들은 말들의 고삐를 나무에 묶고 짐을 풀었다. 그렇지만 한 번 습격을 당한 후라서 쉽사리 잠이 오지 않는다는 얼굴들이었다. 나뭇가지들을 끌어 모아 모닥불을 지핀 진현이 일행들을 돌아보면서 말했다.
　"잠을 자두시는 것이 좋을 텐데요? 루인까지 도달하려면 아직 이틀이라는 기간이 더 남았습니다. 운이 나쁘면 사흘은 걸릴 수가 있겠지요. 그 녀석들이 다시 공격해 오기 전에 약간의 시간이라도 푹 자두시는 것이 좋을 겁니다. 아마 루인에 도착하기 전에 한 번이나 두 번쯤은 다시 공격해 올 듯싶군요."
　그렇지만 다른 일행들은 몸을 움찔거리며 모포를 이리저리 만질 뿐 별달리 잠을 자려는 태도는 아니었다. 다만, 무리하게 마법을 시행하여 몸에 피로감이 쌓인 에오로와 키엘만이 모포 속으로 쓰러지듯이 들어가 잠을 청했다. 현홍은 그런 에오로를 슬쩍 보고는 다시 고개를 들어 니드와 슈린을 번갈아 바라보았다. 그리고 손에 들린 나뭇가지를 부러뜨려 모닥불 속으로 집어 던지며 질문했다.
　"마법이라는 것이 함부로 쓰면 안 되는 거구나. 나는 조금 더 다르게 알고 있었는데. 그냥 배우기만 하면 무조건 쓸 수 있고 조절도 가능하고."

슈린은 아무 말 없이 니드를 바라보았고 니드는 빙긋 웃었다. 에이레이 역시 마법에는 아는 것이 거의 없었기에 슬며시 모닥불 쪽으로 시선을 돌리며 대답을 기다렸다. 진현은 운을 뽑아서 마른 거즈로 닦으며 이야기를 들었다. 두 손을 모아 무릎 위에 올리곤 니드는 마치 화롯가에서 옛날이야기를 해주는 것 같은 목소리로 나긋하게 대답했다.

"글쎄, 마법이라는 것이 그렇게 일방적이지가 않으니까. 마법은 상대적이야. 주술과도 같은 것이라고들 하는데 나는 아직 그쪽까지는 잘 모르겠고, 마법을 씀으로써 자신에게 파장이 돌아오는 수도 있다는 말이겠지. 무언가를 맞추지 않으면 쓸 수 없는 것이기도 하고. 마법은 저울대와 같아. 마법사 자신이 가진 마나의 양과 마법이 필요로 하는 마나의 양이 일치해야만 원하는 마법을 쓸 수가 있어. 예를 들어볼까? 그러니까 간단하게 차를 끓이려면 필요한 것이 있지. 물과 찻잎. 마나는 이 중에서 물이라고 생각하면 돼. 그리고 나머지 전음이라던가 룬 어를 다루는 것은 찻잎과 같은 부수적인 것에 해당하겠지. 비유가 조악해서 미안하지만 맛있는 차를 끓이려면 적절한 물과 맛있는 찻잎이 있어야 해. 아무리 찻잎이 좋아도 물이 없으면 아무런 소용이 없어. 그 반대도 마찬가지이고. 이 마나라는 것은 자연에 있는 일종의 자연력과 같은 것인데 우주를 이루고 있다고들 해. 초자연력과 같은 것이지. 인간의 힘을 초월한 무엇 말이야. 마법 역시 확실히 보통의 인간이라면 쓸 수 없는 것이잖아? 물론 이 마나라는 것은 인간과 자연, 그 밖의 생물들에 모두 닿아 있어. 자연력이니까. 그렇지만 인간들 중에서 마법을 쓰는 사람이 그렇게 흔한 것이 아니듯이 마나를 운용한다는 것은 아주 어렵다고 봐. 만약에 마법이라는 것이 쓰기 쉬우면 일찌감치 이 세계는 마법사들로 넘쳐 났을걸?"

기나긴 일장 연설과도 같은 그의 말에 현홍은 눈가를 꿈틀거리며 고개를 끄덕였다. 장황한 말이기는 했지만 설명이 간단해서 에이레이는 알아들었다는 듯 고개를 끄덕이며 다시 물었다.

"그러니까 마법이라는 것은 상대성의 법칙이라는 거로군."

"그렇습니다, 에이레이. 마나라는 것은 절대로 절대성이 될 수가 없지요. 한 방향으로만 흐르는 것이 아니고 그 마나가 닿아 있고 관련되어 있는 것이 수도 없이 존재하며 서로서로 공유하거나 보완하는 작용을 하니까요. 절대적인 진리라는 것이 통용되지 않는 것이 바로 마법입니다. 절대성은 한 방향으로 흐르며 무언가 기준이 되는 것이 있지만 마법은 그렇지 못하지요. 물이 흘러가거나 바람이 부는 모습에서도 마나를 알 수가 있습니다. 바람은 여러 방향에서 휘몰아칠 때가 있고 반대로 또한 일정한 방향으로 불 때도 있지요. 물 역시 마찬가지입니다. 흘러가기는 하지만 중간에서 뿌리를 내려 다른 쪽으로 흘러가거나 강하게 급류를 탈 때도 있습니다. 그리고 이들의 공통점은 바로 멈추지 않는다는 것입니다. 멈추어 있으면 물은 썩습니다. 마나 역시 그렇습니다. 한곳에 얽매여 있다면 마나는 마나가 아니게 되어버립니다. 자연력은 한곳에 가두어질 수 없는 것이죠. 마법사들 역시 이런 것에 주의하고 마나를 사용하지만 종종 자신의 몸에 마나를 가두어둘 때가 있습니다. 그럴 경우에는 역류하거나 안 좋은 방향으로 폭발할 수도 있어요."

멍하게 두 눈을 뜨고 현홍이 바라보는 가운데 진현이 운을 닦던 손을 멈추고 나직이 말했다.

"절대적인 진리는 없으며 진리나 정의라는 것은 나름대로에 의해서 결정되는 것이라는 말과 비슷하군요."

"아, 그렇다고 할 수 있지요."

니드는 눈을 몇 번 깜빡이고 고개를 끄덕였다. 현홍은 진현의 말에 고개를 갸웃거리며 되물었다.

"그거 어디선가 들었던 말과 비슷한 것 같은데?"

"상대주의의 개념이야. 절대적으로 올바른 진리란 있을 수 없고 올바른 것은 그것을 정하는 기준에 의해 정해지는 것이라는 주장."

"헤에, 그 말 왠지 마음에 든다."

무릎을 모으고 앉아서 빙긋 웃는 현홍을 보며 진현은 짧게 한숨을 내쉬었다. 그리고 고개를 들어 미풍에 살랑거리는 머리카락을 쓸어 넘긴 후에 조용히 말했다.

"감성적으로는 마음에 들지만 이성적으로는 싫어. 그 주장 그대로 사회에서 무언가를 법으로 정한다면 그것은 그대로 정의가 되어지는 것 아니냐? 그 법이 많은 사람들에게 부당하고 안 좋은 악법이라도 말이다. 그 기준이라는 것이 모호하니까. 살인자가 살인이 자신의 정의라고 말한다면 어쩔 건데?"

"아, 그건……."

차갑게 내뱉는 진현의 말에 현홍은 입을 다물어 버렸다. 그것은 다른 이들 역시 마찬가지였다. 에이레이는 서슬이 시퍼런 대거를 뽑아서 그 날을 손가락으로 만지고 있었다. 마치 손가락을 베어버릴 것만 같아서 보는 사람으로 하여금 가슴 조리게 만드는 장면이었다. 그렇지만 그녀는 마치 장난감이라도 만진다는 식으로 아무렇지도 않게 만지고 있었다. 모닥불의 불꽃들이 검푸른 하늘로 날아 올라가다 곧 사라졌다. 바람에 위해 뜯겨진 풀잎들이 하늘 위로 휘몰아치고 다시 떨어져 내렸다. 슈린은 고개를 살며시 들어 밤하늘을 올려다보았다. 그대로 빛이 되어 쏟아져 내릴 것만 같은 무수히 많은 별들을 보면서 그가 조심스럽게 입을 열었다.
"그것이 자신의 정의와 신념에 위배되지 않는다면 별로 제지를 하고 싶지는 않습니다. 그렇지만 살인이라는 것 자체가 제 신념과 반대되는 일이니 그때에는……."
슈린은 말을 멈추고 고개를 내렸다. 아마도 그는 조금 전에 있었던 에이레이와 진현, 에오로의 행동에 약간은 불만을 가지는 눈치였다. 에이레이는 그저 가만히 슈린을 응시했고 진현은 쓰게 웃으며 말했다.
"슈린 군은 싸움에서 저나 다른 분들이 적들을 죽이는 것에 대해서 불만이신가 보군요."
"부정하지는 않겠습니다. 아니, 솔직히 말씀드려서 그렇습니다."
"자신의 목숨을 지키기 위하여 타인의 목숨을 빼앗는 것이 부당하다는 말씀인지요?"
슈린은 살며시 고개를 저었다.
"그렇다는 것은 아닙니다. 하지만 당신과 같은 솜씨라면 죽이지 않고도 그들이 다시는 덤비지 않게 할 방법을 알고 계셨을 텐데요?"
싸늘한 어조로 말하는 그를 보며 진현은 고개를 끄덕였지만 대답은 하지 않았다. 부정도 아니고 긍정도 아니다. 얼마쯤 지났을까. 슈린은 말없이 모포 속으로 들어가 잠을 청했다. 니드 역시 어려워진 분위기에 잠시 머뭇거리다가 곧 모포 속으로 들어가 버렸다. 불길에 그슬려 탁탁 소리를 내며 재로 사라져 버리는 연약한 나뭇가지들을 보면서 남아 있는 사람은 이제 세 명이었다. 현홍은 피곤함에 약간 졸음이 오기는 했지만 종종 뺨을 스치고 사라지는 밤바람 때문에 잠이 깬다는 표정이었다. 그는 모포를 끌어다 후드처럼 그대로 머리에 뒤집어쓰고 무릎을 모아 끌어안았다. 에이레이는 종종 나뭇가지들을 부러뜨린 후에 모닥불 속에 집어 던지기를 반복할 뿐이었다. 진현은 한 손을 들어 턱을 괴고 곰곰이 생각하는 표정이 되어 반대 편의 어두컴컴한 숲 안쪽을 바라보았다. 숲은 마치 거대한 구덩이처럼 끝도 보이지 않았고 종종 그 속에서 들려오는 괴상한 소리에 몸을 흠칫 떨게 만들 정도였다.

"저렇게 말하는 것은 아직 어려서이겠지."

가만히 손에 들린 나뭇가지들을 만지고 있던 에이레이가 입을 열었다. 작은 목소리. 극히 작은 목소리여서 밤바람에 흩어져도 이상할 것이 없을 정도였다. 고개를 숙이고 자신의 발끝을 보면서 무언가 중얼거리던 현홍이 고개를 슬며시 들었다. 모포 아래로 나온 하얀 얼굴이 모닥불의 빛으로 인해 붉게 물들어 있었다. 그는 아무 말 하지 않고 그 다음에 이어질 말을 기다리는 사람처럼 가만히 그녀를 응시했다. 그의 예상대로 잠시간의 시간이 지난 후 에이레이는 다시 입을 열었다. 나뭇가지의 양 끝을 붙잡아 단숨에 부러뜨린다.

딱.

"세상이 그렇게 마음먹은 것처럼 간단하게 이루어진다면 불행한 사람도 없을 거야. 어차피 그들은 살아서 돌아가도 벌을 면치 못할 것을. 분명 죽이지 않고 살려줄 수도 있었지만 그들은 주인의 명을 받아서 우리들을 해치우기 위해 먼저 검을 들이댔어. 그들은 우리를 죽이는 것이 목표였고 우리는 목숨을 부지하는 것이 목표였지. 두 가지 목표가 서로 충돌하면 남는 것은 강한 거다."

"…잔혹해."

현홍은 고개를 푹 숙였고 모포를 끌어다 품에 안았다. 에이레이는 아무런 말도 하지 않았지만 그녀의 표정은 많은 것을 말하는 듯했다.

현홍을 발을 몇 번 까닥거리다가 고개를 들었다. 그의 표정은 무어라 설명할 수 없을 정도로 침울하게만 보였다. 진현은 그런 그를 쳐다보지도 않은 채 손을 놀려 운의 검신을 닦았다. 그렇지만 잘 듣고 있을 것이다, 대화를. 자신의 귀에 들리는 모든 것을.

밤 기운 때문인지 아니면 아랫입술을 깨물고 있어서인지 현홍이 입술은 파리하게 질려 있었다.

"알아. 그게 어쩔 수 없는 법칙이나 마찬가지라는 것. 그렇지만 아냐… 내 목숨도 타인의 목숨도 같은 생명이야. 길가에 피는 들꽃 하나도 무시될 수 없는 생명. 찾아보면 다른 방법도 반드시 있을 거야. 그러니까… 죽이지 말아줘, 제발."

"……."

"생명은 누구나 살 권리가 있는 거야. 자신이 살아남음으로써 타인을 죽인다는 것은 말도 안 돼. 두 가지의 존재가 함께 살 수 있어. 빛과 어둠처럼. 하나가 없으면 다른 하나도 없잖아."

물기 가득 묻어나는 목소리로 낮게 말한 현홍은 다시 입을 다물었다. 아랫입술을 질끈 깨무는가 싶더니 곧장 뒤집어쓰고 있는 모포를 땅에 깔고 누워 버렸다. 에이레이는 현홍의 숨소리가 낮아지자 조용히 고개를 돌려 진현을 쳐다보았다. 그는 씁쓰름한 미소를 지으며 어깨를 으쓱거렸다. 작게 한숨을 내뱉은 에이레이가 퉁명스러운 어투로 말했다.

"어린아이가 또 한 명 있었군. 나이에 걸맞지 않게 어린아이가."

그 말에 진현은 실소를 머금었고 한 손에 들고 있던 거즈를 접으며 밤하늘을 올려다보았다. 광막해 보이는 검은 밤하늘을 푸르게 밝혀주는 것은 하나의 달빛과 무수히 많은 별들이었다. 푸르스름하게 비치는 달빛은 숲 전체를 에워쌌고 그것은 숲을 돌아 사람들의 마음도 물들여 주었다. 서늘한 칼날보다 더 차갑게 마음을 식혀주는 그 달을 우러러 보면서 진현이 입가에 미소를 지우지 못한 채 입을 열어 말했다.

"신에게 가장 가까운 것은 어린아이. 그런 의미에서 저 녀석도 신에게 가장 가까운 것이 아닐까 합니다. 어쩌면 모르지요. 저 방식이 가장 신이 원하는 방식일런지도. 아니, 우주가 원하는 방식일지도."

그의 말은 많은 의미를 담고 있었으나 에이레이는 그 속까지 알 수는 없었다. 그녀는 그저 별들이 비쳐 아름답게 반짝이는 짙은 에메랄드 눈동자로 진현을 지그시 바라볼 뿐이었다.

날이 밝아 아침이 올 때까지 그들을 습격했던 일당들은 다시 공격해 오지는 않았다. 현홍은 아침잠에서 덜 깨어서 니드에게 한참 동안이나 어깨를 털리는 사건이 발생했다. 그리고 그렇게 했음에도 불구하고 세수를 하기 위해 떠놓은 그릇의 물에 얼굴을 박고 그대로 잠이 들어 일행들을 펄쩍 뛰게 만들었다. 그럼에도 불구하고 그는 결국 다른 일행들이 아침 식사를 마칠 직전이 되어서야 완전히 잠에서 깨어났다.

다른 일행들은 전부 아침 식사를 일찍 마치고 짐을 꾸리는 데 반해 현홍은 여전히 포크를 놓지 않았다. 점점 시간이 지체되어 감에 따라 진현의 표정도 점점 굳어갔고, 그는 한심스럽다는 목소리로 현홍을 질책했다.

"어서 먹어. 빨리 루인에 도착하는 것이 안전하단 말이다."

"쳇, 너무 구박하지 마."

그럼에도 불구하고 현홍은 끝내 남은 음식을 모두 먹어치웠다. 진현은 진저리를 쳤고 일행들은 웃으면서 말에 올랐다. 어젯밤의 딱딱했던 분위기는 남아 있지 않았다. 슈린은 그 나름대로 무표정한 얼굴 그대로였고 현홍도 니드도 일상의 모습 그대로였다. 키엘은 아직 잠 기운이 남아 있는지 연신 눈가를 비벼댔고 니드는 그 모습을 보면서 생긋 웃고는 자신의 등 뒤에 태웠다. 완전히 해가 다 떠오르지는 않았지만 날씨는 꽤 상쾌하게만 느껴졌고 전날 밤 습격을 받은 일이 꿈처럼 느껴졌다. 뭐가 꿈이고 뭐가 현실일까? 이런 생각이 절로 나게 할 만큼 좋은 날씨였다. 하늘을 바라보면서 〈오늘은 좋은 일이 있을 것만 같아!〉라고 소리쳐도 아무도 뭐라고 하지 못할 만큼. 말에 올라앉아 다른 일행들이 말에 타는 것을 가만히 응시하던 에오로가 갑자기 한 손을 들어 머리를 긁적거렸다. 그리고 작은 목소리지만 그 뜻은 분명하게 전달될 수 있을 정도의 목소리로 말했다.

"어, 저기… 어제 일을 생각해 보니까 말이죠, 아무리 덤비는 사람들이라고 해도 목숨을 빼앗는 것은 조금 심한 것 같다는 느낌이 들었거든요. 그러니까 말이지요……."

에오로는 뭔가 할 말이 있지만 쉽사리 하지 못하겠다는 사람의 면모를 그대로 보여주며 당황한 표정을 지었다. 에이레이는 입술의 가장자리를 살짝 끌어 올려 웃었고 진현도 살며시 고개를 끄덕이며 에오로의 말을 대신 받아서 끝맺음 지었다.

"에오로 군이 하고자 하는 말이 무엇인지 잘 알겠습니다. 다음부터는 검집을 씌우고 싸우도록 하지요. 됐습니까?"

빙긋 웃으며 말하는 그를 보면서 에오로는 멋쩍은 웃음을 지으며 끄덕였다. 니드 역시 피식 웃고는 고삐를 놀려 말을 출발시켰다. 말들은 고개를 흔들면서 발걸음을 옮겼다. 그렇지만 언제 어디서 습격해 올지 모르는 상황이었으므로 말들의 속력은 최대로 하지 않고 속보로 뛰게 했다.

　바람 스치는 소리가 기분 좋게 들렸다. 나무들이 빠르지만 그 형태를 볼 수 있을 정도로 옆을 스쳐 지나갔다. 어느 정도 말을 달리니 왼편으로는 시원해 보이는 강물이 모습을 드러냈다. 조금 거리가 떨어져 있었지만 그 위용이 줄어들지는 않을 정도로 커다란 강이었다.
　한마디로 일행들은 오른쪽에는 산맥, 왼쪽에는 강물을 끼고 사이로 난 커다란 대로를 통해 달리고 있었다. 산맥이라기보다는 절벽에 가까운 모양이었다. 현홍은 녹색의 푸른 장관에 넋을 잃고 아슬아슬하게 말을 몰았다. 이런 곳이라면 앞이나 뒤가 아니고서야 공격을 할 수 없는 지형이라서 조금은 여유를 가질 수 있었다.
　바람에는 더운 기운이 묻어났다. 여름이니까 당연할 정도로 해는 예전과는 다르게 사뭇 뜨거운 빛을 내뿜었고 바람 역시 더운 열기가 묻어날 정도였다. 그렇지만 아직은 상쾌한 기분으로 말을 몰 수 있을 정도였다. 뜨겁다기보다는 해가 완전히 머리 위로 오르지 않아서 따뜻함에 가까운 기분을 느끼며 일행들은 바람을 타고 달렸다. 진현은 주위를 둘러보고는 공격을 당할 가능성이 적다고 생각했는지 헤세드의 속력을 조금 더 높였다. 그 뒤를 따라 달리고 있던 말들 역시 주인의 명령 없이도 헤세드에 맞춰 속력을 높여 달려나갔다.
　시원하게 뺨을 할퀴는 바람을 맞으며 그들은 어느새 산맥을 빠져나갔다. 푸른 숲이 지나가고 눈앞에 보이는 것은 널따란 초원이었다.
　"우와!"
　현홍은 절로 탄성이 나오는 것을 참지 못했고 그것은 다른 이들 역시 마찬가지였다. 시리도록 푸른 하늘이 눈을 아프게 만들 정도였고 하늘색 수채화 물감을 물에 타놓은 것 같은 그 하늘에는 하얀 구름들이 바람에 이리저리 움직거리고 있었다. 말 그대로 푸른 빛깔로 반짝거리는 지평선이 보이는 초원에 그 중간으로 길고 긴 대로가 나 있었다. 영화 속의 한 장면을 보는 것과 같은 장면. 대로의 양쪽 길가에는 가로수를 일부러 심어놓은 것인지 3미터는 족히 되어 보임직한 나무들이 바람에 그 잎사귀들을 살랑거렸다. 일행들은 자신들도 모르게 말의 고삐를 느슨하게 잡고 속도를 늦추었다. 말들은 터벅터벅 걸어갔고 사람들은 눈을 크게 뜨고 대초원의 기운을 만끽했다.

초여름 특유의 싱그러움도 나무들과 풀잎들이 가장 큰 빛을 받았을 때의 모습. 코끝을 간지럽게 하는 나무들의 냄새가 기분을 좋게 만들었다. 이런 곳을 제대로 감상하지 못하고 가면 성에 차지 않는다는 듯 현홍은 고개를 이리저리 돌리며 초원을 바라보았다.

정원의 잔디처럼 잘 다듬은 것 같은 풀들이 펼쳐져 있었고 나무들도 듬성하게 자라나 있었다. 아프리카의 대초원과 비슷한 이미지일까? 열기만이 다를 뿐 풍경은 거의 비슷해 보였다. 말들 역시 한참을 달리다가 그나마 걸어가는 것이 좋은지 경쾌한 걸음걸이로 걸어갔다. 대략 몇백 미터는 걸어간 일행들의 눈에 사다리를 세우고 나무들을 돌보고 있는 남자가 비쳤다.

그는 밀짚모자를 쓰고 허름해 보이는 셔츠에 두꺼운 천으로 된 멜빵바지를 입고 있었다. 혼자서 높다란 나무의 가지를 쳐내는 모습이 힘겨워 보이기는 했지만 즐거워하는 미소가 걸려져 있었다.

커다란 가지치기용 가위를 들고 나뭇가지들을 손질하고 있던 남자는 갑작스레 말들의 발굽 소리가 들리자 얼른 고개를 돌렸다. 정면으로 보니 의외로 젊은 얼굴이었다. 많이 잡아도 30대 초반쯤? 흐르는 땀방울에 머리카락이 달라붙어 있어서 인상을 보기가 어려웠다. 그는 사다리에서 내려오더니 일행들을 보며 소매로 땀을 닦았다. 그제야 선해 보이는 처진 눈꼬리와 생글거리며 웃는 입매가 보였다. 들고 있던 가위를 나무에 기대어둔 후에 그는 한 손을 들어 밀짚모자를 벗었다. 역시 꽤 젊은 청년이었다. 약간 햇빛에 그을린 얼굴이 농촌에서 농사일을 하는 총각처럼 보이게 했다. 그런 생각을 하며 키득 웃는 현홍이었다. 남자는 땀에 젖은 갈색 머리카락을 한 번 쓸어 넘기곤 일행들을 쭉 둘러본 후에 입을 열었다.

"안녕하세요. 여행자 분들이신 가요? 아니면, 모험가?"
"여행자입니다. 이 나무들은 혹시 당신이 심으신 겁니까?"
말에서 내려 호의적으로 대답하는 진현을 보며 남자는 다시 미소 지으며 끄덕였다.
"정확히 말하면 어린 나이의 저와 저희 아버님께서 심은 나무들입니다. 그 당시 저는 막 활발히 뛰어놀 나이였지요. 아버님께서 돌아가신 후에는 제가 관리하고 있습니다. 아, 제 이름은 엔트라고 합니다."
진현의 눈에 잠시 이채가 스쳐 지나갔지만 그는 아무 말도 하지 않고 생긋 웃었다. 다른 일행들도 천천히 말에서 내리고 나무들을 둘러보았다. 길다란 길에 난 나무들을 심으려면 엄청난 인력과 시간이 들었을 것 같았다. 나무들을 올려다보던 현홍이 웃으며 말했다.
"정말로 나무들을 좋아하시는군요. 나무들이 기뻐하는 것 같아요."
한 손을 들어 나무껍질을 자상하게 쓰다듬으며 그가 말하자 엔트는 밝은 표정을 지었다. 마치 자기 자식의 칭찬을 들은 것 같은 얼굴이었다.
진현이 물었다.
"제 이름은 김진현입니다. 그렇다면 이 나무들은 모두 당신의 소유이겠군요."

"아니, 그것은 아닙니다. 이 나무들의 종류가 무엇인지 아시겠습니까?"

엔트의 말이 끝나자 곧 진현은 고개를 들어 나무들을 바라보았다. 다른 일행들 역시 나무들을 바라보았지만 종류까지는 모른다는 눈치였다. 천천히 나무를 보던 진현이 입을 달싹여 조용히 말했다.

"무화과나무로군요."

엔트는 약간 놀란 눈을 하며 진현을 보았고 곧 웃으면서 고개를 끄덕였다.

"나무에 대해서 잘 아시는 분인 것 같군요."

"아니, 조금 구별만 할 줄 아는 것뿐입니다. 무화과나무라… 혹 이 나무를 심은 이유가 지나가는 나그네들이 열매가 열리면 따 먹으라는 의미로 심으신 것입니까?"

엔트는 머리를 긁적거리며 얼굴을 붉혔다.

"예, 정말 잘 아시는 분을 만났군요. 저희 아버님께서는 나무들을 이리로 옮겨와 이 대로를 지나는 길에 심으셨습니다. 그리고 긴 여행길에 지친 여행자들이 열매를 따 먹었으면 하셨지요. 그래서 저도 이렇게 나무들을 돌보면서 살고 있는 것입니다."

진현은 그렇습니까 하는 표정으로 고개를 끄덕였고 다른 일행들도 알았다는 식으로 고개를 끄덕였다. 엔트는 사다리를 어깨에 둘러메더니 친절한 표정으로 방긋 웃으며 말했다.

"나무를 좋아하시는 분들을 만나 기분이 좋군요. 시간이 여유로우시다면 저희 집에 가서 점심 식사를 대접하고 싶은데. 괜찮을까요?"

그의 말에 진현은 겸연쩍은 표정을 하며 정중히 거절하려고 했다.

하지만 그는 결국 펄쩍 뛰어 날아드는 현홍에게 입을 가로막히고 허리를 삘 뻔했다. 정확히 말해서 제대로 삐지는 않았지만 뒤에서 달려드는 바람에 허리가 뒤로 꺾이고는 신음 소리를 흘렸다. 현홍은 진현보다 한참 작았으니까.

그런 후에 에오로는 두 손을 맞잡으며 초대해 주셔서 감사하다고 응수했다. 니드 역시 조금 미안한 눈치였지만 제대로 된 식사와 휴식에 눈이 멀어 현홍과 에오로의 편을 들었다. 에이레이는 불편해 보이는 얼굴이었지만 할 수 없다는 듯이 말들의 고삐를 끌었다. 슈린 역시 마찬가지였지만 분위기에 따라가기로 했다. 키엘은 말 위에서 꾸벅거리며 졸고 있었다. 엔트는 이상한 사람들을 본다는 표정을 잠시 지어 보였다. 하지만 곧 정중히 그들을 자신의 집으로 데리고 갔다.

그의 집은 대로에서부터 그리 멀지 않은 산맥이 끝나는 부분에 자리 잡아 있었다. 걸어서 10분 정도의 거리여서 일행들은 걸으면서 남자의 집으로 향했다. 그의 집 근처에는 대로에서처럼 수많은 나무들이 심어져 있었는데 하나같이 붉은 꽃이 만발해 있었다. 초록색의 잎사귀에 달린 붉은 꽃잎들은 물방울을 머금은 채로 햇빛을 받아 반짝이고 있었고 멀리서 보기에도 그 모습은 참으로 장관이었다. 가로수로 쓰인 무화과보다 더 큰 크기의 나무들이 일행들을 맞이했다. 진현이 나무들을 보면서 말했다.

"석류로군요. 그러고 보니 석류나무의 꽃은 5월이나 6월 달에 만개하지요."

엔트는 고개를 끄덕였다. 그의 집은 나무로 만들어진 2층 크기의 오두막집이었는데 굉장히 손을 많이 들인 듯 견고해 보였다. 집 주변의

밭에는 종류를 알 수 없는 많은 채소들이 자라나고 있었고 그것들을 마치 보호하기라도 하는 듯이 수십 그루의 석류나무들이 즐비하게 자라나 있었다. 푸른 녹색의 숲에 붉은 꽃잎이라. 풍경화의 주제로써 완벽하다고 생각할 무렵 엔트는 사다리를 대문 바로 옆에 세워두고 문을 열었다. 그는 말들의 고삐를 받아다가 기둥에 묶었고 일행들은 그를 따라 집 안으로 들어갔다. 집 안은 상당히 온화한 분위기였다. 거의 모든 것이 나무로 되어 있었고 그리 넓지는 않지만 일행들이 모두 들어가고도 남을 정도의 크기는 되었다. 작은 여관 정도? 거실에는 커다란 나무 테이블이 있었고 벽을 등받이로 삼은 소파도 마련되어 있었다.

"아, 전 옷을 좀 갈아입고 오겠습니다. 앉아서 편히 쉬세요. 제가 초대한 손님들이니까요."

그는 생긋 웃으며 2층으로 사라졌고 일행들은 머뭇거리다가 자리를 잡고 앉았다. 현홍은 푹신한 소파의 탄력성에 감탄하면서 집 안 구석구석을 살펴보았다. 자신들이 온 방향으로 나 있는 커다란 창문으로는 기분 좋을 정도로 맑은 햇빛이 들어왔고 그래서 촛불은 필요가 없었다.

진현은 그 창가로 의자를 하나 끌어다 팔을 창틀에 걸치고 창밖의 풍경을 바라보았다. 에이레이는 남의 집에 앉아 있는 것이 별로 마음에 드는 표정은 아니었지만 그냥 현홍의 옆에 앉아서 등을 벽에 기대었다. 소파는 4인용으로 상당히 길었고, 그래서 그 두 사람의 사이에 키엘이 뛰어와서 앉았다. 키엘은 뭐가 그리 즐거운지 연신 웃어대며 발을 앞뒤로 까닥거렸다.

"하하, 처음 본 사람에게 식사 초대를 받는 것도 뭔가 기분이 묘하네요."

그렇게 말한 니드는 차분히 나무 의자에 몸을 기대었다. 에오로와 슈린 역시 조금은 머뭇거리는 움직임이었지만 집 안을 둘러보며 엔트를 기다렸다. 이윽고 작업복을 벗고 깔끔한 흰색 셔츠와 아이보리 색 바지로 갈아입은 엔트가 계단을 내려왔다. 그는 보통보다는 약간 긴 머리카락을 꽁지 머리카락식으로 묶고 있었다. 셔츠의 소매를 걷으면서 빙긋 웃으면서 말했다.

"아아, 때마침 점심 시간 때가 되어서 다행이로군요. 그럼, 잠시만 기다려 주십시오. 곧 식사를 준비하겠습니다."

"저도 도와드릴게요!"

현홍이 팔을 번쩍 들어 올리며 엔트와 함께 부엌 쪽으로 걸어갔다. 그리고 니드는 팔을 들어 머리를 베고는 창가로 보이는 하늘을 보았다. 살랑거리는 바람과 함께 나뭇잎들이 방 안으로 날아들자 니드는 그중 하나를 주워 들고 코끝에서 빙글빙글 돌려댔다.

에이레이는 어깨에 걸치고 있는 회색 빛 망토를 벗어다 무릎에 가지런히 올려두었고 키엘은 그것을 슬쩍 보더니 그대로 몸을 기울여 누워 버렸다. 에이레이는 피식 웃었고 그녀는 부드럽게 키엘의 머리를 쓸어 내려주었다. 진현은 눈을 감고 창틀에 걸친 팔 위에 머리를 기대었다. 마치 그대로 잠이 들 것만 같은 모습이었다. 그리고는 그대로 깨지 않을 것 같은. 새하얗다 못해 투명한 느낌마저 주는 얼굴을 덮은 금색 실을 짜놓은 것 같은 금발 머리카락이 바람에 흔들렸.

남자가 보아도 아름다운 그의 모습에 시간이 정지하는 것만 같았다. 그런데 왜일까, 살아 있다는 느낌이 들지 않는 것은. 이 세계에 둘도 없는 조각가가 조각해 놓은 조각상과 같은 느낌. 아름답지만 핏기가 없는 그의 얼굴에서 생기를 느끼는 것은 힘들어 보였다. 그래서 더욱 불안한 것인지도 모른다. 지금 저자는 모습이 방금 죽은 것 같은 느낌이 들기에.

슈린은 진현을 보면서 미간을 찌푸렸다. 어떠한 의미에서 자신이 움찔했는지 본인도 알 수가 없었다. 그는 아랫입술을 살짝 깨물고는 고개를 돌렸다. 현홍은 엔트를 도와 음식을 만들다가 문득 궁금한 것이 있다는 얼굴로 말했다.

"저, 엔트. 이곳의 물건들은 모두 사람 손으로 만든 것 같아 보이던걸요. 당신이 만든 것인가요?"

엔트는 당근을 깎던 손을 멈추고는 웃으며 고개를 끄덕거렸다.

"예, 제가 만든 것들이 대부분입니다."

"그래요? 하지만 굉장히 오래된 것들이 많아 보이던걸요. 아, 이렇게 보여도 골동품을 좋아해서요. 오래된 가구들을 조금 가지고 있는데 그것들과 같은 느낌에다가 낡은 것들이던데."

고개를 갸우뚱거리면서 말하는 그를 보며 엔트의 두 눈에 약간 이채가 서렸다. 그렇지만 현홍은 그것을 보지 못했고 엔트는 고개를 들어 현홍을 보며 답했다.

"어떻게 손질을 하느냐에 따라 낡은 느낌도 줄 수가 있습니다. 저는 낡은 느낌이 나는 원목들을 좋아하거든요."

"아, 그렇군요."

현홍은 약간 고개를 갸웃했지만 더 이상 묻지 않고 자신이 씻고 있던 야채들을 건져 냈다. 이윽고 그들은 접시 한가득 음식들을 테이블로 내어갔고 에오로는 환호라도 올릴 것 같은 얼굴이 되어 의자에 앉았다. 접시 역시 나무로 되어 있었고 크기도 각양각색이었다. 나이프만을 제외하고 포크와 숟가락 역시 나무로 되어 있었다.
　엔트는 나머지 음식들을 모두 내놓은 다음에서야 의자에 앉았다. 그리고 난 후에 다정함이 철철 넘치는 목소리로 일행들을 보며 말했다.
　"어서 드십시오. 차린 것은 없지만 제 나무들을 칭찬해 주셔서 감사하다는 의미로 대접하는 것입니다."
　"감사히 먹겠습니다!"
　가장 먼저 음식을 향해 돌진하듯 포크를 놀린 것은 에오로였고 그의 뒤를 따라 현홍 역시 음식이 마치 달아나는 사냥감이라도 되는 것처럼 입 안으로 집어넣었다.
　슈린은 점잖게 엔트에게 고개를 숙여 보인 뒤에 음식들을 자신의 접시에 덜어서 먹었다. 자리가 부족하여 니드는 무릎에 키엘을 앉히고 약간은 불편해 보이는 자세로 식사를 했으며 에이레이는 조금 음식들을 살펴보는 듯하더니 조심스럽게 식사를 시작했다. 진현은 음식을 먹기 전에 엔트를 보며 감사의 말을 건넸다.
　"이렇게 처음 보는 낯선 여행자에게 음식까지 대접해 주셔서 감사할 따름입니다."
　"아니오, 천만의 말씀이십니다. 제가 키운 나무들을 좋아해 주셔서 오히려 제가 감사한 것을요. 많이 드시길 바래요."
　"예, 감사합니다."
　진현은 살짝 고개를 숙였고 언제나 그랬던 것처럼 고기를 제외한 음식들만을 골라 먹었다. 식사는 상당히 화기애애한 분위기에서 진행되었다.
　"음, 음… 엔트는 어떤 종류의 나무들을 좋아하나요? 진현아, 나 후

추 좀 줘. 그거 말고. 그 옆에 길고 큰 통이야."

"아, 저는 나무라든가 식물들 모두를 좋아한답니다. 딱히 종류를 정해서 좋아하지는 않습니다."

"당연히 그러시겠지요. 일반적으로 좋은 부모라면 자식을 편애해서 좋아할 리는 없으니까 말입니다. 니드, 이것 좀 현홍이에게 전해주십시오."

엔트는 빙긋이 웃었다. 니드는 후추통을 받아 현홍에게 건넨 후에 커다란 접시에 담긴 닭고기의 일부분을 떼어다가 자신의 접시에 놓으며 말했다.

"저 역시 그렇게 생각합니다. 열 손가락을 깨물어 아프지 않은 손가락은 없지요. 모두 다 자식같이 키우셨으니 어디 하나만 골라서 좋아할 수 있을까요?"

키엘은 니드가 잘라주는 닭고기를 받아먹고 행복하다는 표정을 지었다. 에이레이는 천천히 나이프로 고기를 잘라내고 한입 포크로 찍어 먹은 후에 입을 열었다.

"뭐, 그렇다고 해서 두 아이가 있는데 조금 뛰어난 자식을 편애하지 않을 수는 없는 것 아냐? 인간은 어쩔 수 없이 뛰어난 것에게 마음을 주기 마련이니까."

"그렇게 볼 수도 있지만 부모 마음이 어디 그런 것만 있겠습니까? 좋게 생각하지요."

"음. 맞아, 맞아. 쩝쩝. 그럼, 스승님도 너랑 나랑 같은 평가를 하실까?"

"…제발 그렇지 않기를 바래."

현홍은 킥킥거리며 웃다가 목이 막히는지 가슴을 두드렸다. 엔트는 황급히 주전자에 담긴 붉은 음료를 잔에 따라 그에게 건넸다. 현홍은 단숨에 그것을 받아 마셨고 곧 눈을 깜빡이면서 입맛을 다셨다.

"어, 이거 뭐지요? 맛있네요."

진현은 자신의 옆에 놓인 잔을 들어 그 음료를 한 모금 마신 후에 고개를 끄덕이며 엔트 대신 대답했다.

"석류로 만든 차로군요? 잘 만드셨습니다."

"석류로 차도 만들 수 있어?"

진현은 무식해도 저렇게 무식할 수 없다는 표정으로 현홍을 쏘아보았고 현홍은 그만 머쓱해져서 고개를 숙였다. 엔트는 멋쩍게 웃어 보였다.

"석류는 많은 곳에 이용된답니다. 관상용이기도 하고 열매는 먹으며 석류와 꽃잎은 모두 차로도 마실 수 있습니다. 즙을 내어서 따뜻한 물에 탄 후에 꿀이나 설탕을 타 마시면 그것이 석류차가 되지요. 맛있다니 다행이네요."

안도의 한숨을 내쉬며 가슴을 쓸는 엔트를 보며 일행들은 다시 함박웃음을 지었다. 그렇게 식사를 마치고 나자 어느덧 해는 서쪽을 향해 걸어가기 시작하는 것처럼 보였다.

에오로는 포만감에 늘어진 몸을 이끌어 소파에 드러눕듯이 앉았고 키엘 역시 그를 따라 소파에 드러누워 버렸다. 진현은 아직까지 잔에 남아 있는 석류차를 홀짝거렸다. 굉장히 마음에 든 표정이었다.

현홍은 엔트를 도와 설거지까지 마치고 난 후에야 부엌에서 모습을 드러냈다. 그는 자신의 수통 한가득 석류 차를 선물받았고 그래서 기분이 아주 좋아진 상태였다. 그렇지만 여기서 이렇게 오랫동안 머물 수는 없는 노릇이다. 잘못하면 일행들을 노리는 무리들에게 이 집이 습격의 장소가 될지도 모른다는 생각이 일행의 머리 속에 스쳤다.

진현은 남아 있는 음료를 한 번에 들이마신 뒤에 의자에서 일어났다.

솔직히 그 역시 조금 더 휴식을 취하고 싶었지만 어서 한 시간이라도 빨리 크고 사람이 많은 도시에 들어가는 편이 안전했다. 엔트는 눈을 몇 번 깜빡이더니 곧 미소를 떠올리며 진현에게 말했다.

"사실 이런 식사로 어찌 나무들을 칭찬한 대가를 드리겠습니까? 그래서 말인데 저 숲 안쪽에는 보물이 있는 동굴이 있다고 합니다. 한번 구경하고 가시겠습니까?"

"아, 아니……."

현홍은 자신이 받아 든 수통만 해도 감사하다는 표정을 지으며 거절하는 의미로 고개를 저으려 했다. 그렇다. 했다. 하나 이번에는 진현이 날듯이 걸어와 현홍의 입을 틀어막았고, 현홍은 팔을 버둥거렸지만 자신보다 월등히 힘이 센 진현의 손아귀에서 벗어날 수는 없었다. 진현은 만면에 미소를 흘리며 엔트에게 말했다.

"그런 진귀한 경험을 하게 해주신다면 정말로 감사할 따름이지요. 데려가 주시겠습니까?"

에이레이는 상당히 독특한 시선으로 진현을 보았고 다른 일행들도 마찬가지였다. 그렇지만 니드와 에오로는 아까 한 짓이 있기 때문에 별말하지 않았고 슈린은 그저 어깨를 으쓱거릴 뿐이었다. 어차피 오늘 내로 루인에 도달할 수도 없고 이제부터 다시 길을 걸을 것을 생각하니 귀찮기도 하고 이왕 여행을 떠나온 것 진귀한 경험을 해보는 것도 좋다는 표정이었다.

결국 그들은 엔트의 안내를 받아 숲 안쪽 깊숙한 곳까지 따라 들어

가게 되었다. 숲은 그들을 반기지는 않았지만 그들의 발길이 닿는 것을 방해하는 것도 아니었다. 따스하게 내리비치는 여름날의 햇빛조차 반은 녹아 사라질 법한 그런 숲 안쪽에는 과연 어떤 것이 있을까 하는 두근거림이 그들의 발목을 잡아끌었다.

숲의 수호자 2

"아아, 으슥해. 발 밑도 잘 보이지 않아."

현홍의 투덜거리는 목소리도 얼마 지나지 않아 어둠과 숲의 기운에 묻혀 버렸다. 가장 선두에 선 엔트의 손에 들린 랜턴의 불빛도 그리 소용이 없어 보였다. 환해 보이는 것은 그의 바로 앞뿐. 키엘과 에이레이는 귀찮은 것이 싫었는지 아니면 보물에는 별 관심이 없는 것인지 엔트의 집에 그대로 남아 있겠다고 하였다. 그리하여 엔트의 말을 믿고 보물을 찾아 떠난 것은 여섯 명. 엔트는 생글생글 웃으며 랜턴의 불빛을 이리저리 비쳤다. 분명 앞을 볼 수는 있었지만 발을 땅에 대기가 곤란할 정도로 나무뿌리들이 뒤엉켜 있었다. 에오로는 코프스 캔들을 띄워 올려 주위를 밝게 했다. 수십 미터로 자라난 거대한 나무들의 잎사귀 덕분에 햇빛은 거의 들어오지 않아서 눅눅한 느낌이었다.

진현은 운의 검자루에서 손을 떼지 않은 채로 주위를 두리번거렸다.

이 숲은 뭔가 이상했다. 들어오면서부터 어딘가가 마비되는 것 같은 느낌을 받았다. 감각? 아마도 그럴 것이다. 오감 중 몇 개가 둔해져서 평소 때와는 다른 느낌을 자아냈다. 웅웅거리는 숲의 울림과 종종 들리는 짐승들과 산새들의 울음소리만이 전부였다. 그것마저 청각을 곤두세우지 않으면 흩어져 버릴 것만 같은 숲이었다. 미끌거리는 이끼를 밟으며 니드가 넘어지기를 몇 번. 몇 시간을 걸었는지, 아니면 몇 분을 걸었는지 알 수가 없었다. 또다시 땅을 뒤엎고 드러난 나무뿌리에 걸려 넘어진 니드를 일으키던 현홍은 그대로 멈춰 서버렸다. 일행들이 발길을 멈춘 곳의 앞으로는 엔트의 말대로 거대한 동굴 하나가 일행을 반겼다. 동굴의 앞으로는 마치 그 부분만을 피해서 나무가 나지 않은 것처럼 평지가 있었고 그곳은 풀도 자라나 있지 않았다.

나무들이 없어서 햇빛이 그대로 내리비쳤고 주위의 어두운 부분과는 반대가 되어 오히려 밝았지만 이상한 느낌을 갖게 했다. 마치 무언가를 숨긴 성소聖所처럼 그렇게 나무들이 울창한 이 숲 안쪽에서 보호를 받는 무엇과도 같은 곳.

엔트는 조심스럽게 랜턴의 불을 껐고 에오로도 코프스 캔들의 불빛을 꺼뜨렸다. 슈린은 고개를 들어 동굴을 올려다보았다. 몇십 미터쯤 될까? 분명 동굴은 동굴이었지만 그곳의 입구에는 역시나 동굴만한 크기의 커다란 바위가 막아서고 있었다. 어떤 힘에도 깨뜨려지지 않을 것 같은 견고한 바위였다. 드워프 정도라면 모를까 인간으로서는 이 바위를 치우기도 뚫기도 힘들 것 같았다. 슈린은 천천히 엔트를 지나쳐 바위 쪽으로 다가갔다. 엔트는 그런 그를 저지하지 않고 조용히 미소만을 흘렸다. 한데 그 미소라는 것이 아주 묘했다.

하얀 바위에 내려앉는 햇살이 너무나도 눈부셨기에 슈린은 한쪽 눈가를 꿈틀거렸다. 한 손을 들어 눈가를 가린 그는 바위를 살펴보기 위하여 한 발자국 앞으로 발을 내밀었다. 그때였다. 느닷없이 슈린의 발이 닿은 그곳의 흙이 순식간에 무너져 내렸다.

쿠르릉.

그는 당황한 표정을 지으며 얼른 몸을 빼내려 했지만 그가 그런 행동을 취하기도 전에 이미 구덩이는 밑을 알아볼 수 없을 만큼 깊어졌다.

"아……!"

"슈린!"

놀란 다른 일행들이 그를 붙잡기도 전에 그는 흙구덩이 속으로 빠져들었고, 그러자 그 구멍은 무슨 일이 있었느냐는 식으로 다시 메워졌다. 마치 마법으로 시간을 되돌린 것 같았다. 흙먼지 구름 하나 일지 않았다. 비디오의 리플레이 기능을 이용한 것 같은 장면. 에오로는 망연히 슈린이 빠진 그 구덩이 부근을 보더니 바닥에 털썩 주저앉았다. 입을 벌리기는 했지만 말이 나오지는 않는 표정이었다. 그것은 다른 사람들 역시 마찬가지였다. 니드는 황급히 슈린이 빠진 그곳으로 가서 발로 바닥을 두드렸지만 아무런 이상도 없었다. 그는 파리하게 질린 안색이었고 현홍은 당황스러운 얼굴로 엔트를 돌아보았다. 어찌나 세차게 고개를 돌리는 것인지 잘못하면 목을 삐어버릴 것 같을 정도였다.

"엔트! 이… 이게!"

엔트는 씁쓸한 얼굴로 바위를 쳐다볼 뿐이었다. 에오로는 이제 지금 자신이 본 것을 믿을 수 없다는 표정이 되었다. 그는 무릎을 꿇고 두 손으로 바닥을 짚었다. 진현은 미간을 좁히더니 엔트의 곁으로 다가간 현홍의 팔을 거세게 잡아당겼다. 그의 다른 손에는 이미 운이 뽑혀져 들려 있었다. 그는 미간을 찌푸리더니 검을 들어 엔트를 겨냥했고 그 것은 또다시 다른 사람들에게 충격이었다. 니드는 다시 진현 쪽으로 달려왔으나 워낙에 지금 진현의 표정이 차가워 보여서 말을 걸기도 전에 얼어버렸다. 에오로조차 고개를 들어 올리고는 눈을 크게 떴다. 지금이라도 당장 엔트의 목을 벨 듯한 표정을 지으며 진현이 나직이 말했다.

"엔트Ent라는 종족은 원래 사악하지 않다고 해서 당신의 호의도 그저 호의로써만 믿었거늘. 숲의 수호자이면서 그 숲을 아끼는 사람들에게 이게 뭐 하는 짓이지! 우리들이 이 숲에 무슨 해라도 끼쳤는가?"

"뭐? 무슨 말을 하는 거야?"

현홍은 당황한 얼굴이 되어 엔트와 진현을 번갈아 바라보았다. 엔트는 시무룩한 표정이 되어 고개를 숙였다. 그리고 잠시 후 그는 엄청난 죄를 지은 사람과 같은 얼굴을 하며 고개를 들었다. 입을 오물거리면서 낮게 말하는 그를 보며 현홍과 니드, 그리고 에오로는 더욱 요상한 표정이 되어야만 했다.

"당신은 이미 제 정체를 알고 계셨군요. 그렇습니다. 저는 이 숲의 수호자 엔트입니다. 죄송합니다. 당신들을… 당신들을 이렇게 하고 싶지는 않았습니다만 어쩔 수가 없었습니다."

"슈린 군을 어떻게 한 것이지?"

"…저, 그게……."

엔트는 결국 진현의 앞에 무릎을 꿇고는 연신 고개를 숙여 보였다.

"죄송합니다! 당신의 동료는 이 동굴 안쪽에 사는 몬스터에게 보냈습니다! 정말로 죄송합니다!"

"뭐?"

숲의 수호자

진현은 마치 누군가로부터 후려 맞은 표정이 되었다. 잠시 다리가 비틀거렸으니 정말로 그런 것 같았다. 니드는 지금 귀에 들린 말을 믿을 수 없는 사람처럼 엔트에게 물었다.

"자, 잠깐만요! 난 지금 이 상황도 무슨 상황인지 모르겠어요! 저, 정말은 아니죠? 농담이죠?"

엔트는 대답없이 고개를 숙였다. 니드는 휘청거렸고 현홍이 얼른 그의 팔을 붙잡았다. 그렇지만 그 역시 안색이 하얗게 질린 채 바닥에 주저앉기 일보 직전의 표정을 지었다. 결국 못 참게 되어버린 에오로가 달려들어 엔트의 멱살을 잡아 올렸다. 그렇지만 엔트는 눈을 감은 채 처참한 표정을 지을 뿐이었다. 에오로는 마치 미쳐 날뛰는 사람마냥 멱살을 잡아 흔들며 고함쳤다.

"이 빌어먹을! 당신이 그러고도 숲의 수호자라고?! 말해 봐! 말해 보라고! 왜 그랬어! 이유를 말하란 말야, 이 자식아!"

그의 표정은 파랗게 질려 있는 듯하면서도 상기되어 있었다. 엔트는 멱살을 붙잡혀 이리저리 흔들리면서도 아랫입술을 꼭 깨문 채 연신 죄송합니다라는 말만 해대었다. 현홍과 니드가 팔에 엉겨 붙어 에오로를 떼어내지 않았다면 아마도 엔트는 그렇게 계속 있을 생각이었을 것이다. 그 자신도 그러고 싶지 않았다. 그것만은 진심이다. 오랜만에 정말로 나무를 좋아해 주는 사람들을 만나서 즐거웠다. 하지만 어쩔 수 없는 일이었다.

그는 결국 눈물을 흘리며 바닥에 주저앉았다. 진현은 이를 악물었고 에오로는 계속하여 울분 섞인 고함을 토해냈다. 그의 눈은 울고 있었지만 가까스로 참는 것처럼 눈물이 섞여 나오지는 않았다. 그렇지만 현홍은 어느새 펑펑 울고 있었다. 진현은 참담한 심정으로 엔트를 내려다보았고 엔트는 끅끅거리는 숨을 참으며 힘없이 입을 열었다.
"죄송합니다, 정말……. 어쩔 수가 없었습니다. 전 이 숲의 수호자. 이 숲에 있는 나무들은 전부 제가 키운 제 자식들이나 마찬가지인 아이들입니다. 그래서였습니다. 어느 날 갑자기 이 동굴 안쪽에 괴악한 몬스터가 나타나서 인간을 잡다 바치지 않으면 이 숲의 나무들을 없애 버린다고……. 자식들이 눈앞에서 죽임을 당하는 모습을 볼 수 없었습니다. 그래서 인간들을 이쪽으로 유인해 그의 동굴로 몰아넣었습니다. 정말로 저도 그러고 싶지 않았어요. 하지만, 하지만 어쩔 수가… 어쩔 수가. 크흐흑!"
결국 현홍은 바닥에 털썩 주저앉아 버렸다. 생명을 가진 존재라는 것은 무서운 것이다. 자신의 소중한 것들을 위해서라면 다른 생명을 없앨 수도 있는 잔혹함을 가진다. 자식을 위해 비정해지는 부모가 그러하듯.
에오로는 바닥을 주먹으로 세차게 쥐어박았다. 그렇게 해봤자 땅이 다시 부서질 리는 없음에도 분함 때문에 피가 날 정도로 세게 입술을 깨물며 땅을 내려쳤다. 비틀거리고 있던 니드는 쓰러지지 않기 위하여 나무 기둥을 붙들어야만 했다. 하지만 다리에 힘이 풀려 버리는 것은 어쩔 수 없는 것 같아 보였다. 웅웅거리는 울림과 함께 운이 침울하게 말했다.
『그 몬스터의 이름을 알고 있나?』
엔트는 땅에 거의 엎드린 채로 눈물 흘리고 있다가 갑작스러운 말이 들려오자 눈을 뜨며 힘없이 고개를 들었다. 그의 얼굴은 눈물과 땀으로 범벅이 되어 있었다. 잠시 입을 벙긋거린 그는 미약하게 고개를 끄덕거렸다.

"화, 확실한지는 모릅니다. 하지만 그가 그렇게 말했습니다. 자신의 이름은 셀로브Shelob라고."

멍한 표정으로 주저앉아서 땅만 바라보던 현홍이 심각한 얼굴로 입을 열었다.

"…리니지에 나오는 몬스터잖아?"

"이 순간에도 그런 말이 나오다니, 너도 참."

〈한심하다〉라는 말을 입 안으로 삼킨 진현은 검을 들어 자신의 어깨를 툭툭 치면서 운에게 물었다.

"벌써 잡아먹었을 리는 없을 것 같은데. 네 마법이 통하는 녀석이냐?"

『음, 아마도. 그다지 강한 녀석은 아니거든. 재빠르기는 하지만. 자기 엄마 닮아서 생긴 것도 괴상망측하게 생겼지만 정작 힘은 그녀의 절반도 되지 않아.』

"좋아."

진현은 짧게 대답을 하고는 바위 쪽으로 걸어갔다. 그러자 엔트는 안색이 파리하게 질린 채 진현의 팔을 붙들었다. 그는 입술을 벌벌 떨면서 진현에게 말했다.

"어쩌실 작정이십니까? 그에게 가실 것입니까?"

"그럼 그대로 슈린 군이 보지도 못한 괴상망측한 몬스터에게 잡혀 먹히게 놔두란 말씀이십니까? 죄송하지만 그럴 수는 없습니다."

"그 몬스터는 강합니다! 가신다면 당신도 죽을 수 있습니다!"

악에 받친 목소리. 하지만 진현은 퉁명스러운 얼굴이었다. 낮은 한숨을 내뱉은 진현이 조용히 운을 땅에 꽂고 두 손으로 엔트의 팔을 붙잡았다. 그리고 조용히 고개를 숙였다. 엔트는 자신의 잘못을 탓하는 말을 할까 봐 두려운 나머지 눈을 질끈 감았으나 그런 엄한 목소리는 들려오지 않았다. 철없는 아이의 잘못을 탓하는 다정한 어른과도 같은 목소리였다. 은근하면서도 부드러운 어조로 진현은 단호하게 말했다.

"당신의 잘못을 탓할 생각은 없습니다, 엔트. 당신은 당신의 아이들을 위해서 그런 짓을 한 것이지요? 하지만 왜 더 깊은 생각은 해보지 않으셨습니까, 엔트여? 숲의 진정한 수호자이자 부모인 당신이 왜 다른 이들의 마음은 헤아리지 않으신 겁니까? 당신의 손에 이끌려 이곳에 와 죽음을 맞은 인간들 역시 어떤 이의 자식들이었을 것이고 어떤 이를 자식으로 둔 사람도 있었을 것입니다. 당신은 수많은 아이를 둔 부모이지만 이들 중 단 하나의 나무라도 아프고 죽는다면 그 마음은 찢어지듯 아프시겠지요. 한데 당신에 의해 이 곳에 온 이들을 잃은 부모의 마음은 어떻겠습니까?"

엔트는 눈물을 흘리며 고개를 떨구었다. 그 모습을 지켜보고 있던 현홍이 조용히 입을 열었다.

"자식을 지키고자 하는 부모의 마음은 조금이나마 이해하지만 그렇다고 사람을 해치는 것은 잘못된 방식이에요. 앞으로는 다른 이들의 마음도 헤아려 주었으면 해요. 자기 자식이 귀하면 남의 자식도 귀한 것이랍니다."

에오로는 벌겋게 달아오른 주먹을 다른 한 손으로 감싸며 고개를 돌렸다.

"구하러 가겠어. 그깟 몬스터는 없애 버리고 구하겠어."

니드 역시 고개를 끄덕였지만 진현은 고개를 저으며 단호히 대답했다.

"아니오. 에오로 군과 니드, 현홍은 이곳에 계십시오."

"진현!"

"혼자가 편합니다. 당신들이 따라가면 괜히 싸우는 데 불편할 뿐입니다."

차갑게 진현은 말했고 검을 반쯤 뽑다 말고 그의 말을 들은 에오로가 번쩍 고개를 들었다. 그렇지만 진현은 여전히 단호하게 고개를 저을 뿐이었다. 니드 역시 뭐라 말은 못하고 있지만 당황한 기색이 역력해졌다. 그렇지만 현홍은 눈을 멀뚱히 뜨더니 진현에게 말했다.

"살아서 올 거지? 난 시체는 싫어."

마치 전쟁에 나가는 아들을 바라보는 어머니의 목소리와도 같은 음성이어서 진현을 미소케 했다. 작게 실소를 내뱉은 진현이 현홍의 양 어깨를 안듯이 감싸면서 그만이 들을 수 있도록 작은 목소리로 귓가에 속삭였다.

"난 약속은 지켜. 그리고 맹세는 목숨을 걸고 지키지. 너보다 먼저 죽진 않아."

"…다녀와. 슈린도 구하고."

진현은 빙긋 웃고는 어깨에서 손을 뗀 후에 몇 번 등을 토닥여 주었다. 비장함이라고는 눈을 씻고 찾아봐도 보이지 않는 여유로운 얼굴이었다. 그는 땅에 꽂힌 운을 뽑아 들고는 바위 쪽으로 걸음을 옮겼다. 에오로는 뭔가 못마땅한 얼굴이었지만 진현의 뜻이 단호했기에 입술을 깨물면서 검을 도로 집어넣었다.

니드는 두 손을 모아 쥐고 안절부절못하며 몸을 비틀었다. 현홍은 엄지손가락을 들어 보였고 진현 역시 화답하는 의미로 고개를 돌리지도 않은 상태에서 손을 어깨 위로 들어 올려 작게 움직였다. 천천히 거대한 바위 바로 앞으로 다가간 진현이 그것을 올려다보기 위하여 고개를 들었다. 엄청난 크기. 왕궁의 입구를 막아놓은 대문처럼 매끄러워 보이는 흰색의 거석은 한눈에도 다 들어오지 않았다. 어떻게 이런 곳에 이 정도 크기의 돌이 있는지도 신기하게 여겨졌지만 지금은 그런 의문을 가질 시간이 없다. 잘못하면 정말로 슈린은 구경도 하지 못한 이상한 몬스터의 일용할 양식으로 전락할 수 있으니까.

그는 운을 뽑아 들고 바위의 끝 부분에서부터 그어 올렸다.

그그극!

섬광이 일어났을까? 잠시 번쩍 하는 느낌이 들었다. 어떻게 했는지 알 수조차 없는 찰나의 시간이었기에 그의 뒤편에 멀찌감치 서 있던 사람들은 고개를 갸웃거렸다. 아무런 일도 일어나지 않았기 때문이다. 그리고 잠시 후 그들은 얼굴이 파리하게 질린 채 뒤로 황급히 달아나야 했다. 사실 이때 달아난다는 말보다는 주저앉아서 기어간다는 표현이 더 잘 어울려 보이는 행동이었다.

쿠… 쿠앙! 콰콰콰광!

멀쩡히 있던 바위는 갑자기 엄청난 진동을 울리면서 달걀을 칼로 반 조각 내듯이 깨끗하게 갈라져 버렸다. 그리고 그대로 옆으로 쓰러졌다. 전기톱으로 잘라도 저것보다는 더 매끄럽게 자르진 못할 것처럼 맨들거리는 광택을 반짝이며 바위는 넘어갔고 일행들은 제각각 구성진 비명을 지르며 나무들이 있는 곳으로 뛰어들었다. 거의 몸을 날렸다고 해도 과언이 아니었다. 하지만 바위가 그렇게 요란한 소리를 내었음에도 불구하고 커다란 흙먼지나 땅을 울리는 진동 같은 것은 없었다. 다만 너무나도 한심스러울 정도로 깔끔하게 잘려 나가서 바위인지 의심케 하는 두 개의 바위 덩어리들만이 동굴의 입구에 덩그러니 있었다.

진현은 짧게 숨을 내뱉고 운을 빙빙 돌려 다시 검집에 꽂아 넣었다. 힘 하나 들이지 않는 그 모습에 나무 뒤에 숨어 있던 에오로는 입을 벙긋거렸다.

"마, 말도 안 돼!"

바위가 옆으로 쓰러지자 중간으로는 사람 한 명이 지나갈 정도의 공간이 생겼으며 진현은 잠시 뒤를 쳐다본 후에 곧장 그 속으로 몸을 감췄다. 바위가 쓰러지면서 흩날렸던 흙먼지들이 동굴 주변을 가득 메웠다.

동굴 안은 생각보다 그리 어둡지는 않았다. 으슥한 느낌이 들기는 했지만 약간의 바람도 입구로부터 불어 들어왔고 햇빛도 종종 뚫어진 천장으로 동굴 안까지 들어오는 모양새였다. 동굴은 오히려 포근하다는 느낌마저 들었다. 덥지도 않고 춥지도 않은 쾌적해 보이는 환경. 동굴의 윗부분에 자라나 있는 나무뿌리들이 흙을 타고 들어와 동굴의 양 가장자리를 장식했고 그 사이로 사람이 드나들고도 남을 커다란 길이 나 있었다. 하지만 분명 이곳은 사람을 잡아먹는 몬스터가 사는 곳. 방심할 여력은 없다. 진현은 운을 뽑아서 옆으로 곧게 들고 한 걸음 한 걸음 앞으로 나아갔다. 미끄러운 이끼들이 발에 밟혔지만 누구처럼 넘어지지는 않았다. 신중히 행동해야 하지만 너무 신중했다가 시간을 잡아먹으면 곤란하다.

그는 주위를 살피면서 앞으로 걸어갔다.

투둑.

작은 소리를 내며 흘러 떨어지는 흙덩어리들이 을씨년스러워 보였다. 나무뿌리들에 맺힌 물방울들이 땅으로 떨어져 내렸고 그것은 작은 웅덩이를 만들어냈다. 왜 이렇게도 이곳이 편안하게만 느껴지는 것일까? 안온하며 부드러운 흙냄새가 감각을 즐겁게 만들었다. 이런 곳에서 살았으면 하는 생각이 눈앞을 어지럽힐 정도로.

진현은 그 스스로의 생각에 흠칫 놀라며 고개를 저었다. 이곳에 사는 것은 식인 몬스터다. 이런 긴장감이라고는 찾아볼 수 없는 생각을 하는 자신이 약간 한심스럽게 느껴졌다. 수많은 나무들의 실뿌리들이 장막이라도 되는 것마냥 앞을 가로막았다. 진현은 운을 잡지 않은 왼손을 뻗어 조심스럽게 그것을 걷어내면서 앞으로 나아갔다. 이제 동굴 입구에서 보이던 햇빛도 거의 보이지가 않게 되었다. 오로지 일직선의 길. 그런 거대한 몬스터가 살기에는 그럭저럭 높이도 적당하고 넓이도 좋았지만 이상한 것이 있었다.

보통 그런 곳이라면 미로처럼 얽혀 있어야 정상이 아닐까? 그럴 리는 거의 없다고 해도 과언이 아니지만 혹시나 그 셀로브라는 몬스터의 덫에서 달아나는 자들이 있을지도 모르는데 말이다. 약간의 의구심이 들었다. 아니면 현재 자신이 서 있는 이곳 자체가 함정일지도. 그렇지만 아무런 낌새도, 하물며 인기척 비슷한 것도 느껴지지 않았다.

이 숲에 들어오면서 그런 느낌이 이곳까지 물들이고 있는 것인가. 잠시 발걸음을 멈춘 그는 고개를 숙이고 눈을 감았다. 귓가에 들리는 것은 작은 바람 소리와 우석거리는 소리뿐. 조용히 운의 목소리가 들렸다.

『셀로브는 거미 형태의 마족이야. 자기 어미인 웅골리언트 Ungoliant보다는 못한 힘을 가지고 있지만 강한 축에 들고 무엇보다도 암흑에 숨어서 기척을 감추고 실을 뿜어내 희생자를 꼼짝달싹 못하게 하기로 유명한 녀석이지. 퇴치하기에 버겁지는 않지만 귀찮다고 할까?』

"흠, 그래? 기척을 감춘다라……."

숲의 수호자 253

진현은 슬쩍 웃음을 내비쳤고 그는 운의 날을 슬슬 만지면서 중얼거렸다.

"기척을 감춘다면 지금 상황으로 앞도 아니고 뒤도 아냐. 그렇다면……."

진현은 순식간에 운을 들어 올려 동굴의 천장을 향하게 했다. 그리고 그 자신도 고개를 들었다. 검은 물체. 10미터는 넘을 법한 크기의 검은 물체가 천장에 달라붙어 있었다. 만약 심약한 사람이 보았다면 심장이 멈춰 버릴 것처럼 음울한 모습이었다. 밤에 잠을 깨서 눈을 떴는데 천장에 무언가 엄청나게 큰 것이 붙어 있다고 상상해 본다면?

"슈린 군은 어디 있지!"

그러나 그 물체는 그대로 8개의 다리를 움직여 옆으로 기어갔다. 말 그대로 거미의 모습 그대로였지만 크기가 끔찍하게 컸다.

"도망칠 셈이냐!"

진현은 운을 어깨 뒤로 젖혔고 재빨리 그 역겨울 정도로 커다란 거미를 향해 던졌다. 퍽! 아쉽게도 운의 검날은 셀로브를 스쳐 지나갔고 그것은 사각거리는 소리를 내며 진현 쪽으로 덮쳐 들었다. 진현은 이를 악물고 옆으로 몸을 굴렸고 셀로브의 웬만한 사람 몸통만한 다리 하나가 그가 서 있던 자리에 꽂혔다. 동굴의 벽까지 몸을 굴린 진현이 손을 뻗으며 외쳤다.

"돌아와!"

그러자 운은 마치 번개와도 같은 모습으로 셀로브의 등을 스치고 진현의 손 안으로 날아들었다. 제대로 살피지 않으면 그 잔광조차 볼 수 없을 정도로 바람 같은 빠르기였다. 그는 한쪽 무릎을 세우고 앉아 운을 중단으로 들었고 셀로브는 자신의 기습이 성공하지 못한 데 화가 난 것인지 기괴한 괴성을 지르며 진현 쪽으로 달려들었다. 진현은 속으로 거미에 대한 선입견은 없었지만 이제부터라도 그런 것이 생길 것 같다고 중얼거렸다. 솔직히 말해서 작은 거미라면 형태를 제대로 알아볼 수 없기도 하고 익충이기에 그러려니 할 수 있다. 하지만 지금 눈앞에서 입 부분으로 예상되는 것을 마구 흔들며 타액을 흘리고 있는 것을 보면 식욕마저 싹 달아날 정도이다. 거기다가 크기는 무슨 중형 버스 만한 크기였다. 그러니까 전체적인 이미지는 늑대 거미를 뻥튀기해 놓은 것과 같다고 할까.

8개의 다리로 달려오니 속도도 엄청나게 빨랐다. 저 크기에 저런 속도라니 대단할 정도였다. 아무리 귀엽게 봐주려고 해도 이건 아니다. 하지만 그런 생각을 할 틈도 주지 않고 셀로브는 그 몸에 비해 비정상적으로 길어 보이는 다리를 진현에게 휘둘렀다.

부우웅.

정말 바람 갈라지는 소리가 맞는지 의문이 날 정도로 커다란 소리가 났고 진현은 재빨리 옆으로 몸을 틀었다. 막아내었다가는 팔이 비틀릴지도 모른다. 그는 몸을 한 바퀴 땅에 굴리더니 곧장 셀로브의 옆, 빈 틈을 향해 검을 휘둘렀다.

땅!

마치 바위를 두드린 것과 같은 쇠 부딪치는 소리가 나면서 진현은 오른손을 흔들며 몇 발자국 물러났다. 그는 미간을 살짝 찌푸리며 고개를 들었다. 수많은 다리 중 하나를 노리고 휘둘렀는데 검에 맞은 다리는 멀쩡했다. 셀로브는 8개의 눈 중 4개를 진현 쪽으로 돌리면서 바위에 꽂힌 다리를 뽑아냈다. 자욱한 흙먼지가 일었고 진현은 운을 보면서 책망 섞인 말투로 투덜거렸다.

"이런, 멍청한 마법검 녀석 같으니!"

『왜 나보고 그래!』

운은 고함을 빽 질렀고 진현은 더 소리치려 했지만 곧장 자신을 향해 달려드는 셀로브의 다리를 보면서 기겁하며 고개를 숙였다. 목 뒤로 서늘한 무언가가 스쳐 지나가는 느낌과 동시에 다시 자신을 향해 무언가의 그림자가 내려꽂히는 것을 보았다. 8개의 다리 중 쓰지 못하는 것이 무엇 있으랴. 셀로브는 한쪽 다리로 진현을 고개 숙이게 한 뒤에 반대 편의 앞다리로 진현의 등을 공격한 것이다. 그렇지만 그렇게 당하면 김진현이라는 이름이 울 것이거늘.

그는 마치 마룻바닥에서 체조를 하는 것처럼 거대한 다리들에 의해서 공중에 붕 떠 있는 셀로브의 몸통 바로 아래로 덤블링해서 굴러갔다. 바닥에 쌓인 축축한 흙으로 인해서 옷이 더럽혀졌지만 지금은 그런 것보다 목숨을 연명하는 것이 더 중요했다. 어느 정도 굴렀는지 알 수 없게 되었을 때 그는 몸을 멈추고 고개를 들었다. 바로 눈 위에 셀로브의 덩치에 걸맞게 커다란 털에 둘러싸인 배가 눈에 들어왔다. 진현은 이를 악물고 운을 세워 들었다. 셀로브는 끼긱거리는 귀에 듣기 싫은 소리를 내며 몸을 빼내려고 했지만 그 움직임보다 진현이 운을 배에 찔러 넣는 것이 더 빨랐다. 그는 왼손으로 검의 손잡이를 받치며 있는 힘껏 검을 일으켜 세웠다.

키르르켁!

거미라고 생각되지 않는 기괴한 소리. 배가 뚫리는 둔한 소리가 나면서 곧 그 틈으로 초록빛의 진득한 액체가 터져 나왔다. 진현은 흙까지는 봐줘도 도저히 그것을 뒤집어쓸 엄두는 나지 않는 것 같았다. 그는 운을 꽂은 채로 거대한 다리들의 틈으로 빠져나왔다.

셀로브는 몸을 비척거리며 고통스러워했지만 목숨을 끊을 정도의 치명타는 되지 못한 듯했다. 진현은 재빨리 동굴의 한쪽 면에 등을 붙였고 다시 손을 앞으로 내밀었다. 이번에는 소리치지 않아도 운이 알아서 날아왔다.

진현은 흐트러진 머리카락을 한 손으로 쓸어 올렸다. 하얀 얼굴에는 물기 가득한 흙이 묻어 있었지만 그것마저도 그의 미모를 가릴 정도는 되지 않았다. 숨을 몰아쉬고 셀로브의 동태를 살폈다. 여기서 녀석을 죽인다면 슈린이 갇힌 곳을 알 수 없기에 진현은 가만히 놈을 주시했다. 셀로브는 검은색으로 번뜩이는 8개의 눈을 이리저리 움직이다가 곧 몸을 돌려 동굴 안쪽으로 달아났다. 상처를 입었다고는 하지만 엄청나게 빠른 움직임이었다.

그리 강한 것은 아니라 생각했다. 하지만 확실히 덩치는 어마어마했고 빠르기는 거의 작은 거미 못지 않게 빨랐다. 어느 정도 수준의 모험가가 아니라면 엄두도 내지 못할 정도의 괴물. 진현은 검은 셔츠에 묻은 흙을 털어냈고 바지 주머니를 뒤적거려 파란색 손수건을 꺼내어 얼굴을 닦았다. 운에도 녹색 액체가 묻어 있었지만 몇 번 공중에서 휘두르자 원래대로 돌아갔다.

그는 흙이 잔뜩 묻은 손수건을 다시 집어넣는 대신 바닥에 던져 버리고는 다시 검의 손잡이를 움켜쥐었다. 다리를 끌린 흔적들 사이로 녹색 액체가 길게 줄을 이으며 떨어져 있었다. 동물이든 곤충이든 상처 입으면 보금자리나 자신이 가장 안전하게 생각하는 장소로 갈 것이 분명했다. 이마에 맺힌 땀을 닦아낸 진현은 다시 동굴의 안쪽으로 걸음을 옮겼다.

『어디로 갔을까?』

운의 낮은 목소리가 들려왔다. 진현은 고개를 살짝 저으며 침착한 어조로 답했다.

"모르지. 하지만 분명한 것은 아주 먼 곳까지 도망 갈 수는 없다는 거야."

『그런데 너, 이래도 괜찮은 거냐?』

진현은 걸음을 멈추고 운을 내려다보았다. 그래 봤자 인간처럼 표정을 볼 수 있는 것은 아닐 테지만 왠지 지금은 그렇게 해야 할 것 같아서였다. 그는 뭘 묻는지 모르겠다는 표정을 지어 보이며 운에게 말했다.

"무슨 뜻이지?"

운은 한참 동안 대답이 없었다. 진현은 작게 고개를 갸웃거렸고 곧 그런 그의 귓가에 운이 조심스레 말했다. 조심스레 말하는 기색이 역력한 목소리였다.

『셀로브는 하급이지. 아니, 중급 정도 될까? 하지만 그의 어미인 운골리언트는 상급 마족이라고 들었다. 암흑이 처음 시작될 때부터 있었다고 하니까. 한데… 괜찮은 거야?』

"……."

진현은 눈을 몇 번 깜빡거리더니 다시 낮은 목소리로 웅얼거렸다.

"무슨 말이 하고 싶은 거냐?"

진현의 목소리는 음울할 정도로 낮게 들렸고 운은 잠시 동안 그의 기색을 살피는 듯했다. 방금 전 셀로브와 싸웠던 그 자리에서는 길게 흙먼지가 피어 올랐지만 잠깐의 시간도 지나지 않아 흙 바닥으로 가라앉았다. 긴 호선들과 벽이 뚫린 동굴 벽이 보는 이로 하여금 흠칫하게 만들 정도였다.

똑똑.

마치 나무문을 손가락으로 두드리는 소리가 들리었지만 그것은 나무뿌리에 맺혀 있던 물방울들이 바닥으로 떨어지는 소리였다. 음산했지만 그랬기에 따뜻했다. 어떤 의미일까? 그런 것은… 불안하지만 동시에 안심이 된다는 것과 같은 느낌. 검은 어둠 속에 몸을 뉘이면 그 의미를 알 수 있게 된다. 불안하다. 하지만 동시에 거대한 어둠, 그녀의 품 안에서 잠이 들게 되는 것과 같다.

운은 씁쓸하게, 그리고 극히 조심스러울 정도로 말했다.

『같은 어둠에 몸을 묻은 존재로서 동족의 삶을 방해할 수는 없는 거잖아.』

다시 한 번 작고 작은 물방울이 바닥에 고여 있는 물구덩이로 떨어져 내렸다. 물방울의 파문이 크다고 생각하는 이는 아마 거의 없을 것이다. 자신의 눈에 보이는 구덩이는 극히 작으며 또한 그것이 그 구덩이를 넘는 파문을 일으킬 수 없으므로. 인간은 언제나 자신의 기준에서 생각한다.

구덩이의 입장이 되어보면? 작은 물방울 하나라고 하더라도 그것이 자신의 몸을 뒤흔드는 파문은 거대하기 이를 데 없다. 잔잔한 음악과도 같이 물방울들이 구덩이를 향해, 그리고 그대로 흙 바닥에 몸을 부딪히고 작은 편린이 되어 공중에 흩어져 버렸다. 진현의 목소리가 작게 들려왔다.

"…난 아냐."

『…….』

운은 더 이상 아무런 말도 하지 않았다. 왠지 그의 얼굴이 보였다면 시무룩한 표정 내지는 참참한 표정일 것 같았다. 진현 역시도 그에 어울리는 표정을 지었다. 그는 걸음을 옮겨 동굴 안쪽으로 걸어갔다. 한 사람과 하나의 검은 아무 말도 하지 않고 그대로 길을 걸어나갔다.

"과연 구하고 나올까?"

에오로는 바위에 걸터앉은 채로 턱을 괴고 있었다. 그는 팔에 의해서 잘 벌려지지 않는 입을 딱딱하게 우물거리며 말했고 다른 사람들의 시선이 모두 에오로에게 향했다. 왼쪽 다리를 오른쪽 다리 위에 꼬고 앉아 있는 자세가 참으로 여유로워 보였지만 정작 그의 표정은 그리 밝아 보이지는 않았다. 그의 시선은 한결같이 동굴 안쪽의 입구로 향해 있었다.

현홍은 그가 앉아 있는 바위 아래에 주저앉듯이 앉아 있었고 니드는 나무에 몸을 기댄 채 무어라고 계속하여 중얼거리고 있는 중이었다. 그리고 엔트는 자신이 저지른 죄에 대한 생각을 하는 것인지 고개를 푹 숙이고 일행들과는 아주 약간 떨어진 곳에 앉았다. 그는 무릎 사이에 고개를 파묻고 있다가 문득 들린 에오로의 목소리에 조심스럽게 고개를 들어 올렸다. 그의 암갈색 눈동자는 빨갛게 변해 있었고 눈가는 촉촉하게 젖어 있어서 한참을 울었다는 것을 알게 해주었다.

그 모습에 현홍은 씁쓸하게 웃었다. 그는 천천히 몸을 일으켜 엔트 쪽으로 걸어갔다. 그리고 엔트의 옆에 털썩 소리를 내며 주저앉고는 다정히 웃으며 말했다.

"그만 좀 울어요. 보기 안 좋아요."

솔직히 말해서 보기가 좀 그랬다. 거기다가 그가 눈물을 흘린 직후부터 계속하여 숲의 나무들의 우석거림이 더 커진 느낌이 들었다. 숲의 수호자라던데 정말이구나. 현홍은 그렇게 중얼거리며 고개를 돌려 숲의 안쪽을 바라보았다.

나무들의 흔들림이 거세었다. 바람은 거의 불지 않는데 저렇게 움직이는 모습이 소름 끼치기도 했다. 그렇지만 그 나무들은 엔트의 자식들. 부모가 울고 있는데 자식이 슬프지 않을 수가 있겠는가? 그리고 그 행동들이 전부 자신들을 위해서 한 행동이었으니…….

나무들은 나뭇가지를 조금씩이나마 움직이거나 나뭇잎들을 서로의 몸에 부딪쳐 대며 울고 있었다. 울고 있다는 표현이 정확할 정도로 음산한 소리였다. 평상시의 밝은 햇살 아래에서 바람이 부는 대로 흩날리는 그런 것이 아니었다.

니드는 눈살을 찌푸리며 고개를 들어 나무들을 올려다보았다. 그 마음을 아주 모르는 것은 아니었지만 그들도 지금 두 명의 동료가 알 수 없는 곳으로 가서 사지死地를 걷고 있는데 마음이 편할 리가 없지 않은가. 한데 저런 을씨년스럽기 그지없는 소리가 귓가를 어지럽히니 마음이 더욱 심난해져 버렸다.

현홍은 짧게 한숨을 쉬고 엔트의 어깨를 툭툭 토닥여 주었다.

"울지 말아요. 당신이 우니까 당신들의 아이들도 울고 있잖아요. 당신이 당신 스스로의 죄를 잘 생각하고 반성한다면 그것으로 됐어요. 그러니 그만 울어요."

그렇게 진심을 담아 위로를 했지만 엔트는 눈물 한 방울만 또르륵 흘릴 뿐 별다른 반응을 보이지 않았다. 이렇게 여린 마음인데 어떻게 그런 짓을 할 생각을 했는지조차가 더 의심스러울 정도였다. 역시 자식을 생각하거나 자신의 소중한 것을 생각하는 마음은 무서운 것 같았다. 현홍은 쓰게 입꼬리를 올리고는 다시 정면을 바라보았다.

햇살이 점점 붉게 변하는 것을 보아 시간은 저녁쯤이 되어가는 듯했다. 하얗게 동굴의 바위를 비추고 있던 빛이 시시각각 변해감에 따라 흰색의 거석들도 자신의 몸 색깔을 바꾸는 것처럼 보였다. 하얀색에서 노란색, 다시 주황색으로. 약간 노란빛이 섞여 들어간 햇살을 보니 하늘이 보고 싶어졌다. 거대한 숲에 가려 하늘을 볼 수 없는 것이 조금 불만이 되었다.

앞으로 몇 걸음 걸어가면 나무들이 자라지 않는 동굴 앞이 있다. 그곳에서라면 하늘을 볼 수 있을 테지만 일어서고 싶지 않았다. 아니, 모두가 가만히 기다리는 이 시점에서 움직인다는 것이 겸연쩍게 여겨졌기 때문일 듯하다. 지금은 움직이면 뭔가 깨져 버릴 것 같았다. 손에 든 나뭇잎을 빙글거리면서 돌리는 니드도, 그리고 가만히 턱을 괸 채 동굴의 입구만을 뚫어져라 바라보는 에오로도 뭔가 하고 싶은 행동도 하고 싶은 말들도 있을 테지만, 그럼으로 인해 뭔가 바랬던 것이 깨질 것 같다는 알 수 없는 두려움과 걱정 때문에 그 자세 그대로 마치 달관한 듯해 보이려 애쓰고 있는 것이다.

멀뚱히 눈만 소처럼 깜빡거리며 현홍은 무릎을 모아 세우고는 엔트와 비슷한 자세를 취했다. 턱을 무릎에 올리고 동굴을 바라보았다. 햇살은 따스한 빛을 더해가는데 저 동굴 안쪽은 어떨까? 현홍은 동굴을 잠시 동안 쳐다보다가 곧 고개를 무릎 사이에 파묻었다.

동굴의 벽면이 갑작스레 넓어지고 있었다. 거의 일직선에 가까울 정도로 변화가 없던 동굴 벽이 수십 명의 사람이 드나들어도 문제가 없을 정도로 넓어지기 시작한 것이다. 한참을 걸어 들어온 직후의 일이었다. 진현은 위와 정면을 번갈아 바라보면서 앞으로 천천히 걸어갔다. 하지만 그가 생각하기에만 충분히 신중해 보였지 거대한 몬스터가 있는 동굴에서 걸어가는 사람치고는 빨랐고 얼굴의 표정도 여유있는 모습이었다.

왼손에는 운을 들고 오른손으로는 동굴의 천장에서부터 흘러내리는 물기로 축축한 동굴 벽을 짚으며 걸어가던 진현의 눈에 반짝이는 무언가가 들어왔다. 진현은 순간 한 발자국 뒤로 걸음을 옮겼지만 고개를 갸웃거린 후에 다시 앞으로 걸어갔다.

이상한 느낌. 아니, 이것은 몸 자체에서 반응하는 느낌인 것이다. 반짝이는… 반짝이는……. 보통 〈반짝이는〉이라고 하는 말의 뒤에 올 법한 단어들을 진현은 머리 속에 늘어나 보았다. 반짝이는 별, 동굴 속에서 말도 안 된다. 반짝이는 눈망울, 스스로가 미쳤다는 생각을 잠시 했다. 반짝이는 보물, 이것은 말 된다. 그리고 생각이 거기까지 미쳤을 때 그는 이미 달리듯이 걷고 있었다.

생각으로 뛰려고 한 것이 아니라 몸의 본능이었다. 얼마쯤 뛰었을까? 아무리 작게 잡아도 백 미터 정도는 될 성싶었다. 그리고 진현은 멈추어 섰다. 그의 하얀 얼굴이 샛노랗게 변해갔다. 그의 얼굴을 휘갈기는 황금빛 때문이었다. 한쪽 벽을 짚고 있는 손에 힘이 들어갔다.

지금 그의 눈앞에 보이는 장면을 니드가 본다면 그대로 졸도해 버릴지도 모르는 일이다. 하지만 진현은 그렇지 않았다. 저런 종류의 보석들과 금화들을 많이 보아왔기 때문도 있었으며 기절을 하면 저것들의 모습을 보지 못하지 않는가? 그는 입가에 걸리려는 미소를 가까스로 지우면서 한 걸음 앞으로 내디뎠다. 마치 개미들의 동굴처럼 길다란 길의 끝에 마련되어 있는 방과 같은 모양의 동그란 장소였다. 그리고 그곳에는 온갖 종류의 보석과 금화들이 누가 더 아름다운가를 뽐내듯이 반짝이고 있었다.

그 장소를 가득 메울 정도는 되지 않았지만 그래도 충분히 많은 양이었다. 욕조 몇 개를 가득 채우고 거기서 쏟아지는 금화로 목욕을 할 정도의 양. 휘황찬란한 다이아몬드와 루비, 사파이어로 장식이 된 보검寶劍과 몇 개의 커다란 황금 상자, 그 상자의 궤짝은 열려져 있었고 그 틈으로 에메랄드와 토파즈 등의 보석들이 보였다. 왕이나 왕비에게 바쳐도 손색이 없을 정도의 화려한 모양의 목걸이도 보였다. 세는 데만 해도 몇 달 내지는 몇 년은 걸릴 것 같은 금화들이 동굴 안을 환하게 밝혔고 수만 가지의 보물들이 즐비했다. 아마도 수레로 몇 수레는 퍼 날라야 다 들고 갈 정도로 많은 양이었다. 드래곤의 레어Lair 등에 있는 보물과는 비교할 수조차 없을 정도로 작은 양이기는 했지만 그래도 이것이 어디랴?

진현은 금화들 쪽으로 걸어가 한쪽 무릎을 굽히고 보석으로 장식된 목걸이 하나를 집어 들고는 이리저리 쳐다보았다. 그 목걸이는 언뜻 보기에 물방울 모양으로 세팅된 듯한 다이아몬드가 중앙에 박히고 그 옆으로 사파이어들과 작은 다이아몬드들이 수백 개로 이루어진 목걸이였다.

"크기는 대략 60캐럿 정도 되는군. 순도가 높고 불순물도 찾아볼 수 없을 정도로 적어. 무색 투명이라 상품의 가치도가 높으며 무엇보다 더블 로즈 커트, 세팅이 아주 정교하군. 이 시대에도 이렇게 세팅을 할 수 있다니. 그 외의 사파이어들은 확연하게 볼 수 있는 푸른색, 실론 커트의 세팅. 작은 다이아몬드들도 1캐럿을 넘으니…… 추정 가격은 아무리 작게 잡아도 수억 원은 되겠어."

『…너, 지금 뭐 하는 거냐?』

마치 당장이라도 고함을 지를 것처럼 잔뜩 억누른 목소리로 운이 말했지만 진현은 그것을 들었는지 아니면 듣고도 그대로 무시하는 것인지 황홀한 눈빛으로 보석들을 바라보았다. 한시라도 빨리 슈린을 구하자고 했던 사람이 누구던가! 하지만 그런 말을 한 기억이 없다는 표정으로 진현은 이 보석, 저 보석을 만지기 시작했다. 그것도 아주 세밀하면서도 깨지는 것을 들어 올리듯이 자상하게 보석들을 어루만졌다.

"호오, 이 다이아몬드는 희귀한 블루 다이아몬드로군. 거기다가 연마하기 힘들다는 혼합형의 커트! 굉장해. 이 팬시 컬러들의 다이아몬드 몇 개만 있어도 평생 호의호식하며 놀고 먹다 못해서 자손 대대로 물려주겠는걸. 이 완벽한 균형의 커트라니! 누가 했는지는 몰라도 가서 배우고 싶어. 아아, 이것은 또 희귀한 갈색의 팬시 다이아몬드. 사과 색도 있군."

그답지 않게 흥분하는 모습에 운은 잠시 할 말을 잃었지만 곧 정신을 가다듬고 소리를 빽 하고 질렀다.

『야! 정신 차리지 못해! 이러고 있다가는 슈린은 셀로브 저녁 밤참거리가 되겠다!』

진현은 운을 슬쩍 내려다보더니 곧 퉁명스러운 목소리로 대답했다.

"설마 벌써 잡아먹겠어? 아마 두고두고 먹으려고 실로 꽁꽁 싸서 보관해 놓았을 거야."

"맞아."

갑자기 들린 목소리에 운과 진현은 입을 다물었다. 대답을 한 것은 운이 아니었다. 그럼, 여기서 또 누가? 진현은 황급히 보석들을 집어던지지… 는 않고 자신의 셔츠 주머니 속에 조심스럽게 넣으면서 고개를 돌렸다. 운을 반쯤 뽑아 들고 목소리가 들린 곳을 노려보았다. 보석들에 가려서 잠시 보이지 않았다. 아니, 빛에 가려져서 잘 보이지 않던 문이 하나 덩그러니 보석 산의 뒤편에 있었다. 그리고 그곳에는 청년

쯤으로 보이는 남자 한 명이 그 문에 한 팔을 기대고 서 있었다.

보석들의 빛이 비추고 있었지만 그의 안색은 창백했다. 온통 암갈색의 옷에 회색 빛을 띠는 검은 머리카락을 가진 청년이었다. 그는 입술을 꽉 깨물고 문에 기대지 않은 손으로 복부를 잡고 있었는데 그 손가락 사이로 묽은 피가 흘러나왔다. 날카롭게 찢어진 눈매가 파르르 떨렸다. 고통에 힘겨워하는 모습. 저 모습을 보고 있으면 정체를 묻지 않아도 아는 것이 당연했다. 진현은 천천히 꿇었던 무릎을 펴고 일어섰다. 그렇지만 남자는 미동도 하지 않았다.

복부에서 흐르는 피가 상당했다. 그의 로브처럼 보이는 옷을 물들였고 그것은 로브의 자락을 타고 흘러 바닥을 적셨다. 아마도 저대로 둔다면 죽을 것만 같아 보이는 모습이었다. 하지만 진현은 아무런 말 없이 매섭게 그를 쏘아보며 확인차 물었다.

"…셀로브로군."

남자는 부정하지 않은 채 고개를 살짝 끄덕였다. 고통을 참느라 깨물었던 아랫입술이 파리해져 가는 것이 보였다.

스르릉.

진현은 운을 완전히 뽑아 들었다. 그렇지만 셀로브라고 자신을 밝힌 남자를 향해 겨냥한다던가 하지는 않았다. 다만, 그 상태만으로도 셀로브는 검에 찔린 표정을 지어 보였다. 미간을 잔뜩 좁히고 간신히 쓰러지지 않는 것 같은 모습의 그는 이를 뿌드득 갈고는 진현에게 말했다. 너무 작은 목소리이고 낮은 음성이어서 잘 들리지는 않았지만 조금 쉬어 있다는 것을 알 수 있게 해줄 정도는 되었다.

"큭, 왜 날 공격하는 거지? 이곳에는 왜 들어온 거냐."

진현은 눈을 꿈틀거렸다. 당연한 것을 묻다니.

"네가 내 동료를 먹이로 삼으려고 했으니까. 그를 구하러 온 거다."

"…동료? 그 흰 코트를 입은 소년을 말하는 것 같군. 쿨럭."

"그래, 어디 있지?"

셀로브는 잠시 말을 멈췄다. 고통 때문에 말을 제대로 하지도 못하는 것 같았다. 몇 번 헛기침을 한 후에야 간신히 그는 입을 열었다.

"여기서 안쪽… 쿨럭! 큭! 커헉. 이문을 따라서 식량 창고에……."

거기까지 말을 뱉듯이 말한 그는 다리에 힘이 풀린 것인지 바닥에 무릎을 꿇었다. 한쪽 손으로 벽을 붙들고 있었지만 어쩔 수 없는 듯했다. 벌려진 입술을 타고 흘러내린 핏방울이 길게 이어졌다. 머리카락 때문에 얼굴을 볼 수 없었다. 그렇지만 괴로워하고 있으리라. 진현은 잠시 고개를 갸웃거린 후에 셀로브를 내려다보았다.

"이상하군."

『뭐가?』

운의 의아해하는 목소리. 하지만 진현은 셀로브를 향해 한 발자국 앞으로 내디디며 말했다.

"왜 본모습을 버리고 그 모습으로 나타난 거지? 상처 정도는 감춘 후에 마치 셀로브에게 붙잡힌 사람 노릇을 하며 날 공격했을 수도 있었을 것이다. 아니면, 그대로 은신처에 숨은 채로 내가 나갈 때까지 기다리던가. 왜 스스로 죽으려고 찾아온 거지?"

셀로브는 서서히 고개를 들었다. 그의 입가에는 비웃음이 가득 묻어나 있었고 그것을 보는 진현은 눈가를 움찔거렸다. 피가 흐르고 있는 복부를 붙잡은 채로 셀로브는 곱씹는 듯한 목소리로 낮게 소리쳤다.

"웃기는군. 나는 자존심도 없는 줄 아나? 큭, 컥! 내가 제 아무리 어머님만 못하다고 하지만 긍지 높은 마족이다. 인간 따위에게…… 흠,

지고도 목숨을, 쿨럭! 쿨럭! 모, 목숨을 구걸하지는 않아! 비겁한 수는, 컥……! 크흠. 비겁한…… 비겁한 수는 쓰지 않는단 말이다!"

낮지만 악에 받친 목소리였다. 운은 빈정거리는 말투로 중얼거리듯 말을 내뱉었다.

『그 인간 따위를 먹고 살면서 긍지 같은 소리 한…….』

어이없게도 그는 말을 끝맺지 못하고 진현의 우악스러운 손길에 의해 바닥에 내던져진 후에 잘근잘근 밟혔다. 진현은 인사불성이 된 운을 들어다 검집에 꽂아 넣었다. 그러자 이번에는 셀로브가 어이없는 표정을 지었다. 그는 단칼에 자신을 베어낼 줄 알았는데 눈앞의 사람은 어깨를 으쓱거리고 있는 것이다. 그는 다시 한 번 이를 갈면서 처절하게 외쳤다.

"동정 따위는 필요없다! 괜히 착한 척하지 마! 재수없는 인간 같으니!"

진현은 아무 말 없이 셀로브를 내려다보다가 그를 스쳐 지나서 문 쪽으로 걸어갔다. 셀로브는 황급히 고개를 돌렸지만 진현은 묵묵히 안쪽으로 걸음을 옮겼다. 등 뒤에서는 뭐라고 소리치는 셀로브의 목소리가 들렸지만 진현은 뒤도 돌아보지 않았다. 그의 입가에는 쓰디쓴 미소가 걸려 있었다.

그리고 얼마의 시간이 지나 자신의 목소리가 아무리 커도 셀로브에게 들리지 않을 정도의 거리를 걸어온 그가 조용히 중얼거렸다. 그의 표정은 아주 묘하고도 희한해서 마치 사형 선고를 받은 사람이 죽은 후에 천국에 간다는 소리를 들은 것 같은 얼굴이었다. 그는 실소를 머금은 입가를 작게 놀렸다.

"긍지 높은 마족이라. 오랜만에 듣는 소리로군. 아직 어리기는 하지만 조금 더 큰다면 상급 만족이 될 수도 있겠어."

마치 기대가 된다는 말투. 그는 피식 웃고는 고개를 저었다. 동굴은 대체 어디까지 이어질지 모를 정도로 거대했고 또한 깊었다. 시간 감각이 마비된 느낌. 밖이 밤인지도, 아니면 낮인지도 모를 정도였다. 그의 얼굴은 약간 피로해 보이기는 했지만 별달리 지쳐 보이는 기색은 없었다. 하지만 조금씩 지겨워지기 시작한 것은 사실이다.

엔트가 두렵다고 한 몬스터도 별것 아니었고 보물은 많이는 아니지만 셔츠 주머니 속에 들은 것만 하면 괜찮은 성과였다. 이제 슈린만 구하면 밖으로 나갈 수 있겠지만 또 들어왔던 길을 걸어서 나가려니 짜증이 날 정도였다. 셔츠는 물기로 축축했다. 흙 바닥을 뒹굴었고 동굴 안 전체가 습기로 가득했으니 옷이 젖는 것은 당연한 일이었다.

흙을 파고 동굴 안까지 드러났던 나무뿌리들이 어느 순간부터 사라졌다. 천장을 바라보니 흙이 아닌 벽돌처럼 되어 있었다. 이런 곳에 벽들이? 진현은 운을 뽑아내어 검끝으로 벽과 천장의 벽을 두드려 보았다.

까앙.

벽돌 특유의 소리와 함께 가루가 흩어져 내렸다. 그냥 일반적인 바위가 아니다. 고개를 돌려보았다. 아무런 기척도 느껴지지 않았다. 다시 고개를 들어 천장을 바라보았을 때 진현은 눈살을 찌푸렸다. 자세히 살펴보니 그것은 일반적인 바위도, 집을 지을 때 쓰는 벽돌도 아닌 흰색의 대리석이라는 것을 알 수 있었다. 신전이나 그 외의 견고한 구조물을 세울 때나 쓰던 귀한 자재였기에 더욱 의문이 들었다. 이런 곳에 왜 대리석이 있을까 하는.

두리번거리며 주위를 살펴본 후에 진현은 입술을 살짝 깨물고 다시 앞으로 나아갔다. 얼마 떨어지지 않은 지점에 돌로 된 벽이 보였다. 아무런 무늬도 없는 그냥 벽. 하지만 진현은 아무 거리낌도 없이 손을 내밀어 벽의 한쪽 끝을 세게 밀었다.

그그극.

바위와 바위가 서로에게 갈리는 소리가 나면서 벽은 제약 없이 미끄러지듯 열려졌고 어느 정도의 틈이 생기자 진현은 그 안으로 들어섰다. 그리고 딱딱하게 표정이 바뀌어 버렸다. 식량 창고. 말이 좋아 식량 창고지 완전히 시체 보관소라고 해도 손색이 없을 정도였다. 새삼스럽게 니드와 현홍과 에오로를 데리고 오지 않은 것이 천만다행이라는 생각이 들었다. 벽 안쪽으로는 일반 가정집의 거실 크기만한 방이 있었다.

어두컴컴하고 한줄기의 빛도 바람도 들어오지 않는 곳. 한쪽 벽면에 걸려진 작은 랜턴이 아니었다면 제대로 앞을 보지도 못할 정도였다. 코를 찌르는 역한 냄새에 낮에 먹었던 음식들이 식도를 타고 역류하는 불쾌한 느낌마저 들었다. 시체라는 것은 아무리 보아도 익숙해지지 않는 것 중의 하나였다.

그는 천천히 방 안을 둘러보았다. 시체. 말 그대로 그것들뿐이었다. 숨을 쉬고 움직일 생전에는 인간이었을 법한 고깃덩어리들이 벽 한쪽에 아무렇게나 던져져 있었다. 그리고 고개를 들어 천장을 보니 정육점의 쇠고기마냥 갈고리에 목 뒤가 꽂힌 채 묶여져 있는 것도 보였다. 먹은 것일까. 하반신은 존재하지 않았다. 팔 하나, 다리 하나 떨어진 것은 기본이었고 머리가 터져 뇌수가 흘러나온 것들도 많았다.

사실 냄새만 아니어도 시체라는 것 따위에게는 별 관심도 없었다. 엄청나게 오랜 세월 동안 늘 보아왔다고 해도 과언이 아닌 것을. 어차피 음식과 마찬가지인 것이다. 그저 단백질과 지방으로 이루어진 고깃

덩어리들뿐. 마법이라도 걸어둔 것인지 시체들은 썩지 않고 죽음을 당한 직전의 모습 그대로였다. 바닥은 시체들에게서 흘러나온 체액과 핏덩이로 찌걱하게 달라붙었다. 진현은 기분 나쁜 듯 미간을 찌푸린 채 고개를 두리번거렸다. 슈린은······.

이리저리 돌아보던 진현의 눈에 낯익은 옷깃이 보였다. 방의 한쪽 구석 모퉁이에 슈린이 쓰러져 있었다. 셀로브의 실이라고 생각되는 하얀 실에 묶여져서 마치 죽은 것처럼 옆으로 쓰러져 있는 모습을 본 진현은 황급하게 그에게 달려갔다. 죽은 건가? 하지만 슈린의 얼굴을 한 손으로 매만진 그는 안도의 한숨을 쉬었다. 차갑지만 시체 같은 차가움은 아니었다. 몸이 뻣뻣하게 굳어 있기는 하지만 그것은 묶여져 있어서 피가 잘 통하지 않았기 때문일 것이다. 다행히도 잡은 직후에 먹는 버릇은 없는 것인가.

애처로울 정도로 조용히 감긴 슈린의 두 눈을 보면서 진현은 고개를 저었다. 밤하늘처럼 검은 머리카락에는 동굴로 떨어질 때 다쳤는지 찢겨진 이마에서 흘린 피가 엉겨져 붙어 있었다. 하얀 얼굴에도 핏줄기가 이어져 있었지만 이미 말라붙은 지 오래된 듯 보였다. 이렇게 되면 늦게 온 것에 대한 미안한 마음이 아주 조금이나마 들기 시작한다. 진현은 가만히 슈린의 얼굴을 내려다보고 있었다. 왜인지는 모른다.

처음 봤을 때부터일까? 이 아이가 이상하게 자신과 닮았다는 생각을 한 것은. 도통 사람을 믿지 않을 것만 같은 눈, 무표정한 얼굴, 강하게 보이려고 애쓰는 모습. 예전의 자신과 겹쳐져 보였다. 아주 잠깐이나마 항상 자신을 따라오려고 하는 모습도, 이기려는 모습도 그 예전의 자신과 비슷해서 잔잔한 미소가 머금어졌다. 하지만 언젠가 슈린 본인도 알게 될 것이다. 겉으로 보이는 모습만이 전부가 아니라는 것을. 그것을 알 때쯤이면 많이 커 있겠지.

　조심스럽게 손을 뻗어 머리를 한번 쓰다듬은 진현이 운을 뽑아 들었다. 그리고 조심스럽게 실 조각들을 끓어냈다. 길다란 검으로 그렇게 자르는 것이 힘겹기는 했지만 지금은 어쩔 수가 없다. 다음부터는 발목 같은 데 나이프라도 숨겨서 들고 다녀야지 하는 말을 중얼거릴 즈음 슈린의 몸을 묶고 있던 실들은 모두 조각조각 잘려져 나갔다.

　조심스럽게 슈린의 한쪽 팔을 잡아서 자신의 어깨에 걸쳤다. 키 차이가 많이 나지 않아서 불편한 것은 없었다. 다만 무거울 뿐. 기절한 사람이나 잠이 든 사람은 평상시보다 무겁다는 진리를 절실히 통감하며 진현은 굽혔던 무릎을 펴고 자리에서 일어났다.

　"아, 아직까지 안 갔다니……. 놀랍군, 인간. 쿨럭!"

　들은 적이 있는 목소리와 기침 소리. 진현은 문 쪽으로 시선을 돌렸다. 그곳에는 나타났을 때와 마찬가지로 셀로브가 고통에 힘겨운 모습으로 벽에 기댄 채 서 있었다. 그의 배에서 흘러나온 피는 굉장했고 아직까지 죽지 않는 것이 더 신기해 보였다.

　"뭐지? 여기까지 올 힘도 남아 있었나? 죽지 않았군."

　차갑게 내뱉는 진현의 말에 셀로브는 피식 웃었다. 힘없는 미소였지만 파리하게 질린 그의 얼굴에서는 눈에 띌 정도의 웃음이었다. 셀로브는 짧게 숨을 몰아쉬었다. 왜 여기까지 온 것일까. 몸을 움직이면 움직일수록 출혈의 양은 많아진다. 한데 그곳에서부터 이곳까지 오다니. 이제 와서 뒤통수를 치려는 것일까? 하지만 저런 몸으로는 그것조차도 불가능할 것 같았다. 그는 몸을 한차례 비틀거렸다. 이대로 쓰러져 죽어도 이상해 보이지 않을 정도. 등을 벽에 기댄 채 셀로브는 주르륵 미끄러져 내려갔다.

진현은 움찔거렸지만 쉽사리 달려가고 싶은 마음은 들지 않았다. 그렇다고 죽게 내버려 둘 수는 없는 처지. 속으로 짧게 욕지거리를 내뱉은 다음 진현은 천천히 슈린을 끌고서 셀로브 쪽으로 걸음을 옮겼다. 셀로브는 힘겨운 숨을 쉬었고, 지금 그가 죽는 것을 놔두자니 그의 어머니인 웅골리언트를 볼 면목이 생기지 않았다. 될 수 있으면 보지 않았으면 하지만. 그는 슈린을 다시 벽에 등을 기댄 채 놔두고 셀로브의 앞에 한쪽 무릎을 세운 채 앉았다. 셀로브는 힘없이 두 눈을 뜨고는 진현을 바라보았다.

"컥, 최후에…… 어떻게 죽는지 두 눈으로, 쿨럭! 똑바로 보려는 거, 거냐? 큭, 인간다운 치졸한 짓… 크흡."

"그런 새디스트 같은 취미는 없어."

진현은 씁쓸한 표정으로 고개를 저었고 곧 손을 뻗어 셀로브의 어깨를 잡았다. 셀로브는 흠칫하고 몸을 떨었지만 그에게 있어서 지금 진현의 손아귀에서 벗어날 방법이 없었기에 그저 눈만 크게 뜰 뿐이었다. 진현은 셀로브의 어깨를 잡은 채 자신 쪽으로 끌어당겼다. 셀로브의 얼굴이 자신의 가슴에 묻힌다는 느낌이 들 정도의 포즈가 취해지자 그는 낮게 읊조렸다.

"하나의 어둠이며 하나의 빛, 모든 것의 어머니여, 피를 흘리고 쓰러진 자가 고통에 힘겨워하고 있으니 당신의 손길을 빌려주소서. 자비로운 혼돈의 이름으로… 힐 운드Heal Wound."

그러자 어깨를 짚은 손에서부터 검은색의 희뿌연 연기 같은 것이 피어오르기 시작했다. 그리고 그것은 그의 손을 걸쳐 셀로브의 어깨에서 배까지 완전히 그를 뒤덮듯이 물들이고는 곧 사라져 버렸다.

싱거울 정도의 짧은 시간이었지만 그 시간 속에서 셀로브의 배에서 흐르던 피는 멈추어 있었다. 그렇지만 약간의 고통은 남아 있는 것인지 셀로브는 눈가를 꿈틀거리면서 현재의 상황을 이해하지 못한다는 말투로 말했다.

"뭐, 뭐 하는 짓이지? 너 같은 인간이 왜 날 구해주는 거냐?"

진현은 아무 말도 하지 않았고 조용히 고개를 가로저었다. 그리고 다시 슈린의 팔을 붙들어 어깨에 걸쳤다. 셀로브는 그래도 벽에 등을 기댄 채 앉아 있으면서도 진현을 올려다보았다. 그의 얼굴은 아무래도 믿기 어려운 것을 현실로 보았다는 사람과 같은 표정이었고 진현은 실소를 터뜨렸다. 이해하기 힘들 것이다. 인간들과는 정반대의 생활을 살아간다고도 할 수 있는 마족들에게 인간들의 자비심이나 동정, 그 외의 여러 가지 감정들은. 인간들과는 다른 강한 힘과 끝없는 수명을 가진 이들은, 어처구니없게도 찰나의 생을 살아가는 인간들을 이해하려면 그 자신들의 수명이 다해가도 알 수 없겠지. 그 자신도 그랬으니까. 인간이 되어본 후에야 그것을 이해했으니까.

어려운 일일 것이다. 인간의 마음을 이해하는 것은 어쩌면 신이라도 불가능할 것이고, 그 신을 또한 만들어낸 만물의 어머니인 그녀 역시 마찬가지일지도 모른다. 신은 영원한 불멸자인 인간을 사랑하고 그에 대해 경배를 바친다고 그가 그렇게 말했었다.

진현은 쓰게 미소를 지었다. 하지만 그것은 단순한 행동에 지나지 않았으며 그의 눈은 미소와는 달리 그윽하게 깊어져 갔다. 옛 생각이 나서일까. 잠시간 허공을 바라보며 상념에 사로잡힌 듯해 보이던 그는 황급히 고개를 가로젓고는 쓴맛이 도는 입가를 꿈틀거렸다. 마음 한구석이 잠시 아릿해져 오는 기분이 들었지만 지금은 그럴 시간이 없었으며 어서 이곳을 나가야 했다. 상념이라는 것, 추억이라는 것에 빠질 시간은 많고도 많다. 그리고 지금은 그런 생각보다 행동이 우선 되어야 한다.

그는 입을 움직거려 알아들을 수 없는 말을 중얼거린 후에 한 걸음 발을 옮겼다. 그렇지만 곧 진현은 발을 멈추어야 했다. 자신의 셔츠 자락을 셀로브가 잡고 있었기 때문이다. 그는 미간을 찌푸리며 셀로브를 보았다. 하지만 셀로브는 자신의 정면만을 응시한 채 입술을 조금씩 움직였다. 워낙에 미세하게 움직여서 복화술을 하는 것처럼 보였다.

"지금, 가면 안 된다. 나가면 죽어."

"뭐?"

진현은 눈을 깜빡거렸다. 셀로브는 힘없이 계속 말했다.

"지금 나가면 죽는다고 말했다. 이 동굴의 주인 녀석이 기르는 애완견이 내 피 냄새를 맡았을 거다. 곧 동굴 안을 헤집고 돌아다닐걸? 이곳까지는 들어오지 못하니까, 여기 있는 편이 안전하다. 그가 자신의 동굴이 인간에게 더럽혀졌다는 것을 알면 난리가 날 거야."

그는 딱딱 끊어지는 목소리로 그렇게 말했지만 진현은 방금 들은 말을 이해할 수 없었다. 전개도 없고 본론도 없는데 결말만을 말한다고 누가 알아듣겠는가? 그는 차분하게 다시 물었다.

"무슨 말인지 가늠이 되지 않는군. 자세히 설명 좀 해줄 수 있을까?"

셀로브는 천천히 고개를 들어 진현을 보았다. 그의 입가에는 비웃음과 비슷한 미소가 걸려져 있었지만 표정은 별달리 변화가 없었다. 그는 다시 파리한 입술을 달싹였다.

"멍청한 인간, 그것도 모르고 이곳에 들어온 거냐? 하긴, 알았으면 들어올 리가 없었겠지. 돌아버린 인간이 아니라면야."

"그래, 멍청해서 미안하고 돌아버려서 미안한데, 뭘 모르고 있다는 거지?"

"두 번 말하게 하지 마라. 그는 이곳의 주인이다. 원래 이곳의 주인."

"네가 아니었나?"

"쿡, 나? 난 그놈에게 잡혀 있는 신세일 뿐이야. 동굴 입구를 막고 있는 바위는 나도 잘 모르겠어. 어느 순간부터 생긴 것이니까. 내가 그 녀석에게 이건 잘 기억이 안 나는데, 너무 오래되어서. 하여간에 내가 아직 어린 마물魔物일 때 이 동굴에 누군가로 인해 데려와졌다. 어머니가 잠시 동굴을 떠난 사이에……. 그리고 저 바위가 생겼고, 그 이후에 나는 그의 시중을 드는 존재가 되어버렸다."

진현은 잠시 입을 다문 채 셀로브를 바라보았다. 셀로브는 그 일이 그리도 분한 것인지, 아니면 자신보다 강한 이에게 붙잡혀서 이용을 당하는 것이 억울한지 아랫입술을 깨문 채 몸을 떨었다. 그렇지 않아도 핏기없이 파리한 입술이 더 파랗게 질려갔다. 셀로브는 중급 정도의 마족이다. 나이를 먹어감에 따라 더 강하게 될 것이지만 아직은 젊은 마족. 그렇지만 그의 어머니인 운골리언트는 다르다. 셀로브와는 격차가 나도 한없이 나는 존재. 어둠이 시작되었을 때 그 어둠에서 태어난 그녀는 상급의 마족 중 하나였다. 한데 그녀와 비슷한 힘을 가진 자가 이런 곳에 있다는 것이 믿어지지 않았다. 할 말이 없어진 것처럼 가만히 침묵하고 있던 진현이 천천히 입을 열었다.

"그럼, 이 시체들은 네가 아니라 그가……."

셀로브는 고개를 끄덕였다.

"그라기보다는 그 녀석이 기르는 애완견의 먹이야."

진현은 그제야 잊고 있었던 사실을 깨달았다. 운골리언트, 그녀는 그녀 자신의 마음속 허무함 때문에 끝없는 굶주림을 겪는다. 그리고 그 공허함을 채우기 위해 무엇이든 먹는다. 그녀는 빛을 증오했기에 그녀의 주식은 빛이었다. 어둠의 화신으로서 빛을 갉아먹는 것. 그런 그녀의 자식이 인간을 먹을 리는 없지 않은가. 그들에게 있어서 식량은 빛과 공기뿐이다.

진현은 그 생각을 왜 지금에서야 하는 것인지 스스로에게 혀를 차고는 셀로브에게 물었다.

"그는 대체 누구지? 네 어머니와 대치할 수 있는 자는 그다지 많지 않아."

어두운 얼굴이 되어 있는 셀로브가 대답했다.

"발록Balrog. 알고 있을지 모르겠군."

진현은 자신도 모르게 입을 딱 벌렸다. 잠시 후 그는 자신의 표정이 한심하리라 생각하며 애써 입을 다물고 목으로 침을 삼켰다. 그는 입속에서 도는 말을 꺼내지 말까 하다가 체념한 듯한 목소리로 낮게 말했다.

"빌어먹을! 재수가 없어도 유분수지……."

숲의 수호자 3

쿠르릉.

진현은 슈린을 바닥에 눕힌 뒤 벽에 등을 기대고 앉아 있었다. 그리고 두 손에 든 운을 까닥거리며 천장을 보았다. 천장에서는 자욱한 흙먼지와 함께 작은 돌 가루들이 떨어져 내렸다. 잠시 시간이 지난 후 다시 동굴 전체가 울리는 소리가 들렸고 그리고 다시 멈춰졌다.

잘못하면 동굴 전체가 무너져 내릴 수도 있겠지만 지금 이 난리를 피우고 있는 녀석도 자신이 사는 곳을 무너지지는 않게 하겠지 싶어 진현은 수수방관하고 있던 참이었다.

마주치기도 싫고 상대하기는 더 더욱 싫은 귀찮은 녀석이다, 발록은. 아니, 상대하지 않아도 된다. 그렇지만 만나기 자체가 껄끄러워지는 녀석이다. 될 수 있으면 인간의 힘으로 인간으로서 살고 싶다고 말한 것이 한 달도 채 되지 않았는데 그 녀석을 만난다면 그 말은 말짱

황이 되어 버리니까. 그러니 만나고 싶지 않았다.

　그렇다고 저 짓을 멈출 때까지 기다리는 것도 싫었다. 지금 진현이 있는 장소는 시체들의 역겨운 냄새가 가득한 곳. 한시라도 빨리 이곳을 나가고 싶은 것이 그의 심정이었다. 운 역시 그 심정은 마찬가지였다. 다만, 셀로브만은 가만히 무언가를 기다리는 사람마냥 앉아 있었다. 무슨 생각을 하는 것일까. 고개를 약간 숙인 채 땅바닥만을 내려다보고 있는 모습이 약간 처량하게도 보였다. 보통 인간보다는 확실히 구별될 정도로 하얗고 파리한 얼굴에 검은 머리카락이 실처럼 늘어뜨려져 있었다. 몇 분이 지났을까, 아니면 몇십 분이 지났을까. 알 수 없을 정도의 시간이 지난 후 참지 못한 운이 낮은 목소리로 소리쳤다.

　『계속 이러고 있을 거냐!』

　진현은 운을 쳐다보지도 않은 상태에서 퉁명스럽게 대답했다.

　"이러고 있지 않음? 발록을 이길 수 있다는 말이냐? 참고로 말해 두건데 발록은 그 힘뿐만이 아니라 뛰어난 마법사이기도 하다. 고작 100년이 넘는 세월을 몇 가지 마법만 가지고 살아온 너와 계속해서 마법을 쌓고 수천 년이 넘는 세월 동안 살아온 발록. 둘 중에 과연 누가 이길까? 나는 발록한테 내 전 재산을 걸고 모자라서 네가 이기면 내 손에 장을 지지겠다."

　단호하게 내뱉는 그의 말에 운은 입을 다물었다. 그가 생각해도 이길 방도가 없었기 때문이다. 아니, 정확히 말하자면 있기는 있지만 그 전제가 되는 대상이 절대로 반대를 할 것 같았기 때문에 말도 해보지 못하는 상황이었다. 하지만 잠시 후, 다시 요란한 땅울림과 함께 식량창고 쪽으로 그 울림을 일으키는 대상이 오는 듯한 느낌을 받았을 때 결국 운은 말하고 말았다.

『넌 이길 수 있잖아!』

셀로브가 고개를 들어 진현 쪽을 보았다. 방금 그 말이 믿어지지 않는다는 눈으로. 오히려 불신감을 가득 담은 눈이었다. 진현은 이를 잠깐 악문 뒤에 딱딱하게 굳은 입 근육을 움직였다.

"난 인간이야. 인간이 발록을 이긴다고?"

『잠시만 〈인간 김진현〉을 잊어! 그러면……!』

"난 인간이다. 예전에 내가 했던 말을 기억하겠지? 될 수 있으면 인간으로 있고 싶어."

『젠장, 그 빌어먹을 자존심 때문에 죽으면! 죽어도 그런 소리가 나올까! 왜 그 따위 자존심을 내세우는데! 아까 셀로브 저 녀석이 했던 말도, 네 말도 난 이해가 안 돼! 자존심? 하! 목숨을 연명하기에도 급급한 녀석들 주제에 잘도 그런 말을 하는구나. 그깟 자존심 좀 진흙탕에 뒹굴면 어때? 삶이라는 것과 목숨이라는 것이 있기에 자존심이라는 것도 성립되는 거다, 이 멍청이들!』

진현은 몸을 움찔 떨며 아무 말도 하지 못했다. 그것은 셀로브 역시 마찬가지였다. 그리고 운은 다시 한 번 낮지만 분명한 목소리로 말했다.

『네가 인간으로 있고 싶다는 것은 인정해! 나도 검으로 있고 싶으니까! 셀로브 역시 어둠 아래에 살아가는 마족이고 자신을 조금이라도 더 긍지 높게 생각하려는 것도 알겠어! 자신의 본질을 파악하고 그 본연의 모습 그대로 있고 싶은 것은 목숨을 연명하는 모든 존재가 똑같아! 아니, 목숨과 생명을 떠나서 자아를 가지고 생각하는 존재가 모두 똑같지! 하지만 그것은 자존심도 뭐도 아닌 그저 조야하고 낡아빠진 자존심의 끄트머리에 지나지 않는단 말이다. 그 엿 같은 자존심이 대체 뭔데? 약해 빠진 것들이 자존심 운운하지! 진정으로 강한 자는 자존심 이전에 생명을 유지하고 타인을 살릴 방법을 생각해! 언제나 같은 모습으로 있을 수는 없어! 성인聖人도 때론 화를 내고 현자도 때론 멍청한 생각을 한단 말이다. 그리고, 이 멍청아! 밖에서 기다리는 녀석들은 생각도 하지 않는 거야? 지금쯤 얼마나 걱정이 되겠어! 그러다가 기다림에 지친 나머지 동굴 안으로 들어오면 어떻게 할 건데?』

운이 폭포수처럼 내뱉은 말들은 한참 동안 진현의 입을 다물게 만들었다. 셀로브는 도무지 이해하기 힘들다는 눈치였고 운은 더 이상 말하지 않았다. 그런 운을 바라보고 있던 진현은 할 수 없다는 듯 짧게 한숨을 내쉬었다. 그리고 천천히 자리에서 몸을 일으켰다. 운을 쥐지 않은 왼손을 들어 귓가에 가져갔다.

차가운 손끝의 느낌이 귓볼에 닿자 한기가 느껴졌다. 그는 쓰게 미소 지으며 자신의 왼쪽 귀에 걸려진 귀걸이를 만지작거렸다. 백금의 링의 끝에 달린 작고 동그란 무언가가 느껴졌다. 차갑고 무한함을 가진 바다의 기운……. 영롱한 푸른빛으로 반짝이는 작은 사파이어를 만지작거린 그는 눈을 감았다. 운의 말이 다 옳다고도 할 수 없었지만 그렇다고 틀린 말도 없었다. 밖에서 기다리는 녀석들이 들어오면 큰일이다. 그렇기에 별수없는 것이다, 지금은.

"다시는 이것을 빼지 않길 바랬는데… 약속을 어기게 될 듯합니다, 어머니."

그 어떤 사람이 듣더라도 이해하기 힘들 법한 말을 중얼거린 그는 살짝 손가락 끝에 힘을 주었다.

딸각.

작은 쇳소리와 함께 그의 귓가에 있던 귀걸이가 손 안으로 빠져 모습을 보이지 않게 되었다.

　셀로브는 눈을 동그랗게 뜨고 진현을 보았다. 자신도 모르게 어느새 일어서 있다는 것을 아직까지 인식하지 못했다. 벌려진 입은 수습이 불가능해 보였고 안색은 더 더욱 창백하게 변했다. 그 어떤 장신구로 치장을 해놓은 것보다 아름다운 금발 머리카락은 변함이 없었다. 그렇지만 감았던 눈을 살며시 뜬 그의 눈동자는 변해 있었다. 마치 달빛 아래에 빛나는 모래와 같이 은빛이었다. 차갑게 비치지만 절대로 차갑지 않은, 다정하게 비치지만 결코 다정할 것 같지 않은 눈동자.
　진현은 눈을 내리간 채 가만히 서 있었다. 이 안쪽의 동굴에 어디선가 바람이 불 수 있을까. 물론 불가능한 것이겠지만 지금 진현의 주위로는 약한 바람들이 불고 있어서 그의 검은 셔츠 자락을 펄럭이게 하였다.
　시리도록 맑지만 그 안에는 알 수 없는 공허함과 슬픔을 담은 달빛처럼 진현의 눈동자도 그렇게 빛났다. 셀로브는 숨이 막힌다는 표정이었다. 지금 그는 변한 진현의 모습에 놀라는 것이 아니다. 그의 주위에서 맥박 치는… 뜨겁도록 휘몰아치는 검은 어둠에 힘겨워하는 것이었다.
　방금 전까지는 일반의 사람들이 가진 빛과 어둠의 힘이 적절하게 섞여 있는 인간에 불과했다. 방금 전까지는! 하지만 지금 자신의 눈앞에서 미동도 하지 않은 채 바닥만을 내려다보고 있는 저 사람에게는 빛도 무엇도 없다. 다만, 오직 강대한 어둠의 힘만이 지금 흘러 넘치고 이 공간을 메우고 있었다. 어떻게 된 것인지 알 수 없는 상황에 셀로브는 흠칫 몸을 떨었다. 마족으로서 어둠의 힘을 감지한다는 것은 당연한 것이다.

한데 지금 진현에게 흐르고 있는 어둠은 그의 측정 수치를 넘어갈 정도였다. 가슴이 터질 듯이 요동을 쳤고 진현의 주위에는 빛 한 점도 보이지 않는 어둠뿐. 어둠에 몸을 묻고 살아가는 셀로브였지만 지금은 그 어둠에 먹히지 않을까 두려운 마음이 생겼다.

달빛을 받아 반짝이는 것 같은 금빛 머리카락들이 바람에 살랑거렸다. 하지만 진현은 그 후 한참 동안이나 가만히 서 있었다. 그리고 셀로브가 도저히 참을 수 없게 된 시점, 그는 몸을 돌렸다. 그의 은빛 눈동자를 바라보고 있노라니 꿈결과도 같이 잔잔한 파문이 일 것만 같았다. 바람 때문이 아닌 몸의 본능 속에서 외치는 목소리에 싸늘한 추위가 느껴졌다. 그것을 아는 것인지 진현은 극히 조심스럽게 입을 열었다.

"잠시만이다. 이 모습은 잠깐의 나라고 생각해."

"너… 너는 인간이 아닌 거냐?"

겨우 입을 열어 말을 하는 셀로브를 보며 진현은 고개를 저었다. 살며시 허공에 날리는 머리카락에서 지금이라도 당장 금가루가 떨어져 내릴 것만 같다. 그는 작게 한숨을 쉬고 쓰게 미소 지으면서 답했다.

"아니, 난 인간이다. 하나의 생명을 가지고 하나의 목표를 향해 끊임없이 달려가는. 그리고 하나의 소중한 것을 위해 목숨을 걸 수 있는 소멸하기 위해 살아가는 자, 그런 인간."

셀로브는 눈가를 꿈틀거렸지만 별말은 하지 않았다. 왜냐하면 그 이후 급속도로 한기가 사라지면서 어둠도 진현의 주위에만 걸쳐져 버렸기 때문이다. 자신을 옥죄어오는 어둠이 사라진 뒤에 셀로브는 마치 밧줄에서 풀려난 사람처럼 팔을 주물럭거렸다. 아직까지 진현에게 근접하지도 못할 만큼의 거대한 어둠이 있었지만 다행스럽게도 진현은 평상시의 모습과 같았다.

운에게서는 아무런 말도 들려오지 않았다. 진현은 고개를 절절 흔들고는 앞으로 나섰다. 잠시 동안 멈춘 울림이 다시 한 번 들려왔다. 하지만 상당히 작은 울림이었고, 그것은 발록이 진현의 존재를 알아챘다는 말과도 조금 연관성이 있는 듯했다. 가만히 닫혀진 석조 문을 바라보던 진현은 몇 걸음 앞으로 나아갔고 셀로브는 그를 위해서인지, 아니면 자신을 위해서인지 옆으로 몇 발자국 비켜주었다. 진현은 약하게 웃었지만 그의 미소에는 미소라고 불릴 만한 것이 없었다. 감정도, 그 무엇도.

그는 손을 들어 문의 가장자리에 가져갔다. 지금 그에게 있어서는 그것으로 충분했다. 문은 조용한 울림을 내며 미끄러지듯이 열어졌다. 거의 소리가 나지 않았다고 해도 과언이 아닐 정도였다. 진현은 한 발자국 앞으로 내밀면서 문득 잊었던 사실을 상기해 냈다. 자신을 바라보고 있던 셀로브에게 시선을 던져 주며 말했다.

"네 어머니의 이름으로 부탁 한 가지 좀 할까?"

셀로브는 고개를 갸웃거렸지만 팔을 주무르고 있던 손을 멈추었다.

"무슨 부탁이지?"

"우선 네가 인간을 먹지 않는다면 이곳의 시체들도 필요없겠군?"

"그래."

셀로브의 대답에 진현은 살풋 고개를 끄덕였고 손을 들어 올렸다. 그의 손이 들어 올려진 순간 그에게서 흘러넘치던 어둠이 바닥을 통해 스멀스멀 일어났다. 새벽의 호수에서 물안개가 피어 오르는 모습과 비숫했지만 그것들은 자신의 자의를 가진 것들마냥 시체들 쪽으로 퍼져 나갔다.

안개가 도시를 그 자신들의 품속으로 끌어들이듯 어둠 역시 바닥으로 흘러 벽을 타고 방 안을 가득 메웠다. 안개에 닿은 시체들은 순식간에 마치 세월이 수백 년 흐른 그것처럼 부식되어 사그라졌다.

빛이 영원을 상징한다면 어둠은? 마지막이고 소멸을 상징한다. 안개들은 마치 입이라도 달린 것처럼 조금씩 하지만 빠른 속도로 시체들을 잠식해 들어갔다. 부식된 시체들은 얼마의 시간도 지나지 않아 가루가 되어 공중에서 사라져 버렸다. 바닥의 피들도 마찬가지로 흔적조차 남기지 않았다. 그리고 마지막 시체가 사라질 즈음 어둠의 안개는 다시 진현에게 빨려들 듯 녹아들었다. 방은 이제 아무런 흔적 없이 하얀 방에 지나지 않았다. 마치 처음부터 아무것도 없었던 듯하다.

셀로브는 눈을 크게 뜨고 그 모습을 지켜보았다. 진현은 피식 웃고는 다시 말했다.

"부탁은 이거야. 그 옆의 인간…… 그 소년을 부탁한다는 것이다."

"뭐?"

셀로브는 당황해했다. 마족에게 인간을 부탁하다니 돌아버린 인간 아냐? 하는 눈초리로 셀로브가 자신을 바라보자 진현은 쓰게 웃으며 손을 내저었다.

"아아, 그냥 무사히 밖으로 데리고 나가줬으면 한다고. 어둠에 그 몸을 묻지만 햇빛 아래서도 별 장애가 없지 않아? 오히려 빛으로 충만한 그곳에 가면 너의 그 공허함을 채울 수 있겠지. 바위는 부서졌다. 나갈 수 있을 거야. 나가면 내 동료들이 있다. 그들에게 이 아이를 넘겨줘. 그리고 나는 조금 뒤에 따라갈 거라는 말도 전해주었으면 한다."

"그러다가 내가 이 인간을 해친다면?"

"뭐, 얻어먹을 것이 있다고 그런 힘 빠지는 짓을? 네 어머니의 이름으로 부탁했다. 그리고 네 입으로 말했던 마족의 긍지를 잊지 마라. 긍지 높은 마족이 그런 짓을 하리라고는 생각하지 않아."

"……."

셀로브는 대답없이 멀뚱히 진현을 보았고 진현은 피식 웃더니 손을 살짝 흔들고 문을 벗어나 터벅거리며 동굴의 바깥쪽으로 걸음을 옮겼다. 발에 힘이 들어가지 않아서 지금 자신의 발로 걷고 있는지조차도 의문스러울 정도. 오랜만에 힘을 개방해서인지도 모른다. 아니, 그것보다는 더 중요한 사실이 있겠지. 자신도 모르게 아랫입술을 깨물고 있었다. 왜 이럴까? 가슴 한구석이 쓰리도록 아파왔다.

이러고 싶지 않았어……. 이런 것은 싫어. 그런 말들이 귓속에서 웅웅거리며 울렸다. 생각하기도 싫은 기억들이 하나둘 그 자신의 눈앞을 스쳐 지나가는 것 같았다. 죽어서라도 잊기를 바랬던 것들이, 죽어서라도 잊혀지지 않았다. 당장이라도 쓰러져서 그대로 정신을 잃어버렸으면 할 정도의 아픔, 가슴을 짓누르는 상념의 무게. 동굴 안에는 아무 소리도 들리지 않았다. 철저한 고요. 그리고는 침묵을 요구한다. 땅을 흔들던 울림도 이제는 들리지 않았다.

툭.

작은 물방울 하나가 발치에 떨어져 내렸다. 잊고 싶었다. 잊을 수 있다면 내 모든 것을 주어도 좋아. 잊고 싶어……. 내 과거의 일을 모두 다 잊고 싶다, 제발. 제발 잊게 만들어줘. 그런 생각에 자신도 모르게 힘이 들어가 꽉 쥐어진 주먹 때문일까. 길어진 손톱으로 인해 손바닥에 작은 상흔들이 생겨났다.

이윽고 손톱은 완전히 손바닥 안으로 파고들었고 그로 인해 두 주먹에서는 길게 핏줄기가 이어져 땅에 흩뿌려졌지만 진현은 말없이 앞으로만 걸어갔다. 아무것이라도 하지 않으면 안 될 것 같았다. 그대로 멈추어 서서 가만히 있다면 견딜 수 없게 되어버릴 것 같았다. 지금 이 몸 안에 흘러넘치는 어둠이라는 것 자체가 아픈 기억들을 떠오르게 만들었다. 철저히 뒤집어지고 헤어지는 상처.

가장 소중한 것이 가장 아픈 기억이 되어버린 그때의……. 자신의 제어를 벗어나 비틀거리는 몸을 힘겹게 벽에 기대었다. 누가 알 수 있을까. 자신이 아닌 다른 이의 마음을. 손등으로 입을 가리고 말았다. 비명이라도 되어 입 밖으로 튀쳐나올 것만 같은 낮은 목소리들 때문에.

아무에게도 말하고 싶지 않다. 말하더라도 이해하지 못할 테니까. 그렇지만 말하지 않았기에 그 아픔은 가슴속에 더욱 사무쳐져 딱딱하게 굳어져 어루만져도 사라지지 않게, 그렇게 변해 버렸다. 두 눈을 뜨면 보일 것 같은 그날의 환상. 더욱 굳게 입을 다물고 눈을 감았다. 그리고 그대로 주저앉았다. 일어설 힘도 무엇도 남아 있지 않다. 가슴이 터질 듯이 맥박 치고 또한 가느다랗게 입 밖으로 새어 나오고 있던 숨소리마저 가늘게 변하고 있었다. 그날의 기억과 상념은 이렇게 언제나 이렇게 자신을 아프게 만들었다.

참고 있던 숨을 몰아쉬고 그는 고개를 툭 떨어뜨렸다. 금빛 머리카락들이 춤추듯 흩날려 그의 하얀 얼굴을 가리웠다. 물구덩이에 비친 자신의 얼굴이 눈에 들어왔다. 달의 파편과 같은 눈동자와 빛과 같은 머리카락.

"큭……!"

진현은 두 손으로 얼굴을 확 감쌌다. 그리고 그의 몸에서 뻗쳐져 나간 어둠은 그대로 물을 증발시켜 버렸다. 남아 있는 것은 아무것도 없다. 어둠처럼 타오르는 검은 불꽃에 휘말려 물방울들은 공중에서 안개로 화했고, 그리고는 그 흔적도 남기지 않고 사라졌다. 역겨울 정도의 모습. 남들이 보기에는 고고하고 아름다운, 빛과 같은 그 모습이 자신에게는 아픔이 될 뿐이었다. 그렇지만 할 수밖에 없었다. 원래의 검은 머리카락이 아닌 억지스레 염색한 이 머리카락을 좋아해 주었으니까. 항상 웃는 얼굴로 어루만져 주었으니까. 가슴이 아릿하게 아플 정도의 기억이지만… 눈물이 날 것 같은 기억이지만… 잊고 싶지만 잊을 수 없는 기억이기에. 그렇게 그는 숨 죽여 눈물을 삼켰다.

"…진현아?"
갑작스럽게 몸을 일으켜 세운 현홍을 향해 다른 이들의 시선이 쏟아졌다. 마치 스프링처럼 아무런 거리낌이 없이 몸을 일으킨 그는 그대로 동굴 쪽을 응시했다. 니드는 어리둥절한 표정으로 현홍을 올려다보았다.
"갑자기 왜 그래?"
그렇지만 현홍에게서는 대답이 없었다. 그는 눈을 크게 뜨고 그 자리에 멀거니 서 있을 뿐이었다. 시선은 동굴의 입구를 향해 있었지만 그 눈동자에 초점은 없었다. 마치 먼 하늘을 바라보는 것과 같은 눈. 검은 눈동자에 순간 이채가 스쳐 지나갔다. 순간 뭔가 가슴을 관통한 것만 같은 충격에 몸이 잠깐 들썩였다. 차갑지만 따뜻한 느낌. 그러나 엄청난 고통. 공허하게만 보이는 그의 눈에서 한 방울 눈물이 흘러내린다. 이유를 모르는 눈물. 왜 이렇게 가슴이 아픈 것일까. 알 수 없는 감정에 흔들려 눈물이 흘렀다. 손을 들어서 눈가를 슥 닦아보았다.

어느새 현홍의 옆에 서 있는 니드가 걱정스러운 얼굴을 하고 있었다. 그 시선을 느끼지도 못한 것 같다. 현홍은 계속해서 눈가를 닦았지만 눈물은 하염없이 흘러내렸다. 그저 그렇게 흐르는 대로 눈물을 내버려 둘 수밖에 없었다. 울컥하고 가슴속에서 무언가가 꿈틀거렸다. 코끝에서 알싸한 흙냄새가 감돌았다. 습기를 머금은 기분 좋은 토양의 냄새. 한데 왜 갑자기 이런 냄새가 나는 것인지 의문스러웠다. 가슴이 아프다. 가슴이 너무나도 아파서……. 무엇 때문인지 모를, 근원을 알 수 없는 슬픔에 가슴이 메어지고 눈물이 흐른다.

진현은 어느새 보물이 쌓인 곳까지 걸어올 수 있었다. 중간에 무슨 일이 있었는지, 아니, 오히려 무슨 일도 없었다는 얼굴이었다. 원래 그의 모습과 마찬가지로 태연하게. 하지만 평소보다는 훨씬 차분하게 가라앉아 보였다. 그곳에는 이미 보물이 남아 있지 않았다. 금화가 몇 개 굴러다니는 것도 있기는 하지만 처음부터 아무것도 없었다는 식으로 전부 증발해 버린 것 같았다. 아마도 침입자를 생각한 발록이 옮긴 것 같았다.
이렇게 사람들이 지나가지 않는 곳에 보물을 그 정도로 모은 것이 새삼 신기했다. 그 자리에 서서 두리번거려 보니 식량 창고라고 불리는 그곳의 대각선으로 옆쪽에 거대한 구멍이 하나 뚫려 있었다. 아까까지만 해도 저런 크기의 구멍은 없었는데 하며 진현은 천천히 그쪽으로 다가가 보았다.
구멍의 외벽을 보니 잘게 금이 가 있었고, 그 구멍의 크기는 대략 동굴의 높이와 비슷했다. 거대한 셀로브의 원형이 지나치고도 남을 정도의 동굴이니 구멍의 크기는 실로 엄청났다. 마치 누군가가 억지로 부순 듯한 모양. 입구의 앞쪽에는 돌덩어리들과 모래먼지로 자욱했다.

　손으로 슬슬 모래 먼지들을 휘저어가며 진현은 조심스럽게 돌무더기들을 피해서 안쪽을 살펴보았다. 어떻게 이런 구멍을 내었을까? 먼지 때문인지 입을 한 손으로 가리고 삐딱하게 선 채로 차분히 생각을 정리해 보았다. 동굴의 깊이는 상당히 깊지만 옆으로 통하는 길은 없었다. 어쩌면 이 동굴은 임의로 만들어진 것이 아닐까 하는 생각을 했다.

　이 동굴의 구조나 형태로 보건대 자연적으로 생긴 동굴은 아니었다. 마치 광산이나 지하 요새, 터널과 유사한 형태였기 때문이다. 무언가의 손을 거쳐서 만들어진 동굴, 그리고 그 입구를 막는 거대한 바위. 바위가 2차적으로 생겨난 것이라고 하지만 과연 이 동굴을 만든 사람은 누구일까? 발록 자신인 것인가, 아니면 또 다른 누군가가 있는 것일까. 임의로 만들어서 발록을 가둔 것이라고 가정을 해도 문제가 하나 더 남아 있다.

　그 정도의 힘을 가진 자가 또 누구란 말인가? 발록은 마신의 아래에서 일하는 자들이다. 고위의 악마. 웬만한 드래곤도 상대가 되지 않을 정도의 힘과 마법 실력, 거기다가 높은 지능까지.

　진현은 잠시 생각을 접고 조심스럽게 구멍 안으로 들어가 보았다. 안으로 들어가 보니 그곳은 또 달랐다. 그러니까 원래의 길이 있는데 흙을 쌓아서 벽처럼 만든 듯 보였다. 동굴의 입구에 있던 거대한 바위처럼 일부러 입구를 막은 것과 같았다.

　식량 창고라고 하는 그곳까지 가는 동안 보았던 대리석으로 된 벽들이었다. 마치 왕궁에 있는 왕과 그의 가까운 사람들만이 안다는 비밀 통로와 같은 쓰임새처럼 보였다. 왜냐하면 잘 지나다니지 않은 듯 대리석 바닥은 지금 닦아놓은 것처럼 매끄러웠고 또한 깨끗했기 때문이다. 동굴은 상상외로 복잡한 구조였다. 이어지는 길이라고는 동굴의 입구부터 식량 창고까지일 뿐. 혹시 이곳은 어떤 하나의 장소를 두고 조잡하게 이어져 있는 미로가 아닐까?

고개를 저으며 진현은 운의 손잡이를 부여잡고 구멍 안으로 천천히 걸어 들어갔다. 아까부터 운은 아무런 말도 하지 않았다. 모든 것을 다 지켜보았을 것이다. 베르가 왔을 때도 하요트가 왔을 때에도 모든 것을 듣고 보아서 진현의 정체를 알아챌 수 있었던 것처럼.

"무슨 말이든 할 것이라고 생각했는데?"

그러나 대답은 들려오지 않았다. 진현은 어깨를 으쓱거리고는 계속해서 걸어갔다. 사면이 대리석으로 된 그곳은 상당히 어두웠지만 현재 진현은 그 자신이 어둠과도 비견될 정도의 힘을 가지고 있었기에 눈앞을 가리는 어둠 따위는 별달리 소용이 없었다.

『……미안하다.』

자그마한 목소리. 하지만 진현은 애써 무시를 하면서 걸음을 재촉했다. 일부러 무시하는 듯 휘파람을 불기도 했다. 잠시 후 다시 운의 목소리가 동굴 안을 가득 메웠다.

『미안하다고!』

자신도 모르게 소리를 높인 듯 운은 그렇게 소리를 지른 뒤 숨을 들이켰다. 진현은 고개를 돌려서 대리석으로 된 동굴 이곳저곳을 살폈다. 그의 입가에는 미소가 걸려 있었고 그것을 본 운은 다시 한 번 소리쳤다.

『야, 임마! 무시하는 거야? 미안하다고 했잖아!』

"발록 달려오겠다, 조용히 해. 하긴, 지금 네 목소리라면 동굴 벽을 기어다니는 눈 없고 귀 없는 도롱뇽도 달려오겠지만."

운은 입을 다물었다. 진현은 천천히 걸어가면서 말을 이었다.

"네가 뭘 미안하다는 거냐? 넌 네 입장을 밝혔고 난 그 입장을 수용했을 뿐이야. 그래, 네 생각을 받아들인 것뿐인데 왜 그러는 거지? 전! 혀! 네 말 따위는 신경 쓰지도 않아. 네 말처럼 자존심 좀 진창에 뒹굴거리게 했다가 잘 뺀 다음 다시 말리면 활용할 수 있겠지. 안 그래? 재활용 마크가 붙어 있는지는 모르겠지만."

그의 말은 평온했지만 비꼬는 기색이 역력했고 운은 방금 자신이 한 미안하다라는 말을 도로 주워 담고 싶은 마음이었다. 하지만 그 예전부터 내려오는 진리 그대로 말은 주워 담을 수가 없는 것이다. 무어라 투덜거리는 운을 보면서 진현은 살짝 웃어주었다. 그리고 다시 입을 열었다.

"과거라는 것은 바꿀 수 없는 것인데 나 스스로가 그 과거의 멍에에서 벗어나지 못한 것 같은 기분이 들더군. 난 인간이지만 인간이 아니고, 또한 인간이 아니지만 인간이야. 두 가지의 측면 모두가 다 나 자신이겠지. 모두가 나 자신. 그래, 네 말 덕분에 조금 정신을 차린 것 같아. 그렇기에 지금은 나름대로 견딜 만해. 예전에는 정말 죽는 것이 더 낫다고 생각했는데. 하지만 말야. 그래도……."

진현은 거기까지 말하고 조용히 말을 멈추었다. 〈잊고 싶어〉라는 말이 나오려고 입 안에서 발버둥을 쳤지만. 그 이상 자신의 마음을 밝히는 것은 자신의 자존심에 용납이 되지 않았다. 비록 조악하고 치졸하기 이를 데 없는 그저 한낱 종이 쪼가리 같은 것이라고 해도 미약한 자존심의 끝이나마 잡아보려고 애쓰는 것은 인간으로서 당연한 것이다.

피식거리는 웃음을 머금은 채 그는 앞으로 나아갔다. 원래의 동굴이 점점 멀어져 감을 느꼈다. 그나마 흘러나오는 빛이 사라지고 마지막 어둠을 밟았을 때 진현은 눈을 크게 떴다. 마지막 어둠……. 그리 먼 거리를 걸어온 것 같지 않았지만 진현의 눈앞에는 또다시 색다른 공간이 펼쳐져 있었다. 그리고 그것은 지금까지 이 세계에 와서 보았던 그 어느 것보다 장관이었다.

『이런 곳이 어떻게 동굴 안에……?』

운의 감탄에 찬 목소리. 진현은 눈을 크게 떴다. 환한 빛. 대지로부터 받아들인 성스러운 빛과 어둠이 조화가 된 공간. 길을 따라 그가 도착한 곳은 동굴의 규모를 따지고 볼 때 있을 수 없도록 거대한 공간이었다. 신전, 맨 처음 그곳을 본 순간 떠오른 것은 그 단어. 하얀 대리석들로 만들어진 거대한 홀이었다. 네그라스 신의 신전만큼이나 큰 기둥들이 그곳을 떠받치고 있었다.

눈을 들어 천장을 보니 새하얀빛들이 홀을 메웠고, 그곳의 중앙에는 어디선가 끌어다 놓은 거대한 연못이 존재했다. 길게 수로가 다른 곳으로 연결이 되어 있는 것을 보니 지상에서 끌어온 것 같았다. 몇십 평 규모의 호수의 중앙에는 작은 섬이 있었다. 그리고 그곳에는 한국의 정자가 생각이 나도록 만들어놓은 것도 보였다.

커다랗지는 않았다. 작은, 몇 명이서 차를 마시고 놀 정도의 규모일 뿐이었다. 연못 속에는 색색깔의 물고기들이 돌아다녔다. 동굴 속에서 이런 것을 보게 된다는 것이 믿어지지가 않는 듯 진현은 한 걸음 내디뎠다. 그가 서 있는 입구에서부터 홀까지는 길다란 계단이 마련되어 있었고, 그것들도 하얀 대리석.

『장난 아니게 크네.』

"아아……."

엄청나다고 말할 정도의 규모와 화려한 문양으로 장식된 그곳을 보면서 진현은 마른침을 삼켰다. 천장은 유리였다. 동그랗게 구멍을 뚫어놓은 그곳에는 유리로 막혀져 있었지만 빛이 들어오기에는 무난해 보일 정도. 그리고 그 유리들 모두가 색유리로서 자세히 보니 그림을 그린 것과 같았다. 성당에 있는 신과 천사들을 수놓은 그런 것은 아니었다. 종류를 알 수 없는 마수들과 악마들. 성당과는 정반대로 신의 사자인 천사들을 죽이고 그것을 물어뜯는 마수들이 색유리로 치장되어 천장을 장식했다.

벽과 기둥, 모두에 그런 종류의 문양들이 새겨져 있었고 그것은 홀 자체를 더욱더 화려하게 해주었다. 동굴 안의 정원이라니 아이러니하기는 하지만 어디까지나 사실. 중앙 연못을 둘러싸듯이 마련되어 있는 정원의 나무들과 꽃들은 계절 감각을 무시한 채 봄에 피는 꽃들과 겨울에 피는 꽃들이 한데 어우러져서 자라나 있었다.

여기저기서 마법적인 힘에 의해서 벽에 걸려진 작은 광원들에서는 무한한 빛이 흘러져 나왔다. 홀 전체를 메우는 꽃 향기로 정신이 아련해질 정도였다. 그 어떤 왕궁의 문무백관들이 모이는 중앙 홀이라도 이보다는 아름답지 못하리라. 어디선가 불어오는 바람에 꽃잎들이 살랑거렸고 작은 꽃잎들은 그 몸을 떠나 공중에 휘날렸다.

계단의 난간을 잡고 천천히 아래로 걸어 내려갔다. 온통 초원. 그대로 누워서 잠을 자버렸으면 좋을 정도로 푸근한 이미지의 그런 곳. 진현은 아련한 눈빛으로 그곳으로 내려 섰다. 그리고 눈을 감았다.

그의 얼굴을 스쳐 가는 작은 바람과 풀 냄새. 어디선가 보았던 익숙한 광경들. 천계에 마련 된 신의 궁전만큼이나 아름다운, 그렇지만 색

다른 분위기로 그 아름다움을 더하는 곳. 단 하나의 장소. 지상의 그 어떤 곳도 비견되지 못하는 아름다움을 지닌 그곳은 지옥의 마신과 마왕들이 거주하는 그들의 궁전 만마전萬魔殿.

인간들이 생각하는 그런 불과 타오르는 유황불만이 있는 곳이 아닌, 자연과 빛과 또 하나의 태양과 달이 존재하며 모든 것이 살아 숨 쉬는 데 최대한의 배려가 있는 그곳이다.

그리고 지금 자신이 있는 이곳은 그 만마전을 본떠 만들어진 것처럼 보였다. 그에 비하면 조금 더 섬세함이나 화려함이 떨어지기는 하지만 지금 이것으로도 충분히 그런 분위기를 낼 수 있었다. 진현은 눈을 감은 채 짧게 숨을 몰아쉬었다. 그곳의 공기는 기도를 타고 폐를 돌아서 그의 몸 구석구석을 핥으며 돌아다녔다. 붉은 꽃잎이 그의 곁으로 날아들자 그는 눈을 감은 채 손을 내밀어 그 꽃잎을 집어 들었다.

어떻게 그렇게 할 수 있는지 모르겠으나 그는 엄지와 검지손가락으로 장미 꽃잎을 연상시키는 그것을 코끝에 가져갔다. 향긋한 꽃잎의 향기가 그의 입가에 미소를 번지게 했다. 눈을 들어 정면을 바라보니 제단이 하나 있었다. 커다란 대리석 바위를 그대로 제련한 것처럼 덩그러니 놓여져 있는 제단의 뒤로는 거대한 의자가 있었고, 그것은 마치 국왕이 앉는 옥좌처럼 보였다. 현재 진현이 있는 곳에서 그곳까지 가려면 호수를 지나야 한다. 아니면 한참을 돌아가야 하거나.

하지만 호수에는 중앙의 작은 섬 모양의 곳과 진현이 있는 곳, 그리고 제단을 잇는 아치 형의 다리가 있었다. 진현은 손끝에 쥐고 있던 꽃잎을 다시 바람에게 놓아준 뒤에 다시 한 걸음 앞으로 내디뎠다. 발끝에서 풀을 스치는 소리가 들렸다.

사각사각.

잠시 후 진현의 옆으로 거대한 그림자 하나가 날아들었다. 거대한 짐승. 그것은 자신의 단단한 발톱을 들이 내밀며 진현에게로 덮쳐들어 갔다. 그렇지만 진현은 미동도 하지 않았다. 암흑을 연상시킬 정도로 새까만 털에 뒤덮여 있는 그것은 마치 개와 같은 모습이었다. 그러나 크기는 대략 말 정도 만했고, 그래서 그것의 발톱과 이빨 역시 웬만한 나이프만큼의 길이였다. 한번 물리면 팔이 떨어져 나가도 이상하지 않을 정도였다. 그 동물은 낮게 울면서 이를 드러내고 등의 털을 빡빡하게 세운 채 진현의 옆을 노리고 달려들었다.

"헬 하운드Hell Hound인가? 이런 곳에서 보게 되니 반갑군."

퉁명스러운 목소리로 그렇게 말하는 동안 헬 하운드의 이빨은 진현의 머리를 노렸다. 붉은 안광이 길게 빛을 이으며 번뜩이는 모습이 소름 끼칠 정도였지만 그 탐스러운 검은빛의 털은 한번쯤 쓰다듬어 보고 싶은 욕구를 일으키게 할 정도로 아름다웠다. 헬 하운드가 자신에게로 도약하는 데에도 가만히 있던 진현이 슬쩍 손을 들어 올렸다.

"하지만 교육이 잘못되었어."

진현을 향해 뛰어오르던 헬 하운드는 그의 주위에 얇은 안개처럼 걸쳐져 있던 어둠에 밀려 마치 벽에 몸을 부딪친 것처럼 짧은 단말마를 내지르며 풀밭에 뒹굴었다.

캐갱!

진현의 표정은 정말로 작은 강아지 한 마리가 재롱을 부리는 것을 구경하는 사람과도 같은 표정이었다. 하지만 헬 하운드는 몇 번 땅에서 뒹굴더니 곧장 뒷발로 박차고 뛰어올랐다.

"주인을 위해 봉사하는 것도 좋지만, 강한 자에게 복종하는 것도 이 세계의 예의다."

그렇게 말하며 진현은 턱을 옮겨 헬 하운드의 붉은 눈을 똑바로 응시했다. 이를 드러낸 채 진현에게 달려들던 헬 하운드는 그대로 공중에서 굳어버렸고 땅에 사뿐히 내려앉았다.

"크르르르······."

"말을 잘 듣는 꼬마로군."

부들거리는 몸이기는 했지만 그래도 나름대로 반항을 하는 것인지 헬 하운드는 이를 드러낸 채 진현을 올려다보았다. 턱과 앞다리는 땅에 주저앉은 채였지만 뒷다리는 몸을 받친 채 언제라도 도약해서 물어뜯을 수 있도록 하는 자세. 어깨의 털을 잔뜩 곤두세운 헬 하운드는 진현의 눈치를 살폈다. 진현은 고개를 돌려 제단 쪽을 바라보면서 조용한 어조로 말했다.

"집에서 기르는 강아지를 손님에게 내보내게 하는 것은 예의가 아니라고 생각하는데? 이의가 있으면 말해 보시지."

제단의 뒤쪽 천장에서부터 길게 드리워진 붉은 벨벳 커튼 사이로 희미한 웃음소리가 새어 나왔다. 희미하기는 했지만 전체적으로 울림이 있어 확실하게 들을 수 있었다. 그리고 천천히 붉은색의 천이 옆으로 미끄러지듯이 거두어져 갔다.

진현은 아무런 행동도 취하지 않고 팔짱을 낀 채 그 모습을 가만히 바라보았다. 크기도 엄청나게 커서 다 거두어지는 데만 해도 조금의 시간이 걸린 그 커튼이 다 치워지자 그 속의 어둠으로부터 무언가 거대한 그림자가 모습을 드러냈다. 키는 대략 4m를 넘을 크기. 사람이라면 있을 수 없을 정도로 거대한 몸집이었다.

거인이라고 부를 수도 있는 그것은 온통 검은색의 갑옷을 입고 있었고 머리에도 검은 뿔이 달린 투구를 쓰고 있었다. 투구 아래로 보이는 피부조차 약간 검은색을 띠고 있어서 묘하게 잘 어울렸다. 검은 망토가 작은 바람에 펄럭인 것처럼 보였으나 그것은 아니었다. 그의 망토가 슬쩍 들리면서 그 안에서 한 쌍의 날개가 나왔다. 박쥐의 날개와도 같이 윤기가 흐르는 검은 날개.

투구 아래의 붉은 두 개의 빛은 눈일 것이다. 진현의 주위에 있는 어둠과 같이 그의 주위에서도 검은색의 안개가 피어 올라 그를 물들였다. 오른손에는 채찍을 들고 있었는데 굵기는 거의 어중간한 밧줄보다 더 굵었다. 몇 가닥으로 나뉘어진 그 채찍에서는 불꽃들이 튀어 올랐고 조금씩 움직이는 모습이 살아 있는 뱀을 연상케 했다.

왼손은 그의 벨트에 묶여진 불꽃으로 타오르는 검의 손잡이를 잡고 있었다. 누가 보아도 겁을 집어먹고 그 자리에서 기절하거나 아니면 도망을 칠 수도 있을 정도로 숨 막히는 어둠이 자리 잡은 모습이었지만 묵묵하게 서 있는 그 모습이 말없는 전사와도 같아 보였다. 그것은 잠깐 날개를 펄럭거려 제단을 벗어났다. 그 몸집에 비하면 조금 작다 싶은 날개를 한번 펄럭거리자 주위로 검은 안개와 불꽃들이 타올랐다.

그는 날개를 조금씩 움직여 진현 쪽으로 날아왔다. 그 모습이 조금 익살스럽게 보여서일까. 진현은 입가에 실소를 머금은 채 그 모습을 감상했다. 어느새 진현에게 다가온 그것은 헬 하운드의 옆에 내려앉았다. 가까이에서 보니 정말로 거대한 그 몸집에 진현은 낮게 휘파람을 불었다.

"이런 곳에 있을 줄은 몰랐는데?"

"……."

그것은 아무런 말도 하지 않았다. 발록은 그 굵은 무릎을 구부려 한쪽을 꿇고 허리를 구부렸다. 그제야 약간 눈 높이가 비슷해져서 진현은 편하게 정면을 응시했다. 헬 하운드는 주인의 옆에서 마치 집에서 기르는 강아지마냥 꼬리를 흔들며 뺨을 비볐다. 우습지도 않은 그 광경에 진현이 피식 미소를 머금자 한참 동안 말없이 고개를 숙이던 발록이 천천히 고개를 들어 그를 바라보았다. 발록은 잠시 동안 진현의 모습을 보고 다시 고개를 숙였다. 진현은 손을 휘저으며 퉁명스럽게 말했다.

"그 무뚝뚝함은 여전한 것 같아. 하지만 오랜만에 보니 감개무량한 느낌이군. 그동안 잘 지냈나?"

발록은 더욱 고개를 숙였다.

"예, 주인님."

진현은 그의 말에 미간을 찌푸렸고 짧게 한숨을 내뱉었다.

"지금은 아니지. 자네의 주인은 따로 있지 않은가?"

"새로운 주인은 인정할 수 없습니다."

약간 쉰 목소리로 낮게 말하니 잘 들리지도 않을 목소리였지만 진현은 마치 말을 듣지 않는 어린애를 보는 듯한 시선으로 발록을 보았다. 그는 측은함이 담긴 목소리로 조용히 말했다.

"시대가 지나면 뭐든 바뀌게 마련이지. 자네는 새로운 주인을 인정하지 않아서 이곳에 있는 것인가?"

발록은 대답하지 않았지만 미세하게 고개를 움직이는 것이 진현의 눈에 비쳤다. 엄청나게 긴 억겁의 시간 동안 자신을 따라주던 부하를 새삼 오랜만에 만나서일까. 그는 굉장히 부드러운 표정을 지으며 발록을 응시했다.

그 강함과 주인에 대한 충성심, 또한 적에게 대항하는 그 모습이 마음에 들어 자신의 밑으로 귀속시킨 지 오랜 시간이 지났다. 바보 같은 주인을 믿고 따르던 그들은 주인이 사라짐에도 불구하고 그 주인이 다시 돌아올 때만을 기다리고 있었던 것이다. 수많은 세월 동안 홀로 버티면서, 새로운 주인이라는 것은 그들에게 존재하지 않았던 모양이다.

그들은 본디 마신의 직속 부하라고 할 수 있지만 진현의 밑으로 들어갔었다. 그들 역시 진현의 힘에 반해서이리라. 하지만 지금 진현은 인간. 비록 과거를 기억한다고 해도 힘을 개방하지 않는다면 평범한 인간에 지나지 않는 그였다. 그러나 지금 눈앞에 있는 발록은 그의 겉모습에 흔들리지 않고 여전히 주인으로 인정하고 있는 것이다.

살아 있는 생명체들에게는 경이로울 정도로 거대하고 두려운 대상이 주인에 대한 충성심 하나만은 그 어떤 것에 뒤지지 않았다. 진현은 살며시 고개를 저으며 말했다.

"자네 외에 다른 이들은?"

"……그들 역시 저와 마찬가지로 지상에는 모습을 드러내지 않은 채로 당신을 기다리고 있습니다. 명령을 받기 위하여."

"정말이지 인내심 하나만은 엄청나군. 인간이 수천 번 죽어 넘어지는 그 긴 세월 동안 이런 곳에서라니."

진현은 작게 웃어주었다. 발록은 고개를 들어올리며 그 무뚝뚝해 보이는 입술을 움직였다.

"당신이 돌아오기만을 기다리는 이들이 많습니다."

그의 말에 진현은 고개를 가로저었고 한 손으로 턱을 괸 채 삐딱하게 고개를 옆으로 틀었다.

"내가 돌아가 봐야 피 바람 이외에는 볼 것이 없어. 마계가 양극으로 나누어지는 것이 보고 싶은가? 지금은 마황자가 있고 그가 뒤를 이을 것이다. 나 역시 그것이 좋은 방법이라고 생각한다. 그의 편이 되는 이들 역시 많고 그는 잘 다스릴 수 있을 거다. 성격도 조금 안 좋은 편이지만 확실히 능력있고 똑똑하고 황자로서의 자긍심도 있는 녀석이다. 마족의 부흥을 꾀할 수 있을 거야. 물론, 먼 훗날의 일이겠지만."

"하나……."

"그만. 그 일에 대해서는 더는 논하고 싶지 않다."

진현은 그렇게 말하며 손을 들었고 발록은 입을 다물었다. 그와 진현은 한참 동안 아무런 말도 하지 않았다. 진현은 천천히 걸음을 옮겨 풀밭을 거닐었다. 마치 왕이라도 되는 것처럼 뒷짐을 진 채 천천히 홀 여러 곳을 둘러보았다. 예전을 회상이라도 하는 것일까?

그의 눈빛은 그윽했고, 그것 때문에 헬 하운드도 발록도 아무런 소리를 내지 못했다. 차가운 바람은 수로를 타고 흘러드는 듯 보였다. 뺨을 감싸는 서늘한 기운에 진현이 자신의 뺨을 매만졌고 촉촉한 물기가 배어 나왔다. 그는 조용히 바람에 이리저리 그 몸을 살랑거리는 꽃들에게 시선을 던지면서 입을 열었다.

"한 가지 묻고 싶은 것이 있는데……."

"무엇이든 물어보십시오, 주인님."

진현은 입가에 미소를 머금은 채 발록을 보면서 말했다.

"궁금한 것이 있다. 자네가 이곳에 스스로 들어온 것인가? 아니면 누군가가 일부러 자네를 이곳에 가둔 것인가?"

마치 뜻밖의 말을 들은 사람처럼 발록은 그답지 않게 고개를 치켜들었다. 과묵하고 행동도 잘 하지 않는 그가 그렇게 재빠르게 고개를 들어 올리자 진현은 눈가를 잠시 찌푸렸다. 잠시 동안 진현을 바라보던 발록이 고개를 숙이며 조용히 대답했다.

"반반씩입니다."

"흐음, 자네가 누군가에게 가두어졌다는 것은 믿기 힘들군. 누구지, 그가?"

"저와 다른 발록 일족을 가둘 수 있는 이는 그리 많지 않습니다."

발록은 고개를 조아렸고 진현은 알겠다는 식으로 끄덕였다. 그는 다시 입을 굳게 닫고는 연못가로 걸어갔다. 많은 생각이 서려 있는 표정이었다. 조용한 바람이 물기를 가득 머금은 채 진현 주위로 날아들었다. 색색의 꽃잎들과 이슬 맺힌 풀 조각들이 허공을 수놓았다. 작은 이슬방울들이 얼굴에 떨구어졌지만 개의치 않았다. 발록의 기세 때문인지 그 위세에 눌려서인지 상황만을 살피던 운이 조심스럽게 말했다.

『언제까지 여기 있을 셈이야?』

발록의 어깨가 잠시 꿈틀거리더니 곧장 고개를 들고 진현 쪽으로 시선을 보내었다. 정확히 설명하자면 그의 허리춤에 있는 운을 쏘아본 것이다. 운은 잠시 숨넘어가는 소리를 냈고 진현은 피식 웃으며 정면만을 바라본 채 대답했다.

"가야 되겠지. 걱정할 테니까."

발록은 물끄러미 운을 쏘아보더니 입을 열었다.

"마법검이로군요. 어쩐지 그냥 검치고는 상당한 마력이 스며들어 있다고 생각했습니다."

진현은 입을 가린 채 작게 웃으면서 말했다.

"쿡, 그래. 성능은 의심스럽고 성격은 괴팍하고 멍청하기 짝이 없지만 마법검은 마법검이지. 하지만 역시 잘못 구입한 것 같아."

『김진현…….』

운은 잔뜩 삐쳐 있는 목소리로 음울하게 말했고 진현은 소리 높여 웃었다. 그리고 천천히 입구의 계단 쪽으로 걸어갔다. 이제 이 동굴에 사는 이가 누구인지 안 이상 더 이상 이곳에서 지체를 할 필요는 없었다. 그리고 무엇보다 이곳에 발록을 가둔 이의 정체도 알 수 있었다. 자신의 수하로 있는 발록들을 마계에서 껄끄럽게 생각하는 단 하나의 존재라면 존재인 마황자, 그임이 분명했기 때문이다.

나중에 혹여 마주치게 된다면 따질 일이 생겼다. 그렇지만 정말로 원치 않은 일이기에 진현은 씁쓸히 웃어 넘겼으면 좋겠다고 생각했다. 만나봤자 감정만 상하는 사이이기에.

발록은 천천히 자리에서 일어나 진현의 뒷모습을 지켜보았다. 그의 눈길을 느낀 것인지 진현은 계단에 한 발을 올려둔 상태에서 뒤돌아보았다. 발록은 오랜 시간 기다림에 지쳐 있을 터인데 그의 거대한 충성심은 시간이라는 것을 무색하게 만들 정도였으니.

진현은 자상한 눈빛으로 발록을 잠시 동안 지켜보았고 발록 역시 다시금 자신과 무관한 세계로 떠나가는 주인의 모습을 말없이 바라볼 뿐이었다. 언제든지 다시금 불러달라고, 그때까지 기다린다고 하는 것 같은 표정으로, 그렇게 말없이 고개를 숙였다. 억지에 가까운 미소를 떠올리며 진현이 조용히 입을 열어 말했다.

"언제 다시 이곳에 찾아오게 된다면 술이나 한잔하도록 하지. 그동안 잘 있게나."

다정한 목소리로 말하는 그를 보며 발록은 가만히 고개를 숙인 채 무릎을 꿇었다. 주인에 대한 철저한 충성과 그를 우러러보는 마음. 발록은 비록 사람들에게는 악마라 불리며 두려움을 안겨 주는 존재였지만 진현에게는 그저 충실하며 무뚝뚝한, 그런 가신이었다. 그저 그뿐.

발록은 고개를 숙이며 한쪽 무릎을 세워 팔 하나를 얼굴 앞에 수평

숲의 수호자

으로 들었다.

"무운武運을, 나의 왕이시여."

에오로는 발로 자신의 앞에 있는 돌멩이 하나를 툭 걷어찼다. 들어간 지 한참이 지났는데 들어간 사람은 나오지도 않고 있으니 점점 초조함이 극에 다다르고 있었다. 이미 하늘의 태양은 대지를 그 몸 위에 누인 지 오래였다. 붉은 황혼의 끝으로 검은 어둠들이 서서히 하늘을 물들였다. 차가운 바람이 두 뺨을 스치고 지나갔고 서늘한 감촉이 팔을 감싸 안는 느낌.

에오로는 두 팔을 안으며 고개를 들었다. 바위의 차가운 기운에 엉덩이가 얼어붙을 것 같았지만 다들 가만히 앉아 있어서 몸을 일으켜 움직이기가 뭐한 상황이었다. 결국 시린 엉덩이 때문에 자리에서 일어난 에오로는 두 팔을 하늘로 쭉 뻗었다. 시원한 감촉. 하늘이 푸르스름한 것이 마치 하루의 시작을 알리는 새벽과도 같은 분위기였지만 명백히 달랐다. 새벽이 그 푸른 하늘의 끝에 빛을 이끌고 온다면 황혼은 그 푸른 하늘의 끝에 어둠을 끌고 온다.

숲 속은 여름의 입구로 들어서는 숲의 모습 그대로 아직은 눅눅한 초록빛과 그 어두운 초록빛을 벗고 새롭게 연녹색을 띠는 두 가지의 잎사귀를 가진 나무들로 가득했다. 작게 부스럭거리는 수풀의 노랫소리들이 듣기가 좋았지만 지금은 너무 오래 기다려서 지겨워질 정도였다.

에오로는 괜히 검의 손잡이를 잡고 이리저리 돌려보기도 하고 땅을 툭툭 차기도 했다. 니드는 가만히 나무 기둥에 기댄 채 눈을 감고 있었다. 그리고 입으로는 무어라 중얼거리고 있는 폼이 마치 노래를 부르는 것처럼 보였다. 현홍 역시 아까 갑자기 일어나서 울었던 것이 스스로도 이해가 되지 않는 것인지 가만히 동굴을 응시하고 있을 뿐이었다. 가끔 손을 꼼지락거리기도 했지만.

엔트는 여전히 가만히 무릎에 얼굴을 묻고는 앉아서 자는 사람처럼 미동도 하지 않았다. 원래 나무의 수호자답게 움직이지 않아도 상관없는 것 같았다.

시간의 흐름은 더디게 흘러갔다. 그렇기에 더욱더 지겨움이라는 감정이 밀려오는 것 같았다. 그러나 엔트에게는, 나무에게 시간이라는 것은 그저 하나의 존재에 불과한 것 같았다. 에오로는 고개를 돌려 엔트의 옆모습을 유심히 바라보았다. 어느새 약간 고개를 든 엔트는 마치 그 자리에 뿌리를 내린 나무와도 같이 시간의 흐름 속에서도 자신을 지키며 그렇게 자신만의 시간을 알 뿐이었다.

이 세상에 있는 모든 존재 중에서 시간이라는 것에 바보 같을 정도로 얽매이는 존재는 인간뿐일 것이다. 물속에 그 몸을 맡긴 물고기는 시간의 흐름을 알지 못한다. 그저 머리 속에 각인된 그것의 본능만으로 필사적으로 살아남으려 하고, 그리고 죽는다.

산을 뛰어다니는 산짐승들 또한 본능적으로 자신의 후손을 남기고 살아남으려 하고 먹으며 죽는다. 산의 일부가 되어 그 뿌리를 움직이지 않는 나무들은…… 거대한 시간의 흐름 속에서 계절을 느끼며 살아간다. 때가 되면 씨를 뿌리고 자손을 번식시키고 또 죽는다.

엘프들 또한 시간을 관조하며 그 시간을 따라 여행을 즐기다가 운명이 다하는, 그들이 지키고자 했던 그날 자연으로 돌아간다.

드래곤들은… 그 억겁을 살아가는 그들은 시간과 함께 창공을 나는 존재이다. 그리고 그 시간과 함께 새벽에 떠올라 황혼에 지듯 그렇게

숲의 수호자

영원한 관조자로 남은 채 그들만의 인생을 즐기다가 또 죽음이 눈앞에 다가오면 순리대로 죽는다. 하지만 인간들만은 다르다. 그들은 시간을 마치 뒤에서 쫓아오는 추격자처럼 느끼며 그것이 어떻게든 자신의 앞을 달리지 못하게 하기 위해 하루가 다르게 앞으로 뛰어간다. 그리고 그 시간이 자신을 앞질러 온다 치자면 더 더욱 달음질치고 죽음의 순간에도 순리대로 죽음을 맞이하지 못하는 이들도 있다.

섭리를 거스를 본능이 내재된 유일한 존재. 이상하다는 생각이 들 정도로 너무나도 다른 존재들과 다르다. 신은 이런 존재를 어째서 만들어낸 것일까? 누군가의 말 그대로 신 자신과 비슷한 존재들을 보며 즐기기 위해? 아니면 무슨 필요에서 이 아름다운 세상을 자신의 손으로 파헤쳐 나가는 존재들을 만든 것인지…….

순간 그런 생각이 들었다. 인간이라는 것이 왜 필요해서 이 세상에서 가장 번식하고 가장 왕성하게 살아가게 되었는지를. 그리고 다른 생물들의, 다른 존재들의 눈으로 보았을 때 이런 인간이 어떻게 비칠지를.

에오로는 손을 맞잡아서 머리를 받치고 하늘을 보았다. 성급함이 앞선 별들이 하나, 둘 그 모습을 드러냈다. 숨을 한번 내뱉으니 하얗게 공중에서 연기처럼 피어 올랐다. 산이나 숲의 밤은 추우니까. 그리고 그때.

"잡아라! 아니, 죽여!"

갑작스러운 고함 소리와 발자국 소리에 정신이 확 들었다. 에오로는 고개를 틀어 숲 쪽을 보았고, 그리고 그 속에서는 복면을 한 사내들이 일행들 쪽으로 달려들었다.

"제기랄! 모두 조심해!"

하필이면 싸울 줄 아는 사람들이 거의 없는 이 상황에서. 에오로는 욕지거리를 내뱉은 다음 곧장 자신에게 달려드는 사내를 향해 주먹을 날렸다. 남자는 코와 입이 멋지게 문드러지며 나가떨어졌다. 엔트는 갑자기 수많은 인간들이 검을 든 채 달려들자 화들짝 놀라며 서둘러 몸을 일으켰다. 대충 20명에서 30명 남짓 정도로 보이는 남자들이 가벼운 무장을 한 채 일행들이 있는 곳으로 달려나왔다. 어떻게 저런 많은 인원들이 큰 소리도 내지 않고 다가올 수 있었을까 하는 의문이 들었지만 지금은 정말로 위험한 상황이다.

싸울 수 있는 사람들은 고작 현홍과 에오로뿐. 그 두 사람 역시 진현이나 에이레이처럼 대단한 솜씨를 가지고 있는 것이 아니다. 이제는 정말 조금만 방심해도 목이 날아가게 생겼다. 이를 악문 현홍은 한 사내의 얼굴을 돌려찬 다음 그대로 몸을 굴려 또 다른 남자의 허벅지에 대거를 꽂았다. 아무리 위험해도 생명을 가지고 살아가는 이들을 죽이기는 싫다. 그저 싸움을 못 할 정도로만 만들어야 한다.

에오로도 자신이 한 말을 상기하며 검에 검집을 씌운 그대로 사내들의 검을 받아치고 있었다. 니드는 서둘러 동굴의 입구 쪽으로 달려가 바위에 등을 붙이고 섰다. 엔트 역시 황급히 그의 옆으로 달려가서 무릎을 꿇고 앉았다. 그는 그렇게 무릎을 꿇고 앉은 뒤 두 손을 마주 쥐면서 중얼거렸다.

"도와줘, 숲의 아이들아. 내 친구들과 숲을 위해서 너희들의 힘이 필요해. 제발!"

간절하게 기도를 올리는 신앙인처럼 엔트가 그렇게 중얼거리자 곧 숲의 풀들이 작게 바스락거리는 소리를 냈다. 마치 바람이 불 때 나무들이 흔들리는 것 같았지만 그게 아니었다. 곧 검은 숲 속에서 크고 작은 그림자들이 뛰어나왔다.

복면의 사내들은 당황했다. 그림자는 숲에 사는 늑대들이었다. 엔트는 숲의 수호자. 나무와 풀을 뜯어먹고 사는 모든 동물들의 친구도 되는 것이다. 커다란 늑대들이 사내들에게 달려들었다. 덩치가 예사롭지 않은 그것들이 달려들자 몇몇 남자는 혼비백산 뒤로 주춤거렸지만 대부분의 사내들은 검을 휘둘러 댔다. 하지만 늑대들은 능숙한 움직임으로 재빠르게 그 검을 피해내고 남자들의 다리와 팔 등을 물어뜯었다.

크아앙!

한 남자는 등 뒤로 달려들어 자신의 어깨를 물어뜯는 늑대를 떨쳐내기 위해 바닥을 굴렀다. 하지만 한 번 자신의 이빨에 물린 남자를 놓아줄 리 만무하다. 남자들의 비명 소리가 숲을 울렸다. 하지만 조금씩 진정을 되찾은 남자들은 긴 검으로 늑대들을 몰아붙였고 늑대들의 수도 남자들보다 많은 것이 아니었다.

에오로는 자신의 곁에 다가온 남자의 목을 검을 후려쳤고 남자는 입에 거품을 문 채 기절했다. 아마 숨을 쉬기 어려울 거다. 그렇지만 곧 자신을 향해 휘둘러져 오는 검의 끝을 피하지 못했다. 아차 하는 심정에 죽을 각오로 급격하게 몸을 틀었지만 칼의 끝은 에오로의 팔을 스치고 지나갔다. 작은 핏방울들이 튀었다.

그는 땅에 몸을 몇 번 굴린 채 무릎을 세우고 앉았다. 팔에 난 상처는 경미한 편이었지만 핏줄을 제대로 건드렸는지 회색 셔츠의 소매에 붉은 물이 들어갔다.

현홍은 그 모습을 지켜보았지만 소리조차 지르지 못했다. 그 자신에게도 현재 무수히 많은 검들이 쏟아지고 있는 터. 남을 걱정해 줄 여유나 기력 따위는 남아 있지 않다. 아니, 남아 있다면 한 명이라도 더 상대를 해야 한다. 그래야 서로에게 도움이 될 테니까.

에이레이에게 선물을 받은 두 자루의 대거를 양손에 쥐고 사정없이 날아오는 검날을 막았다. 시퍼런 검날이 얼굴에서 채 10㎝도 떨어지지 않는 지점에서 서늘한 빛을 바랬다. 침을 한번 삼킨 그는 곧 옆으로 자신을 향해 날아드는 또 다른 검을 보았고 있는 힘껏 허리를 틀어 자신의 앞에 있는 남자를 날아오는 검날 쪽으로 옮겼다. 어쨌거나 갑옷을 입고 있으니 안 입은 사람보다는 덜 다치겠지 싶은 마음이었다.

검을 내려치던 남자는 황급히 검의 속도를 줄였지만 무심하게도 현홍과 대치중이던 남자의 어깨를 스쳤고 피가 조금 뿜어져 나왔다. 죽을 정도는 아닌 상처. 당황한 두 사람을 현홍은 재빨리 밀어버렸고 그들은 사이좋게 엉켜 뒹굴었다.

심장이 너무나도 빨리 뛰어서 정신을 가다듬을 수도 없을 지경이었다. 실전. 이 세계의 사람들은 종종 이런 일을 겪고 살아가는 것인가. 숨을 몰아쉰 현홍은 입에 대거 하나를 문 채 발을 굴렀다. 그는 한쪽 팔로만 균형을 잡아 뒤로 원을 그리며 뛰었고 그를 향하던 검들은 허공을 베었다.

에오로는 탄성을 내질렀다. 사내들은 욕지거리를 내뱉으며 다시 두 손으로 검의 손잡이를 부여 쥐고 달려들었다. 포기를 모른다고 할까. 기절하고 쓰러진 남자들은 여섯 명은 가까이 되는데 아직까지도 많이 남아 있었다. 두 명이서 이 정도로만 싸울 수 있는 것도 대단하지만 체력이 문제였다. 현홍은 점차 가빠지는 숨을 몇 번 내쉬었다. 자신을 향해 달려오는 두 사내의 머리에 대거 몇 개가 꽂혔다. 그들은 입에서 피를 뿜으며 쓰러졌고 현홍은 낮게 비명을 질렀다.

"아악!"

처참하게 땅에 뒹구는 남자들의 모습에 얼굴이 새파랗게 질린 현홍은 입을 한 손으로 틀어막았다. 그것은 그 사내들과 일행인 복면의 남자들도 마찬가지였다. 그들은 성난 목소리로 대거가 날아온 방향을 보며 외쳤다.

"또 웬 놈이냐!"

그러자 숲의 안쪽에서 서너 개의 그림자가 튀어 오르며 모습을 드러냈다. 그런데 그 모습은 어디선가 많이 본 모습. 찢어진 검은 망토와 복면의 사내들처럼 얼굴을 가린 그들. 무장은 거의 없었지만 손에 든 쇼트 소드Shot Sword와 이상하게 휘어진 검은 눈에 낯설었다. 복면 사이로 보이는 두 눈이 예리한 빛을 발했다. 모습이 꼭 에이레이와 비슷하다고 할까. 에오로는 숨막히는 소리를 내며 외쳤다.

"너희들은 스승님의 물건을 노리는 놈들이구나!"

남자들은 아무런 말도 하지 않았다. 그들은 곧 서로의 눈길을 주고받은 뒤 곧장 행동을 개시했다. 에이레이와 비슷하거나 더 빠른 몸놀림. 발이 땅에 닿지도 않은 것 같은데 그들은 이리저리 뛰면서 에오로 쪽으로 달려들었다.

에오로는 이를 악문 뒤에 몸을 날렸고 그가 있던 자리에는 수많은 대거들이 꽂혀 있었다. 그러나 그들의 공격은 멈추지 않았다. 잠시 다른 무리의 등장으로 망연자실해 있던 사내들 중 한 명이 외쳤다.

"저놈들에게 이 녀석들의 머리를 내어주면 안 돼! 어둠의 사자에게 어떤 벌을 받고 싶나!"

그자의 말이 떨어진 직후 남자들은 당황한 기색도 없이 갑자기 나타난 검은 옷의 사내들에게로 달려갔다.

"다 죽여 버려! 젠장할!"

이제는 완전히 삼파전이 되어버렸다. 현홍은 멍하게 두 팔을 내리고 서서 남자들의 싸움을 보았다. 수적으로는 처음에 나타난 무리들이 많았지만 에이레이와 비슷한 복장의 그들은 강했다. 그들은 귀찮다는 식으로 무심히 손에 든 검을 허공에 휘두르자 곧장 두세 명이 땅에 나뒹굴었다. 곧 그들의 몸에서는 검붉은 피가 스며져 나왔고 그 모습을 본 현홍은 이를 악물었다.

"죽이지 마!"

늑대들은 새로 나타난 이들에게도 공격을 해야 할지 망설이는 모습이었지만 그래도 한번 싸우던 대상들에게 계속 이를 드러내며 달려들었고 지금 그들이 있는 장소는 완벽하게 아수라장이 되어갔다. 나무들에 튄 핏자국들과 피 범벅이 되어 죽어간 사내들의 모습이 어지럽게 얽혔다.

에오로는 자신을 향해 날아온 대거들을 날렵하게 피한 다음 한 명의 암살자와 검을 대치시켰다. 그는 어느새 검집에서 검을 뽑아 든 상태였다. 에오로는 입가에 잔인한 미소를 떠올리며 말했다.

"젠장! 한번 그렇게 당하고도 포기를 몰라! 빌어먹을 자식들! 너희한테 의뢰한 녀석이 누구야!"

그렇지만 헛된 질문이었다. 사내는 눈으로 비웃으며 허벅지에 있는 또 다른 검을 한 손으로 뽑아 들었다. 말 그대로 에오로가 두 손으로 잡고 있는 검을 그는 한 손으로 막고 있는 셈이었다. 에오로는 눈을 크게 떴고 곧 어깨 쪽에 화끈한 아픔을 느꼈다. 사내의 손이 전광석화처럼 움직이자 에오로의 어깨에는 아까 팔의 상처에 비교할 수 없는 큰 상흔이 남으며 피가 팍 하고 솟았다.

"아악! 에오로!"

니드의 짧으면서도 악에 받친 비명 소리. 에오로는 눈앞이 흐릿해지는 것을 간신히 참으며 자신의 손에 들린 검을 길게 옆으로 뿌렸다. 아쉽게도 남자는 급히 몸을 피했고 남자는 상처 하나 입지 않은 채 몇 발자국 뒤로 물러섰다. 그리고 갑자기 남자의 두 눈이 크게 뜨여지면서 그대로 앞으로 꼬꾸라졌다.

그의 등에는 단거 하나가 박혀 있었다. 에오로는 간신히 중심을 잡으며 남자를 내려다보다가 다시 고개를 들었다. 숲의 저편에서 두 개의 그림자가 뛰어나왔다. 에이레이와 키엘이었다. 키엘은 사납게 으르렁거렸고 곧 늑대들과 마찬가지로 발을 구르며 뛰어올라 사내들의 등을 덮쳤다. 에이레이는 자신들의 옛 동료들을 돌아보면서 낮게 말했다. 그녀의 얼굴에는 거의 표정이 없었다. 그저 산책을 나갔다가 곧 돌아온 사람처럼 그렇게 여유로워 보였다.

"감격적인 만남이군. 하지만 난 이제 암살자도 무엇도 아냐. 이제는 적이라고."

그녀의 말을 들은 암살자들 중 한 남자가 괴성을 지르며 단거 두 개를 잡아 든 채 에이레이에게 달려들었다. 작은 불꽃이 튀면서 에이레이와 그 사내는 손을 떨면서 뒤로 물러났다. 하지만 곧 다시 서로에게 달려들면서 두 사람은 검을 주고받았다. 새하얀 불꽃들이 석양이 지는 숲을 밝혔다.

현홍은 뒤로 달려오는 남자의 복부를 걷어차고는 마구 검을 휘두르는 암살자 무리 쪽으로 달려갔다. 자신이 막을 수는 없을 것이다. 하지만 저렇게 무자비하게 죽이는 것은 안 된다! 니드가 하얗게 질린 얼굴을 두 손으로 감싸면서 소리쳤다.

"현홍아! 지금은 안 돼, 다른 사람에게 신경 쓰면 네가 죽어!"
"싫어! 그만! 그만 죽이란 말야!"
이제 더 이상 눈앞에서 다른 사람들이 죽는 것은 용납할 수 없어! 절대로!

현홍은 이를 악문 채 한 사내의 목을 자르는 남자의 검을 막아섰다. 남자는 흠칫하고 놀랐지만 곧 비웃음이 담긴 눈으로 현홍을 내려다보며 나직하게 말했다. 약간 쉰 낮은 목소리가 소음처럼 들려왔다.
"멍청한 녀석, 자비를 베푸는 것도 상황에 따라야지."
"웃기지 마!"

자신을 향해 오던 검을 피해 현홍은 몸을 틀었다. 그리고 한 바퀴 돌아 자신의 다리를 사내의 허리에 쑤셔 박듯이 하며 걷어차 버렸다. 사내는 비틀거리며 한참을 뒤로 물러섰지만 곧 다시 두 손에 검을 들고 현홍에게 다가왔다. 마치 다리가 땅에 닿지도 않는 것처럼 보였다.

"전장에서 적을 동정하면 어떻게 되는 줄 알아? 그것은 자신의 죽음을 의미한다. 그리고 사람이 살아가는 방식은 모두 전쟁과 같아! 나와 너! 둘 중에 한 명만이 살아남을 수 있는 거다."

"말도 안 되는 소리 마! 그럼, 그럼 이 세상을 어떻게 살아가지! 아무도 믿지 못하고 아무에게도 마음을 열지 못하면! 그것은 살아가는 게 아냐! 죽은 거라고!"

악에 받쳐 날카롭게 외치는 현홍의 말에 남자는 피식 웃는 것처럼 보였다. 그의 옆으로 커다란 늑대 한 마리가 달려들었다. 남자는 휘어진 검을 고쳐 쥐면서 낮게 말했다.

"아직 어리군. 세상은 그렇게 사는 게 아니다."
"……!"

푸욱!

살이 뚫리는 소리가 나면서 남자에게 달려들던 늑대의 다리에서 피가 솟구쳤다. 늑대는 짧은 울음소리를 흘리면서 남자의 발치에 뒹굴었고 현홍은 딱딱하게 굳은 채로 남자를 올려다보았다. 하지만 사내는 늑대의 다리에 꽂힌 검을 뽑았다.

팟! 하는 작은 소리와 함께 핏방울들이 남자의 얼굴에 묻혀졌다. 그렇지만 남자는 개의치 않고 다시 대거를 들어 올렸다. 대거의 날카로운 검광이 노리는 곳은 늑대의 목 줄기. 그대로 꿰뚫어 버릴 셈이었다. 차가운 검광이 길게 빛을 이으며 내리꽂혔다. 현홍은 앞으로 내달렸다.

"안 돼! 그만둬!"

깨갱!

얼마쯤 떨어진 곳에 뒹구는 늑대는 짧게 소리를 냈다. 남자의 눈이 크게 뜨여졌다. 에오로는 얼굴이 하얗게 질려갔다. 그리고 다시 파랗게. 한 남자와 검격을 주고받고 있던 에이레이는 순간 동작을 멈추고 눈에 놀라움이 서렸다. 그것은 알 수 없는 감정.

키엘이 길게 울었다. 소중한 사람이 상처 입을 때 누구나 다 그렇듯 목 밖으로 내어놓는 울부짖음. 니드는 두 손으로 얼굴을 감싸면서 고개를 숙였다. 그리고 그의 입에서는 커다랗지만 새된 비명 소리가 울려 퍼졌다.

"아아악! 현홍아!"

늑대를 밀치고 대신 남자의 검을 받아낸, 아니, 정확히 말하면 검의 아래에 있는 것은 현홍이었다. 그는 낮은 신음 소리를 흘렸다. 거의 들리지 않을 정도로 작은, 고통에 힘겨워하는 목소리. 대거가 꽂힌 것은 다행히도 심장이 아니었다. 하지만 힘껏 내려쳐진 그것은 현홍의 왼쪽 어깨를 완벽하게 관통해 있었다. 조금만 더 아래로 향했더라면 심장을 뚫었을 것이다.

콸콸 쏟아 내려진다고 해도 과언이 아닐 정도로 엄청난 양의 피가 그의 어깨에서 흘러 땅을 적셨다. 암갈색 빛 흙은 어느새 그의 피로 물들어져 마치 적토赤土를 연상시키는 것처럼 변해 있었다.

그의 아이보리 색 셔츠가 선홍색의 핏줄기에 물들어갔고, 그것은 또 빠른 속도로 상반신을 물들였다. 저렇게 흘리고도 살 수 있을까? 그런 생각이 들 정도로 엄청난 양. 흘러내리는 식은땀에 엉켜진 암적색 머리카락이 얼굴에 달라붙었다. 파리하게 질린 얼굴에는 핏자국들이 묻어났다. 검으로 현홍을 꿰뚫은 남자는 마치 세상에서 가장 신기한 것을 본다는 시선이 되었다.

그는 차갑게 말했다.

"굉장한 용기군. 한낱 미물을 위해서도 목숨을 바친다? 재미있군. 하지만……."

그는 현홍의 어깨에 박힌 검을 뽑아냈다. 휘어진 검이 제대로 빠질 리가 없다. 그것은 현홍의 어깨뼈를 자를 듯이 긁고 나와 다시 한 번 살을 찢어놓았다.

현홍은 눈을 크게 뜨며 부들거리는 몸을 주체하려 했지만 쉽사리 될 리 만무했다. 어깨에서 쏟아지는 피들 덕분에 시야가 뿌옇게 바뀌었다. 엄청난 고통. 뼈가 부러지는 것보다 더 뼈를 긁는 검의 차가움과 살이 베어진 감각을 그대로 느끼면서 현홍은 거친 숨을 내뱉었다.

이 순간 머리 속을 스쳐 지나가는 단 하나의 단어는 죽음. 차갑게 몸을 엄습하는 그것은 그 예전에도 한 번쯤은 맛보았음직한 아픔과 고독,

그리고 슬픔. 차가운 얼음에 온몸이 갇혀 버리는 것과 같은 아픔이었다. 그리고 희미해지는 시선 속에서 그가 마지막으로 본 것은 자신의 목을 향해 내려쳐지는 검의 서늘한 빛이었다.

〈제2권 끝〉

 용어 해설

길드Guild 일반적으로 중세의 상인이나 수공업자 등을 위한 조합이나 모임을 말하는 것이다. 하지만 그것은 만드는 사람의 임의에 따라 판타지 소설상에 등장하는 도둑 길드나 용병 길드처럼 종류가 수도 없이 많다. 어머님들이 주로 하나씩은 하고 계시는 계 모임이나 덩치 좋고 검은 양복 입으신 분들께서 주로 가입되어 계신 조직도 이에 비슷한 것이라 생각하면 된다. 하나의 목적이나 직업을 가진 이들이 서로에게 원조를 주는 것들이 대부분이고 그렇지 않은 이들에게 있어서는 정보를 얻는 데 이용될 수도 있다. 보통 도시에는 하나씩의 길드가 산재되어 있으며 비록 도시마다 다르다고 해도 그들끼리는 정보를 주고받기도 한다. 물론, 이에 따른 보상은 당연한 것이다.

다즐링Darjeeling 인도 북동부 지방 서벵갈주의 북단 히말라야 산맥 남쪽 기슭이 홍차의 산지. 다즐링이 자라나는 곳은 해발 2,300m의 고산 지대이며 낮과 밤의 일교차가 크다. 다즐링 특유의 향기는 이러한 기후 조건 때문에 생겨난다고 한다. 생산량이 적은 귀한 차이며 최고급품에서는 머스캣 향이라는 야생화와 같은 향기가 난다. 하지만 이런 100% 다즐링을 보는 것은 굉장히 어려운 일이다. 수확하는 시기에 따라 맛과 가격이 달라지며 1년에 세 번 수확을 한다. 그중 3, 4월에 수확하는 퍼스트 플러쉬First Flush가 가장 최고 품질이다.

대거Dagger 일반적으로 단검으로 해석되는 것을 말한다. 양쪽에 날이 있으며 크기는 각양각색이지만 일반적으로 나이프보다는 크고 쇼트 소드보다는 작은 크기를 가진 것을 대거라 부른다. 소지가 용이하다는 점에서 암살자나 그 외에 일반 사람들과는 다른 직업의 밤에 돌아다니는 이들이 즐겨 가지고 다니는 무기이다. 가볍고 짧고 다루기가 쉽다는 점에서 일반인들도 하나나 둘씩은 가지고 다닐 수 있는 무기이며 여러 가지 용도로도 사용할 수 있다. 보통은 보조 무기로 구별이 되지만 빠른 몸놀림을 가진 사람이라면 이것 하나만으로 충분히 적의 목을 벨 수 있다.

데저티드 드래곤Deserted Dragon 일반적인 드래곤들보다 약간 더 큰 몸집과 강한 힘을 가지고 있는 드래곤이다. 암적색의 몸을 가지고 있으며 사악한 성격에 남을 괴롭히기 좋아한다. 그리고 그 행동에서 느끼는 감정을 즐기는 편이다. 타 드래곤들에게 배척을 당하여 그들과 만나면 한쪽이 죽을 때까지 싸움을 한다. 지능은 낮은 편이라 마법적인 능력은 높지 않다. 개체 수는 많지 않은 편이라 다른 드래곤과 싸움을 일으키면 보통은 지고 도망가는 경우가 많다. 다른 드래곤들에게는 부를 수 있는 아군이 많기 때문이다. 주로 그 어떤 동물도 들어오지 못하는 늪지나 산속 깊숙이 들어가 산다. 직선형으로 날아가는 화염의 브레스와 벼락 브레스를 뿜어낸다.

드루이드Druides 켈트 인의 종교인 드루이드 교의 사제 계급司祭階級을 말한다. 신과 인간 사이를 잇는 중개 역할—샤먼과 비슷한 것 같지만 신을 몸에 강신降神하지는 않는다—도 했으며 마술사적 색채도 강했다. 아프리카의 원주민들의 마술사처럼 아픈 사람을 고치기도 했으며 예언도 하였다. BC 1세기 무렵까지도 인신공희人身供犧의 의식이 행해졌다고 한다. 비밀 결사 조직과 비슷한 움직임을 보이기도 하여 로마인으로 하여금 탄압을 받았다고 한다. 6세기 말엽에 거의 소멸되었으나 근대에 이르러 아직까지 그 영향이 뿌리 깊게 남아 있다.

드워프Dwarf 현재는 J.R.R 톨킨에 의해서 확립된 모습이 정석이 되어 버린 소인 종족이다. 그들은 뛰어난 세공사이며 건축가, 대장장이, 광부로서 손재주가 필요로 하는 모든 일에 뛰어난 솜씨를 가지고 있다고 한다. 지하에 동굴을 파고 그 안에 도시를 짓고 사는 경우가 많아서 그런지 어둠 속에서도 잘 볼 수 있다고 한다. 키는 1m 전후의 어린아이와 비슷하고 탄탄한 몸에 강건한 신체를 가지고 있으며 수명은 상당히 길어서 인간의 몇 배에 이른다. 남성 드워프들은 무성한 수염을 가지고 있고 무기 역시 잘 다루지만 신체적 결함(?)으로 인해 긴 종류의 것들은 이용할 수가 없다. 그들은 자신이 쓰는 도끼와 망치들을 전투용으로 개조하여 쓰는 것을 즐긴다. 술을 굉장히 좋아하며 맛있는 음식 역시 즐기고 그것들이 뱃속으로 들어가면 기분이 좋아진다. 드래곤과 오크들을 철천지원수처럼 여기며 인간들은 그리 배척하지 않는 편이어서 인간들이 그에 합당한 대가를 내놓는다면 좋은 건축물을 지어주기도 한다.

디프Thief 도적. 보통은 남 몰래 집에 들어가서 물건을 훔치는 좀도둑을 일컫는다.

라미아Lamia 아름다운 여성의 상반신과 뱀의 하반신을 가진 몬스터이다. 라미아는 원래 리비아의 아름다운 여왕이었는데 제우스와 관계를 맺고 아이를 가짐으로 인해 헤라의 저주를 받아 모두 죽임을 당하고 만다. 그래서 결국 정신이 이상해져서 다른 인간의 아이를 유괴해 잡아먹는 몬스터로 전락해 버렸다는 것이다. 어린아이나 젊은 남성의 피를 좋아해서 아름다운 외모로 남성을 유혹하여 관계를 맺고 그 피를 빨아먹는다.

라이트 가이드Light Guide 적은 손실로 빛을 운반하는 유리 섬유를 일컫는다. 이 소설상에서 라이트 가이드는 빛의 광원이 들어 있는 줄로 도시의 건물들을 잇는 것을 말한다.

라이트 하우스Light House 말 그대로 등대이다. 여기서 라이트 하우스는 도시 중심에 위치한 것으로써 동경 타워나 남산 타워와 비슷한 밝기를 가지고 있다. 그리고 그 안의 빛들은 모두 마법사들에 의해서 만들어진 마법 광원이다.

레더 아머Leather Armor 오래되고 질긴 가죽을 기름에 푹 담가두었다가 꺼내기를 몇 번 반복하여 무두질을 해서 만드는 갑옷을 말한다. 인간의 형태로 만든 나무나 돌에 가죽을 입히고 갑옷 형태로 만든다. 방어력은 그저 그런 수준이지만 우선은 가볍고 값이 싸다는 좋은 점 때문에 약간의 방어력만을 필요로 하는 마법사나 도둑들에게 잘 이용되는 갑옷이다.

레어Lair 일반적으로 짐승의 굴이나 둥지를 말하는데 판타지 문학이 많이 알려진 지금에서는 보통 드래곤의 은신처를 가리키는 말로 되었다. 이곳에는 드래곤들이 모아놓은 엄청난 양의 보물과 그 외의 귀중한 것들이 많다고 하나 접근할 생각은 말아야겠다. 드래곤들의 보물에 대한 집착은 타의 추종을 불허하니 말이다. 드래곤의 레어에 찾아가 물건을 훔치는 것은 말 그대로 스스로 자신의 무덤을 파고 드러눕는 꼴이 된다.

로크Loc 모습은 매와 비슷하지만 크기는 훨씬 크다. 아라비안 나이트에 나오며 코끼리를 잡아먹을 정도로 거대한 몸집을 가지고 있다. 바다 위의 섬에 살고 있다고 하는데 자신이 사는 곳에서는 먹이를 잡을 수 없기 때문에 엄청나게 먼 대륙에까지 와서 코끼리 등의 커다란 동물들을 낚아채어 간다고 한다.

롱 소드Long Sword 길이는 대략 90cm 내외이며 검날의 폭은 2cm 정도이다. 무게는 2kg을 넘지 않는다. 가볍고 단단하며 많은 이들이 애용하는 무기이지만 현대의 나약한 팔을 가진 사람들이 이용한다는 것은 말도 안 될 만큼 배우는 데 노력을 해야 하는 무기이다. 여기서 가볍다는 것이 지칭하는 것은 그나마 일반적인 무기들보다 가볍다는 말일 뿐이다. 중세 유럽 시대에서 처음 등장을 하였고 수많은 기사들의 무기로 애용되었다. 기동성이 뛰어나고 노력만 하면 잘 다룰 수 있는 무기이기에 많은 여행자들에게도 잘 사용이 되는 긴 역사를 가진 무기들 중의 하나이다. 판타지 영화에서 일반적으로 영주 밑에서 일하는 기사들과 병사들이 가지고 있는 검이 이것이다.

리커버리Recovery 회복 마법. 음의 기운이 섞여져 있는 마법이기 때문에 마법을 사용할 때에 느끼는 감촉은 얼음 주머니를 상처에 가져다 대는 것과 유사하다. 치료 마법 중에서는 제법 하위에 속하는 마법이다. 자신에게만 사용할 수 있다는 것이 큰 단점이다.

마나Mana 자연계에 일반적으로 퍼져 있는 에너지를 말한다. 공기와 비슷하다고 할 수 있다. 그러나 마나는 모든 생명체들과 비생명체들에게 영향을 주며 마나에 닿아 있지 않은 것은 있을 수가 없다. 하지만 공기를 자신의 손에 잡을 수 없듯이 마나를 다루는 것은 굉장히 힘든 일이며 이것을 두고 해부를 하듯 새롭게 연구하고 하나의 형태로 만드는 것은 더욱 힘든 일이다. 그러므로 마법사가 대단하다고 불리는 것이지만 현재에 이르러 많은 이들이 남긴 저술서나 마법책들로 인하여 예전보다는 많이 실용화가 된 상황이다. 하지만 마나는 언제나 이동을 하는 물과 바람처럼 한곳에 집중되지 않고 떠돌아다니며 그것을 응축하여 마법을 사용하는 것은 언제나 새로운 마법을 공부하는 것과 같다. 마법은 이런 마나를 여러 가지 형태로 만들어내고 응축하는 일이며 한 가지의 마법을 배우기 위해서는 마나의 흐름과 생성, 소멸, 그리고 마나의 배치까지 알아야 한다.

발록Balrog 드래곤과 동급이거나 그 이상의 실력을 가진 악마이다. 거대한 몸집은 거인을 연상시키며 한 쌍의 날개를 가지고 있다. 검은 갑옷과 불꽃의 채찍, 불꽃으로 뒤덮인 검을 가지고 있다고 한다. 주인에 대한 엄청난 충성심과 인내심을 가진 존재라고 한다. 지상에는 거의 모습을 드러내지 않은 채 주인이 명령을 내릴 때까지 자신의 안식처에서 기다린다. J.R.R. 톨킨의 소설에서 등장했다.

블래스트Blast 돌풍. 바람의 힘을 빌려서 자신의 몸을 감싸는 방어로써의 기능도 가질 수 있으며 반대로 적을 공격할 수 있는 힘을 가질 수도 있다. 비록 사람을 날려 버리지는 못하지만 어느 정도 행동에 장애를 줄 정도는 된다. 돌멩이들과 화살 등을 막을 수는 있지만 마법적인 공격에는 효력이 없다.

셸로브Shelob 거미 형태의 마족이다. 크기는 대략 중형 버스에 필적할 정도로 거대하지만 그 엄청난 빠르기는 상상을 불허할 정도이다. 끔찍스러울 정도의 크기이지만 빠르게 움직이기 때문에 아주 강한 마족은 아니지만 퇴치하는 데 어려움을 겪을 수 있다. 인간을 먹지 않지만 적대심을 가지고 있어서 보는 족족 죽인다. 생태는 거미와 거의 똑같을 정도. 빛을 갉아먹고 산다. 마법검 정도가 아니면 끊어지지 않는 실을 무기로 삼는다.

쇼트 소드Shot Sword 이름 그대로 짧은 검이다. 대거보다는 긴 형태로 롱 소드를 축소해 놓은 형태를 하고 있다. 다루기 쉽고 강도가 강해서 많이 이용되는 유서가 깊은 무기들 중의 하나이다. 근접전을 하더라도 아군을 벨 가능성이 적기 때문에 자주 이용된다. 그렇지만 1대 1 대결에서는 확실히 불편한 경우가 있기 때문에 보통은 대거처럼 한 손에는 롱 소드를 다른 한 손에는 방패 대신 이 검을 쓰기도 했다.

암기(Memory Work) 이것은 한 가지의 마법을 배우기 위하여 꼭 필요한 것들 중 하나일 것이다. 암기라는 것은 말 그대로 시험을 치기 전에 문제와 답을 외우는 것으로 한번 암기를 하는 것은 굉장히 어려운 일이지만 일단 암기가 완벽하게 된다면 다시 외울 필요는 없다. 사람이 걸음마를 배운 후에 시간이 지나도 그것을 다시 잊어먹지 않는 것처럼 말이다. 예를 들어 리커버리를 배우기 전에 우선은 마나의 운용과 배치, 시작 등을 알아야 하는데 이것만 배워서는 쓸 수가 없다. 그 후에 암기를 통하여 이 마법을 시동시킬 수 있는 룬 어를 외우는 것이다. 그리고 다시 마법에 사용되는 마나의 움직임과 소멸을 배운다. 암기에 필요한 것은 룬 어이지만 다시 그 마법을 쓸 때 필요로 하는 것은 전음이다. 즉, 순서는 마나─룬 어(암기)─마나─마법(전음)인 셈이다.

어쌔신 길드Assassin Guild 카르틴 제국에 있는 비밀 결사. 금전적이나 정치적인 동기로 인하여 누군가를 암살하거나 물건을 훔치는 등의 임무를 맡는 집단이다. 정확한 본거지가 어디인지는 알려진 바 없으며 카르틴 제국과 무관하다고는 할 수 없는 집단이지만 아주 관련 깊다고도 할 수 없다. 그들은 그저 자신들에게 맡겨진 임무를 행하기 위하여 목숨까지 바치며 임무를 이행하기 전에는 본거지로 돌아가지 않는다고 한다. 어렸을 적부터의 교육의 의하여 완벽히 기계적으로 임무를 완수한다. 카르틴 제국은 그들에게 일정량의 자금을 주면서 그들에게 임무를 맡기는 경우도 있다.

에어 버스트Air Burst 공기를 하나로 응축시켜 마법사가 지정한 지점을 폭발시키는 마법이다. 이때 마법사가 조절하는 마나의 양에 따라 폭발의 크기도 달라지지만 이 마법 자체가 그리 어려운 마법이 아니므로 기껏해야 바위를 부술 정도의 위력밖에 나오지 않는다.

엔트Ent 그는 나무와 숲의 수호자이자 아버지이다. 그들은 가만히 있으면 보통의 나무들과 다를 것이 없지만 나무들을 자라게 해주고 그들을 돌보면서 생활을 한다. 커다란 원시림의 어딘가에서는 이런 엔트가 있을지도 모른다. 나무들을 해치는 자들은 용서하지 않지만 인간들을 해치는 것은 드물다. 그냥 위협을 하여 쫓아내는 정도이다. 부드럽고 예의 바르게 숲의 정보를 얻는다면 자상하게 가르쳐 줄 것이다. 나무들은 원래 수명이 긴데 엔트는 그 이상으로 보통 가장 젊은 엔트조차도 수천 살이라고 한다. 드워프들과는 사이가 나쁜 편이며 엘프들을 존중한다.

운골리언트Ungoliant 셀로브의 어머니이다. 먼 옛날 태고의 어둠에서 태어난 그녀는 어둠 속에서 살며 빛을 갉아먹는다. 빛을 향한 열망과 공허함을 채우기 위해 그녀는 끊임없이 먹는다고 전해진다. 셀로브와 마찬가지로 거미 형태의 마족이며 그 크기는 셀로브의 두 배에 달할 정도로 크다. 힘은 상급의 마족으로서 발록과 대치할 정도라고 한다.

윌 오 더 위스프will-o-the-wisp 빛의 정령.

전음煎音 전음이라는 것은 마법을 온전하게 해주는 일종의 보조라고 생각하면 된다. 그냥 마법을 시행시킬 수도 있지만 이 전음을 시행하지 않으면 마나의 양이 불규칙하게 되거나 마법이 시행이 되지 않을 위험성을 가지고 있다. 말 그대로 마법을 배우기 위해 필수적인 부수 요소 중의 하나이다. 정령을 부리는 정령술사가 그들을 불러낼 때 그들에게 양해를 구하는 말과 비슷한 의미로 마법사가 전음을 하는 것은 자신의 몸에 혈액처럼 돌고 있는 마나에게 '자, 이제 마법을 쓸 테니 준비해 줘' 라고 하는 것과 유사하다.

코프스 캔들Corpse Candle 마법사들에 의해 만들어지는 빛의 광원. 공기 중에 떠다니는 태양 빛을 뭉쳐서 만들어낸다. 빛의 정령의 모습을 본따서 만들어진 것인만큼 그 모습은 윌 오 더 위스프와 유사하다. 크기는 시전자의 마나의 양에 따라 달라지며 강한 마나를 주입할수록 크기는 커진다. 보통은 백열 전구 두 개쯤을 동시에 켜둔 것 같은 밝기.

타워 실드Tower Shield 직사각형의 커다란 방패이다. 공선전 시 머리 위로 들어서 돌 등을 막을 수도 있으며 진지 구축용으로 세워둘 수도 있다.

단, 이 정도의 크기와 무게를 감당할 수 있다는 전제 하에서 말이다. 무릎을 꿇으면 사람의 몸이 완전히 다 가려질 정도로 크며 방어력도 높다.

파이크Pike 찌르기 전용의 보병들이 주로 쓰던 창을 말한다. 찌르거나 벨 수도 있는 창이지만 주로 찌르기에 사용되며 창 계열 중에서는 가벼운 축에 든다.

패밀리어Familiar 마법사가 부리는 시종을 말한다. 보통 능력에 따라 패밀리어의 분류가 달라진다. 주종, 노사, 사제, 우애 등의 관계로 나뉘어지며 때에 따라 패밀리어는 자신을 부른 사람에게 음식을 얻어먹거나 대가를 받기도 한다.

해츨링Hatchling 태어난 지 얼마 되지 않은 드래곤의 새끼를 말한다. 원래 이런 단어는 영어 사전에 나오지 않지만 그 유래는 〈부화하다〉라는 뜻의 'Hatch'에서 온 듯하다.

히드라Hydra 그리스 신화에 나오는 머리가 아홉 개 달린 커다란 뱀이다. 히드라란 '물뱀'이라는 뜻을 가지고 있다. 히드라가 가진 독은 강력해서 몸속으로 들어오면 순식간에 죽음에 이르게 된다. 보통은 인적이 드문 늪지나 강가에 주로 살며 물을 마시러 온 자나 길을 잃은 사람을 잡아먹는다고 한다.

히포그리프Hippogriff 히포그리프는 그리핀과 말의 교배에서 태어난 괴물이다. 그리핀과 유사하게 생겼으나 히포그리프는 독수리의 머리와 날개,

그리고 말의 몸통을 가지고 있다. 크기는 역시 보통의 말만한 크기이지만 그리핀보다는 성격이 유순한 편이다. 잘 길들이면 말보다 더 좋은 준마가 될 수 있다고 한다. 물론 히포그리프를 제어할 수 있는 힘이 있어야 하고 우선은 히포그리프가 사는 절벽의 위까지 올라 갈 수 있어야 한다. 보석을 좋아하지는 않는다.

힐링Healing 리커버리와 유사한 계통의 치료 마법이다. 리커버리가 자신에게 유용한 치료 마법이라고 한다면 힐링은 다른 일행들에게도 쓸 수 있는 마법이다. 대지의 힘을 빌어서 쓰는 마법이므로 치료를 요구하는 대상자가 땅에 붙어 있어야 한다는 단점이 있다.

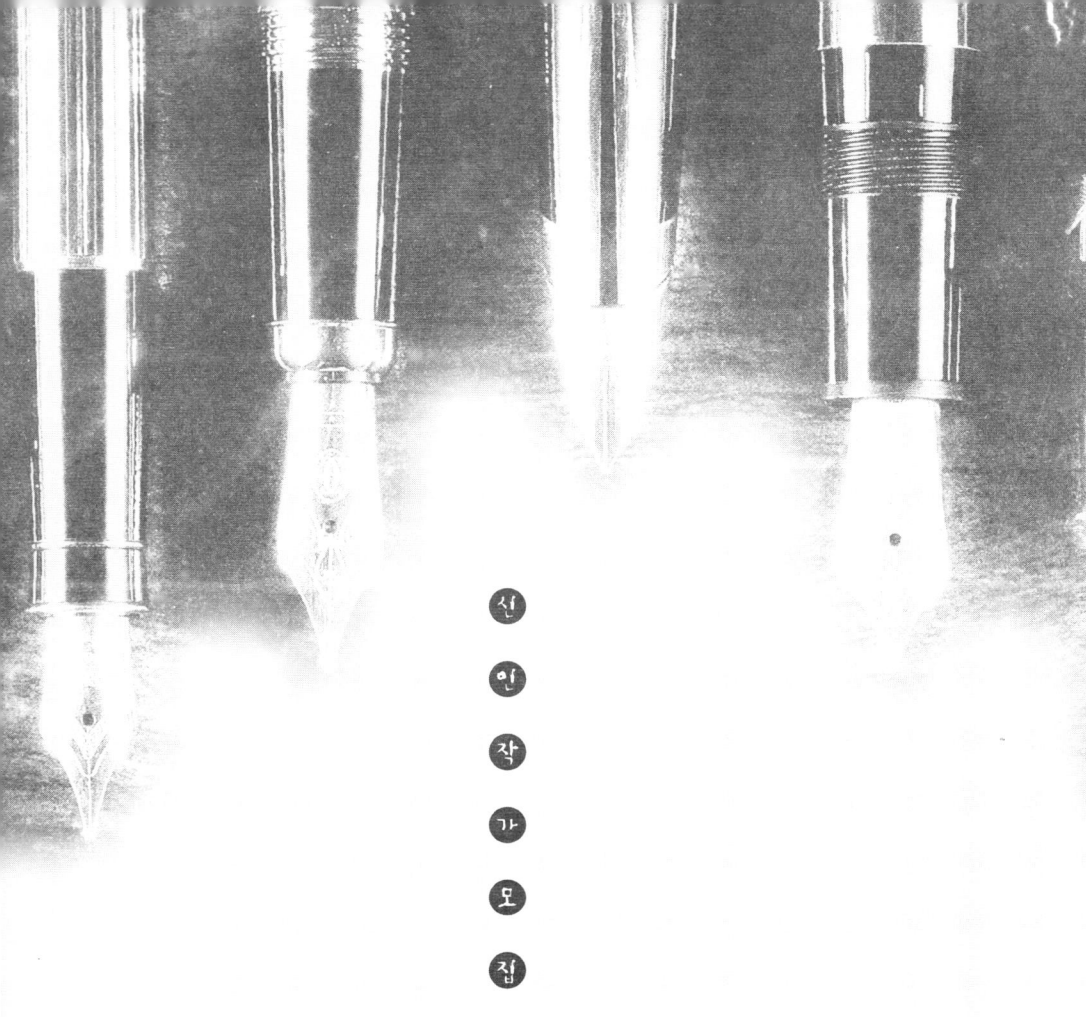

신인작가모집

시작이 반이라고 했습니다.
작가의 길에 대한 보이지 않는 벽을 과감히 깨뜨리십시오!
청어람은 작가 지망생 여러분들의
멋진 방향타가 되어드리겠습니다.

저희 도서출판 청어람에서는
소설 신인 작가분들을 모집합니다.
판타지와 무협을 사랑하시는 분들의 많은 참여를 바랍니다.
소정의 원고(A4용지 150매)를 메일이나 우편으로 보내주시면
검토 후 출판 여부를 알려드리겠습니다.

주소:경기도 부천시 원미구 심곡1동 350-1 남성B/D 3F 우편번호420-011
TEL:032-656-4452 · **FAX**:032-656-4453
http://www.chungeoram.com
e-mail:chungeoram@chungeoram.com